# 18—20世纪法国文学中自我形象的变迁

杨亦雨　著

L'évolution des images de soi dans
la littérature française du XVIIIe au XXe siècle :
Laclos, Stendhal et Gide

WUHAN UNIVERSITY PRESS
武汉大学出版社

图书在版编目(CIP)数据

18—20世纪法国文学中自我形象的变迁:法文/杨亦雨著.—武汉:武汉大学出版社,2021.12
ISBN 978-7-307-22660-9

Ⅰ.1… Ⅱ.杨… Ⅲ.文学研究—法国—18-20世纪—法文
Ⅳ.I565.063

中国版本图书馆CIP数据核字(2021)第217700号

责任编辑:邓　喆　　责任校对:汪欣怡　　版式设计:韩闻锦

出版发行:**武汉大学出版社**　(430072　武昌　珞珈山)
(电子邮箱:cbs22@whu.edu.cn　网址:www.wdp.com.cn)
印刷:武汉邮科印务有限公司
开本:720×1000　1/16　印张:22.25　字数:298千字　插页:1
版次:2021年12月第1版　　2021年12月第1次印刷
ISBN 978-7-307-22660-9　　定价:60.00元

# 前　言

本书以18—20世纪法国文学作品中的自我形象及其演变为考察对象。从历史的演进看，个体固然离不开社会，但如果个体完全被淹没在整体中，则社会本身也将呈现抽象、虚幻的形态。而从中世纪迈向现代社会，总是伴随着个体或自我意识的发生和发展。事实上，在欧洲从中世纪向现代的转换过程中，自我或个体意识的萌发与发展，构成了一个引人瞩目的方面。瑞士历史学家雅各布·布克哈特曾指出：在中世纪，“人类只是作为一个种族、民族、党派、家族或社团的一员——只是通过某些一般的范畴而意识到自己”，而到了文艺复兴时代，“人成了精神的个体并且也这样来认识自己”。这里的“精神个体”与“自我”处于同一序列：在严格的意义上，个体与社会、群体相对，自我则表现为个体对自身的认同和意识，但在实际的运用中，两者往往并不作严格区分，所谓“精神个体”同时包含“自我”之意。

在后文艺复兴时代，个体或自我的凸显已成为值得注意的现象，18世纪法国文学中的浪荡子形象、19世纪法国文学中的野心家形象和20世纪法国文学中的背德者形象，即从不同的方面展现了这一点。作为自我或个体的不同形态，浪荡子、野心家和背德者一方面在不同意义上包含走向现代过程中自我意识的萌发，另一方面又体现了不同时代中自我观念和形象的变化。在这一转换的背后，是更广意义上现代性的变迁。在18世纪法国作家拉克肖代洛·德·拉克洛笔下的浪荡子中，既可以看到自我意识的初步觉醒，也不难注意到与贵族角色相纠缠的传统印痕；在 19 世纪司汤达笔下的野心家中，可以看到以个人奋斗、爬向社会上层为特点的自我形态；在 20 世纪纪德笔下的背德者中，则可以看到既追求独立特行，又不愿完全疏离于社会的多面自我形象。欧洲现代文学中自我形象的如上变迁，同时也从侧面再现了这一历史时期现代性观念的演化。

作者

2021 年 8 月

# Liste des abréviations

Ci-après, nous indiquons les abréviations employées pour les textes cités plusieurs fois.

1. *LD*—Choderlos de Laclos. *Les liaisons dangereuses.* Paris: Gallimard, 2018.
2. *REN*—Stendhal. *Le Rouge et le Noir.* Paris: Hatier, 2004.
3. *SGM*—Gide, André. *Si le grain ne meurt.* Paris: Gallimard, 2017.
4. *LI*—Gide, André. *L'immoraliste.* Paris: Gallimard, 2017.
5. *LF*—Gide, André. *Les faux-monnayeurs.* Paris: Gallimard, 1977.
6. *SP*—Gide, André. *La symphonie pastorale.* Paris: Gallimard, 1993.
7. *PE*—Gide, André. *La porte étroite.* Paris: Mercure de France, 1971.
8. *VC*—Gide, André. *Voyage au Congo.* Paris: Gallimard, 1929.

# Avant-propos

Le passage du Moyen Âge à la société moderne s'accompagne toujours de l'apparition et du développement de la conscience individuelle ou de la conscience de soi. En réalité, lors de la transition de l'Europe du Moyen Âge vers la modernité, le développement de la conscience de soi ou de l'individu forme un aspect remarquable. Au Moyen Âge, la conscience de soi était en quelque sorte voilée. Avec l'évolution sociale et politique, les pays européens déchirent ce voile et l'homme commence à avoir conscience de ce nouvel état. Dans l'ère de post-Renaissance, ce phénomène s'est montré particulièrement révélateur. Pour être plus précis, le libertin du XVIII$^{e}$ siècle, l'arriviste du XIX$^{e}$ siècle, et l'immoraliste du XX$^{e}$ siècle montrent ce point de différentes façons. En tant que différentes formes de soi ou d'individus, libertin, arriviste, immoraliste contiennent d'une part la germination de la conscience de soi dans le processus de modernisation, et d'autre part, ils répondent à l'appel d'une société moderne qui, elle aussi, est en changement perpétuel.

Partant de la présomption selon laquelle l' « individu spirituel » de Jacob Burckhardt est moins un phénomène historique qu'une forme de la mentalité d'une population ou de l'esprit d'un temps, le présent travail examine l'image de soi dans le processus de modernisation à travers une recherche sur le libertin du XVIII^e siècle, l'arriviste du XIX^e siècle, et l'immoraliste du XX^e siècle. Nous essayons de remonter aux origines de ces trois figures, de pénétrer dans le fond de leur âme, et de les connaître jusqu'à leurs fibres afin de reproduire leur vraie image de soi complexe. Nous sommes convaincus que la modernité résideessentiellement dans celle de l'homme et que l'évolution de l'image de soi reflète celle de la modernité sous un certain aspect.

Cette étude se divise ainsi en cinq chapitres. Le premier chapitre porte sur le parcours historique de l'image de soi. Nous analysons respectivement le changement politique et l'évolution sociale dans les différentes périodes de l'histoire afin de faire une étude sur les racines historiques et les conditions sociales lors de l'émergence du libertin, de l'arriviste et de l'immoraliste ainsi que leurs rôles et activités diverses dans la société. En situant l'image de soi dans la perspective historique, le travail s'interroge sur la corrélation entre l'évolution de soi et les changements de la société moderne.

Le deuxième chapitre traite de l'image de soi et des caractéristiques du libertin, de l'arriviste et de l'immoraliste sous trois aspects : amour, religion et pouvoir ainsi que sphère publique. L'amour inclut le monde émotionnel et motivationnel de l'individu dans son entier. La religion, préoccupation ultime de soi, invite l'individu à se former soi-même au comportement intérieur et extérieur. Le pouvoir et la sphère publique manifestent la relation entre soi et structure sociopolitique. Quelle que soit l'évolution du Moyen Âge à l'ère moderne ou celle de la société moderne elle-même, la germination et l'évolution de la conscience de soi ne peuvent se priver de ces trois aspects. À travers la description et l'analyse de leur sentiment, croyance et statut social, nous tentons de découvrir leur comportement unique, leur expérience enrichissante ainsi que leur monde intérieur. De là, notre recherche consiste à nous interroger sur ce qui pourrait montrer les formes spécifiques de l'image de soi dans les œuvres littéraires de différentes époques.

Le troisième chapitre est divisé en trois parties traitant principalement des activités et des changements psychologiques complexes du libertin, de l'arriviste et de l'immoraliste. Le moi dans les œuvres littéraires possède à la fois une manifestation sociale externe ainsi qu'un processus psychologique interne. La manifestation externe et la psychologie interne de l'individu inter-agissent, sans aucun doute, toujours les unes avec les autres au cours de l'existence. Ce n'est qu'en examinant de plus près cette interaction que nous pouvons montrer plus précisément les images spécifiques de ces figures.

Le quatrième chapitre ainsi que le cinquième chapitre sont consacrés à une analyse exhaustive autour de la relation entre l'écriture de soi et l'image de soi. Vu que cette thèse prend les œuvres littéraires comme objets d'étude, et que la représentation de l'image de soi dans le corpus est toujours étroitement liée aux façons d'écrire, la compréhension de l'image de soi dans les œuvres et la façon d'écrire, sont ainsi l'une et l'autre indissociablement reliées au sein de cette étude. Dans une telle circonstance, le quatrième chapitre traite l'écriture de « je » alors que le dernier chapitre est focalisé sur d'autres façons d'écrire : roman d'apprentissage, création théâtrale et mise en abyme, dans le but de mener généralement à une meilleure compréhension sur l'essence et la pluralité de soi aussi bien dans les écritures que dans des explorations théâtrales.

# Table des matières

# Introduction

Dans l'histoire de la littérature française ou occidentale, le problème de soi occupe une place toute particulière et paradoxale : si la littérature est en quelque sorte une expression de « soi », le soi n'est devenu une des thématiques dominantes qu'au lendemain de la Renaissance et il semble que, jusqu' aujourd'hui, il n'ait pas attiré beaucoup d'attention de la part des critiques littéraires. La froideur des critiques littéraires face au problème de soi contraste fortement avec l'importance du sujet de soi. Aussi avons-nous une fausse impression que le « soi » n'a jamais été traité au sérieux dans le milieu littéraire.

En nous appuyant sur *Les Liaisons dangereuses*, *Le Rouge et le Noir* et les travaux créés par Gide, le présent travail étudie spécifiquement l'image de soi et son évolution dans la littérature française du XVIII$^{e}$ siècle au XX$^{e}$ siècle. En examinant les racines historiques de son apparition et de son évolution dans la littérature française, nous tentons de rendre compte de la forme spécifique de l'image de soi et de sa signification sociale dans la littérature française du XVIII$^{e}$ siècle au XX$^{e}$ siècle, et de démontrer ainsi la connotation de modernité que cette évolution revêt.

## 1. Présentation et connotation du sujet

L'image de soi mentionnée dans le travail est tout d'abord associée à des individus d'une certaine époque. Un individu, en tant que composant fondamental de la société, est toujours confronté au problème de la reconnaissance de soi. Au sens plus large, le soi représente non seulement l'identité de l'individu, mais prend également la conscience de soi de l'individu comme son contenu. Dans les œuvres littéraires, l'auto-reconnaissance et la conscience de soi s'incarnent comme une image de soi. D'une part, l'image de soi dans ce sens est fondée sur l'individu réel dans la société ; d'autre part, elle acquiert une forme de l'image figurée dans les œuvres littéraires. En d'autres termes, l'image de soi peut être considérée à la fois comme la manifestation concrète d'un individu dans la société et comme une variété de formes de personnalité dans une œuvre littéraire. Pour être plus précis, on peut distinguer le soi dans le double sens, c'est-à-dire le soi en tant que sujet (le soi à la première personne), et le soi comme objet (le soi à la troisième personne). Dans les écritures de je, le soi se présente, dans la majorité des cas, sous la forme d'un sujet. Toutefois, le soi peut aussi être l'objet de narration ou de recherche et le soi apparaît, dans ce cas-là, plus comme un objet. Le soi analysé dans ce travail renferme ces deux significations qui instruisent l'humain sur sa nature ontologique.

Du point de vue historique, l'individu ne peut pas être séparé de la société. Mais si l'individu est complètement submergé dans l'ensemble, la société elle-même peut se manifester comme une entité abstraite et illusoire. En effet, lors de la transition de l'Europe du Moyen Âge vers la modernité, le développement de la conscience de soi ou de l'individu forme un aspect remarquable. Au Moyen Âge, la conscience de soi était en quelque sorte voilée et il faut attendre la Renaissance pour que l'individu commence à se donner ses propores lois et à se reconnaître progressivement comme source implacable de valeur en déchirant le voile médiéval. Ce voile est décrit par l'historien suisse Jacob Burckhardt comme : « Le voile qui enveloppait les esprits était composé d'imagination, de préjugés, d'ignorance et d'illusions ».① Dans de telles conditions, « l'homme ne se connaissait que comme race, peuple, parti, corporation, famille, ou sous tout autre forme générale et collective. »② Avec l'évolution sociale et politique, les pays européens secouent l'inertie spirituelle et l'homme arrive à se justifier comme « individu spirituel »③ et devient le sujet de son histoire. Ici, « individu spirituel » et la conscience de soi sont dans le même ordre. Au sens strict du terme, l'individu est en opposion avec les milieux et les groupes sociaux, tandis que le soi est reflété dans la reconnaissance et la conscience de soi d'un individu envers lui-même. Cependant, dans la pratique, les deux termes ne sont souvent pas strictement distingués. Pour être plus précis, ici l'« individu spirituel » contient également le sens de « soi » qui semble jouir désormais d'un intérêt sans pareil. Qui ne l'a remarqué, la question de « je » ouvre le champs des possibles en vue de prospecter les profondeurs de la réalité humaine autant dans l'isolation individuelle que dans le dialogue intersubjectif.

---

① Jacob Burckhardt, *La civilisation de la Renaissance en Italie*, Paris, Nouveau Monde, 2017, p. 117.

② *Ibid.*

③ *Ibid.*

Dans l'ère de post-Renaissance, ce phénomène de l'ascension de soi s'est montré particulièrement révélateur. Force est de constater que le libertin du XVIII$^{e}$ siècle, l'arriviste du XIX$^{e}$ siècle et l'immoraliste du XX$^{e}$ siècle témoignent de ce nouvel état de différentes façons et voient aboutir le processus de transition. En tant qu'une forme différente de soi et de l'individu, d'une part, libertin, arriviste et immoraliste représentent, dans un sens différent, la germination de la conscience de soi durant la transition vers la modernité ; d'autre part, ils reflètent le développement et le changement de l'image et de la perception de soi à différentes époques. Derrière cette transition, c'est l'évolution vers la modernité au sens plus large. Le libertin du XVIII$^{e}$ siècle créé par Laclos dénonce non seulement l'éveil initial de la conscience de soi, mais aussi les empreintes traditionnelles qui sont mêlées aux rôles aristocratiques. Chez l'arriviste du XIX$^{e}$ siècle de Stendhal, une image de soi caractérisée par la lutte individuelle et l'ascension vers l'échelle supérieure de la société se profile devant le lecteur. Par le biais de l'immoraliste du XX$^{e}$ siècle sous la plume de Gide, nous remarquons une image de soi à multiples facettes qui sont à la recherche permanente de l'indépendance mais jamais éloignées de la société. Aussi sommes-nous conduits à la conjecture que l'évolution de l'image de soi dans la littérature européenne reflète celle des concepts de la modernité à cette période historique.

Le libertin a toujours été une image littéraire qui attire beaucoup d'attention dans la culture occidentale. Par ses figures variées et ses traits divers, le libertin est depuis toujours un sujet passionnant dans la littérature européenne. Ils bravaient et enfreignaient toutes normes établies avec audace et sans vergogne ; ils nourrissaient à la fois une attitude d'affranchissement à l'égard des croyances religieuses et une attitude d'indépendance vis-à-vis de toutes sujétions ; ils poursuivaient perpétuellement leur quête d'une liberté absolue, tant intellectuelle qu'affective, voire sexuelle. Le libertin est gracieux, attrayant, plein d'esprits ; mais lorsque le beau masque tombe, une âme venimeuse se dessine dans la pénombre. Cette dualité fait que le libertin est entouré d'une aurore mystérieuse. En tant qu'acteur concret, il présente des aspects complexes : liberté et conquête ; hypocrisie et sincérité ; débauche et mélancolie, etc. Dans *Les Liaisons dangereuses*, la multiplicité de personnalité reflète à la fois la tension entre l'émotion et la raison dans le monde intérieur libertin, la complexité de l'époque où il vit et leur image de soi contradictoire des personnages divers. Contrairement au comportement quotidien extravagant, le monde spirituel intérieur du libertin semble prudent et restreint, car il attend toujours avant d'être franc et de se déclarer dans le public. Par exemple, les personnages dans les *Liaisons dangereuses* ne se montrent que par des lettres, soit un outil intime entre les individus. D'ailleurs, les caractéristiques uniques des Lumières bénéficient d'un bon rendu à travers le libertin. D'une part, une observation minutieuse de la réalité permet de constater l'atmosphère culturelle des Lumières derrière ses orientations spirituelles telles que l'aspiration à la liberté, la délivrance des entraves et la rébellion contre la tradition. Ces orientations du libertin contribuent également à faire ressortir le tempérament spirituel de cette époque d'une certaine manière ; d'autre part, son style de vie désinvolte, licencieux, fastueux, vaniteux et la personnalité qui y est associée ont été encore imprimés, dans une large mesure, par la marque de la vie aristocratique à l'ère ancienne. Le chevauchement historique et la nature multiforme de la personnalité et de l'image de soi sont mis en lumière par l'entremêlement de ces deux traits du libertin.

Julien Sorel, créé par Stendhal, peut être considéré comme un représentant des arrivistes au milieu du XIXe siècle. Il a développé un sentiment d'infériorité en raison de ses origines modestes, mais en tant qu'arriviste de cette époque, Julien possède également une très forte estime de soi. Le conflit violent entre la faiblesse intérieure et la conscience forte de soi constitue la personnalité unique et vive de ce personnage. Il n'est pas disposé à obéir à la société dominée par le statut social et l'argent, et utilise tous les moyens possibles pour défier l'environnement environnant. L'arriviste comme Julien tâche de faire reconnaître sa valeur par la société au cours de l'ascension sociale. Avec la disparition de l'aristocratie et la montée du capitalisme, la « conscience de soi » et « l'image de soi » ont atteint des sommets sans précédent. L'individu en plein développement s'efforce toujours d'être un « je » unique, et Julien ne fait pas exception. Chez Julien, cette image unique de soi se caractérise également par sa complexité et sa polyvalence : hypocrisie, impitoyabilité et gentillesse sont intimement liées ; l'image est tantôt timide tantôt lâche. Du reste, il n'en reste pas moins qu'il est toujours difficile de donner à un individu une image figée au cours de son existence. Cette caractéristique se reflète également chez l'arriviste et se manifeste dans le changement continu de l'image de soi du personnage au cours de sa vie. Pendant « l'apprentissage » du personnage, le héros subit sans cesse des changements d'esprit, d'émotion et de moralité. Le changement psychologique qu'a connu Julien, de l'ascension sociale au retour à la vie sereine et ordinaire viennent à l'appui de ce que nous venons d'évoquer plus haut. En réalité, la personnalité de Julien est en plein développement et en tension durant son combat de vie. Comme tous les autres romans d'apprentissage, l'une des caractéristiques du *Rouge et le Noir* est de pouvoir éclairer précisément ce processus d'évolution et ainsi mettre en évidence le monde spirituel et l'image de soi du personnage à différentes périodes.

Les immoralistes sous la plume de Gide ne cessent de s'exprimer et de se découvrir par le biais de l'écriture de soi. L'auteur lui-même se décrit également dans tous les sens possibles de cette expression. Ce qui est visible aussi, c'est que Gide met beaucoup de lui-même dans ses œuvres. C'est la raison pour laquelle nous considérons souvent Gide comme son propre personnage dans les œuvres autobiographiques comme *Si le grain ne meurt*, les récits de voyage ainsi que les fictions à la première personne où Gide se met dans la peau du protagoniste. Il apparaît d'emblée que l'immoraliste représenté par Gide et ses personnages tente de poursuivre le vrai moi à travers l'écriture de soi. Cette façon d'écrire démontre la valeur et la dignité de la nature humaine, affirme la quête individuelle de la liberté et loue la libération de l'instinct. En outre, l'immoraliste n'est pas disposé à la la simplicité ni à la stabilité, car ces deux éléments signifient pour lui le manque et le vide du sens. Il chérit toujours la valeur unique d'un individu et s'oppose à l'effacement de l'individualité et à l'élimination des clivages. La quête de soi de l'immoraliste est investie à travers les écritures de soi : qu'il s'agisse d'un journal intime, des créations autobiographieques audacieuses, ou même des récits à la première personne ou des écrtits du genre théâtral, la multiplicité des images de soi se lit dans la totalité de ces créations. Toujours est-il que l'écriture de soi permet à l'immoraliste de prêter une attention sans précédent à lui-même en fournissant les ressources nécessaires à la poursuite de soi. Souvent, la vie de l'immoraliste semble être poursuivie par une ombre, cette ombre n'est personne d'autre que lui-même. Autrement dit, les œuvres littéraires sont devenues un miroir de soi dans lequel il a retrouvé un autre moi. Ce qu'il veut explorer, ce sont les multiples dimensions de sa personnalité, ce qu'il recherche est l'unité de l'esprit et de la chair humains et ce qu'il demande, c'est la valeur et le sens de l'existence. De surcroît, il n'en est pas moins vrai que Gide a connu la période du narcissisme extrêmement fermé dans les premiers jours de vie, éprouvé un amour tant hétérosexuel que homosexuel et trouvé enfin un grand amour chrétien pour toute l'humanité dans ses dernières années. L'image de soi en constante évolution chez Gide ne fait que renforcer la nécessité de sa quête et son dépassement incessant de soi. Comme nous venons d'indiquer plus haut, cette nécessité exige un réel investissement dans l'écriture de « je ». Malgré la diversité du sujet ou des façons d'écrire, Gide déploie de grands efforts pour s'acquitter le tâche de se décrire et de décrire autrui tout en portant sur la valeur de l'individu. Les riches images individuelles de soi sous sa plume aboutit au dévoilement de la constatation sur la profondeur et l'universalité de la réalité humaine.

## 2. État de la recherche

Le libertin du XVIII$^{e}$ siècle, l'arriviste du XIX$^{e}$ siècle et l'immoraliste du XX$^{e}$ siècle constituent des champs d'investigation pour la communauté académique, dont les écrits et travaux de recherche prolifèrent. En ce qui concerne les ouvrages sur le libertin, les auteurs donnent à voir l'extraordinaire bouillonnement des esprits désireux de comprendre le monde sans le secours de la religion ou de la contrainte morale et de substituer aux anciennes philosophies un art de vivre érotique ne touchant qu'au désir. Cependant, dans de nombreux ouvrages qui s'intéressent à la question, nous constatons des déficiences, plus ou moins grandes, dans ces recherches.

Les œuvres françaises sur l'histoire du libertinage comme *Histoire du libertinage : des goliards au marquis de Sade*①, *Littérature érotique et libertine au XVIIe siècle*②, ou encore *Le livre interdit : De Théophile de Viau à Sade*③, sont riches et détaillés en tant que matériaux historiques ; mais sur le plan théorique, il manque des analyses constructives sur la vicissitude de la définition et du sens de libertinage. Par exemple, dans *Des goliards au marquis de Sade*, *Littérature érotique et libertine au XVIIe siècle*, Didier Foucault et Michel Loude ne décrivent que de façon narrative les grandes figures libertines dans l'histoire. Christine de Suède incarne tous les traits du libertinage : l'incrédulité arrogante des grands, la passion érudite pour les sciences et la spéculation, enfin une très grande liberté de mœurs. En outre, tous les libertins n'avaient cependant pas loisir de vivre pleinement cette liberté d'âme et de corps. Ainsi Théophile de Viau, Ninon de Lenclos ou Sade ont fait au cours de leur vie l'expérience de l'ostracisme. D'autres encore, tels Giordano Bruno, Vanini ou Etienne Dolet, ont péri sur le bûcher. En s'appuyant sur les récents travaux consacrés aux libertins, Didier Foucault n'offre qu'une synthèse de l'histoire du libertinage en Occident.

---

① Didier Foucault, *Hisoitre du libertinage*, Paris, Perrin, 2010.

② Michel Loude, *Littérature érotique et libertine au XVIIe siècle*, Lyon, Aléas, 2002.

③ Jean-Christophe Abramovici, *Le livre interdit : De Théophile de Viau à Sade*, Lausanne, Petite Bibliothèque Payot, 1996.

D'autres travaux, plus généraux, sur le libertinage, tels que *L'Âge libertin*①, *Le système du libertinage de Crébillon à Laclos*②, mettent en exergue la diversité du savoir-faire et du savoir-vivre libertin, ainsi que la complexité de la mentalité et de la personnalité chez les libertins. Cependant, cette question mériterait d'être traitée d'une manière plus exhaustive et plus poussée. Ainsi, dans *Eros et civilisation*③, Herbert Marcuse indique que le libertin s'installe dans l'entre-deux et dans le dualisme : entre l'interdit et la transgression ; le rêve et la réalité. Toutefois, l'auteur n'associe pas la discrétion mondaine et la crudité pornographique ; la liberté de parler, d'aimer, et le respect des contraintes de la société.

Dans l'ouvrage chinois écrit par Li Yuan, *Libertin de l'esthétisme — La recherche sur Oscar Wilde*④, l'auteur néglige l'importance de la « modernité » du libertinage chez Oscar Wilde. Il existe, en effet, deux particularités chez ce dramaturge qui entretiennent un lien étroit avec la modernité. D'un côté, le dualisme incarne une tension au sein de la personnalité et une indépendance individuelle. La « modernité » du libertinage procède ici d'une forme de conscience et d'une grande lutte spirituelle à laquelle nous devons nous confronter lors de la formation de la personnalité ; de l'autre côté, le narcissisme des personnages wildiens pourrait être considéré comme une manifestation malsaine de l'égocentrisme.

---

① Claude Reichler, *L'Âge libertin*, Paris, Éditions de Minuit, 1987.

② Colette Cazenobe, *Le système du libertinage de Crébillon à Laclos*, Oxford, Voltaire Foundation University of Oxford, 1991.

③ Herbert Marcuse, *Éros et civilisation*, Paris, Points, 1971.

④ 李元,《唯美主义的浪荡子——奥斯卡·王尔德研究》, 北京 : 外语教学与研究出版社, 2008 年。

Pourtant, derrière cet affichage excessif, se trouve en fait le réveil de soi. D'une certaine manière, cette conscience reflète la tendance de la modernité. D'une manière générale, dans les milieux académiques en France et en Chine, en tant qu'entité unique du XVII$^{e}$ au XVIII$^{e}$ siècle, la libertine ne fait pas l'objet d'études approfondies et spécifiques.

Autour du *Rouge et le Noir* au XIX$^{e}$ siècle, les travaux de recherche apparus sur ce sujet ne sont pas passés inaperçus dans le foisonnement d'ouvrages. Dans les œuvres françaises, nombreux sont les livres qui se consacrent à l'auteur de ce roman. Par exemple : *Le Naturel chez Stendhal*①, *La Lumière de Stendhal*②, *Stendhal romancier*③, *Stendhal et les problèmes de la personnalité*④, *Stendhal et le langage*⑤, *Rire*, *sourires et larmes chez Stendhal*⑥, etc. Ces œuvres analysent l' itinéraire de la vie de l'auteur, sa vocation de l'écriture ainsi que le style de son langage. Dans *Stendhal et le langage*, Michel Crouzet nous décrit l'utopie d'un langage transparent et silencieux de Stenhal qui s'émancipe des règles. En plus, le mélange de phrases courtes et de phrases longues qui donnent au livre de Stendhal un air de diversité et de vivacité. Il nous paraît évident que Stendhal veut être le maître du langage afin d'établir une foi dans le langage, qui mène enfin vers l'esthétique et vers l'art. En outre, il existe également des

① Francine Marill Alberes, *Le Naturel chez Stendhal*, Paris, Librairie Lizet, 1953.

② Aragon, *La Lumière de Stendhal*, Paris, Éditions Denoël, 1954.

③ Maurice Bardeche, *Stendhal romancier*, Paris, Édition de la Table ronde, 1947.

④ Georges Blin, *Stendhal et les problèmes de la personnalité*, Paris, Jose Corti, 1998.

⑤ Michel Crouzet, *Stendhal et le langage*, Paris, Gallimard, 1981.

⑥ Pascal Gabrielle, *Rire*, *sourires et larmes chez Stendhal*, Genève, Droz, 1993.

œuvres destinées à retracer le cheminement de l'histoire à l'époque comme *Les Métamorphoses de la liberté ou Stendhal devant la Restauration et le Risorgimiento*①, *Le Rouge et le Noir*, *Roman de* 1830, *impossible en* 1830②, etc. Il faudrait reconnaître que l'histoire même et le changement social sont susceptibles d'amener à déterminer la création du roman et de ses personnages. Dans *Le Rouge et le Noir*, *Roman de* 1830, *impossible en* 1830, l'auteur procède au contexte social et dépeint la Restauration comme un abominable entre-deux, et c'est dans ce contexte précis qu'émergent les arrivistes dont Julien est le représentant incontournable.

D'autres travaux plus généraux sont consacrés au roman lui-même tels que, *Le Double Miroir* : *le livre dans les livres de* Stenhal à Proust③, *Le Rouge et le Noir de Stendhal*④, etc. Ces œuvres excellent à anaylser de manière exhaustive ce grand roman : origines, intrigue, réception, art du roman ainsi que portrait du protagoniste Julien Sorel. Dans *Le Rouge et le Noir de Stendhal*, Jean-Jacques Hamm décrit les règles qui opèrent à l'époque dans les milieux de pouvoir, en Province et à Paris, et démontre en même temps les folles ambitions de l'arriviste ainsi que son monde intérieur intime et complexe.

En tant qu'œuvre littéraire européenne préférée des Chinois, les travaux de recherche focalisés sur *Le Rouge et le Noir* sont trop nombreux pour être

---

① Henri-Francois Imbert, *Les Métamorphoses de la liberté ou Stendhal devant la Restauration et le Risorgimiento*, Paris, Libraire José Corti, 1967.

② Sylvie Thorel, *Le Rouge et le Noir*, *Roman de* 1830, *impossible en* 1830, Rouen, Publications de l'Université de Rouen et du Havre, 2013.

③ Joëlle Gleize, *Le Double Miroir* : *le livre dans les livres de Stenhal à Proust*, Paris, Hachette, 1992.

④ Jean-Jacques Hamm, *Le Rouge et le Noir de Stendhal*, Paris, Gallimard, 1992.

cités en Chine. La liste des articles qui analysent la complexité du personnage de Julien en est longue : « Analyse brève sur le caractère de Julien et la révélation pour les jeunes d'aujourd'hui » écrit par Wu Minghong, « Une mélodie triste d'un combat individuel : une analyse sur *Le Rouge et le Noir* » écrit par Wang Shiqiang, « Julien, un exemple typique » écrit par Rao Wei, « Une petite analyse sur Julien dans *Le Rouge et le Noir* » écrit par Li Xinhai, « Une vie tragique sous la Restauration : une analyse sur Julien du *Rouge et le Noir* » écrit par Dong Jiaxin et Zhuang Yong, etc. Par ailleurs, les écrits académiques en Chine sur *Le Rouge et le Noir* s'étendent sur d'autres sujets. Par exemple, « Analyse sur le réalisme du *Rouge et le Noir* » écrit par Zhang Tianran et « L'art de comparaison omniprésent dans *Le Rouge et le Noir* » écrit par Zhao Shenping se concentrent sur le style d'écrire et l'art du roman ; « L'amour maladif dans *Le Rouge et le Noir* » écrit par Zhang Jianfei et « La conception de l'amour dans *Le Rouge et le Noir* » écrit par Zhao Qingxia traitent le thème de l'amour du roman. Cependant, la recherche se borne principalement à la valeur littéraire de l'auteur et de l'œuvre, ce qui se trouve engagé dans le même geste que le monde littéraire français. En tout état de cause, l'image de soi caractérisée par l'arriviste dans *Le Rouge et le Noir* semblerait manquer d'une exploration approfondie et systématique.

Étant écrivain prestigieux qui a été pour plusieurs générations non pas tant un auteur aux talents variés que la personnification de la libre volonté du XX^e^ siècle, Gide reçoit une attention relativement étendue. Parmi les nombreux chercheurs français qui se dévouent aux ouvrages gidiens, Claude Martin, Pierre Masson, Alain Goulet et Éric Marty sont de plus grande notoriété. Les travaux représentatifs d'Alain Goulet sont comme suit : *Ficiton* *et vie sociale dans l'œuvre d'André Gide*①, *André Gide, écrire pour vivre*② et *Les Corydon d'André Gide*③. Dans *Ficiton et vie sociale dans l'œuvre d'André Gide*, le chercheur décrit Gide comme un observateur fervent de son époque et un témoin lucide de la société de son temps. Force est d'admettre que ses œuvres sont nées avec la vie, mais également avec celle de son entourage, de son milieu, de son temps, de sa société et celle dans laquelle il se plonge lors de ses voyages multiples, et il se plaît à y jouer de multiples rôles. Dans son ouvrage, Alain Goulet considère que l'homme n'est pas libre de penser à guise, car il est si étroitement lié à son époque, à son histoire, à son milieu et aux situations de sa vie.

Claude Martin est également le chercheur de plusieurs ouvrages consacrés à Gide, notamment à sa biographie : il y a, entre autres, *Gide, La maturité d'André Gide*④, *André Gide, ou la vocation du bonheur*⑤.

Quant à Éric Marty, il engage à mener des recherches sur la façon d'écrire de Gide. Dans *L'écriture du jour : Le Journal d'André Gide*⑥, l'auteur traite le sujet du journal intime. Il est inutile de rappeler que Gide ne cesse de se pencher sur le journal intime. Éric Marty insiste sur le fait que le journal intime est une forme de l'écriture de soi, car il est souvent présenté comme une sorte de découverte intérieure où le diariste raconte ce qu'il voit et ressent tous les jours. Dans ce sens, la personne qui tient un journal est

① Alain Goulet, *Ficiton et vie sociale dans l'œuvre d'André Gide*, Paris, Association des Amis d'André Gide, 1986.

② Alain, Goulet, *André Gide, écrire pour vivre*, Paris, José Corti, 2002.

③ Alain Goulet, *Les Corydon d'André Gide*, Paris, Éditions Orizons, 2014.

④ Claude Martin, *Gide, La maturité d'André Gide*, Paris, Klincksieck, 1977.

⑤ Claude Martin, *André Gide, ou la vocation du bonheur*, Paris, Fayard, 1998.

⑥ Éric Marty, *L'écriture du jour : Le Journal d'André Gide*, Paris, Seuil, 1985.

l'objet initial de ses écrits. Pour Éric Marty, le journal intime est une étape cruciale vers la voie de l'introspection littéraire, puisqu'il s'affirme avant tout comme l'univers des sentiments et des expériences personnelles.

Pour terminer, Pierre Masson s'applique à effectuer des études autour des sujets plus divers relatifs à Gide. Il suscite tantôt un regain d'intérêt pour la trajectoire de la vie de Gide — *Les Sept vies d'André Gide*①, tantôt pour la façon d'écrire gidienne — *André Gide et l'écriture de soi* (ouvrage écrit par plusieurs auteurs) ②. Dans cette œuvre, Pierre Masson constate que l'écriture de soi « s'installe au sein de l'écrivain, tenu de se constituer autre pour se connaître. Ce qui signifie que, pour Gide, toute occasion de rencontrer l'Autre et de le décrire est à cultiver comme occasion de s'écrire soi-même »③. Un point de vue semble partager les chercheurs chinois que nous allons aborder ci-dessous.

Zhang Ruoming et Sheng Chenghua sont les deux chercheurs chinois les plus illustres dans le domaine concerné sur Gide. Pour être plus précis, la thèse intitulée *L'Attitude d'André Gide*④ de Mme Zhang est un ouvrage incontournable à l'époque. Dans cet ouvrage, l'auteur met plusieurs aspects de Gide à l'étude : l'évolution de sa personnalité, sa pensée religieuse, sa conception sur la morale, et son attitude face à la sensation, son narcissisme, son esthétique et son classicisme. C'est ainsi un ouvrage exhaustif et enrichissant qui attire l'attention de Gide lui-même. Sheng Chenghua, pour

① Pierre Masson, *Les Sept vies d'André Gide*, Paris, Éditions Classiques Garnier, 2016.

② Auteurs divers dont Pierre Masson, *André Gide et l'écriture de soi*, Lyon, Presses universitaires de Lyon, 2002.

③ *Ibid.*, p. 8.

④ 张若名,《纪德的态度》,北京：生活·读书·新知三联书店, 1997 年。

sa part, il est dans un premier temps, un grand traducteur d'œuvres gidiennes. Son livre intitulé *Sheng Chenghua parle de Gide*① constitue également un ouvrage détaillé et complet qui contribue à éclaircir la nature de la création de Gide ainsi que ses idées sur la littérature et l'art en général.

Historiquement, le développement des recherches sur les ouvrages gidiens en Chine pourrait être divisé en deux périodes : l'une avant l'époque de réforme et d'ouverture et l'autre, depuis l'époque de réforme et d'ouverture jusqu'à nos jours.

Pendant la première période, la Chine fut longtemps en prise à des troubles sociaux. Il n'existait alors que très peu d'ouvrages chinois sur Gide. La Chine se laissait influencer par le concept occidental. Or la politique de réforme et d'ouvertuse annonce la deuxième période. Sous l'appui du Parti communiste chinois, les études sociologiques et littéraires ont connu un grand essor. De nombreux chercheurs ont reconnu l'importance considérable de développer la recherche sur la littérature étrangère. Certains chercheurs ont ainsi concentré leur attention sur Gide et ses œuvres. Dans les années 1980, la recherche sur Gide en Chine a porté ses fruits. En comparaison des recherches précédentes, l'aspect théorique et historique a été mis en évidence, ce qui manifestait la tendance d'une évolution en profondeur dans ce domaine. Pour autant, il existait aussi des insuffisances flagrantes. En effet, bien des œuvres classiques gidiennes sur certains sujets n'ont pas encore été traduites en chinois. D'un point de vue général, la recherche sur Gide en Chine se trouve encore dans la phase du développement. L'introduction et l'absorption de la théorie occidentale sont loin d'être

① 盛澄华,《盛澄华谈纪德》, 桂林 : 广西师范大学出版社,2012 年。

accomplies.

Inutile de dire que les documents et les recherches sur le libertinage, *Le Rouge et le Noir* et les œuvres de Gide sont colossaux et que ces travaux fournissent également des résultats de valeur sous différents aspects. Mais au sens global, ces résultats partagent certaines caractéristiques communes : ils ne prêtent pas pleinement attention aux thèmes internes comme éveil de soi, naissance des individus ou évolution historique. En outre, ces ouvrages n'examinent pas de manière systématique ces trois figures qui se distinguent l'une de l'autre mais qui se suivent l'une de l'autre et qui se lient l'une à l'autre. Aussi essaierons-nous de remédier à la tendance de partialité dans les recherches sur *Les Liaisons dangereuses*, *Le Rouge et le Noir* et les œuvres de Gide, et de trouver un tout nouvel aspect pour traiter ces œuvres. En nous appuyant sur les recherches antérieures, le présent travail tente de faire progresser la recherche connexe à partir des aspects ci-dessus, pour ne pas entreprendre une recherche superficielle mais une anaylse approfondie sur la tension intrinsèque et la forme ontologique qui existent entre les multiples facettes de ces trois figures.

## 3. Fil de la pensée et ordre de la logique

Ayant recours à la revue historique (démêler de manière chronologique l'ordre historique de l'image de soi à différentes époques), à l'interprétation du sens (décrypter et déchiffrer les connotations respectives de ces trois figures, leur lien dissemblable avec la modernité et l'évolution sociale, etc.) et à une approche reliant l'enquête psychologique et l'analyse théorique, nous tentons de mener une étude sur le libertin du XVIII$^{e}$ siècle, l'arriviste du XIXe siècle et l'immoraliste du XXe siècle en vue de faire une recherche sur l'image de soi en évolution par rapport à la modernité.

Pour ce qui est du corpus, il devrait se rendre à l'évidence qu'en plus des *Liaisons dangereuses*, longue est la liste des œuvres littéraires décrivant le libertin du XVIIIe siècle. Cependant, l'image de soi du libertin est dessinée de manière relativement plus concrète et exhaustive dans *Les Liaisons dangereuses*. De même, le XIXe siècle regorge d'exemples des arrivistes avec l'essor du capitalisme : Rastignac dans *Le Père Goriot*, George Duroy dans *Bel Ami*, etc. Une étude de ces œuvres fait apparaître que ces personnages semblent suivre sur la même voie en partant du fond de la société pour pénétrer dans les milieux où ils espèrent réussir de différentes manières. En effet, la première partie du *Rouge et le Noir* est similaire à ces romans : Julien Sorel qui cherche à s'extraire de sa condition de fils de menuisier entre successivement dans la maison du maire et l'hôtel du marquis, et faillit se faire une place dans la haute société. Néanmoins, le sort final de ce protagoniste est foncièrement différent des personnages susmentionnés : Julien a une illumination subite et découvre les expédients usés qui l'ont fait réussir sont marqués par l'hypocrisie et l'illusion. À la fin du roman, la lumière se fait à fond dans son esprit et il détruit toute la gloire pour maintenir sa dignité. Force est de constater que Julien reste toujours à la marge de la société et est incapable de trouver une place qui lui appartient ni ici ni ailleurs. En ce sens, Julien vit son existence d'une manière différente de celle des autres arrivistes à l'époque. Autrement dit, le protagoniste du *Rouge et le Noir* possède non seulement les caractéristiques générales des arrivistes du XIXe siècle, mais affiche également sa propre personnalité unique. Quant à l'immoraliste, il n'empêche qu'au XXe siècle, on n'en finirait pas d'énumérer les œuvres impliquant une image de soi variée : du surréalisme à l'existentialisme en passant par le Nouveau Roman. Certes, le surréalisme poursuit également le vrai soi, mais il aspire également à percer le monde réel dominé par la raison et à réaliser la soi-disant vérité absolue par la libération de l'instinct et du désir. De même, l'existentialisme fait valoir le soi, mais met quand bien même en évidence le conflit entre l'individu et la société. La position de Sartre ne s'oppose pas à celle des autres existentialistes tout en souligant : « L'enfer, c'est les autres. » Le Nouveau Roman qui se définit par une série de rejets se voit plongé dans une tendance de nihilisme au sein de ces romans. Il n'en reste pas moins que cette tendance suppose, dans une certaine mesure, une dissolution ou une décomposition de soi. Pour résumer, les axes autour desquels s'organisent le rôle du soi au début du XX$^{e}$ sont nécessairement spéculatives et incomplètes : d'une part, le soi dans ces œuvres est représenté par une évolution à sens unique de l'image de soi du XIX$^{e}$ siècle ; d'autre part, il a tendance à sombrer dans l'effondrement de l'individu. À titre comparatif, le soi interprété par l'immoraliste dans les œuvres de Gide recèle une dissonance et une contradiction qui est revêtu d'un cachet mystérieux et manifeste ainsi les multiples traits d'un soi moderne, ce qui reflète aussi l'évolution de l'image de soi dans la littérature française de cette période. C'est dans cette perspective que nous choisissons *Les Liasions dangereuses*, *Le Rouge et le Noir*, et les travaux de Gide comme corpus dans le présent travail.

Provenant de la simple observation empirique, la formation d'un individu est indissociable d'un certain contexte historique. L'image de soi émanant des œuvres littéraires dévoile également les changements sociopolitiques à différentes époques. Qu'il s'agisse du libertin du XVIII$^{e}$

siècle, de l'arriviste du XIXe siècle ou de l'immoraliste du XXe siècle, l'image de soi est enracinée dans divers contextes historiques et conditions sociales. Chapitre I est étroitement lié à ce sujet : il se centre sur le contexte historique et la trajectoire sociale de cette période. En faisant des recherches sur la relation entre l'image de soi et les différents milieux historiques, nous sommes en mesure de saisir non seulement leur rôle spécifique et leur activité respective dans la société, mais aussi de révéler davantage l'évolution et les racines sociales et historiques de l'image de soi.

Retour du contexte historique au soi, le monde spirituel et intérieur des individus ainsi que leur interaction avec la société extérieure sont incontournables. Ceci nous amène au Chapitre II qui essaie d'explorer l'image de soi et les caractéristiques du libertin, de l'arriviste et de l'immoraliste sous trois aspects : amour, religion, pouvoir ainsi que sphère publique. L'amour inclut le monde émotionnel et motivationnel de l'individu dans son entier. La religion, préoccupation ultime de soi, invite l'individu à se former soi-même au comportement intérieur et extérieur. Le pouvoir et la sphère publique manifestent la relation entre soi et structure sociopolitique. Quelle que soit l'évolution du Moyen Âge à l'ère moderne ou celle de la société moderne elle-même, la germination et l'évolution de la conscience de soi ne peuvent se priver de ces trois aspects. À travers la description et l'analyse de leur sentiment, croyance et réalité sociale, nous tentons de découvrir leur comportement unique, leur expérience enrichissante ainsi que leur monde intérieur. De là, notre recherche consiste à nous interroger sur ce qui pourrait montrer les formes spécifiques de l'image de soi dans les œuvres littéraires de différentes époques.

Le monde spirituel démontré par l'intermédiaire de l'amour, la religion ainsi que l'interaction entre les individus et la réalité sociale confirme que le soi dans les œuvres littéraires contient à la fois des processus psychologiques internes et des forces sociales externes. Cela implique en outre l'interaction mutuelle de la manifestation externe de l'individu et du monde psychologique interne. À l'évidence, cette interaction se déroule dans le processus entier de l'existence de soi. Ce n'est qu'en regardant de près cette interaction en profondeur qu'une image spécifique de soi peut être révélée. Chapitre Ⅲ s'attache à examiner la nature et la corrélation entre ces aspects. Derrière son apparence extravagante, le libertin porte souvent un fardeau intérieur et dispose d'un âme fragile. L'arriviste représente leur monde intérieur par le biais des signes faciaux et corporels ainsi que les monologues intérieurs. Le changement psychologique de l'immoraliste provient de son univers familial du conflit et de sa tension entre la poursuite de soi et les contraintes sociales. À travers l'analyse du système psychologique et la relation complexe des personnalités, nous tentons de saisir plus concrètement les multiples facettes de l'image de soi dans la littérature française du XVIII$^{e}$ au XX$^{e}$ siècle.

Le soi affiché par le biais de la relation entre le mécanisme psychologique et les formes de personnalité complexes se manifeste principalement comme image de soi dans les œuvres littéraires dans ce livre. En tant que personnage dans les œuvres littéraires, ce soi ne peut être séparé des œuvres littéraires elles-mêmes : c'est à travers différentes formes d'écrire que le soi dans les œuvres se présente sous forme des images vivantes et animées. En ce sens, l'écriture de soi façonne l'image de soi dans les œuvres littéraires. Sur le plan général, ce travail prend les œuvres littéraires comme objet d'étude, et il en résulte que la façon dont ces œuvres sont écrites à différentes époques constitue un aspect non négligeable de l'examen de soi. À cet égard, lors de la recherche de l'image de soi dans les œuvres littéraires, notre puissance d'efforts vise à démêler l'écheveau des différentes façons d'écrire. Sous différentes formes d'écrire, le soi présente une variété de formes. Pour observer le rapport entre e l'image de soi et l'écriture de « je », nous avons fait le choix d'orienter notre réflexion autour de cette question dans le quatrième et le cinquième chapitre.

Chapitre IV traite, plus précisément, de l'écriture de « je », utilisant principalement l'écriture à la première personne comme norme de classification. De là, nous nous concentrons sur quatre façons d'écrire : autobiographie, échange épistolaire, journal intime et fiction à la première personne. Les trois premières façons d'écrire se présentent comme différents styles ou catégories littéraires, tandis que la fiction à la première personne représente davantage une approche créative unique. Bien que les façons d'écrire ci-dessus aient leurs propres caractéristiques, elles ont des points communs, à savoir que les auteurs écrit tous à la première personne dans ces écrits. Autrement dit, ces quatre façons d'écrire font preuve de « je » dans tous ses états. Dans l'ensemble, ces quatre façons d'écrire appartiennent à la littérature intime qui a pour enjeu d'explorer l'espace mental de soi. En terme d'écrire, la première personne est la façon la plus interne et la plus personnelle pour s'exprimer, alors que sur le plan littéraire, le « je » met en évidence le processus de formation et les caractéristiques de l'image de soi.

Le contenu du Chapitre V reprend directement celui du chapitre précédent. En plus de l'écriture autobiographique, de la correspondance, des études sur le journal intime et sur la fiction à la première personne, il existe trois autres formes d'écrire dans des œuvres littéraires connexes du XVIII$^{e}$ au XX$^{e}$ siècle. Similaires aux façons d'écrire discutées dans le Chapitre IV, le roman d'apprentissage et la création théâtrale manifestent par-dessus tout de différentes catégories littéraires, alors que la mise en abyme en littérature se relève davantage comme un procédé créatif et artistique. Ces formes d'écrire décrivent les images distinctes de soi du libertin, de l'arriviste et de l'immoraliste de différents niveaux à leur propre façon, dans le but de mener généralement à une meilleure compréhension sur l'essence et la pluralité de soi aussi bien dans les écritures que dans des explorations théâtrales.

Ayant recours aux observations précédentes, on tente d'effectuer une recherche multidimensionnelle de l'image de soi et de son évolution dans la littérature française du XVIII$^{e}$ au XX$^{e}$ siècle. Le présent travail explore, dans ce cadre, la signification de la modernité de manière concrète dans l'évolution de l'image de soi au cours de cette période.

# Chapitre I L'image de soi et l'évolution sociale

L'émergence de soi ou d'individu reste inextricablement liée au contexte historique et social, car la relation entre la société et le soi constitue un élément fondamental pour le développement et l'affirmation de soi. En réalité, l'image de soi dans les œuvres littéraires traduit, en quelque sorte, l'évolution sociale et politique à différentes époques. Que ce soit le libertin du XVIII$^{e}$ siècle, l'arriviste du XIX$^{e}$ siècle ou l'immoraliste du XX$^{e}$ siècle, ils n'auraient pas de peine à suivre pas à pas l'ascension toujours croissante de soi, et l'exaltation de l'individualisation ne se comprend que dans les contextes historiques et conditions sociales. Une recherche sur la relation entre l'image de soi et différents milieux historiques nous permet de mieux cerner leur rôle déterminé et leur activité respective, et d'illustrer davantage l'évolution et l'ordre tant social qu'historique de l'image de soi.

## 1.1 De la Renaissance au XVIII$^{e}$ siècle : le réveil du libertin

Au Moyen Âge, la population n'avait aucune conscience de soi en niant complètement leur propre singularité, car la religion chrétienne a longtemps insisté sur la fait que l'homme ne possède aucune valeur en lui-même et n'a de signification qu'orienté vers Dieu. Dans ce contexte, le peuple de l'époque cherchait dans l'exégèse biblique la solution éventuelle de tous les problèmes humains. L'interprétation de la Bible pouvait être différente et les opinions pouvaient diverger, pourtant le seul moyen d'obtenir une certaine connaissance était d'établir le sens exact de ce que Dieu lui-même dit de sa volonté et de sa finalité. À ce propos, Bossuet précise dans son œuvre :

> « *Tout ce que Lacédémone, tout ce qu'Athènes, tout ce que Rome, pour remonter à la source, tout ce que l'Égypte et les États les mieux policés ont eu de plus sage n'est rien en comparaison de la sagesse qui est renfermée dans la loi de Dieu, d'où les autres lois ont puisé ce qu'elles ont de meilleur...* » ①

À la fin du Moyen Âge, le pouvoir superstitieux a répandu son pouvoir sur l'Europe. En 1584, l'évêque Jewell a déclaré que la sorcellerie avait beaucoup augmenté pendant les quatre dernières années devant la reine Elizabeth. C'est la raison pour laquelle le XVI^e et le début du XVII^e siècle ont été la grande époque des procès de sorcellerie. L'ampleur du mouvement était telle que seulement dans Languedoc, 400 sorciers ont été brûlés. Nous pouvons en déduire que le peuple de l'époque s'appuie uniquement sur la religion ainsi que le pouvoir superstitieux, et n'est pas conscient de dépendre de leur propre pensée indépendante.

Lors de la Renaissance, ce genre de situation a été peu à peu atténué par

① Jacques-Bénigne BOSSUET et Renaud SILLY, *Élévations sur les Mystères, Médiations et autres textes*, Paris, Bouquins, 2017, p. 167.

une nouvelle connaissance de la science et de la culture. Les progrès de la science, particulièrement l'astronomie, étaient les facteurs les plus efficaces de ce changement radical. Au fur et à mesure que l'observation astronomique et le calcul ont repoussé les limites de l'espace, l'idée de l'homme comme entité unique et indépendante apparaissait plus facilement reçue par la population. En outre, avec une forte croissance démographique et un essor économique et social①, la conscience de soi s'est graduellement réveillée. La Renaissance a ainsi marqué le début d'une prise de conscience de l'individu : l'homme s'est donné de propres lois en déchirant le voile médiéval et a commencé à développer avec énergie les aspirations ainsi que les éléments des particuliers.

Dans l'ère de post-Renaissance, nous avons observé une tendance croissante à la conscience de soi. Au XVIIe siècle, une société particulière s'est constituée d'une manière progressive et fiévreuse en Europe, c'est celle du libertin, qui est né au XVIe siècle en Italie, et qui, au siècle suivant, s'est épanoui en France.

---

① Selon Jacob Burckhardt, l'exil et la migration ont joué un rôle crucial dans tout cela, car l'exil ou la migration pourrait déployer les facultés de l'homme au plus haut niveau. Au Moyen Âge, l'homme était obligé de dépendre d'un certain terrain qu'il ne pouvait quitter à volonté. L'exil a créé des conditions propices à la migration globale. Il faut noter que ce n'étaient pas seulement des condamnés qui s'étaient expatriés. En revanche, des miliers d'individus ont abandonné volontairement son pays natal, puisque la situation sociale et économique est devenue insupportable. C'était surtout le cas en Italie : les Florentins ont émigré à Ferrare, tandis que les Milanais sont venus s'installer à Venise. En effet, la liberté de migrer est un indice de l'individualisme, car ils trouvent un nouvel endroit dans la langue et la culture différente et peuvent vivre à leur guise. Cette migration des exilés donne suite à la poussée démographique, au développement d'urbanisme et enfin à l'émergence de l'individualisme.

La tradition libertine date de l'Antiquité. Présente chez les présocratiques, elle a pris un tournant majeur avec Épicure. Pour Épicure, le plaisir est surtout subjectif et sobre. Il y a certes des désirs que nous ne pourrions pas satisfaire, mais si cette non-satisfaction ne procure pas de douleur, ce n'est alors point grave. Selon Épicure, les plaisirs dont on peut se passer ne satisfont au fond que notre vanité. Il écartait donc les plaisirs qui venaient de la débauche ou des plaisirs sensuels. Il préférait les habitudes raisonnables. Il avance la possibilité d'un état auquel on peut aspirer le plus : un état de quiétude dans le plaisir. Ainsi, il est aisé de constater que la pensée épicurienne se caractérise par une association d'hédonisme et d'ascèse.

Revenons au sens littéral du mot « libertin ». Ce mot a été emprunté du latin « libertinus » qui désigne un esclave affranchi ou rendu libre. Ce mot est entré en français durant les guerres de Religion, et les premiers emplois se trouvaient en 1447 dans une traduction du *Nouveau Testament*. Dès lors, le mot « libertin » a connu une évolution originale.

Au XVI^e siècle, Calvin a utilisé ce mot pour nommer des dissidents issus des sectes protestantes du nord de la France. Par extension, « libertin » pouvait servir à désigner une personne qui se libérait de tout dogme et de toute religion, un athée ou un impie, autrement dit : un esprit fort① ou un libre penseur. Pour la première fois dans son histoire, le libertinage a été mobilisé comme pionnier d'une nouvelle vague idéologique.

Au début, ce n'était qu'en Italie où diffusaient les pensées les plus dévastatrices au XVI^e siècle. Pourtant, à compter des années 1600, la France a pris la place du chef de file et s'est imposée comme le foyer du libertinage

① Expression désignant les penseurs indépendants, libérés des préjugés et des dogmes religieux.

moderne. À cette époque, la conception de la nature ainsi que les méthodes des sciences de la vie ont connu également un bouleversement profond. Au XVII^e siècle, le sens du libertin s'est élargi d'une façon rapide sous l'autorité absolue de la religion. Le libertin a commencé à porter une attitude d'indépendance à l'égard de toute sujétion et s'est érigé sur le plan intellectuel. Un mouvement de pensée s'est même développé autour de ce mot : vers 1620, un groupe de poètes libertins, dont le plus célèbre était Théophile de Viau, a formé une société secrète. Ils se considéraient comme des « antéchrists » et ont composé des poèmes obscènes imprégnés d'un esprit irréligieux, et ont diffusé des œuvres anonymes défendant leurs thèses. On les considérait à l'époque comme des sorciers. En ce temps-là, la politique de répression envers ces déviances a été très sévère. L'État a même instauré un contrôle vigilant à l'égard des libertins. En juillet 1618, étant les premières victimes de l'application de ce contrôle, le poète Etienne Durand et deux Italiens ont été exécutés pour avoir écrit un pamphlet contre le roi et la religion. Le choix du libertinage se donne ici à lire comme un acte d'insubordination, un geste de rébellion politique et religieuse et un défi contre le pouvoir officiel.

Pourtant, l'affaire la plus célèbre et la plus scandaleuse dans ce genre reste celle de Théophile de Viau. Théophile de Viau était à l'époque le poète le plus lu dans son pays. Un beau matin de 1623, il est entré chez un libraire parisien où il a trouvé un poème signé de son nom dans lequel les mots malsains sur la vérole, la louange excessive de la sodomie et l'allusion à la luxure restaient sans fard. Théophile a senti immédiatement la menace et le danger. Pourtant, la preuve était bien là. Afin de se réhabiliter, le poète pouvait argumenter que l'anthologie avait été réalisée par un imprimeur sans scrupules à son insu. Le livre qui compromet Théophile, *Le Parnasse des poètes satiriques*, est un florilège de poèmes débauchés, un de ces recueils spécialisés dans le lascif qui foisonnent en France depuis le début du XVII$^{e}$ siècle. Il va de soi de dire que cette affaire a eu de graves répercussions. Chacune des accusations qu'étaient les blasphèmes, l'athéisme et la sodomie, a suffi à emmener le poète à l'échafaud. Les instructions diverses, les interrogations infinies et le procès ont duré deux ans. En dépit de son désespoir, Théophile faisait front. Il a mené une campagne courageuse répondant aux accusations avec des plaidoyers diffusés dans le public. Il a persévéré et mis ses accusateurs dans l'embarras. Quand le procès s'est enfin achevé, la situation a fait tourner en sens inverse. Théophile de Viau est condamné, mais seulement au bannissement à perpétuité. Après avoir séjourné à l'île de Ré pour un certain temps, le poète est revenu à Chantilly. Pour autant, surmené par tant d'épreuves, il est disparu un an seulement après sa libération.

Revenons à nouveau au mot « libertin », le sens du mot n'a cessé d'évoluer au cours de la fin du XVII$^{e}$ siècle et au début du XVIII$^{e}$ siècle où une atmosphère débauchée et indolente planait dans la cour et dans la société mondaine. Le libertin a donc tendu à se livrer à l'épicurisme et à se caractériser de plus en plus par une propension à la débauche. C'était principalement dans les salons que la mutation de la vie libertine et littéraire s'est opérée. Dans un tel contexte, le salon de Ninon de l'Enclos avait un statut à part. Salon mondain, il a été un des lieux les plus courus de Paris à l'époque. En outre, son cercle montrait le libertinage le plus complet, tant par le culte des plaisirs qu'on y célébrait sans retenue que par les grandes idées audacieuses peu admises dans le reste de la société.

En abordant cette époque, sous l'angle du libertinage, il nous est quasi nécessaire d'évoquer une des femmes les plus fascisantes du siècle : Ninon de l'Enclos. Elle est née en 1620, et morte en 1705. Dès son plus jeune âge, elle se montrait réellement désireuse des lettres et notamment de la philosophie ; elle fut, au contraire, peu intéressée par tout ce qui avait trait à la religion. Très jeune, Ninon manifestait des traits de caractère qu'elle conservera toute sa vie : une farouche insoumission à l'égard de toute norme et une passion sensuelle ouvertement assumée. Dans son adolescence, elle a déjà démarré sa vocation de séductrice, incontestablement, une des plus grandes de son époque. Les conditions de ses amants étaient très variées : depuis les grands personnages de la cour jusqu'à de jeunes gens bien faits de leur personne, en passant par quelques talents des lettres. Inutile de dire que très peu de femmes à son époque ont eu le courage d'assumer aussi pleinement et aussi publiquement sa préférence envers la sensualité tout en associant ses dispositions intellectuelles et philosophiques.

Le XVIII$^{e}$ siècle peut être considéré comme l'apogée du libertinage, les idées libertines s'y affirmaient avec force. La raison réside dans le fait que jamais comme au XVIII$^{e}$ siècle, la vie littéraire n'a connu une telle vigueur : des poésies et des pièces de théâtre en première ligne, mais aussi roman, littérature morale ou philosophique ont atteint le sommet et on eu une influence considérable sur le plan international. En dehors de ce phénomène, un volumineux ensemble d'ouvrages libertins a introduit de nouveaux codes de vie et une nouvelle façon d'écrire pour décrire le libertinage qui se caractérisait le plus souvent par une dépravation morale, une exaltation de la chair, ainsi qu'une quête égoïste du plaisir. La séduction et la duperie étaient à la fois un art complexe et un enjeu propre au libertinage. Dans ce contexte, le mot libertin est devenu progressivement synonyme de l'inconduite voire du cynisme. Les principes fondamentaux du libertinage sont devenus plus clairs et ont infiltré bon nombre de nouveaux domaines. En somme, le libertinage, qu'il s'agisse de concepts ou de vertu, désigne les formes de résistance et la poursuite d'être soi-même dans tous ses états.

Envisagé dans cette perspective, être libertin signifie aussi être un individu unique, car le libertin est tout d'abord libre de choisir sa propre foi et la façon de vivre : il peut vivre de sa propre manière sans tenir compte du regard des autres ou de la norme sociale. Par exemple, dans *Les Liaisons dangereuses*, Mme de Merteuil s'épanouit dans une société où dirigent les hommes. Elle manie les hommes habilement, ce qui montre en quelque sorte la liberté du sexe. Auparavant, la femme était identifiée comme une proie à entreprendre, qui finit plus ou moins par céder devant son chasseur ; de même, en tant que femme, il lui était nécessaire, voire impératif de rester inférieure au masculin. Le mécontentement et la révolte des femmes crèvent aux yeux des lecteurs dans l'écriture libertine. Cécile de Volanges en est un bon exemple. À l'époque, on était habitué à la privation d'une éducation naturelle et saine de la sexualité chez les jeunes filles. Ainsi, ces innocentes étaient maintenues dans un état d'ignorance enfantine qui les rendait subordonnées à leurs futurs maris et on les laissait inexpérimentées pour s'exposer au mal et vice du monde extérieur. C'est pourtant Mme de Merteuil qui a pulvérisé le système de l'oppression des femmes par sa lucidité féministe : « venger son sexe ». De toute évidence, cette audace et cet esprit libérateur s'engagent à faire vivre la conscience de soi et forment une image de soi propre à Mme de Merteuil.

## 1.2 La période agitée du XIX$^{e}$ siècle : le conflit de l'arriviste

Le XIX$^{e}$ siècle est l'un des siècles les plus riches en productions littéraires en France, mais également l'un des siècles les plus troublés sur le plan historique et social. Du fait de son instabilité politique, le XIX$^{e}$ siècle apparaît comme une périodc de renouvellement et de crise qui se consacrent à une fragilité globale. La fin du siècle des Lumières était marquée par le grand bain de sang de 1789. Le peuple s'est révolté contre l'impôt imposé par Louis XVI, et le roi, symbole de l'Ancien Régime était exécuté en 1793. Après la Révolution de 1789, d'autres révolutions se sont succédé sans cesse. Ce siècle peut être, à bon droit, prénommé le siècle des révolutions qui est si fertile en soulèvements, en insurrections et en guerres diverses. Ces révolutions avaient comme point commun de lutter contre l'ordre établi social et politique, quasiment toutes livrées pour la liberté et la démocratie politiques. Dans ce contexte libre et rebelle, le peuple a ainsi déclaré la naissance officielle de l'individu et commencé à avoir conscience de lutter pour son propre destin.

Sur le plan littéraire, au lendemain de la Révolution française, les écrivains de l'époque ont repris ces questionnements sur le sujet et sur un ton passionné. Désormais, la littérature est entrée dans une nouvelle ère : elle s'intéressait plus aux affections de l'âme et à son espace mental, cette façon d'écrire a privilégié l'examen de soi. Telle est la base sur laquelle l'individu, dans sa singularité psychologique et sociale, devient le centre de la réflexion et de l'écriture.

Afin de mieux comprendre certains phénomènes sociaux, il nous paraît nécessaire de consacrer un peu de temps sur deux grands mouvements politiques de l'époque : la Restauration et la Monarchie de Juillet.

Après la Révolution de 1789 est arrivé l'Empire de Bonaparte. Ses conquêtes en Europe et sa compétence politique lui ont donné le pouvoir et lui permettent de devenir empereur de France. Ayant subi la défaite définitive à Waterloo en 1815, Bonaparte était exilé à l'île de Sainte-Hélène, ce qui signifie la fin de son règne. Après la Révolution et l'Empire, une période de l'histoire de France correspond à une restauration de la monarchie que l'on appelle la Restauration. Celle-ci, établie en 1814, a vu s'ouvrir une période de tensions.

Les Bourbons étaient de retour en 1815, fidèles aux principes traditionnels, ils ont prodigué leur énergie dans le rétablissement de l'Ancien Régime, tout en faisant fi des revendications de la nouvelle France. En pareil cas, la France se trouvait divisée en deux camps : celui de la nouvelle France et celui de Louis XVIII. De cette situation singulière, deux grands partis politiques à l'image de France divisée ont vu le jour : la partie ultra-royaliste et le parti libéral. Le premier représentait le parti contre-révolutionnaire qui préconisait le retour de la monarchie. Ce parti était majoritaire à la chambre des députés et ne reconnaissait pas la charte entre le roi et les citoyens. C qu'il voulait, c'était de redonner la puissance au roi et à l'église. En revanche, le deuxième parti représentait la nouvelle France, le point-clé de leur réclamation était la liberté et la question du droit individuel. Il est indubitable que le parti libéral a cherché à contrarier le retour de l'Ancien Régime et lancé un appel à un régime parlementaire. Il serait intéressant de constater que ce parti comptait même des anciens membres de l'Ancien Régime et des nobles, y compris le soutien venant de la bourgeoisie. De plus, cette réflexion libérale s'est enrichie avec l'apport de deux penseurs : Benjamin Constant et Alexis de Tocqueville. D'une façon générale, le parti libéral forme un groupe hybride, juxtaposant les républicains, bonapartistes et partisans du futur Louis-Philippe.

Malgré le fait que Louis XVIII semblait fermer ses yeux sur la pluralité du paysage politique, la tension sociale et politique n'a jamais cessé de se produire. La Terreur blanche, la chute de Richelieu, la montée du gouvernement de Villèle se sont succédée l'une à l'autre. La raison directe de la révolte de 1830 a été le coup d'État de Charles X qui a décidé de signer quatre ordonnances :

> « *La première supprime la liberté de la presse et rétablit la censure ; la seconde dissout la chambre que viennent de désigner les électeurs ; la troisième modifie le régime électoral en refusant désormais de prendre en compte la patente payée par les commerçants et les industriels dans le sens électoral ce qui revient à éliminer la bourgeoisie du nombre des électeurs ; enfin la quatrième fixe au mois de septembre la date des nouvelles élections.* » ①

Ces ordonnances signées le 25 juillet 1830 comme l'article 14 de la charte ont suscité une insurrection générale qui a mobilisé toutes les couches de la population et tous les systèmes politiques. Menacée dans ses droits essentiels, la bourgeoisie s'est rassemblée pour la rébellion. Les industriels

① Berstein Serge et Milza Pierre, *Histoire du XIX*e *siècle*, Paris, Hatier, 1996, p. 114.

ont donné même congé à leurs employés pour qu'ils puissent s'engager dans la résistance. Des étudiants et des ouvriers ont dressé des barricades faisant obstacle aux soldats. « Les trois glorieuses » ont fini par mettre fin au pouvoir de Charles X. Le roi et une partie de gouvernement se trouvaient obligés de s'enfuir à Saint-Cloud. Ce soulèvement permet à la France de rattacher avec son passé tumultueux et prend l'avantage à nouveau sur l'Ancien Régime.

En juillet 1830, le duc d'Orléans a pris le pouvoir sous le nom de Louis-Philippe Ⅰ. Pour autant, la Monarchie de Juillet a aussi constitué un échec, car les changements sociaux n'étaient pas adaptés à la portée de l'événement, et l'insurrection populaire n'a rien apporté qu'un « roi aux Français » qui n'a pas tenu sa promesse d'un assouplissement du pouvoir.

En réalité, l'échec de la Révolution de 1830 était à la base d'un fort désenchantement des jeunes, car une grande partie de la jeunesse a cru au changement et n'est plus arrivée à reprendre espoir dans l'avenir. Ils se sont désormais plongés dans une souffrance permanente à laquelle on a donné le nom de mélancolie. Pour être plus précis, c'est un sentiment d'affres et de défaillance intitulé « Mal du siècle ». Le peuple avait le sentiment d'être trahi par une époque sur laquelle ils avaient beaucoup compté.

Par ailleurs, le pouvoir de la bourgeoisie et de l'économie s'est fait connaître à l'époque. En général, le terme de la bourgeoisie désignait une catégorie sociale et un titre associé d'abord à la ville puis aux commerçants. Au cours des siècles, les bourgeois voulaient une révolution politique, afin que leur classe trouve sa propre place dans la société. Au XIXe siècle, l'atmosphère sociale entre la bourgeoisie et la noblesse est devenue de plus en plus tendue. Avec le développement extraordinaire de l'industrie, la classe de la bourgeoisie a commencé à occuper une place prédominante sociale, ce qui rend la question de l'argent un centre d'intérêt : pour certains, l'argent pouvait être la seule valeur et le seul motif des comportements, à tel point qu'ils n'avaient aucun scrupule à gagner la fortune.

Comme tout un chacun peut l'imaginer, les écrivains ne pouvaient se tenir à l'écart d'un engagement social et politique. Ce contexte de tension politique et sociale était exprimé par une littérature dont l'engagement consistait à décrire des personnages qui s'attachaient encore à des rêves et des ambitions dans une société où tout reste à reconstruire. Par exemple, dans *Le Rouge et le Noir*, la mention politique et économique du XIXe siècle ne s'impose pas uniquement sur la couverture du roman, mais apparaît sur maintes pages au sein du roman :

> «*...toutes furent portées contre ceux des habitants qui lisaient le Constitutionnel. Le bon parti triompha.*» ①
>
> « *À Paris j'étais las de cette comédie perpétuelle, à laquelle oblige ce que vous appelez la civilisation du XIXe siècle* » ②
>
> « *Depuis* 1815, *il rougit d'être industriel* : 1815 *l'a fait maire de Verrières. Les murs en terrasse qui soutiennent diverses parties de ce magnifique jardin qui, d'étage en étage, descend jusqu'au Doubs, sont aussi la récompense de la science de M. Rênal dans le commerce du fer.* » ③

---

① *REN*, p. 36.

② *Ibid.*, p. 325.

③ *Ibid.*, p. 13.

C'est alors un roman-miroir qui comprend des réflexions du monde contemporain, et est perçu comme le symbole d'une époque. À la recherche de personnages passionnés d'un nouveau roman, Stendhal les trouve, par hasard, parmi les hommes du peuple. La trame romanesque du *Rouge et le Noir* est en effet empruntée à deux faits divers publiés dans la Gazette des tribunaux en décembre 1827. Plus précisément, le canevas du récit est aux origines de l'affaire Berthet et de l'affaire Lafargue. Antoine Berthet, fils d'un artisan pauvre, est entré au petit séminaire de Grenoble. La maladie l'ayant contraint d'abandonner ses études, Berthet est devenu précepteur des enfants Michoud de La Tour. Devenu l'amant de Mme Michoud, il a dû quitter sa place, regagné le séminaire, avant de retrouver un emploi de précepteur chez M. de Cordon. Mais une liaison avec la fille de ce dernier le fit congédier. Ne pouvant désormais retourner au séminaire, il a multiplé les lettres de menace à Mme Michoud. Le dimanche 22 juillet 1827, en pleine église, il a tiré sur elle avant de retourner l'arme contre lui et de se blesser. Condamné à mort en décembre 1827, Berthet était exécuté le 23 février 1828.

Stendhal rapproche également son intrigue de celle d'un autre assassin de l'époque : l'ébéniste Lafargue qui tua sa maîtresse infidèle. Ce personnage offre à Stendhal un certain nombre de traits physiques qu'il prête, par la suite, à Julien : « Lafargue a vingt-cinq ans... Il a reçu de la nature une physionomie intéressante. Tous les traits sont réguliers, délicats, et ses cheveux arrangés avec grâce. On le dirait d'une classe supérieure à celle qu'indique son état d'ébéniste. » ① Le compte rendu de l'affaire parut dans le courrier des tribunaux. L'énergie et la volonté chez l'assassin ont suscité cette

① Stendhal, *Promenade dans Rome*, Paris, Gallimard, 1997, p. 412.

remarque de Stendhal dans *Promenades dans Rome* :

> « *Tandis que les hautes classes de la société parisienne semblent perdre la faculté de sentir avec force et constance, les passions déploient une énergie effrayante dans la petite bourgeoise, par ces jeunes gens qui, comme M. Lafague, ont reçu une bonne éducation, mais avec l'absence de fortune oblige au travail et met en lutte avec les vrais besoins.* » ①

Les tentatives du groupe des arrivistes de se battre pour occuper la place qui leur revient au sein de la communauté sociale ont fait ressortir une société en pleine effervescence. Se retrouvant dans un espace de vie qui n'a cessé d'évoluer sur le plan politique et social dont les structures se transforment de fond en comble, la population avait tendance à agir à sa guise et à montrer un soi de nature hétérogène. Ce ne serait pas par hasard que Julien s'équipe de tous les habits de la ruse pour devenir un arriviste dans un sens net et immédiat. Nul doute que le monde en pleine ébullition sociale ne conduise l'arriviste à avoir une image de soi bien complexe : ambitieux, hypocrite, mais généreux et émotionnel en même temps. Dans les faits, le désir de réussite individuelle ne constitue pas sa seule ambition. Il aspire également à une liberté pour tous, à savoir : une société libre. À la fin, l'échec de Julien est en effet celui de toute une jeunesse qui est contre les réalités brutales durant la période révolutionnaire. Cet arriviste, qui s'illusionne sur ses projets, mais refuse de voir la réalité en face de lui. Les illusions perdues de

① Stendhal, *Promenade dans Rome*, Paris, Gallimard, 1997, p. 217.

Julien sont dues à des erreurs d'appréciation sur sa personne et sur le monde. D'où il ressort que la préoccupation personnelle des arrivistes trouve de lointains échos dans celle de la société et que le contexte en tension sociopolitique au XIX$^{e}$ siècle sera décisif pour le fort impact psychologoique et l'image de soi d'un arriviste à l'époque.

## 1. 3 De de la fin du XIX$^{e}$ siècle jusqu'au XX$^{e}$ siècle : la lutte de l'immoraliste

Au cours du XIX$^{e}$ siècle, bon nombre de pays européens ont connu la plus profonde mutation qui ait jamais affecté les hommes : la révolution industrielle. De fait, c'est à partir du dernier tiers du XVIII$^{e}$ siècle qu'a commencé la révolution, mais c'était à la fin du XIX$^{e}$ siècle que la plupart des pays ont achevé la révolution et en ont apporté les fruits. Pour la première fois dans l'histoire, le pouvoir humain de production y était affranchi. Les emplois industriels étaient multipliés. L'économie était désormais à même d'approvisionner des biens et des services mis à disposition d'hommes toujours plus nombreux. La profusion des découvertes techniques ainsi que la meilleure distribution des produits et des profits ont bouleversé la vie quotidienne de la population. Des paysans se sont adaptés ou exilés vers les centres industriels, l'artisan disparaissait petit à petit, et des professionnels ont surgi. Dans un tel contexte, un nouveau type de société s'est modelé : une élite de bourgeoisie a remplacé les notables traditionnels. En d'autres termes, c'était une société hiérarchisée par la possession des moyens de production, c'est-à-dire, par l'argent gagné ou reçu en héritage, ainsi, on est passé d'une société d'ordres à une société de classes plus fluide.

Le privilège se révèle de manière flagrante : en 1900, 10% des Français ont partagé plus de 40% du revenu national. La grande bourgeoisie s'affichait, quel que soit le régime politique à l'époque.

Face à une situation similaire, le monde des ouvriers, rejetés dans leurs périphéries urbaines, était soumis à une exploitation. Un prolétariat est né et a combattu. Peu à peu, tous les domaines de la vie étaient atteints et transformés. Quoi de plus naturel, à ces nouveautés économiques et sociales a correspondu une nouvelle civilisation. Par exemple, des changements aussi profonds que complexes sur le plan religieux caractérisent la mutation sociale. Sous l'Ancien Régime en France, le monde civil et le monde ecclésial étaient si étroitement mêlés que leurs rapports affectaient tous les domaines de l'existence sociale. La mutation sociale qui avait correspondu à l'industrialisation et à l'urbanisation a entraîné la désintégration des cadres traditionnels. La déchristianisation était un nouveau phénomène dû à cette mutation. Ce phénomène a contribué à restreindre l'influence du facteur religieux et à affaiblir l'autorité des Églises. Il était nécessaire de constater que la déchristianisation n'était pas la même notion que la laïcisation. La laïcisation de l'État a visé à rompre les liens officiels entre l'État et l'Église. Elle n'a pas préjugé les sentiments personnels ou les croyances des individus. Tandis que la déchristianisation touchait aux croyances intimes et démontrait le fait que la religion reste affaire de préférences personnelles et que la population paraissait de plus en plus se désintéresser de toute croyance religieuse. Les gens ont cessé de fréquenter les lieux de culte et commencé à négliger les obligations culturelles. Au bout du compte, ils étaient plus libres de choisir leur croyance devant l'ampeur de ce phénomène.

Ainsi, dans cette nouvelle civilisation, l'homme est imbu de ses droits plus que de ses devoirs et l'individualisme a graduellement triomphé : l'individu était libre, libre de choisir sa carrière, sa religion et sa vie. Cette atmosphère libérale et tolérante a déclenché l'apparition d'un groupe de personnes : les immoralistes dont Gide est le grand représentant.

Né dans une famille de bourgeoisie aisée et de religion puritaine, Gide est alors un héritier de traditions rigoureuses. Néanmoins, Gide est prédisposé dès son enfance à une sensualité encombrante qui le fait renvoyer par l'École alsacienne. Toutefois, l'obsession de ce désir sensuel s'exacerbe peu à peu et il est fort possible que cet immoraliste vive en ce temps une longue période de doute et d'hésitation. Au fur et à mesure que le climat sociopolitique devient progressivement détendu, Gide s'arme enfin du courage de défendre les plaisirs du corps et de s'échapper de la tradition protestante dont il est censé être le continuateur.

Malgré le fait que l'industrie et l'esprit d'entreprise ont triomphé, la crise guettait tout comme auparavant. L'exploitation des hommes a fait lever l'inquiétude et la lutte sociale. À l'échelle du monde, étant donné que la France a abordé dans d'excellentes conditions l'industrialisation moderne, le pays a commencé à coloniser la terre des africains. Il est donc inéluctable que la question de la colonisation est devenue peu à peu une affiare incontournable.

À l'époque, la forme la plus répandue des relations entre les continents a été la domination coloniale. Cependant, le caractère distinctif de cette relation était l'inégalité fondamentale qui a influencé tous les plans, et en premier lieu, les rapports politiques. C'est la raison pour laquelle nous utilisons souvent « la dépendance » pour substituer le mot « colonisation ». Ce synonyme souligne bien les rapports inégaux entre les territoires colonisés et les métropoles. Plus précisément, la colonie n'avait pas de liberté ni souveraineté dont a disposé entièrement la métropole.

Pour bien évaluer la portée du phénomène, il doit se rendre à l'évidence que l'inégalité ne s'est pas limitée à l'aspect politique, mais s'est étendue également au statut des personnes et à leurs droits civils. Dans *Voyage au Congo*, Gide décrit la condition abominable de vie des habitants :

> « *Je les retrouve après dîner qui dansent à la clarté d'un feu de paille, avec les femmes des miliciens absents. Un de ces enfants, d'aspect très misérable, se tient dans l'ombre, loin des autres ; comme la nuit est un peu froide et qu'il semble grelotter, je le fais s'approcher du feu. Mais les autres aussitôt s'ecartent. C'est un lépreux. Chassé de son village, à trois jours de marche, il ne connaît ici personne. Marc qui me rejoint me dit l'avoir rencontré déjà, et lui avoir donné à manger. Même il a laissé à une femme indigène de quoi assurer la nourriture de ce petit paria pour huit jours ; la femme a promis d'y veiller. Nous devons repasser par ici et saurons si elle a tenu sa promesse. Mais hélas ! Si l'enfant ne doit pas guérir, que sert de prolonger sa triste vie...* » ①

De cet extrait, force est de constater que le sacrifice de la population noire est au profit du pays colonial. En réalité, si l'Europe a aboli le régime de la corvée, elle l'a maintenu sous le nom de travail forcé dans les colonies qui devait attendre 1946 pour le voir disparaître. De plus, la rémunération et le salaire dans les colonies étaient bien inférieurs à leur niveau dans les

① *VC*, p. 61.

métropoles. En effet, n'ayant pas de capitaux, la population gagnait très peu. Les capitaux sont venus des métropoles et le revenu est retourné aux métropoles. Le régime du pacte colonial qui voulait que les métropoles disposassent du monopole du marché et du transport.

En outre, dans le régime colonial, la population autochtone était soumise à un régime juridique différent de celui des citoyens de la métropole. Dans de tels cas, malgré le fait que la colonisation avait pour but d'améliorer la condition matérielle et de corriger un certain nombre d'injustices, de supprimer l'esclavage, par exemple, elle a maintenu une inégalité de droit entre les individus. En général, les indigènes se voyaient un statut beaucoup plus inférieur à celui des ressortissants français et étaient obligés de s'assujettir à un régime plus strict. De toute évidence, ils n'étaient pas en mesure d'obtenir la liberté reconnue par la loi française.

En dernier ressort, à l'inégalité politique et économique, il faut rajouter aussi l'inégalité culturelle. C'est la France qui a apporté sa civilisation, inculqué ses idées et imposé ses valeurs avec son système d'éducation. La réciproque n'existait pas, puisque la France n'a jamais emprunté aux civilisations du pays colonisé.

Dans les faits, la question de colonisation ne vient pour le XX$^{e}$ siècle qu'au second rang, car ce sont les deux grandes guerres qui viennent, d'ordinaire, en premier. Les guerres ont eu sur l'ordre social et les rapports entre les groupes sociaux des conséquences incalculables à tel point que la Première Guerre mondiale a créé un nouveau type social : celui de l'ancien combattant. Des dizaines de millions d'hommes sont rentrés dans leur foyer après quatre années de guerre et une solidarité de sentiments et d'intérêts s'est nouée entre eux, ce qui est en fait moins un groupe social qu'une force politique. Hormis cette conséquence directe, la guerre et l'inflation conjuguée ont donné suite à certaines évolutions qui ont accentué des inégalités et des disparités dans l'échelle sociale. De même, la Seconde Guerre mondiale a aussi entraîné les conséquences négatives. En premier lieu, c'est la perte humaine : le nombre est incalculable et le décompte exact se trouve encore inconnu. La Pologne, par exemple, a perdu à peu près le quart de sa population. En second lieu, ce sont les ruines matérielles : la perte est beaucoup plus étendue que la Première Guerre mondiale. Entre 1939 et 1945, la guerre a accumulé les destructions. Les villes détruites se sont comptées par centaines en Europe et les communications étaient tout à fait désorganisées. En dernier lieu, sur le plan sentimental, la guerre laisse des traces durables au cœur des Européens, ce qui est, en effet, plus difficile à restaurer après la guerre.

Dans les circonstances pénibles, les immoralistes comme Gide attachent une grande importance aux questions sociales. Il écrit *Voyage au Congo* pour démontrer le malheur des populations colonisées et se lance dans de véritables enquêtes afin de dévoiler tous les malheurs de la population noire dans ses œuvres autobiographiques où il est conduit à critiquer la cruauté de l'administration et le système de la colonisation. Il oppose même des faits plus cachés, dont le régime de la colonisation est la cause directe. L'importance de ce livre de Gide réside dans le fait qu'il influence en quelque sorte l'opinion publique et ainsi la décision stratégique des autorités à l'époque.

Par ailleurs, Gide accorde également une haute attention aux deux grandes guerres. Son attitude ferme contre le fascisme et les dérogations aux droits de l'homme l'incite à prendre position vis-à-vis du régime antisémite d'Hitler. Paul Léautaud, chroniqueur de la société littéraire de l'entre-deux-guerres affirme la position envers ce sjuet des débats :

> « *Gide a plutôt d'opinion, d'esprit antisémite* [...]. *N'empêche que La Revue de Hongrieétant venue récemment l'entretenir des Juifs en Allemagne sous la dictature de Hitler, il a donné pour cette revue une sorte de protestation, signée par lui, contre les malheurs infligés à ces pauvres gens.* » ①

De là, nous tombons sur une image de soi complexe des immoralistes que représente Gide. D'une part, ils sont entièrement libres qui bravent toutes normes établies avec audace et sans vergogne. En d'autres termes, les immoralistes nourrissent à la fois une attitude d'affranchissement à l'égard des croyances religieuses et une attitude d'indépendance vis-à-vis de toutes sujétions. D'autre part, ils se font polémistes et cherchent un rôle dans la société, mais plus largement dans l'humanisme, ce qui forme une image de soi lucide et désintéressée qui contribue à éclairer la pensée de la population. Quoi qu'il advienne, force est d'admettre que l'histoire et le changement social peuvent déterminer la destinée et l'image de soi de chaque individu. Chateaubriand le confirme dans un de ses essais :

> « *En vain vous espérez échapper aux calamités de votre siècle par des mœurs solitaires et l'obscurité de votre vie ; l'ami est maintenant arraché à l'ami, et la retraite du sage retentit de la chute des trônes.*

① Paul Léautaud, *Journal littéraire*, Paris, Mercure de France, 1962, p. 246.

*Nul ne peut se promettre un moment de paix : nous naviguons sur une côte inconnue, au milieu des ténèbres et de la tempête.* » ①

Avant de scruter les prémices de l'évolution immanente entre libertin, arriviste et immoraliste, il est nécessaire de dégager à nouveau leurs caractères généraux. Dans les contextes différents sociaux, ces trois figures forment chacun une image de soi unique et témoignent d'une évolution frappante. Sortant peu après du Moyen Âge, le libertin réduit parfois sa poursuite de la liberté à l'émancipation sexuelle et au dévergondage des mœurs, il demeure ainsi une image de soi d'affranchissement absolu. Ils mènent une vie libre, mais trop dégradée en même temps. Chez eux, on voit une tendance déformée de la modernité : c'est une émancipation anormale de soi et un réveil de soi partiel ; en entrant dans une période extrêmement agitée où le capitalisme commence à poindre, l'arriviste du XIX$^{e}$ siècle déploie un maximum d'effort en vue de monter dans l'échelle sociale. Néanmoins, il garde des traces indélébiles de son propre milieu : lâche, téméraire, violent, etc. L'arriviste relève ainsi une image de soi en contradiction. Pour autant, une tendance de modernité se voit tout de même chez l'arriviste à travers leur conscience des droits individuels et leur désir de se faire reconnaître dans la société ; vivant dans une société en grande mutation, l'immoraliste se révèle encore plus complexe. En proie à l'hésitation douloureuse entre la tradition et le désir, il commence enfin à apprendre à franchir la barrière entre son aspiration et les normes. Toutefois, face aux malheurs de la population, il s'engage de manière désintéressée

① Chateaubriand, *Essai sur les révolutions : génie du christianisme*, Paris, Gallimard, 1978, p. 46.

dans les affaires sociales afin d'éclairer la pensée des autorités et de mettre une voix dans l'opinion publique. La modernité de l'immoraliste recèle dans sa réflexion sur la société et sur soi, car l'autoquestionnement ou la remise en question sur certains sujets reflète sur le plan objectif la transformation de la conscience de soi vers la modernité. Il est pour le moins manifeste que par rapport au libertin et à l'arriviste, l'immoraliste présente une image de soi encore plus composite et multiforme.

Pour tout dire, à travers cette analyse intégrale sur le schéma historique et social, nous tâchons d'examiner les conditions préalables à l'émergence de l'image de soi dans la littérature française du XVIII$^{e}$ au XX$^{e}$ siècle. Sur cette toile de fond, il est temps de se proposer de cette interrogation : après la naissance du concept de soi, les images de soi ne tardent pas à apparaître dans les ouvrages littéraires. En pareil cas, ces trois figures présentent-elles quelle forme immanente dans les écrits ? C'est ce qui va être étudié dans le chapitre suivant.

# Chapitre II L'image de soi et la tension du monde intérieur et extérieur

Revenons de la trame historique à l'image de soi, l'espace mental et intérieur des individus ainsi que leur interaction avec la société extérieure se transforment en des enjeux inéluctables. Qu'il s'agisse de l'évolution du Moyen Âge aux temps modernes ou celle de la société moderne elle-même, l'apparition et l'évolution de la conscience de soi ne peuvent jamais se priver de trois aspects : amour, religion et pouvoir ainsi que sphère publique. L'amour témoigne d'un univers privé et émotionnel de soi ; la religion illustre la préoccupation ultime d'un individu ; le pouvoir et la sphère publique font preuve de rapport entre le soi et la réalité sociale. De fait, ces trois aspects forment un monde spirituel en entier qui nous met devant une série d'interrogations : pourquoi cet amour passionnel et complexe ? La religion influence-t-elle leur attitude envers la vie ? Quels sont les liens qui pourraient exister entre la réalité sociale et le soi ? En répondant à ces questions, nous découvrons le comportement unique et l'espace mental de ces trois figures : les individus y sont placés un double jeu corporel et spirituel, de sorte que les auteurs transmettent, en creux, une représentation de soi sous la forme de narration plurielle et de valeurs éternelles à travers les ouvrages français du XVIII$^{e}$ au XIX$^{e}$ siècle.

## 2. 1 L'amour

L'amour désigne un sentiment intense d'attachement et de sympathie vis-à-vis d'un être vivant ou un objet sans vie. Il est de notoriété publique que l'amour comprend un large éventail d'émotions différentes : passion amoureuse, amour parental ou familial, platonique, homosexuel, religieux et même amour pour soi. De toute évidence, l'amour sous ses formes variées se fonctionne comme un élément fondamental dans les rapports sociaux et occupe une place cruciale dans la psychologie d'un individu, ce qui en fait aussi l'un des thèmes les plus courants dans l'art et la littérature. Il va de soi que notre moteur intime a besoin d'émotion et de sentiments sans lesquels il s'étouffe et s'arrête. Étant la forme concrète de l'existence individuelle, tout individu a un monde interne riche de sentiments et l'amour fait partie intégrante du monde spirituel. Il reste que l'amour constitue une activité interne et intime d'un être qui reflète souvent son monde intérieur et ainsi son image de soi.

Dans l'écrasante majorité des cas, la sexualité que les libertins poursuivent est étrangère à l'amour véritable. Il est incontestable que les libertins aiment les femmes. Néanmoins ils sont incapables d'aimer, même passagèrement un type fixe de femme. Ils tiennent toutes les femmes séduites pour identiques et interchangeables. Leur groupe féminin atteste leur inconstance, mais c'est une « inconstance égalitaire ». Toutes les victimes n'ont pas plus ni moins d'importance que les autres dans le cycle des conquêtes. Les libertins considèrent les femmes uniquement comme un outil pour arriver à la jouissance. Ils gardent, dans la plupart des cas, une attitude indifférente à l'égard de l'amour. Une preuve frappante est que certaines figures du libertinage sont quasi inaccessibles à la jalousie. Quand ils ont tout obtenu d'une femme, ce qui leur importe, c'est de l'abandonner et d'empêcher qu'elle ne gêne pas leur future conquête.

En réalité, ce que les libertins recherchent authentiquement, ce n'est pas la femme ou la chair des femmes proprement dites, mais la vanité masculine. C'est la raison pour laquelle ils ne mélangent presque pas le sentiment dans sa « cause sexuelle » ; ils ne soudoient aucune femme pour la jouissance, par contre, ils les éblouissent et charment — ils ne conquièrent les femmes que par leur attrait irrésistible et leur ravissement fatal. En vue de maintenir leur état de vanité constamment saturé, les libertins suivent une formalité libertine dont eux seuls sont les créateurs : séduire les femmes, les conquérir, les délaisser dès la conquête, chercher de nouveaux gibiers dès l'abandon du dernier. En plus de leur charme masculin et leurs stratagèmes de séduction, il existe, chez les libertins, une autre qualité indispensable pour acquérir le cœur des femmes : celle de choisir les femmes. Au su et au vu de tout le monde, l'effet de séduction et de fascination est très éphémère. À ce titre, le vrai séducteur, aussi bien que Don Juan ou Vicomte de Valmont, est un magicien qui sait que sa magie est à effets limités. Cela dit, les libertins accomplissent assez lucides pour exercer leur magie sur des êtres réceptifs et fragiles qui finiront inéluctablement par être en proie à leurs sortilèges et se tenir soumise sous les effets ensorceleurs. Voilà la raison pour laquelle tant de femmes se départissent de leur fidélité, de leur chasteté, et de leur devoir social et familial pour les séducteurs chevronnés et les mystificateurs cyniques.

Dans *Les Liaisons dangereuses*, Mme de Volanges nous brosse un portrait vivant du vicomte de Valmont :

> « *Mais Valmont n'est pas cela : sa conduite est le résultat de ses principes. Il sait calculer tout ce qu'un homme peut se permettre d'horreurs sans se compromettre ; et pour être cruel et méchant sans danger, il a choisi les femmes pour victimes. Je ne m'arrête pas à compter celles qu'il a séduites : mais combien n'en a-t-il pas perdu ?* »①

Pourtant, le physique de ce libertin est sacrifié à sa mesure et à ses principes dans le roman. Nous savons juste qu'il a une « belle figure » selon la description de Mme de Merteuil, ce qui désigne plus son allure générale que ses traits précis dans le visage ; de même, son âge exact est sous l'anonymat. Une chose est cependant certaine : il n'est pas âgé. Pour ce qui est de la naissance, il ne faut pas le considérer comme un grand aristocratique malgré le fait qu'il va à la cour avec Danceny. Il est plus homme de la ville que de la cour : on ne lui connaît aucune charge à la cour ni à l'armée en temps de paix. Ses passions dans la vie sont la chasse aux biches et aux femmes ainsi que l'escrime.②

L'auteur a décrit peu de chose sur l'enfance du Vicomte, excepté le fait qu'il a été perverti très jeune par des libertins, se transformant donc en « danger des liaisons » sous la plume de Mme de Tourvel. Ceci permet au Vicomte de devenir indubitablement le représentant du danger moral subi par la jeunesse et le pivot de ce roman. L'image fondamentale du Vicomte est

① *LD*, p.48.

② Laurent Versini, *Le roman le plus intelligent : Les liaisons dangereuses de Laclos*, Paris, Honoré Champion, 1998, p.94.

celle du libertin modèle du XVIIIe siècle : séducteur, fascinateur, sadique, foncièrement sournois, mais, en même temps, charmant, raffiné, éloquent, fatalement irrésistible. L'homme que Laclos voulait peindre, c'est en fait un mondain parfaitement civil qui met son calcul et ses projets au service de ses entreprises : il vole aisément le cœur des nombreuses femmes et le déchire avec la même vitesse et habileté. Ses projets, c'est toujours de perdre une femme et d'attaquer la vertu la plus pure. Sans nul doute, Valmont est un libertin typique. On se souvient comment il excelle dans l'art de jouer la comédie de la maladie ou du faible pour arriver à ses fins ; comment il parvient à avoir la clé que la petite Volanges tarde à lui donner, à bénéficier subtilement des services du Père Anselme afin d'obtenir un rendez-vous décisif avec Mme de Tourvel, à monter dans le lit d'une fille endormie et à intercepter des lettres.

Pour autant, Valmont montre un point de dualisme dans l'amour : d'une part, c'est un séducteur sans scrupules, d'autre part il est éperdument amoureux de son héroïne. En apparence, le Vicomte se montre toujours épris de la Marquise et éprouve sans cesse un désir ardent de la reconquérir. Il évoque souvent une jalousie à l'égard des amants de Merteuil et la courtise régulièrement. En réalité, ce désir ne demeure qu'au niveau sensuel — le plus communément chez les libertins et c'est sous ce couvert-là que Valmont nous cèle son grand amour : la première et la seule femme que Le Vicomte ait jamais aimée véritablement est en fait le personnage idéal du roman, la Présidente de Tourvel. Le Vicomte s'intéresse tout d'abord fortement à cette chaste et dévote créature. Dans les lettres de cette honnête femme, une voix pure et angélique se distingue de ce concert discordant des libertins sans scrupules. Cette voix constitue effectivement l'appât le plus irrésistible chez

Mme de Tourvel. Pour être plus précis, ce qui l'attire chez Mme de Tourvel, c'est le charme qui émane de toute sa personne, c'est quelque chose d'indicible et de mystérieux : naturelle, franche, pure, gracieuse, etc. La présidente abomine tous les artifices, les duplicités du cœur et de faux sentiments. Elle est l'antithèse des êtres hypocrites que Valmont rencontre habituellement. Pour lui, il suffit à Mme de Trouvel d'être soi-même pour qu'elle reste adorable. Au fur et à mesure, des sentiments brûlants, mais viscéraux sont nés insidieusement au fond de ce libertin consommé. Il avoue plusieurs fois son sentiment : « Je n'ai plus qu'une idée ; j'y pense le jour, et y rêve la nuit, s'écrie-t-il. J'ai bien besoin d'avoir cette femme, pour me sauver du ridicule d'en être amoureux » ① et devient de plus en plus lyrique : « Cela est si vrai, qu'un libertin amoureux, si un libertin peut l'être, devient de ce moment même moins pressé de jouir » ② affirme Valmont à Merteuil, une preuve ferme que l'amour du Vicomte pour Mme de Tourvel a pris le dessus de la jouissance licencieuse du libertin. Dès la lettre 10, sa confidente Mme de Merteuil a déjà posé son diagnostic : Valmont est amoureux et le vicomte le confirme par la suite : « En effet, si c'est être amoureux que de ne pouvoir vivre sans posséder ce que l'on désire, d'y sacrifier son temps, ses plaisirs, sa vie, je suis bien réellement amoureux. » ③ Tout au long de sa tentative de séduire Mme de Touvel, le vicomte ne peut pas rester maître de lui, il lutte sans cesse contre les éléments irrationnels et instinctifs qui le perturbent en permanence. Parfois, il a été même en mesure d'écrire de belles phrases comme celles-ci :

---

① *LD*, p. 39.

② *Ibid.*, p. 152.

③ *Ibid.*, p. 61.

« *Alors, je connus l'amour. Mais que j'étais loin de m'en plaindre ! Résolu de l'ensevelir dans un éternel silence, je me livrais sans crainte comme sans réserve à ce sentiment délicieux. Chaque jour augmentait son empire. Bientôt le plaisir de vous voir se changea en besoin. Vous absentiez-vous un moment ? Mon coeur se serrait de tristesse ; au bruit qui m'annonçait votre retour, il palpitait de joie. Je n'existais plus que par vous, et pour vous.* » ①

De même, le Vicomte prétend à maintes reprises être amoureux pour de vrai. Voyons sa fameuse *Lettre de Dijon* déchirée, recollée, trempée de larmes chaudes ; elle est, de son propre aveu, « Un amour pur et sincère, un respect qui ne s'est jamais démenti, une soumission parfaite ; tels sont les sentiments que vous m'avez inspirés. Je n'eusse pas craint d'en présenter l'hommage à la Divinité même. » ② Ici, la figure du Vicomte ne se présente plus comme un libertin classique, mais plutôt comme un homme innocent et désespéré aspirant tout simplement à l'amour. Cet amour romanesque et malheureux du libertin était incomparablement violent et sincère au point qu'il a coûté la vie à Valmont. En subissant le charme de Mme de Tourvel, Valmont tombe dans la faute habituelle que Mme de Merteuil et lui-même reprochent aux autres : il perd sa lucidité et son sens critique. Il n'assume plus la responsabilité de ses actes. Mis en face de sa vanité et de son désir, Valmont tente de sacrifier son amour pour sauver ce qu'il croit être la meilleure part de lui-même. Néanmoins, son sentiment pour Mme de Tourvel est plus fort que tout. De prime abord, le Vicomte succombe au

① *LD*, p. 106.
② *Ibid.*, p. 107.

duel qu'a provoqué le Chevalier de Danceny. Pour autant, il succombe, dans le fond, aux souffrances dues à la fin tragique de la femme qu'il aime tant et surtout à leur amour mutuel à peine commencé, mais déjà volant en éclats par sa propre faute.

À partir de cet amour emmêlé de Valmont, on ne peut négliger que deux forces antagonistes qui s'affrontent sans cesse chez ce personnage : le libertin calculateur et imperturbable et l'amoureux sincère. Il serait intéressant de noter que plus le vicomte sent la passion amoureuse, plus il agit comme un libertin absolu : lorsqu'il confirme son amour pour Mme de Tourvel, Valmont fait une lettre faussement timbrée de Dijon ; séduit Cécile et Emilie ; écrit une lettre au lit sur le dos de la danseuse. C'est comme si ces actes l'aident à combattre les influences incontrôlées de l'âme et que en lui se développent deux êtres en même temps : libertin froid et amoureux éperdu. L'image de soi complexe du libertin s'explique de manière spontanée par ses actes contradictoires, cet état d'âme et le conflit au fond de son cœur. Tous ces éléments invitent à lire la représentation de soi sous la forme d'énoncé explicite dans les écrits de Laclos et convergent vers l'idée de l'impossible unité du « moi ».

Chez Julien Sorel, le dualisme d'amour se manifeste également de manière fulgurante : il éprouve en même temps l'amour arriviste et l'amour sincère. Si l'on remonte un peu aux racines de ce personnage, une observation n'aura pas échappé au lecteur qui forme la double réalité de l'image de soi : Julien est animé en permanence de son ambition. Pour comprendre l'arrivisme de Julien Sorel, il serait nécessaire de nous poser des questions sur les causes de cet arrivisme.

La première apparition du personnage est assez frappante : dans la scierie de son père, contrairement à ses frères, Julien est perché sur une poutre et lit le *Mémorial de Sainte-Hélène* au lieu de surveiller les travaux manuels. La scène est donc indicielle d'un destin à venir : étant un être brimé en raison de sa différence, il est fragile en un milieu où il faut être fort ; il est érudit en un milieu où l'on est ignorant et fruste. À l'évidence, Julien apparaît comme la victime d'une malheureuse adéquation entre sa nature et son milieu familial. Notre protagoniste du *Rouge et le Noir* devient objet des mépris de tous à la maison, vice versa, il déteste son environnement. Le mépris qu'il ressent tous les jours au sein de cet environnement hostile et de la part de ses proches motive son arrivisme. Quand le cercle familial du personnage devient méprisable, la rupture se transforme en une source de soulagement. D'ailleurs, la petite ville de Verrières l'étouffe, car c'est une ville où pèse la tyrannie des deux forces : l'aristocratie et le clergé, si bien que l'argent constitue l'unique préoccupation des habitants locaux, l'atmosphère devient vite irrespirable et étouffante. De là réside la semence de l'ambition de Julien : le désir de fuir. Cette situation constitue un motif valable pour que le protagoniste cherche à aller de l'avant pour quitter son milieu. Tous les moyens sont bons pour partir, même en utilisant des moyens détournés voire malhonnêtes, car Verrières constitue un symbole d'emprisonnement du point de vue de Julien :

> « *Pour Julien, faire fortune, c'était d'abord sortir de Verrières ; il abhorrait sa partie. Tout ce qu'il y voyait glaçait son imagination.* »①

---

① *REN*, p. 37.

Une autre graine de son ambition est semée dans l'humiliation de Julien. Jeune homme pauvre, Julien Sorel est de toute apparence de la race des humiliés. Les termes qu'il emploie pour se caractériser sont parlants : « plébéien », « fils de paysan », « fils de charpentier », « domestique », « ouvrier ». Et il est devenu excessivement sensible quand on aborde ces sujets. Pensant qu'il va être embauché comme domestique chez M. le Maire, Julien refuse sur-le-champ en dépit de la réaction de son père :

> « *Va faire ton paquet, je t'emmènerai chez M. de Rênal, où tu seras précepteur des enfants.*
>
> — *Qu'aurais-je pour cela ?*
>
> — *La nourriture, l'habillement et trois cents francs de gages.*
>
> — *Je ne veux pas être domestique.*
>
> — *Animal, qui te parle d'être domestique, est-ce que je voudrais que mon fis fût domestique ?*
>
> — *Mais avec qui mangerai-je ?* »①

Hanté par l'idée des mépris, le héros puise dans l'humiliation la force pour atteindre à une vie noble et satisfaisante. Cette évaluation de Julien sur lui-même, confirmée parfois par les aristocrates, a des effets et des conséquences flagrants : elle sert, en effet, de catalyseur de son ambition ardente. Pour lui, réussir, c'est d'échapper à une situation humiliante de pauvreté et d'infériorité. Cependant, il considère les riches comme des ennemis à combattre, non comme des gens à envier. Cela explique la raison

① *REN*, p. 31.

pour laquelle il refuse le mariage et les millions de Korasoff. Il en résulte que l'ambition chez Julien doit être une revanche sociale contre les nobles et les bourgeois.

En outre, certaines pensées de Julien sont bien celles d'un arriviste absolu. Ces pensées viennent de l'idéologie de la classe sociale à laquelle il appartient. En tant que fils d'un charpentier devenu riche grâce à son métier manuel, Julien entre dans la catégorie de la petite bourgeoisie. Le rapport de la bourgeoisie à la fortune et les aspirations aux gloires ont été inculqués à Julien dès son enfance. Vis-à-vis du prestige social dont jouit l'aristocratie à l'époque, certains bourgeois ont honte de leur naissance. De cette situation singulière, ils sont en mesure d'utiliser tous les moyens et saisir toutes les opportunités afin de se retirer de cette origine et parvenir à un statut social plus élevé. À titre d'exemple, Julien, en maintes occasions, se laisse éblouir par les honneurs, le luxe et l'élégance : quand les habitants reçoivent le roi en visite à Verrières, « Julien était le plus heureux des hommes... Il était au comble de la joie. »① Julien montre le même enthousiasme au bal de M. de Retz et il éprouvera, par la suite, une admiration stupide pour le prince Korasoff. À la fin du roman, il reconnaît à la fin du roman avoir été dupe des apparences. Mathilde, le compagnon le plus intime de Julien, flaire bien l'ambition chez son bien-aimé :

> « *Compagne d'un homme tel que Julien, auquel il ne manque que de la fortune que j'ai, j'exciterai continuellement l'attention, je ne passerai point inaperçue dans la vie*[...] *je serai sûre de jouer un rôle*

① *REN*, p. 127.

*et un grand rôle, car l'homme que j'ai choisi a du caractère et une ambition sans bornes.* » ①

L'ambition de Julien se fait aussi entièrement sentir par son napoléonisme. Son premier instituteur, le chirurgien-major transmet sa passion pour Napoléon Bonaparte à Julien. Le *Mémorial de Sainte-Hélène* est l'une des œuvres qui fascinent Julien et le marque tout au long de sa vie. Dans la vie de Napoléon, ce qui captive le plus Julien, c'est son ascension dans l'échelle sociale, en d'autres termes, sa réussite sociale. Julien rêve d'être un grand Moi et de se frayer un passage, en allant toujours de plus en plus haut comme son héro Napoléon. Par ailleurs, Julien fait particulièrement attention au rôle joué par les femmes dans le destin de Napoléon. Joséphine de Beauharnais est la première épouse de Napoléon et est devenue ensuite l'impératrice des Français. Jean Tulard prône l'influence de la vraie passion au sujet de leur union, mais cette passion est aussi déterminée par le statut de Joséphine qui jouit d'un grand prestige dans la société française à l'époque. Napoléon aurait souhaité profiter des relations sociales de Joséphine pour disposer de quelques faveurs auprès de Barras qui est ancien amant de Joséphine et acquiert ainsi un vaste pouvoir. Cette hypothèse prend appui sur le fait que Joséphine est plus âgée que Napoléon et qu'elle n'est pas d'une beauté incomparable :

« *Joséphine qui a trente-trois ans paraît quelque peu fanée si l'on en croit ses contemporains* [...] *Avec une bouche <garnie de dents*

① *REN*, p. 426.

*jaunes, cariées et puantes >, d'après l'un, < une coupe de sein manquant de grâce et le pin plutôt grand>, selon l'autre, Joséphine ne serait guère tentante si elle ne savait plaire. Elle a su avant tout charmer Barras qui en a fait l'une de ses maîtresses. Là réside peut-être la raison de fascination qu'elle exerce sur Bonaparte.* »①

Julien reconnaît avant tout que Napoléon réussit à conquérir le monde principalement par ses propres compétences, mais le jeune arriviste a aussi une tout autre idée, celle de faire une ascension sociale à travers le cœur des femmes de la haute classe, puisque l'appartenance de Julien à une classe qui manque de considération ainsi que sa manque de fortune sont des motifs principaux qui le pousse à prendre le chemin du cœur des femmes comme raccourci ou outil afin d'arriver à ses fins. Il va sans dire que cette pensée correspond bien à la nature de l'amour arriviste. On doit malgré tout considérer que l'amour n'est jamais séparable de la société. Les relations intimes entre les hommes et les femmes sont toujours sociales et profondément marquées par le statut social des amants.

En outre, le donquichottisme est omniprésent dans *Le Rouge et le Noir*. L'imagination de Don Quichette le conduit à mettre en pratique tout ce qu'il a appris sur les chevaliers errants. De même, en tant qu'imaginatif et liseur, Julien part à la conquête du monde qu'il ne connaît pas encore et dont il fait connaissance par ses lectures. Comme Don Quichotte, la motivation fondamentale de Julien est réussite, réputation et gloire.

Poussé fortement par cette idée, Julien ne veut pas aimer n'importe

---

① Jean Tulard, *Napoléon ou le mythe du sauveur*, Paris, Librairie Arthème Fayard, 1977, p. 78.

quelle femme, mais une femme noble ou parisienne. L'objectif de Julien est très clair. il a l'intention de séduire une femme qui a un statut capable de le conduire à grimper dans l'échelle sociale afin d'arriver au sommet. De toute évidence, l'amour de Julien est à la fois ambitieux et prétentieux. Poui lui, l'attirance pour une femme ne dépend pas de ce qu'elle est réellement, mais de ce qu'elle représente dans la société, ce qui démontre son insincérité et hypocrisie en face du sentiment. C'est pour cette raison qu'il refuse les avances de la femme de chambre de Mme de Rênal qui espère ardemment l'épouser. À ses yeux, c'est une proposition qui ne lui couvient pas de manière que Julien noircit même Élisa en lui imputant une conduite moralement répréhensible, c'est-à-dire, il n'hésite pas à sacrifier l'honneur d'Élisa sur l'autel de son ambition.

En ce qui concerne sa relation avec Mme de Rênal, ce n'est pas, au début, une relation motivée par l'amour sincère, mais plutôt une relation basée sur l'intérêt et l'ambition. Lors de sa première rencontre avec Mme de Rênal, Julien ne la trouve qu'une femme bien vêtue, tandis que Mme de Rênal observe son teint, ses cheveux, ses yeux noirs et a une réelle sensation indéfinissable. Pour être plus précis, Julien regarde moins la femme que la robe portée qui symbolise pour lui le statut social de son interlocutrice.

En effet, Mathilde de La Mole, pas plus que Mme de Rênal, n'est l'objet d'une ambition pour Julien, car elle est la femme qui répond parfaitement aux ambitions de Julien. Contrairement à la rencontre de Julien et de Mme de Rênal, la première entrevue de Julien et de Mathilde est exceptionnellement froide : « Presque en même temps il aperçut une jeune personne, extrêmement blonde et fort bien faite, qui vint s'asseoir vis-à-vis de lui. Elle ne lui plut point. »① De fait, durant les premiers mois à Paris, Julien ne s'intéresse pas du tout à Mathilde qui est transparente et inexistante pour lui. Air hautain, regard froid, voix sèche, toute la personne de Mathilde proclame sa supériorité sociale, et gêne davantage Julien. Toutefois, toutes les personnalités du haut monde accablent cette fille de compliments. Julien, dans un tel contexte, commence à étudier et à conquérir cette jeune femme. Autrement dit, Mathilde ne va acquérir de la valeur qu'à travers le regard des autres et Julien n'aime pas davantage Mathilde de La Mole. Il essaie de la conquérir parce qu'elle est orgueilleuse, noble et lui est interdite : elle n'est désirable pour Julien que parce que d'autres la désirent.

Leur relation amoureuse donne à Julien, par-dessus tout, une jouissance de vanité. Pensant avoir dans ses bras une reine, Julien se sent roi lui-même. De plus, la rivalité de M. de Croisenois, dont son père est duc, fascine Julien. Le plaisir de posséder Mathilde est donc un immense plaisir de triompher de ce futur duc. L'amour qu'il éprouve pour Mathilde est donc essentiellement inauthentique. Son plaisir est basé uniquement sur le triomphe envers les autres qui sont plus nobles et fortunés que lui. Inutile de dire que Mathilde a d'autant plus de prix sur le plan social, car elle est une héritière enviée, sur le point d'épouser un autre aristocrate. Julien ne peut penser à Mathilde sans penser à sa valeur sociale. Envisagé dans une telle perspective, leur mariage ne fait que conclure et officialiser un succès qui comble l'ambitieux Julien mais pas l'amoureux Julien.

Pour autant, Julien éprouve aussi un amour sincère envers Mme de

① *REN*, p. 298.

Rênal. C'est vrai qu'il entreprend la conquête de la femme de la mairie par orgueil ou par ambition, mais il finit par s'éprendre d'une véritable passion pour Mme de Rênal. Déjà en ce qui concerne leur première rencontre, elle pourrait être traitée sous un autre aspect : la première fois que Julien voit Mme de Rênal, ce qui le frappe le plus, ce sont tous le signe qui font de celle-ci une beauté venue d'un autre monde :

> « *Julien se tourna vivement, et frappé du regard si rempli de grâce de Mme de Rênal, il oublia une partie de sa timidité. Bientôt, étonné de sa beauté, il oublia tout, même ce qu'il venait fait.* [...] *Julien n'avait jamais vu un être aussi bien vêtu et surtout une femme avec un teint si éblouissant, lui parler d'un air doux.* » ①

La beauté (Julien provient d'un monde relativement disgracieux), la robe (Julien n'avait jamais vu une personne aussi bien vêtue), la voix douce (la voix de son père et de ses frères est malsonnante et blessante) et le parfum des vêtements captivent et ébahissent Julien dès la première vue. Au bout du compte, la beauté, la finesse et l'élégance de Mme de Rênal sont liées au fait que c'est une belle femme. Julien est déjà fasciné par son éclat physique, l'émotion de Julien est autant réelle quand il a pris le courage de baiser la main de Mme de Rênal. Il a même oublié pour un moment son vive ambition :

> « *Dans ses moments d'oubli d'ambition, Julien admirait avec*

---

① *REN*, pp. 40-41.

*transport jusqu'aux chapeaux, jusqu'aux robes de Mme de Rênal. Il ne pourrait se rassasier du plaisir de sentir leur parfum. Il ouvrait som armoire de glace et restait des heures entières admirant la beauté, et l'arrangement de tout ce qu'il y trouvait.* »①

Les raisons pour cet amour sincère sont diverses. Dans *Le Rouge et le Noir*, Julien est présenté comme un personnage en manque d'affection maternelle. L'entourage familial de Julien se limite à la présence du père et des frères. Cet entourage est endurci par les travaux de force, son père n'hésite pas à maltraiter Julien pour son inattention et son manquement à son rôle pour les travaux manuels. Ses deux frères sont aussi endurcis que leur père. Ils se moquent toujours de Julien quand l'occasion se présente. La mère de Julien n'est nullement évoquée dans ce roman, cela nous fait penser que sa mère est morte en le mettant au monde, cela justifie sans doute la maltraitance et le rejet de son père. En réalité, Mme de Rênal éprouve un sentiment de pitié et d'amour maternel en voyant Julien pour la première fois. C'est presque le fruit d'un instinct maternel. Il faut également noter que Mme de Rênal brille dans ce roman par son rôle de mère. Son attention portée à ses enfants est sans équivoque. Le fait d'engager un précepteur montre déjà son attention particulière pour ses enfants sur le plan de l'éducation. La première instruction que Mme de Rênal donne à Julien c'est d'éviter les coups de fouet. Soucieuse de l'éducation et du bien-être de ses enfants, Mme de Rênal est l'exemple parfait d'une mère idéale. Toujours est-il qu'avant l'arrivée de Julien, sa seule occupation est de servir

① *REN*, p. 115.

la famille :

> « *Jusqu'à l'arrivée de Julien, elle n'avait réellement eu d'attention que pour ses enfants. Leurs petites maladies, leurs douleurs, leurs petites joies, occupaient toute la sensibilité de cette âme qui, de la vie, n'avait adoré que Dieu, quand elle était au Sacré-Cœur de Besançon.* » ①

Orphelin de mère et se sentant perdu, Julien est tout de suite bercé par l'instinct maternel de Mme de Rênal. Son âme est attendrie par la grâce et la tendresse de la femme du maire. C'est la première graine de l'amour sincère.

Il ne fait aucun doute que l'amour maternel implique aussi une certaine forme d'initiation à la vie. Mme de Rênal devient par conséquent un maître dans la matière. Son rôle principal est d'éduquer son amoureux novice. Grâce à sa place de dame de société, elle possède les compétences nécessaires et l'autorité afin d'assumer son rôle d'institutrice et de protectrice. En effet, le fait d'entrer dans la maison des Rênal constitue déjà un pas important vers la haute société. Cette ascension repose sur la protection que procure Mme de Rênal son statut social, la renommée de son mari, et son affection pour Julien.

Une autre raison pour cet amour sincère, c'est que Julien et Mme de Rênal sont, dans une certaine mesure, similaires. Auparavant, Julien se présente comme un idéaliste naïf. Il voit la réalité et le monde par le biais de sa propre vision et sa volonté. Cette façon de voir le monde empêche Julien de comprendre proprement le fonctionnement de la société. Il demeure donc

① *REN*, p. 59.

en quelque sorte maladroit et malavisé. Quant à Mme de Rênal, en dépit du fait qu'elle initie Julien à des normes sociales, elle reste très innocente, notamment sur le plan sentimental. On peut même tenter de dire que l'initiation à l'amour est valable pour Julien comme pour Mme de Rênal dans *Le Rouge et le Noir*. Malgré son statut d'une femme mariée, Mme de Rênal se trouve cependant au même degré que Julien à l'égard de l'amour. Car sa connaissance sur l'amour et le sentiment est très limitée. Elle est passée sans transition du stade de la jeune fille à celui de la femme mariée. Son mariage prématuré et son dévouement absolu pour la famille ne lui laissent pas beaucoup de temps à réfléchir sur les grandes questions de la vie et de l'amour. Se retrouvant épouse, la seule façon qui lui permet de connaître ou de vivre le véritable amour, c'est d'aimer hors mariage. Au surplus, nous assistons à des relations conjugales purement machistes dans *Le Rouge et le Noir*. M. de Rênal affiche un manque de considération et même du mépris pour sa femme conditionnée à la soumission. Ce genre de mariage, souvent conclu au mépris de la volonté de l'épouse, a peu de chance se transformer en un état d'épanouissement. L'amour constitue, par conséquent, pour Mme de Rênal comme une découverte voire une renaissance. Son sentiment à l'égard de Julien est sans aucun doute quelque chose de nouveau et d'attirant, qui l'arrache à son quotidien lassant et lui apporte beaucoup de bonheur :

> « *Naïve et innocente, jamais cette bonne provinciale n'avait tourné son âme, pour tâcher d'en arracher un peu de sensibilité à quelque nouvelle nuance de sentiment ou de malheur. Entièrement absorbée avant l'arrivée de Julien, par cette masse de travail qui, loin*

*de Paris, est le lot d'une bonne mère de famille, Mme de Rênal pensait aux passions, comme nous pensons à la loterie : duperie certaine et bonheur cherché par des fous.* » ①

Aussi sommes-nous résolus à arriver à la conclusion que sur le plan sentimental, Julien et Mme de Rênal sont au même degré. De ce fait, Julien se sent plus proche de Mme de Rênal dans le cœur et un amour sincère s'éveille graduellement en lui. Mme de Rênal est enfin aux yeux de Julien comme une femme singulière et non plus un simple symbole d'un statut social. Leur rencontre inattendue dans la cathédrale de Besançon constitue un déclic pour les deux personnages. Dès ce moment commence à apparaître une forme de désir proprement amoureux chez Julien et cet amour ne s'éteint plus.

La preuve de cet amour sincère ne manque pas. Il suffit de remarquer que, dans ses aventures ultérieures, Julien n'oublie jamais Mme de Rênal. Sa relation avec Mathilde n'est en rien comparable. En apparence, il est plus passionné à l'égard de Mathilde. En réalité, aucun sentiment ne s'y mêle. Elle ne lui plaît pas dès leur première rencontre et Julien ne la conquiert par la suite que par orgueil. Les visites que Mathilde lui rend en prison, les démarches multiples qu'elle fait pour sauver Julien n'arrivent pas à transformer le sentiment de Julien en amour authentique. Julien lui reste très froid et indifférent dans ces derniers entretiens. En revanche, la relation relativement paisible et calme que Julien entretient avec Mme de Rênal est plus chargée d'émotion et de sentiment sincère.

---

① *REN*, p. 71.

La fin du *Rouge et le Noir* semblent être l'exemple de la puissance de l'amour. Dans l'amour-passion, le meurtre est souvent commis dans l'objectif de protéger l'amour ou de lui fournir une dimension éternelle. La tentative de meurtre commise par Julien sur Mme de Rênal montre bien cette tendance. En apparence, le meurtre est motivé par la vengeance. Étant sur le point d'accepter le mariage de Julien et de Mathilde, le marquis de La Mole reçoit une lettre écrite par Mme de Rênal. Dans cette lettre, Mme de Rênal décrit auprès du marquis le passé et la conduite de Julien afin de dénoncer son hypocrisie, sa malhonnêteté et son arrivisme. Furieux, Julien voudrait se venger de cette lettre qui a détruit ses aspirations à un pouvoir qu'il était si proche d'atteindre. Il se rend à Verrières, prend une paire de pistolets et va à l'église pour tirer deux coups de feu sur Mme de Rênal. Dans la prison, Julien écrit une lettre à Mathilde pour expliquer sa conduite :

> « *Je me suis vengé, lui disait-il. Malheusement, mon nom paraîtra dans les journaux, et je ne puis m'échapper de ce monde incognito. Je mourrai dans deux mois. La vengeance a été atroce, comme la douleur d'être séparé de vous. De ce moment, je m'interdis d'écrire et de prononcer votre nom.* » ①

Certes, la tentative de meurtre sur Mme de Rênal est motivée par un esprit de vengeance, mais aussi par un sentiment de mépris. Car Julien sent de l'humiliation et du mépris dans la lettre de Mme de Rênal. Julien voulait punir son attitude et sa réaction. Dans un sens plus large, Mme de Rênal

① *REN*, p. 543.

représente une classe tout entière. Julien s'attaque d'emblée à cette classe de gens riches qu'il considère comme le responsable de son malheur depuis toujours. La conduite de Mme de Rênal lui rappelle sans doute des injustices vécues dans le passé. La folie et la colère de Julien sont donc dues en grande partie à un sentiment de l'humiliation et du mépris. La colère et la tentative de meurtre de Julien rappellent au lecteur l'exaspération de celui-ci face à l'attitude de Mathilde. Cette dernière déclare à Julien lors de leur première rencontre nocturne : « J'ai horreur de m'être livré au premier venu. »① Julien, furibond, tente de tuer Mathilde avec une vielle épée du Moyen Âge prise dans la bibliothèque. Dans le plaidoyer final de Julien, il évoque encore son horreur et colère à l'égard du mépris :

> « *Messieurs les jurés,*
>
> *L'horreur du mépris, que je croyais pouvoir braver au moment de la mort, me fait prendre la parole. Messieurs, je n'ai point l'horreur d'appartenir à votre classe. Vous voyez en moi un paysan qui s'est révolté contre la bassesse de sa fortune.* »②

Pour autant, la vengeance ou le mépris ne sont que des raisons superficielles de cette conduite. Dans les faits, la lettre de Mme de Rênal a agi sur Julien comme le détonateur d'une bombe et lui donne l'occasion de se rendre compte de ses vraies pensées. En fait, la lettre de Mme de Rênal ne détruit pas l'immense champ des possibilités qui sont ouvertes à Julien, car il pourrait quitter la France et être anobli par le marquis. Dans de tels

① *REN*, p. 418.

② *Ibid.*, p. 576.

cas, cette lettre ne se répercute point sur les plans essentiels de Julien. Cependant, elle a les répercussions plus profondes dans son cœur. En lisant la lettre, tout ce qui aurait pu jaillir plus tôt se cristallise dans l'intimité de sa pensée : il se rend du compte de son amour sincère pour Mme de Rênal. Au fond, Julien n'a nullement envie de partager sa vie avec Mathilde. Ce qu'il veut vraiment, c'est Mme de Rênal qui lui semble dorénavant inaccessible, car le fait de se marier à Mathilde et de vivre loin de son pays natal entrave toutes les possibilités d'entretenir des relations sentimentales avec sa bien-aimée. Ainsi, Julien ne tire pas le feu sur Mme de Rênal en raison d'indignation et de haine. Bien au contraire, il ouvre le feu parce qu'il l'aime et qu'il sait qu'elle ne sera jamais à lui. C'est donc une erreur due à l'amour sincère qui est commise par un homme désespéré qui se trouve dans l'impossibilité de garder quelques dernières parcelles de son amour.①

C'est comme dans Tristan et Iseut, Tristan se laisse abandonner au désespoir et à la mort pour illustrer à quel point il est engagé dans sa passion. Dans le cas de Julien, le thème de désespoir et de la mort renvoie au thème du suicide. Quand il apprend que Mme de Rênal compte aller à Saint-Cloud pour implorer la clémence du roi Charles X à son égard, ce dernier refuse fermement son aide. Cela montre qu'il préfère la mort, car il comprend bien que leur passion n'a plus de libre cours, il faut donc mourir. En effet, tout comme Iseut, Mme de Rênal essaie de tout faire dans l'espoir de sauver son Tristan. Il est hors de doute que son échec et la mort de son bien-aimé sont les causes fondamentales de sa propre mort : quand Julien meurt, elle le suit dans la tombe, trois jours après. Par là, la mort est considérée comme

① Alain Quesnel, *Premières leçons sur Le Rouge et le Noir : un roman d'apprentissage*, Paris, Presses universitaires de France, 1996, pp. 105-108.

porteur de soulagement : se retrouvant dans l'impossibilité de concrétiser leur passion, ils font appel à la mort comme dernier recours. En outre, la mort est aussi interprétée ici comme une sorte de prolongement de l'amour et de la passion. Il n'en reste pas moins que Julien découvre l'ampleur de son amour pour Mme de Rênal en attendant son exécution dans la prison. La révélation lui permet finalement d'accéder à une sorte de liberté, puisqu'il redevient lui-même dans ses derniers jours et retrouve enfin ses vraies pensées et le repos intérieur.

L'amour de Julien illustre parfaitement la complexité de sa personnalité et une image variée de sa personne car l'amour aurait le devoir de clarifier son état d'âme, d'y laisser une trace où il stipule un rapport qui s'annonce de représentation assidue et réelle entre le sentiment et le vrai moi. Dans ce cas précis, en tant qu'ambitieux et amoureux en même temps, l'amour de Julien étant d'une part, dans le fond, le fruit de ses ambitions, semble superficiel et fugace ; d'autre part, son amour pour Mme de Rênal est sincère et complet à tel point qu'il peut l'aimer jusqu'à la mort. Stendhal réussit à mettre en exergue l'idée de dévoiler l'image de soi complexe et conflictuelle avec le recours à l'amour. En d'autres termes, la prégnance de l'amour sur ce qui pourrait former l'individualité du personnage s'imposerait ici dans un âme en contradiction de Julien.

Quant à Gide, son amour se présente sous une forme encore plus complexe qui est divisé en trois parties : l'amour pour sa femme, pour les jeunes garçons du même sexe et pour soi.

Nous abordons, dans un premier temps, son amour pour sa femme Madeleine qui lui est très cher. Depuis son enfance, Gide a la conscience de son amour pour l'aînée de ses cousines, Madeleine Rondeaux, amour d'âme à âme que Gide a relaté dans ses Mémoires. Un incident accélère cet amour pour Madeleine : Gide découvre par hasard la liaison adultère de sa tante Mathilde, soit la mère de Madeleine. Dès lors, c'est vers Madeleine que Gide sent aller sa préférence, attiré par la tristesse qui se mêle au regard de celle-ci. C'est une tristesse qui n'est pas celle qu'un enfant peut deviner. En réalité, Madeleine est la première personne de sa famille à découvrir l'inconduite de sa mère et garde douloureusement le secret. Gide l'observe en cachette et la connaît mieux avec le temps. Il voit sa peur et son désarroi devant tout ce qui n'est pas conforme à la loi et à la norme reçue, ainsi que son incapacité à admettre que l'ordre établi peut être dérangé par les autres. Restant en permanence dans son conformisme, Madeleine ne veut jamais voir sa sœur Lucienne qui est le fruit de la liaison adultère de sa mère. Toutes ces personnalités sont très différentes de celles de Gide. Gide se rend du compte plus tard de ce fait et le note dans *Si le grain ne meurt* :

> « *C'était de la sentir extraordinairement différente de lui qui le faisait s'éprendre d'elle, par cet étrange attrait qu'exerce sur lui la dissemblance.* » ①

Depuis Gide décide de se lier à sa cousine pour la vie afin de l'arracher à la peur et l'entraîne vers l'exubérance de la joie. C'est même pour elle que Gide commence à écrire. Il attache également une grande valeur affective et artistique à des lettres échangées avec elle. En 1918, Madeleine brûle toutes les lettres en apprenant par hasard la liaison entre son mari et Marc Allégret.

① *SGM*, p. 128.

Ce drame le jette dans le plus grand désespoir et malheur. Pourtant, Gide est bien conscient que c'est un amour pur et chaste à l'égard de sa cousine.

Son véritable penchant sexuel l'incline davantage à chercher le plaisir dans le commerce des adolescents et des jeunes hommes. Dans *Si le grain ne meurt*, il faudrait constater que Gide est toujours dans le conflit entre l'amour corporel envers les jeunes garçons et l'amour spirituel à l'égard de sa femme Madeleine. Gide cache longtemps son homosexualité comme un secret car le thème de l'homosexualité a été longtemps couvert par un voile, à cause du tabou qui touche ce sujet. De fait, il s'agit d'un sujet qui s'affronte à un double tabou : la sexualité et l'amour entre personnes du même sexe. De ce fait, entre XIX$^{e}$ siècle et XX$^{e}$ siècle, l'homosexualité est fortement stigmatisée et ce sujet est considéré comme très honteux. Si Gide décide d'écrire ce récit autobiographique, c'est avant tout pour mettre fin au mensonge et au secret afin d'avoir son vrai désir et penchant sexuel.

Les deux formes d'amour ci-dessus se développent toutes dans la relation entre le soi et les autres : la première s'incarne dans le couple et la seconde dans les amants du même sexe. Le soi dans ce champ de vision est différent d'un individu isolé, mais se manifeste en tant que soi dans une relation. Pour l'amour de couple, l'émotion a assurément des connotations sociales, et le moi qui lui est lié reflète également un caractère plus social. En ce qui concerne l'amour entre amants du même sexe, il est plus intime et montre aussi une image singulière de soi à un niveau relativement interne, ce dernier a un côté différent de ce qui est généralement moins reconnu par la société. L'intégration des deux sens de soi reflète non seulement les différentes quêtes de soi de Gide, mais met également en évidence l'esprit de Gide selon lequel le soi et la société sont souvent en harmonie mais inéluctablement en contradiction par intervalle.

Au-delà des deux formes d'amour évoquées plus haut, l'amour gidien s'incarne également dans la relation entre le soi et sa propre personne, et cette dernière est généralement associée au soi-disant « le narcissisme ». Ce substantif vient de la mythologie grecque. Dand l'antiquité grecque et romaine, le mythe de Narcisse est un grand classique. D'après *Les Métamorphoses* d'Ovide, Narcisse, étant jeune chasseur doué d'une grande beauté, a pour père le dieu-fleuve Céphise et pour mère la nymphe Liriopé. À sa naissance, sa mère consulte le devin Tirésias qui lui apprend que son fils vivra longtemps, pourvu qu'il ne voie jamais sa propre image. Pourtant, sa beauté exceptionnelle provoque le désir. La nymphe Echo éprouve une adoration muette pour Narcisse, mais le dernier la rejette avec mépris. Après avoir éprouvé le mépris de celui qu'elle aime, Echo se retire au fond des bois et se consume de douleur. Graduellement, ses chairs s'amaigrissent, ses os se pétrifient et il ne reste d'elle que sa voix. Ainsi, Narcisse s'attire la colère des dieux, ils demandent que Narcisse tombe amoureux de la seule personne qu'il peut atteindre : lui-même. Un jour, poussé par la soif, Narcisse surprend son reflet dans un étang et il se regarde, soupire, pleure et se frappe devant son reflet. C'est dans cet état que Narcisse oublie de boire et de manger, il se transforme petit à petit en fleur qui porte son nom.

Il ne faut pas négliger la version de Pausanias dans laquelle Narcisse a une sœur jumelle qui meurt dans son adolescence. C'est pour commémorer la mort de sa sœur qu'il passe son temps à se contempler dans l'eau, car sa propre image lui rappelle celle de sa sœur. On considère souvent le narcissisme comme le symbole de l'égoïsme ou la grande admiration pour soi, or dans la version de Pausanias, Narcisse attache une plus grande importance à l'autre. Pour autant, cette version a des points communs avec la version classique. Primo, les deux versions montrent que Narcisse se perd à cause de l'amour ; secundo, on voit la poursuite absolue de la beauté dans ces deux histoires. ultimo, les deux versions nous apprennent que Narcisse fusionne le corps et l'âme par le biais de la mort.

À l'heure moderne, le narcissisme entre dans le domaine de la psychanalyse. Dans les œuvres de Freud, c'est l'un des concepts les plus nécessaires à la compréhension de certaines activités psychologiques tels que rêve, psychose, délire, etc. En effet, l'évolution de ce concept développe sans cesse non seulement chez Freud, mais également par l'intermédiaire des recherches de Jacques Lacan, de Mélanie Klein de Françoise Dolto, etc.

Depuis son enfance, Gide se met à avoir un fort complexe de narcissisme. Tout d'abord, il pense souvent être une personne spéciale. Il se sent guidé par ce pressentiment d'avoir été non seulement organisé pour être écrivain, mais également être élu et différent des autres : « Je ne suis pas pareil aux autres ! Je ne suis pas pareil aux autres ! »① En tant que fils unique dans une famille aisée, Gide est chéri par tous les membres familiaux. En pareile cas, il se sent toujours comme élu de Dieu. Dans *Si le grain ne meurt*, Gide raconte une histoire de canari pour prouver qu'il est unique en son genre :

*« À mi-chemin, quittant le soleil, je voulus goûter de l'ombre. J'étais si joyeux que je chantais en marchant et sautant, les yeux au soleil. C'est alors que je vis descendre vers moi, comme une réponse à*

① *SGM*, p. 160.

*ma joie, une petite chose voletante et dorée, comme un morceau de soleil trouant l'ombre, qui s'approcha de moi, battant de l'aile, et vint se poser sur ma casquette, à la manière du Saint-Esprit. Je levai la main ; un joli canari s'y logea ; il palpitait comme mon cœur, que je sentais emplir ma poitrine[...]*

*Je revins en courant près de ma mère, ravi de rapporter le canari ; mais surtout ce qui me gonflait, ce qui me soulevait de terre, c'était l'enthousiasmante assurance d'avoir été célestement désigné par l'oiseau. Déjà j'étais enclin à me croire une vocation ; je veux dire une vocation d'ordre mythique ; il me sembla qu'une sorte de pacte secret me liait désormais[...] Pour un peu j'aurais dit à ma mère : comment disposerais-je de moi ? Ne sais-tu pas que je n'en ai pas le droit ? N'au-tu donc pas compris que je suis élu ?*

*[...] À quelques jours de là, un matin que je me rendais à Batignolles où habitait à présent M. Richard [...], je vis s'abattre obliquement, vers le milieu de la chaussée...avais-je la berlue ? Encore un canari !*

*[...] Le (canari) voir tomber du ciel à nouveau, voici que tenait du miracle. Qu'à moi fussent réservées de si gracieuses aventures, j'en ressentais un orgueil fou, bien plus que de quelque haut fait que j'aurais accompli moi-même. Décidément j'étais prédestiné.* »①

La pensée de Gide et de Narcisse ne se contredit pas dans la mesure où ils sont tous les deux élus par Dieu : l'un possède une beauté incomparable, l'autre se sent guidé pour suivre une vocation hors pair. Au fond, ils se

① *SGM*, pp. 185-187.

sentent uniques dans le monde, leur regard est interne, c'est-à-dire ils ne regardent que leur propre image et reflet. Très tôt, l'adolescent a pris l'habitude de se regarder, au sens propre (se regarder dans le miroir) et figuré (ce qui se reflète dans le miroir, c'est le « moi en miroir » : Gide aime se regarder, s'apprécier, se parler, s'analyser avec lui-même) dans un miroir. Toujours dans *Si le grain ne meurt*, Gide dénonce son attrait pour le miroir et le reflet :

> « *Depuis que j'avais posé pour Albert (il venait d'achever mon portrait), je m'occupais beaucoup de mon personnage ; le souci de paraître précisément ce que je sentais que j'étais, ce que je voulais être : un artiste, allait jusqu'à m'empêcher d'être, et faisait de moi ce que l'on appelle : un poseur.*
>
> *Dans le miroir d'un petit bureau-secrétaire, hérité d'Anna, que ma mère avait mis dans ma chambre et sur lequel je travaillais, je contemplais mes traits, inlassablement, les étudiais, les éduquais comme un acteur, et cherchais sur mes lèvres, dans mes regards, l'expression de toutes les passions que je souhaitais d'éprouver. Surtout j'aurais voulu me faire aimer ; je donnais mon âme en échange. En ce temps, je ne pouvais écrire, et j'allais presque dire : penser, me semblait-il, qu'en face de ce petit miroir ; pour prendre connaissance de mon émoi, de ma pensée, il me semblait que, dans mes yeux, il me fallait d'abord les lire. Comme Narcisse, je me penchais sur mon image ; toutes les phrases que j'écrivais alors en restent quelque peu courbées.* »①

---

① *SGM*, p. 225.

En outre, Gide essaie de fonder une esthétique et une éthique artistique sur le narcissisme. En 1890, Gide fait la connaissance avec Paul Valéry et les deux jeunes gens se promènent dorénavant souvent dans le Jardin botanique de Montpellier pour parler de la littérature ou de la passion pour la religion. Un jour, ils découvrent la tombe de Narcisse, fille du poète anglais Young. Ce nom rappelle à deux écrivains la mythologie de Naricisse, car non seulement les deux noms, mais aussi les deux parcours de vie se ressemblent. C'est à partir de là que Gide se met à l'écriture du *Traité du Narcisse*.

*Le Traité du Narcisse* marque une étape importante au cours de sa carrière. Ce n'est point un hasard que la première des œuvres signées de Gide soit *Le Traité du Narcisse*. Cette œuvre résume ses idées artistiques, les mots clés évoqués comme « chaste », « sobre », « classique » vont devenir les essences du style gidien. Dans la version gidienne, Narcisse n'est pas puni pour son mépris vers Echo et n'est pas non plus noyé dans sa propre ombre. Le lecteur voit un Narcisse qui est en quête d'un miroir, s'arrête au bord du fleuve du temps où les années passent et s'écoulent. Cette vision d'un mouvement de fuite transforme alors naturellement le désir de Narcisse. Il n'est plus obsédé par le désir de voir sa propre image, mais commence à se demander quelle la forme de son âme sous les vagues. Autrement dit, il veut se connaître. Dans la première partie du traité, Adam se lasse dans le Paradis et sent le désir de prouver son existence personnelle. Il brise un rameau d'Ygdrasil représentant le vie éternel et formant le pivot de l'univers entier. Ce geste détruit à jamais l'harmonie originelle. Alors commence l'histoire du monde et de l'homme. Ici, Adam veut également se connaître et prouver sa propre existence. De toute évidence, Gide découvre une autre fonction de ce mythe classique, celle de se connaître, Narcisse voit son reflet dans l'eau, il se demande : c'est la vague qui domine mon âme, ou mon âme domine la vague ? C'est le processus de mettre en cause de sa propre force et de la connaître par la suite. En outre, Narcisse de Gide se rend aussi compte que la surface des choses est incomplète, on ne peut pas se laisser fasciner par l'apparence, car « le vrai moi » se cache souvent derrière le masque. Pour Gide, la position éthique d'un artiste est de révéler la vraie image et la vérité au-delà de l'apparence.

Du point de vue de pragmatique, le soi fait face à la fois à la société et à sa propre personne, tout comme le premier se manifeste en tant que « je » dans la relation, et le second concerne davantage le « moi » intrinsèque. En s'orientant vers le narcissisme ou l'amour pour soi, l'individu vit une expérience émotionnelle riche alors que son caractère individuel se relève simultanément. À travers différentes interactions sociales et un retour à lui-même, Gide exprime son monde affectif intérieur avec de multiples « amours », et en même temps donne son image de soi sous diverses formes. Si son amour chaste pour Madeleine révèle son côté pur et simple, son amour effréné pour les jeunes garçons du même sexe démontre sa résolution de transcender les contraintes sociales. Enfin, son amour pour soi sous forme d'expérience spirituelle présente une certaine image de soi avec une individualité mystérieuse. Pour tout dire, les diverses formes d'amour montrent non seulement la complexité de l'existence individuelle en tant qu'immoraliste, mais fournissent également un point d'ancrage pour les différentes manières d'être au monde.

Somme toute, étant une partie indivisible du sentiment, l'amour est disposé à dénoter la diversité et la complexité du monde spirituel de soi. De la puissance d'efforts pour percevoir qu'une évolution des images de soi se produit au sein du libertin, de l'arriviste et de l'immoraliste : en apparence, le libertin s'adonne aux plaisirs charnels, mais il pourrait aussi garder un véritable amour pour quelqu'un, ce qui montre une image de soi dépravée, mais dévoué en même temps ; le même dualisme s'observe en ce qui concerne la personnalité chez l'arriviste : d'une part, il tire profit de l'amour pour monter dans l'échelle sociale ; d'autre part, il éprouve au fond un amour sincère et profond pour sa bien-aimée ; dernièrement, l'amour de l'immoraliste se révèle plus complexe et varié par rapport aux deux premiers : l'amour charnel, spirituel et narcissique coexistent harmonieusement en une seule et même personne. Cette pluralité sentimentale désigne naturellement celle de l'image de soi chez l'immoraliste. Le constat sur cet évolution semble mettre em exergue à nouveau le fait que l'amour est un mélange de vérité et de représentation de soi qui aide à démêler les méandres de la personnalité d'un individu et les éléments essentiels à la construction de soi.

## 2. 2 La religion

Comme on vient de l'évoquer, l'amour est incarné dans le monde spirituel du moi. D'une manière générale, l'univers mental implique aussi la religion. Etant un système de croyances et de pratiques dans un groupe ou une communauté, la religion peut être envisagée comme le moyen de rechercher et de trouver des réponses aux questions les plus essentielles de l'humanité. À cet égard, la religion n'est pas seulement liée aux croyances communes du groupe, mais aussi à certaines normes et systèmes rituels qui sont associés à la préoccupation ultime des individus. En ce sens, la religion est orientée vers les questions essentielles de la vie humaine, mais également liée à la consctruction de l'esprit de soi. Ce dernier fait aussi que les attitudes à l'égard de la religion présentent une forme personnalisée. Il n'en est pas moins vrai que l'attitude et le choix à propos de la religion peuvent être très personnels. Beaucoup d'éléments ont un effet sur la décision religieuse : famille, éducation, parcours professionnel, caractère, etc. En parallèle, l'attitude ou le choix en face d'une religion peuvent refléter en quelque sorte son monde intérieur et la vraie image de soi d'une personne. Il va de soi que la religion, en tant que pouvoir transcendant, se manifeste naturellement dans une certaine forme d'existence opposée au soi. Au Moyen Âge, l'individu est sous le contrôle total de l'Église et des idées religieuses, ainsi, le soi se trouve dans un état dépéri et englouti. Une fois la conscience de soi se réveille, l'individu commence à se mettre à l'écart avec l'Église et à agir d'une manière autonome. De cette situation inouïe, la véritable image de soi connaît des changements aussi profonds que complexes.

Dans les annales de l'histoire, les libertins gardent toujours un lien étroit avec la religion. Le mot « libertin » est entré en français justement durant les guerres de Religion, et ce mot était mis en application en 1447 dans une traduction du *Nouveau Testament*. Inutile de dire que le mot « libertin » est resté indissociable avec la religion par la suite.

Au XVI$^{e}$ siècle, Calvin a employé ce mot pour désigner des dissidents venant des sectes protestantes du nord de la France. Par extension, « libertin » consistait à désigner une personne qui se délivre de toute loi et de toute religion, un athée ou un impie, en d'autres termes : un esprit fort ou un libre penseur. Pour la première fois dans son histoire, le libertinage a été mobilisé comme mot d'ordre pour une nouvelle idéologie. Alors qu'au XVI$^{e}$

siècle, il n'y avait que l'Italie qui répandait la pensée la plus caustique sur le plan religieux dans la civilisation occidentale. Dans les années 1600 — 1625, la France en succédant à la place de l'Italie, s'est imposé comme le berceau du libertinage moderne. À cette époque, la conception de la nature ainsi que les méthodes des sciences de la vie ont aussi connu un bouleversement considérable. Au XVII$^{e}$ siècle, le sens du libertin s'est élargi d'une manière accélérée sous le contrôle absolu de la religion. Le libertin a commencé à porter une attitude d'indépendance envers tout assujettissement, y compris celui de la religion, et s'est élevé sur le plan intellectuel. Ainsi, le choix du libertinage se donne à lire comme un acte d' indiscipline et celui de désobéissance tant politique que religieuse.

Dans le cas précis des *Liaisons dangereuses*, même si Laclos ne professe pas un athéisme militant, on peut affirmer qu'il n'était pas Chrétien, qu'il ne croyait pas en Dieu et que généralement, il était indifférent aux questions de religion. Lorsqu'il a été emprisonné pendant le Terreur où il est confronté à une mort immédiate, Laclos exprime ses tendres sentiments pour sa famille et sa loyauté passionnée à l'égard de son pays, tout en oubliant d'évoquer le pouvoir divin. Pourtant, on ne trouve dans ce roman épistolaire aucune dénonciation agressive sur la religion ou le clergé. Néanmoins, dans le roman, tous les actes de dévotion religieuse de la part de personnages innocents sont traités sans bienveillance, comme des manifestations de crédulité naïve et infantile. De plus, il mentionne implicitement que la vertu chrétienne ne peut pas protéger les personnes contre le danger de la société. Selon lui, le christianisme encourage un comportement soumis et crédule. Ce type de comportement crée des victimes prêtes à pardonner leurs ennemis et à attendre le salut dans un autre monde.

Il est indubitable que le libertin ne suit absolument pas les lois de la religion, soit pour la croyance, soit pour la pratique. Il traite parfois la religion avec mépris. On voit par là une particularité frappante dans l'image de soi du libertin, c'est la liberté. En effet, la liberté a toujours d'étroits rapports avec le libertin, car non seulement elle sert de mot d'ordre, mais aussi de principe d'agir des libertins. Cette notion de liberté pourrait s'étendre et prendre un sens plus large : liberté de choisir une religion, de penser, d'aimer, de jouir, et d'agir, voilà ce que revendiquent ces individus ennemis de la contrainte et du dogme, eux qui ne suivent que leur inclination et leur désir. Au bout du compte, l'attitude et le choix au sujet de la religion du libertin fait ressortir une particularité chez eux : une image de soi libérale. La liberté① nourrit à la fois une attitude d'affranchissement à l'égard des croyances religieuses et une attitude d'indifférence envers toutes sujétions.

Pourtant, dans *Les Liaisons dangereuses*, la religion est une métaphore utilisée pour décrire l'amour, particulièrement par Valmont. Étant donné que Mme de Tourvel est une dévote, il lui écrit des lettres qui concernent ces

① La notion de la liberté mentionnée ici pourrait se divisier en deux parties : la liberté de pensée et d'agir. En ce qui concerne la liberté de pensée, rares sont les libertins qui se contentent de l'état actuel. Ils remettent sans cesse en question l'ensemble des lois établies, considèrent les règles sociales ou religieuses comme des entraves à la libre pensée. Ensuite, c'est la liberté d'agir qui constitue en fait la cristallisation de la liberté de penser. Les libertins, après avoir pensé librement, ne tardent jamais à entrer en action. Ils s'apprêtent à tout moment de jouir, d'aimer, d'offrir même de se sacrifier sans se soucier de la loi de l'époque ou de leur statut social. Jacques Prévot le résume ainsi : « libertinage n'est pas dans les idées ; il est dans les audaces. Il n'est pas dans les réponses ; il est dans les questions ». Jacques Prévot, *Libertins du XVII$^{e}$ siècle*, *Volume* 2, Paris, Gaillmard, 2004, p. 215.

convictions personnelles et bien sûr, profondément religieuses. En plus, il reproche à la Présidente de refuser ses prières et de ne pas vouloir lui porter assistance, comme toute chrétienne le fait. À travers cette tactique, Valmont anticipe la façon dont Mme de Tourvel va le lire et à quel point cela va l'influencer. Ainsi, il invente des situations dans lesquelles elle pourrait être responsable de son malheur et le rend coupable par la suite. Alors que le roman progresse, la foi de Mme de Tourvel a de plus en plus à voir avec le devoir qu'elle pense avoir envers Valmont. En outre, le Vicomte de Valmont a porté secours à une famille indigente au nez de Mme de Tourvel. C'est en fait une fausse scène de charité qui sert ostensiblement le stratagème de Valmont en vue d'entrer dans le cœur de Tourvel et de se racheter aux yeux de la société. Néanmoins, la conséquence est bien contraire : tout cet acte ne nous montre que plus nettement le véritable visage libertin de Valmont. Das ce cas précis, la religion sert comme outil de séduction pour Valmont qui nous mène à découvrir une autre facette dans son image de soi, c'est celle de l'hypocrisie.

Si l'on regarde de plus près, nous constatons que l'hypocrisie est un caractère spécifique et en même temps un point commun chez les libertins. Il est nécessaire aux séducteurs de revêtir leur vicieux visage d'une apparence noble et vertueuse pour conquérir ou se tirer des embarras. Naturellement, ils ont recours à l'hypocrisie ou à la duplicité. Une sentence empruntée du latin résume joliment ce besoin et cette attitude libertine : « À l'intérieur comme il te plaît, à l'extérieur selon la coutume »① Puis Luisa Sigea, l'héroïne des *Dialogues* de Nicolas Chorier a développé ce principe : « En public, vis

① Précepte latin : « *Intus ut libet, foris ut moris est.* »

pour tout le monde ; en secret et en ton particulier, vis pour toi, couvre ta vie du voile de la décence. »① De reste, en raison des différents rôles des deux sexes dans le libertinage comme dans la société, l'homme pouvait afficher ce que la femme devait dissimuler, si bien que les libertines avaient souvent plus besoin de décorer leur conduite d'une apparence de probité. Tel est le cas de Fatmé, une des héroïnes dans *Le Sopha* de Crébillon. Elle faisait croire à tout le monde qu'elle s'est retirée pour méditer, alors que son oratoire était un endroit de passion émotionnelle, non spirituelle. Il en était de même pour ses bibliothèques : « la première était remplie de livres pieux, la seconde, pratiquée dans le mur et cachée avec art à tous les yeux »②, contenait des histoires d'amour illustrées par des images vives. Ici, Fatmé est comme Valmont qui comble son désir sous le couvert de la religion.

La position et l'entreprise du libertin envers la religion invitent à réfléchir sur la volonté consciente ou refoulée d'un invividu et des éléments émanents d'un soi réellment construit. En d'autres termes, la religion conduit à faire émerger une forme canonique du libertin : le cercle ne s'accomplie qu'en infraction avec les principes censés garantir le bon fonctionnement de la société et de la religion. Même réduit à l'émancipation sexuelle, au dévergondage des mœurs, il demeure, dans le fond, une entreprise d'affranchissement. En outre, le libertin joue avec les limites morales à la dérobée, en s'abritant derrière la religion, ce qui constitue un envers de son image de soi.

---

① Textes cités et commentés par Claude Reilchler, *L'âge libertin*, Édition de Minuit, 1987, p. 69.

② Crébillon, *Le Sopha*, Paris, Flammarion, 1997, p. 125.

Dans *Le Rouge et le Noir*, l'auteur ne met pas beaucoup de profondeur dans les questions sur la religion. Car personnellement, Stendhal est assez ancré dans sa position anticléricale et a du malaise vis-à-vis de la religion. En fait, les sentiments antireligieux de Stendhal se révèlent dès les premières années de son enfance. Ce sentiment date principalement de l'époque où sa mère s'est éteinte : il avait à peine sept ans quand sa mère est morte en couches en 1790. Sa désolation était inconsolable, car Stendhal restait toujours très affectueux avec sa mère. La disparition de sa mère provoque l'inacceptation constante du père croyant et du père biologique. Stendhal a considéré Dieu comme le ravisseur de sa mère et donc s'est insurgé désormais contre la religion. De plus, l'abbé Raillane, le précepteur imposé par son père, n'a pas ébranlé sa foi dans les orientations, car cet abbé se présentait comme un dévot fourbe et un despote envers son élève. Pour autant, Stendhal montre parfois sa sensibilité religieuse. Par exemple, il aime toujours la cérémonie religieuse :

> « *J'ai oublié de dire que tout petit on me faisait servir ces messes et je ne m'en acquittais que trop bien. J'avais un air très décent et très sérieux. Toute ma vie les cérémonies religieuses m'ont extrêmement ému.* » ①

En outre, le cas de l'abbé de Chélan montre aussi une certaine ambiguïté de Stendhal à l'égard de la religion :

① Stendhal, *La vie de Henry Brulard*, Paris, Gallimard, 1973, p. 192.

« *J'aimais encore l'aimable abbé Chélan, curé de Risset près Claix, petit homme maigre, tout nerfs, tout feu, pétillant d'esprit, déjà d'un certain âge, qui me paraissait vieux, mais n'avait peut-être que quarante ou quarante-cinq ans, et dont les discussions à table m'amusaient infiniment. Il ne manquait pas de venir dîner chez grand-père quand il venait à Grenoble et le dîner était bien plus gai qu'à l'ordinaire.* » ①

Il semble que Stendhal éprouve de la sympathie pour l'abbé Chélan, à tel point que le lecteur trouve ce même nom dans *Le Rouge et le Noir*. Il a dû se rendre à l'évidence que Stendhal a deux attitudes qui se heurtent : d'une part, il se révolte contre l'abbé Raillance qui génère ses hostilités envers la religion ; d'autre part, il respecte les gens qui gardent sincèrement la foi malgré sa tendance antireligieuse. Cette ambiguïté et le changement d'attitude à l'égard de la religion se manifestent également dans *Le Rouge et le Noir*. Dans ce roman, la religion est un sujet intéressant d'autant plus qu'elle s'associe à l'image de soi de Julien.

Il est convient de remarquer que le séminaire de Besançon porte sur la plupart des questions religieuses dans *Le Rouge et le Noir*. Le séminaire désigne le lieu de formation pour ceux qui ont la vocation de devenir les serviteurs de Dieu. Suite à la révélation de sa liaison avec Mme de Rênal, Julien y fait son apprentissage de la prêtrise. Pourtant, son séjour au séminaire lui cause beaucoup de désillusion. Lors de son entrée au séminaire, Julien a de l'aversion et de la frayeur :

---

① Stendhal, *La vie de Henry Brulard*, Paris, Gallimard, 1973, p. 72.

*« il approcha lentement ; ses jambes semblaient se dérober sou lui. Voilà donc cet enfer sur la terre, dont je ne pourrai sortir ! Enfin il se décida à sonner. Le bruit de la cloche retentit comme dans un lieu solitaire. Au bout de dix minutes, un homme pâle, vêtu de noir, vint lui ouvrir.* »①

Le désarroi que perçoit Julien lors de son entrée au séminaire est fort significatif. Cela annonce que son séjour au séminaire s'apparente à un séjour en détention. En plus, le directeur du séminaire fait entrer Julien dans la « cellule n. 103 » par le portier. Le fait que le directeur prénomme la chambre « cellule » illustre également l'ambiance d'emprisonnement du séminaire.

Cependant, dès ses premiers jours avec les séminaristes, Julien se rend compte que le monde ecclésiastique pourrait lui fournir un avenir prometteur. Malgré son aversion forte au séminaire, il abandonne tout de suite sa carrière dans l'armée qui l'attire depuis son enfance et se dispose à celle dans l'Église. Julien saisit rapidement l'opportunité que le séminaire de Besançon présente pour lui. Il comprend bien que les métiers comme prêtre représentent pour les jeunes gens issus de la classe modeste comme moyen efficace de monter vers une ascension sociale. Une fois décidé, Julien essaie de se comporter au mieux au séminaire : il arrive à tisser une amitié avec l'abbé Pirard et entrevoit une possibilité de pousser son ambition dans cette nouvelle voie. Il apparaît d'emblée que les sentiments religieux de Julien au séminaire sont notamment dirigés par l'ambition de réussite. Pour lui, le séminaire

① *REN*, p. 207.

devient un lieu de lutte que les jeunes gens se livrent pour arriver à leur but. En d'autres termes, les sentiments religieux de Julien ne sont pas basés sur la sincérité ni sur la réfection personnelle. D'emblée semble se poser sa vraie image de soi, celle d'un jeune ambitieux qui est capable d'user de tous expédients pour parvenir à ses fins.

En tant qu'individu dans la société moderne, la pensée religieuse de Gide a étalement connu une progression et un développement graduel. Du milieu familial, cet élément essentiel à la construction de personne et de la mise en avant de l'individualité, Gide est issu, par son père d'une famille protestante du Languedoc, par sa mère de la bourgeoisie catholique normande. Si les deux régions sont effectivement bien différentes, les milieux familiaux, en revanche, ont bien des points communs. Le père est l'héritier d'une très ancienne lignée bourgeoise et protestante des Cévennes ; quant à la mère, Juliette Rondeaux, elle appartient à une famille de la haute bourgeoisie d'affaires de Rouen, récemment convertie au protestantisme. De ce fait, Gide reçoit, dès le début, toujours une éducation puritaine dans son enfance. En outre, il faut aussi accorder l'importance à la mort précoce de Paul Gide. Après la mort de son père, c'est Mme Gide qui inculque à Gide une éducation puritaine. Selon Jean Delay, c'est un puritanisme qui « ne se limite pas à une attitude vis-à-vis de la sexualité, il s'étend au plaisir sensible sous toutes ses formes, fussent-elles religieuses. » ① Dans l'ensemble, Mme Gide se montre très austère et prudente. Sous son contrôle, Gide est obligé de porter « de petit veston étriqué, des pantalons courts, serrés aux genoux et des chaussettes à raies ; chaussettes trop courtes, qui formaient tulipe et

① Jean Delay, *La jeunesse d'André Gide*, *tome I*, Paris, Gallimard, 1992, p. 78.

*retombaient désolation, ou rentraient se cacher dans les chaussures.* » ① Car elle est attentive aux moindres détails de son fils jusqu'à l'année de sa mort.

Par ailleurs, une autre influence dans la vie de Gide est presque aussi puissante que celle de ses parents. C'est l'influence de l'amie intime de sa mère, Anna Shackleton. Cette femme s'occupe souvent du fils de son amie et ils sortent habituellement chercher les plantes dans le Jardin botanique. C'est à elle qu'il doit son intérêt vif pour la botanique. Quand elle meurt, la douleur de Gide est quasiment inconsolable. C'est vers cette même époque que Gide prépare sa première communion et commence à réfléchir sérieusement sur les questions religieuses.

Conditionné dès sa naissance par son appartenance à une bourgeoisie aisée et de religion protestante, Gide est un héritier de traditions puritaines rigoureuses. Si le rigorisme de l'éducation protestante lui interdit les péchés de la chair, il ne peut pas en supprimer les tourments. Au contraire, très jeune, Gide a le désir de la sensualité importune qui lui vaut d'être renvoyé de l'Ecole Alsacienne. Néanmoins, l'obsession de la sensualité ne cesse de s'aggraver. Gide devrait connaître à cette époque une longue période de doute et d'hésitation et ressentir dans sa personnalité entre deux natures. Pour être plus précis, il trouve en lui-même un ensemble de traits caractéristiques de la mentalité du protestant français : la dévotion de la Bible, le refus de la hiérarchie ecclésiastique, etc, mais en même temps, un désir fort vers la libération sexuelle. Trop marqué par l'éducation puritaine, Gide associe, au début, la chair à la souillure et considère la jouissance charnelle comme un péché. Cet état de tension à la fois physique et morale le tourmente pendant

① *SGM*, p. 78.

longtemps et il serait bien tentant de se libérer des entraves charnelles. Cet état de résistance physique et mentale remplit de tension le monde intérieur de Gide, et l'intention de briser le carcan devient progressivement l'aspect dominant, et ce dernier se manifeste également comme une poursuite du vrai soi.

Pendant la deuxième période de sa vie, Gide se consacre à défendre les plaisirs du corps. Il essaie de s'émanciper définitivement de l'éducation puritaine qu'il a reçue et des obligations morales qu'elle implique. L'occasion de briser avec les influences de sa famille se présente à lui en son ami Paul Laurens, qui a reçu une bourse pour partir à l'étranger. Gide part donc avec lui en Alegérie en refusant d'emporter la Bible. Pour Gide, c'est un geste décisif qui se présente comme une étape cruciale pour faire ses adieux aux traditions religieuse en dit long :

> « *Ceci qui peut-être n'a l'air de rien, était de la plus haute importance ; jusqu'alors il ne s'était point passé de jour que je ne puisasse dans le saint livre mon aliment moral et mon conseil. Mais c'est précisément parce que cet aliment me semblait devenu indispensable que je me sentais le besoin de m'en sevrer. Je ne dis pas adieu au Christ sans une sorte de déchirement ; de sorte que je doute à présent si je l'ai jamais vraiment quitté.* » ①

L'Algérie est située sur le continent africain, c'est pour Gide un paradis qui incarne le plaisir des sens et la passion. La nouveauté, le climat et la beauté de l'Afrique réagissent sur l'esprit de Gide. Il oublie tous les soucis du

---

① *SGM*, p. 290.

passé pour acquérir la liberté totale. À travers le texte, le lecteur sent un enthousiasme extatique plein d'aspiration à la liberté sans entrave de Gide pour ce Nouveau Monde. Dans *Les Nourritures terrestres*, Gide fait sans cesse l'éloge de la ferveur et du sens :

La ferveur :

« *Nathanaël, je t'enseignerai la ferveur. Une existence pathétique, Nathanaël, plutôt que la tran-quillité. Je ne souhaite pas d'autre repos que celui du sommeil de la mort. J'ai peur que tout désir, toute énergie que je n'aurais pas satisfaits durant ma vie, pour leur survie ne me tourmen-tent. J'espère, après avoir exprimé sur cette terre tout ce qui attendait en moi, satisfait, mourir complètement désespéré.* » ①

La vue et le toucher :

« *Je n'ai jamais rien vu de doucement beau dans ce monde, sans désirer aussitôt que toute ma tendresse le touche. Amou-reuse beauté de la terre, l'effloraison de ta surface est merveil-leuse. Ô paysage où mon désir s'est enfoncé ! Pays ouvert où ma recherche se promène ; allée de papyrus qui se referme sur de l'eau ; roseaux courbés sur la rivière ; ouvertures des clairières ; apparition de la plaine dans l'embrasure des branchages, de la promesse illimitée. Je me suis promené dans les couloirs de ro-ches ou de plantes. J'ai vu se dérouler des printemps.* » ②

① André Gide, *Les nourritures terrestres*, Paris, Gallimard, 2012, p. 11.
② *Ibid.*, p. 22.

Le goût :

« *Leur goût écœurait tout d'abord, étant d'une fadeur incomparable ; Il n'évoquait celui d'aucun fruit de nos terres ; Il rappelait le goût des goyaves trop mûres, Et la chair en semblait passée ; Elle laissait, après, l'âpreté dans la bouche ; On ne la guérissait qu'en remangeant un fruit nouveau ;* »①

Étant le point d'ancrage, le je incarne le retour de l'individu du monde transcendant de la religion à la terre vibrante du monde. En effet, Gide a vécu et achevé sa transformation personnelle en Afrique. Durant cette période, il réagit contre tout ce qu'il croyait pendant la première période de sa vie. Mais, ce n'est pas seulement un ressentiment que laisse cette formation puritaine dans l'âme de Gide, c'est également une empreinte indélébile et fécondante pour lui. À cette époque, il commence à défendre le plaisir et la liberté charnelle dans ses œuvres. Par exemple, Gide dresse l'immoralisme contre le christianisme dans *L'Immoraliste*. Comme Gide, le protagoniste Michel vit également un changement de mentalité. Il est pour Gide une transposition de soi et Gide se fait raconter l'histoire par le personnage. Autrement dit, Gide devient ici une partie de Michel et vice versa. À travers l'évolution de la pensée religieuse, le lecteur observe bien le processus du réveil de soi de Michel et de Gide ainsi que le changement de leur image de soi : d'abord soumis et révolté par la suite. Les deux pôles extrêmes de leur nature et image de soi jouent à plein. Pour autant, ils

① André Gide, *Les nourritures terrestres*, Paris, Gallimard, 2012, p. 60.

gardent toujours les deux facettes de personnalité, la formation puritaine de la famille leur laisse une trace ineffaçable au cours de leur vie. Michel et Gide seraient capables de choisir à leur guise d'assumer conjointement ou même alternativement les deux facettes de leur nature. Ici, les deux tendances de sortie du carcan religieux et de retour à la conscience religieuse s'opposent et se confondent, coexistant sur le même immoraliste, ce qui pourrait sans doute démontrer son image de soi dans toute sa complexité.

Par le biais du thème de la religion, une évolution des images de soi de ces trois figures se profile devant nous : le libertin apparaît à une époque où la conscience de soi se réveille à peine. C'est pour cette raison que les rapports entre le libertin et la religion sont en plein conflit et tension. Il arrive aussi que le libertin porte une attitude indifférente à l'égard de la religion, tout en mettant en usage de la croyance comme une ruse de séduction. L'âme libre, mais hypocrite du libertin se présente de manière manifeste ; l'arriviste maintient en quelque sorte cette tradition de l'indifférence envers la religion, tout en l'utilisant également comme un outil d'ambition. De là, c'est une image de soi ambitieuse qui sait bien adapter son savoir-vivre en fonction de la situation diverse ; l'immoraliste ose en fin briser cette tradition avec l'abandon absolu de l'éducation protestante reçue dès son enfance. Se trouvant longtemps dans un état réprimé, la conscience de soi de cette figure est née dans un état d'âme révolté. Pour situer cette question dans une perspective plus vaste et approfondie, l'immoraliste, en se dirigeant vers la rébellion, retrouve le vrai soi, et ce processus de se reconstruire obtient bien de traits de la modernité à travers une image de soi révoltée mais sincère avec soi-même.

## 2. 3　Le pouvoir et la sphère publique

Le soi n'indique pas seulement l'amour incarnée dans le monde émotionnel et la religion liée à la préoccupation spirituelle, mais réside également dans le domaine de la société et a besoin de faire face à la réalité sociale extérieure généralement présentée sous forme de pouvoir et de sphère publique. Pour être plus précis, l'amour et la religion sont principalement liés à l'espace mental intérieur de soi, tandis que la réalité sociale renferme principalement le pouvoir ainsi que la sphère publique. En général, le pouvoir signifie la capacité à commander, à contraindre et à imposer sa volonté. D'un point de vue politique, ce sont puissance publique, autorité, et droit de commander. Dans les œuvres littéraires, les personnages sont parfois étroitement associés au pouvoir. Cela pourrait être le pouvoir sur les autres ou sur soi. Au surplus, certains personnages ou l'auteur s'engagent dans la lutte sociopolitique, cela dénote ici qu'ils se lient au pouvoir politique et s'impliquent corps et âmes dans la sphère publique.

En tant que forme d'existence à caractère public, la réalité sociale influence et retient les individus et le moi sous différents aspects. Au sens large, les personnages de romans et d'autres œuvres littéraires existent également dans diverses réalités sociales. Dans les différentes scènes sociales du roman, les protagonistes sont présentés comme différents rôles sociaux et montrent ainsi leur caractère réaliste. D'une manière générale, qu'il s'agisse du Moyen Âge à l'époque moderne, ou de l'évolution de la société moderne elle-même, la germination et l'évolution de la conscience de soi sont indissociables de l'interaction entre les individus et la réalité sociale, ce dernier montre que le soi contient non seulement des processus psychologiques internes, mais fait également face à des forces sociales externes. Derrière l'interaction entre les individus et la réalité sociale se cache la fusion entre l'apparence externe de l'individu et la psychologie interne. Cette interaction et cette fusion se déroulent dans tout le processus d'existence de soi. De cette façon, ce n'est qu'en examinant de manière approfondie l'interaction entre les individus et la réalité sociale comprenant le pouvoir et la sphère publique que nous pouvons démontrer plus concrètement l'image spécifique de soi.

Comme on l'a évoqué plus haut, le libertin brave et enfreint toutes normes établies avec audace et sans vergogne ; il poursuit perpétuellement leur quête d'une liberté absolue, tant intellectuelle qu'affective, voire sexuelle. Il est donc dans conflit perpétuel avec les normes et le système du pourvoir et se sent obligé de briser les contraintes de pouvoir dans la sphère publique.

Dans *Les Liaisons dangereuses*, il s'agit dans la plupart des cas du pouvoir entre des individus. Il est intéressant de constater que le motif central du roman est le combat, car tout au long du roman sont parsemés des thèmes et des métaphores liés à la guerre. C'est sans doute dû au fait que l'auteur est lui-même un officier militaire①. En réalité, *Les Liaisons dangereuses* sont élaborées au cours de vingt-trois mois que l'auteur a passés sur l'île d'Aix de 1779 à 1781. À cette époque, Laclos commandait à plus de cinq cents

---

① Choderlos de Laclos est né à Amiens en 1741. Il se destine à la carrière militaire à dix-huit ans et entre à l'école d'artillerie de La Fère. En 1762, Laclos obtient son brevet de lieutenant. Pendant vingt ans, il vit de ville en ville, l'existence peu exaltante d'un officier de garnison. Après 1782, on le voit quitter l'armée pour entrer au service du duc d'Orléans dont il suit les menées politiques pendant la Révolution. Il devient journaliste et agitateur. Deux fois arrêté, il semble bénéficier de protections qui lui évite le coup sur l'échafaud. À travers ces éléments, un militaire intelligent se présente devant le lecteur.

hommes depuis la bataille d'Ouessant. C'est dans ces circonstances que l'auteur a créé les personnages comme Mme de Merteuil et Vicomte de Valmont dont les actions sont à plusieurs reprises comparées à une manœuvre militaire : les deux libertins élaborent des plans de combat, envoient des espions dans le camp ennemi, préparent des armes, observent les terrains, et enfin lancent les batailles. *Les Liaisons dangereuses* ont été publiées au début de l'année 1782 chez le libraire Durand. Bien que ce soit le seul roman de Laclos, il est considéré comme un chef-d'œuvre du libertinage et de la littérature française. Toutefois, c'était un roman extrêmement scandaleux à l'époque, puisque le XVIII$^e$ siècle était le siècle des Lumières, de la Raison et de la Morale, tandis que cette œuvre épistolaire se présente comme un hymne de la jouissance débauchée voire un plaidoyer de la corruption aristocratique.

Étant donné que les deux personnages considèrent toujours la vie comme un champ de bataille. Qu'est-ce qu'on fait dans un champ de bataille ? Conquérir, en d'autres termes, gagner du pouvoir. De fait, la conquête n'est pas un mot étranger aux libertins. Ils adoptent comme crédo la phrase classique : « conquérir est notre destin » ( lettre 4) et sont tous connus pour leur volonté de conquérir. Pour eux, la conquête est une tâche bien alléchante et fascinante puisqu'il s'agit bien des défis : trouver une cible intéressante, la séduire, affronter sa résistance, et enfin la capturer. La conquête libertine se présente ici comme une victoire de guerre, et les libertins, comme des soldats en territoire conquis qui s'emparent de toutes les femmes qui leur font envie et qui deviennent de plus en plus avides et ambitieuses. À ce propos, Dom Juan écrit :

« *Enfin, il n'est rien de si doux que de triompher de la résistance d'une jeune personne, et j'ai sur ce sujet l'ambition des conquérants, qui volent perpétuellement de victoire en victoire, et ne peuvent se résoudre à borner leurs souhaits. Il n'est rien qui puisse arrêter l'impétuosité de mes désirs...je souhaiterais qu'il y eût d'autres mondes pour y pouvoir étendre mes conquêtes amoureuses.* » ①

En effet, tel est le monologue viscéral de tous les libertins. Un autre attrait de la conquête réside dans sa vivacité constante. Comme tout le monde le sait, ce que le libertin désire le plus, c'est le plaisir éternel ; ce qu'il redoute le plus, c'est l'ennui ou la lassitude. Alors vivre en conquérant les amoureux est un moyen efficace de renouveler continuellement le plaisir en traitant la vie comme un jeu et en ne lui accordant aucun sérieux, car le sérieux, ce serait l'ennui qui menace de gâcher le plaisir. La conquête, au contraire, assure une promptitude nécessaire pour passer d'un plaisir à l'autre, tout en conservant la vivacité la plus intense. Voilà la raison pour laquelle notre Dom Juan ne s'intéressait plus rien qu'à la conquête.

Le XVIII$^{e}$ siècle où la guerre est devenue de plus en plus proche d'une affaire professionnelle, le noble paraissait parodier le rôle militaire en pénétrant dans les chambres féminines, et par excellence, celles des femmes inaccessibles. La raison n'est pas difficile à saisir : la poursuite d'une proie inaccessible fait partie du charme de la conquête. C'est bien le cas du Vicomte de Valmont. Il entreprend la conquête d'une femme réputée imprenable, une dévote fidèle à son mari. Valmont se dévoue dans cette

① Molière, *Dom Juan ou le festin de Pierre*, Paris, Gallimard, 2000, p. 25.

mission impossible avec une passion inouïe : « j'aurai cette femme. » Il réussit pourtant, en pénétrant dans l'appartement de sa victime et observe l'agencement des meubles ; il écrit complaisamment son bulletin de victoire à sa complice, Mme de Merteuil : « Je la conduisis vers le lieu précédemment désigné pour le champ de ma gloire... J'ai forcé à combattre l'ennemi qui ne voulait que temporiser... j'ai su inspirer la sécurité à l'ennemi, pour le joindre plus facilement dans sa retraite. »① Là, Valmont se prend entièrement pour un guerrier d'alcôve qui a réalisé sa conquête. En réalité, il reste un autre motif pour la conquête d'une femme insaisissable : celui d'une maîtrise désillusionnée ou d'un désir insatisfait. Il est indéniable que les libertins sont très souvent séduisants et irrésistibles. Par conséquent, il n'y a aucunement d'obstacle dans leur route de conquête. Graduellement, ils sont las de leurs exploits surabondants et éprouvent une désillusion quand ils voient le vrai visage de la maîtrise amoureuse. Certains ont même l'impression de ne jamais authentiquement satisfaire leur désir. Ici, conquérir une femme insaisissable signifie pour Valmont l'obtention d'un pouvoir précieux. Il a l'impression d'être unique et puissant par la conquête. En outre, on constate aussi que dans la conquête de Cécile par Valmont se révèle le pouvoir érotique : leur lutte dans le lit, leur intimité secrète, primitive et sans honte. C'est le pouvoir nu de la séduction dans sa pratique. De même, le pouvoir érotique affleure également dans les confidences échangées entre Valmont et Mme de Merteuil, car ils pénètrent dans les pensées et les fantasmes les plus intimes de l'autre. Dans leurs lettres, ils se disent tout l'un à l'autre, parlant librement d'eux-mêmes et des personnes

① *LD*, p. 221.

qui les entourent. L'obsession de la conquête ou du pouvoir de Valmont montre sa vanité et son désir intarissable du plaisir tant corporel que spirituel.

Pour autant, quelle est la source de cette base conflictuelle ? Ce sont les relations sociales fondées sur l'inégalité des conditions. Dans la mesure où, à l'origine de l'inégalité sociale, il n'y avait que force physique, les femmes sont ainsi devenues les victimes de conquête des hommes. Dans son roman comme dans l'essai de 1783, Laclos exprime une condamnation vive de la soumission des femmes dans la société à l'époque. Cependant, le personnage de Mme de Merteuil a le courage de déclarer que son propre sexe pourrait aussi affirmer son pouvoir et domination sur les hommes. Elle croit que la meilleure défense est la lutte. Les femmes doivent non seulement avoir le courage de souffrir mais également celui de se révolter contre ses maîtres. Auparavant, pour éviter le danger des rapports dans la sphère publique, la morale traditionnelle donne une série de règles, cependant cette structure de règles n'offre pas de sécurité réelle. De même, la peur d'un châtiment éternel ne constitue non plus une garantie solide de la paix. Ainsi, l'éducation protégée de Cécile ne lui fournit pas une vie hors de danger. Dans ce contexte, les femmes cherchent à trouver des solutions convenables pour gagner du pouvoir dans le champ de bataille.

Elles choisissent l'art de manipuler pour lutter contre les hommes. Manipuler, c'est imposer un pouvoir sur les autres. À l'évidence, la manipulation est un moyen d'action et une stratégie efficace. Elle est prédisposée à fournir un pouvoir dominant aux libertins, c'est la raison pour laquelle les manipulateurs sont toujours le pivot des projets et le centre de la situation. Grâce au trait subtil et délicat propre aux femmes, nous constatons qu'il y a plus de manipulatrices que de manipulateurs, quoique le monde soit dominé par les hommes à cette époque. En premier lieu, les femmes libertines savent trouver des intrigues qui représentent un amalgame de mensonges et de fausses apparences visant à faire croire quelque chose aux victimes manipulées afin de gouverner leur action. Dans *Angola, histoire indienne* de La Morlière, la séductrice appelée Lumineuse met un livre dans la main du prince timide, ce qui fait croire au jeune homme que son rêve de conquérir la belle s'est éloigné. Mais peu après, en lisant le livre, Angola, le prince « soupirait après un état si heureux. Sa voix était entrecoupée, son visage enflammé... Il était hors de lui-même, il lisait d'une voix tremblante et portait à chaque instant des regards sur Lumineuse, interprètes des désirs les plus vifs. » ① Le livre sert en fait ici d'un outil de manipulation qui fait naître et guide le désir du prince en revêtant la fausse apparence d'une chimère désillusionnée. La manipulatrice réussit ainsi à contrôler et obtenir l'effet et le pouvoir qu'elle voulait produire.

En second lieu, c'étaient toujours les libertines qui prenaient les hommes au mot, et se conduisaient en meilleur libertin qu'eux. Mélite, l'héroïne dans *La Petite maison* de Bastide, fait valoir son talent potentiel de libertine manipulatrice. Elle s' approche d'une glace, feignant de remettre une épingle à sa coiffure. Ce geste fait de propos délibéré, mais d'une façon naturelle pousse Trémicour, presque malgré lui, à « se placer devant la glace qui était vis-à-vis, et par cet artifice, pouvant la regarder encore plus tendrement. » ② Ce geste léger est effectivement une ruse manipulatrice qui

① La Morlière, *Angola, histoire indienne, ouvrage sans vraisemblance*, Paris, Desjonquères, 1992, p. 98.

② Jean-François de Bastide, *La petite maison*, Paris, Le Promeneur, 1993, p. 65.

engage à la séduction et accélère la provocation à l'amour. La réaction quasi spontanée de Trémicour enchanté dénote l'effet puissant et même ensorceleur de la manipulation. La manipulation féminine s'incarne de même dans la forte volonté d'initiation. Les hommes, surtout les jeunes, paraissant au début innocents et inexpérimentés, suscitent le désir chez les libertines. Sous le pimpant et légitime prétexte d'initiation, les initiatrices manipulent les élèves à leur guise, car elles sont en possession de la clé de tous les codes et deviennent ainsi maîtres dans les liens sexuels, des discours et des intrigues. Leur motif se résume globalement en deux genres : soit pour combler leur désir sensuel, soit pour accomplir leur conjuration inavouable. Les exemples d'initiation foisonnent dans la littérature libertine. Dans *les amours du chevalier de Faublas*, il n'échappe pas au narrateur-héros de commencer par recevoir « avec autant d'étonnement que de plaisir une charmante leçon. » M. de Meilcour, jeune aristocrate de grande fortune, protagoniste de Crébillon dans *Les Égarements du cœur et de l'esprit*, cherchait à combler le vide de sa vie. Une amie de sa mère prend aussitôt plaisir à se charger de son éducation.

En dernier lieu, la manipulation libertine signifie aussi la manipulation de soi, autrement dit le pouvoir sur soi. Nous ne pouvons trouver un meilleur exemple que La Marquise de Merteuil. Manipulatrice suprême, elle tire les rênes de presque tous les personnages dans le roman. Cette libertine frappante avait pourtant la lucidité de rechercher la connaissance et la maîtrise de soi, car elle a discerné le rôle vital de ce préalable à la connaissance et à la maîtrise des autres. Dans sa fameuse lettre autobiographique (lettre 81), elle affirme avec calme : « je ne désirais pas de jouir, je voulais savoir. » ① Puis elle précise : « ce travail sur moi-même avait fixé mon attention sur l'expression des figures et le caractère des physionomies…je puis dire que je suis mon ouvrage. » ② Toute la vie de Merteuil est la manifestation d'un travail et d'un effort pour assurer la manipulation sur autrui et en même temps, éluder la manipulation exercée sur elle-même. Toutefois, elle n'est pas arrivée à éluder la fatalité de se réduire en victime de sa propre manipulation : Merteuil finit par être emportée et dirigée par sa vengeance et sa jalousie, et perdre la réputation qu'elle s'est attachée à préserver toute sa vie.

Par ailleurs, dans ce roman épistolaire, les lettres deviennent pour la première fois des armes communes pour acquérir plus de pouvoir sur autrui. ③ Au bout du compte, ce sont les lettres qui déjouent, qui tire vengeance et qui tuent dans le roman. En effet, c'est une lettre dictée à Valmont par la marquise qui tue Mme de Tourvel. C'est par une lettre à Danceny que Valmont se venge et perd à la fin. Les mots écrits frappent le destinataire sans regard ni chaleur humaine, mais ils donnent aussi le trouble, le regret et le remords. Le lecteur a le sentiment que les moindres mots sont pesés. Les lettres créent le climat de tension et l'atmosphère de conflit dans le roman. En un mot, ces lettres sont des moyens de combat, elles sont la matière même de l'action pour obtenir plus de pouvoir dans le combat.

Pour résumer, dans *Les Liaisons dangereuses*, le libertin et la libertine

---

① *LD*, p. 221.

② *Ibid.*, p. 217.

③ Jean-Luc SEYLAZ, *Les liaisons dangereuses et la création romanesque chez Laclos*, Genève, Droz, 1998, pp. 22-24.

ont chacun son propre moyen de gagner du pouvoir sur les autres. Pour Valmont, il conquiert sans cesse tandis que Mme de Merteuil manipule de sa part. À travers les procédés différents, les actes de ces deux personnages ayant des rapports d'inspection militaire apparaissent comme la traduction directe d'une image de soi : Valmont est vaniteux et cupide de sorte qu'il tente de séduire la femme insaisissable et la jeune naïve pour combler son désir et prouver son charme. Quant à Mme de Merteuil, afin de lutter contre les libertins, elle sait manipuler les autres et se manipuler en même temps pour arriver à son but, ce qui semble reproduire un personnage doté de perspicacité, d'audace et de contrôle de soi, représentant un mélange incroyable de qualités intellectuelles et de vertus héroïques.

Dans *Le Rouge et le Noir*, en tant qu'arriviste suprême, Julien aspire toujours à avoir plus de pouvoir dans la sphère publique. Le parcours de ce personnage ne peut se comprendre que si on le mettre dans son contexte historique : la Restauration, car la politique influence sur morale, parole et comportement de la population. Il est hors de doute que *Le Rouge et le Noir* sont d'abord une chronique de l'époque de la Restauration. Nous résumons ici brièvement les points de repère historiques aux environs des années 1815 — 1830.

En 1789, la France a connu la Révolution française qui était déclenchée par la prise de la Bastille. La Révolution a aboli l'Ancien Régime qui existait jusqu'alors et requiert les droits individuels. À la suite de cet épisode est arrivé l'Empire de Bonaparte. Ses victoires en Europe et sa vision politique lui ont donné le pouvoir et lui permis de devenir empereur en France. Le fiasco ultime à Waterloo en 1815 l'a emmené à l'île de Sainte-Hélène pour l'exil, ce qui signifie la fin de son règne. L'avènement de la Restauration, établie en 1814, a succédé à ces deux périodes et vu s'ouvrir une ère de tensions.

Comme le nom suggère, la Restauration (1814 — 1824 : Louis XVIII ; 1824 — 1830 : Charles X) sont une résistance et une tentative pour effacer la grande Révolution de 1789 et de 1793. Dans l'esprit des aristocratiques, il doit reprendre l'ancien ordre des choses et restaurer un régime de pouvoir dévasté par le coup révolutionnaire. Pourtant, la monarchie absolue consiste décidément un héritage du passé : Louis XVIII ne pouvait se dispenser d'accorder une Charte constitutionnelle qui autorisait les principes de liberté et d'égalité devant la loi et l'impôt et définissait la répartition des pouvoirs entre le roi et les délégués de l'État. En fait, c'est avec la Restauration que les principes fondamentaux de la démocratie ont été testés pour la première fois et que la vie politique a commencé à s'appuyer sur les votes et les élections. Pourtant, la monarchie selon la Charte attestait la divergence entre les ultraroyalistes et les libéraux. Les ultras royalistes auraient bien voulu restituer les pleins pouvoirs à l' aristocratie, circonscrire la liberté de la presse et limiter le pouvoir électoral. De toute façon, ils pouvaient tout faire pour revenir au bon vieux temps avant 1789 et reconquérir le pouvoir qui était le leur sous la monarchie absolue. Tandis que les libéraux, très fidèles à l'esprit de *la Déclaration des droits de l'homme*, tenaient à sauvegarder la liberté primordiale de l'individu. Dans le fond, ce qui entraîne la chute du régime en 1830 au bénéfice de Louis-Philippe, c'est la politique trop endurcie de Charles X, ostensiblement du côté des ultraroyalistes.

Il en découle que l'opposition libérale a gagné les élections de 1830. Le nouveau règne de Louis-Philippe a consolidé le statut de la bourgeoisie sous une monarchie plus flexible. Durant le règne de Louis-Philippe, le peuple exprimait sans cesse des courants d'idées différentes. Mme de Rênal, fait allusion à une société secrète, quand elle justifie le congé qu'elle accorde à un de ses domestiques, elle explique ainsi :

> « *C'est une institution fort salutaire, mais bien singulière*[..] ; *les femmes n'y sont pas admises* : *tout ce que j'en sais, c'est que tout le monde s'y tutoie. Par exemple, ce domestique va y trouver M. Valenod, et cet homme si fier et si sot ne sera point fâché de s'entendre tutoyer par Saint-Jean. Si vous tenez à savoir ce qu'on y fait, je demanderai des détails à M. de Maugiron et à M. Valenod.* »①

Cette situation historique et politique est conforme à la description dans *Le Rouge et le Noir*. La condition de vie des personnages illustre bien qu'il s'agit d'une époque en pleine mutation. Un aperçu de la ville de Verrières laisse deviner le tableau général dans une ville provinciale pendant cette période :

> « *Depuis la chute de Napopléon, toute apparence de galanterie est sévèrement bannie des mœurs de la province. On a peur d'être destitué. Les fripons cherchent un appui dans la congrégation* ; *et l'hypocrisie a fait les plus beaux progrès même dans les classes libérales. L'ennui redouble. Il ne reste d'autre plaisir que la lecture et l'agriculture.* »②

---

① *REN*, p. 121.

② *Ibid.*, p. 258.

Il doit se rendre à l'évidence que la ville de Verrières se présente comme une microsociété. Stendhal évoque des enjeux de la Restauration dans sa représentation : les méfaits de la centralisation et la puissance réelle et secrète de la Congrégation désignant une organisation religieuse qui paraît de manière récurrente dans *Le Rouge et le Noir*. Pourtant, quel rôle a joué cette organisation sous la Restauration ? Castex nous donne une définition de cette association :

> « *À l'époque où Stendal écrit* Le Rouge et le Noir, *le mot congrégation désigne, dans les milieux libéraux, beaucoup moins l'association religieuse ainsi nommée qu'un réseau d'intrigues secrètes menées, sous le couvert de la foi et de la charité, par des partisans obstinés d'une politique fondée sur l'union toujours plus étroite du Trône et de l'Autel.* » ①

Stendhal n'invente pas la congrégation, toute-puissante, et ramifie ses réseaux dans toute la société française. Il est indubitable que la congrégation décèle des rapports étroits entre le pouvoir et la religion. Pour être plus précis, de haut en bas, l'Église et là pour veiller et la congrégation est là pour surveiller. De là, la congrégation va bien au-delà du champ d'action purement religieuse, mais s'étend jusqu'au pouvoir suprême de l'État.

À l'ouverture du roman, on observe que les gens commencent à bâtir une église à Verrières. C'est très symboliquement que l'auteur évoque cette scène, car cette magnifique église démontre l'alliance du Trône et de l'Autel

① P. -G Castex, *Le Rouge et le Noir de Stendhal*, Paris, Sedes, 1970, pp. 48-49.

évoquée plus haut. La manipulation de la congrégation se présente partout et reste puissante tout au long du roman. Le romancier montre successivement l'influence de cette organisation à travers les méfaits du curé Maslon, du général Frilair et de l'abbé Castanède. En fait, l'alliance du Trône et de l'Autel a même une grande influence sur les pères. Par exemple, le directeur l'abbé Pirard et le sous-directeur l'abbé Castanède ne s'entendent jamais au séminaire de Besançon. À l'issue de ce conflit, l'abbé Pirard se voit obligé de quitter le séminaire à cause du complot du dernier. De toute évidence, l'abbé Pirard fait preuve d'honnêteté et de loyauté, tandis que l'abbé Castanède fair ressortir sa méchanceté et sa fourberie. Cependant, c'est l'abbé Castanède qui a gagné et son confrère l'abbé de Frilair est devenu l'un des plus riches propriétaires de la région. De reste, dans les salons parisiens, les représentants du haut clergé sont également omniprésents. Ils dominent les paysans dans le but de défendre leurs intérêts et ceux de la monarchie.

Ce statu quo décide la stratégie de Julien. Pour monter dans l'ascension sociale, il voulait se faire prêtre et s'évertuait à apprendre la Bible. Pour autant, au fur et à mesure qu'il se déplace, il change sans cesse d'idées selon la situation pour obtenir le pouvoir de manière plus efficace. À la façon d'un nouveau Christophe Colomb, Julien s'embarque toujours vers une destination inconnue. Hormis les grands voyages qui le mènent à Besançon et à Paris, il se déplace aussi à Vergy, à Londres, à Strasbourg, etc. Le désir d'évasion paraît comme une motivation purement réactive. Ces périples aventureux sont pour lui l'occasion des découvertes et des révélations hors commun. Toutefois, son désir pour le pouvoir ne change point.

Même si Julien vit dans un monde où l'argent est roi, l'argent n'est pas la motivation essentielle de ses actes. Fils d'une petite bourgeoisie qui commence à fait connaître le pouvoir de l'économie après la révolution de 1789, Julien ne manque pas tellement d'argent comme l'on a l'habitude d'y croire. En réalité, l'argent ne compte pas pour Julien et il y en a pourtant bien de preuves dans *Le Rouge et le Noir*. Quand on lui apprend que la femme de chambre de Mme de Rênal possède une belle somme d'héritage, Julien refuse fermement et répond que cette offre ne lui convient pas. Au surplus, lorsque son ami Fouqué lui propose la coopération de ses affaires, il explique cela à Julien :

> « *Tu sais l'arithmétique mieux que moi, tu tiendras mes comptes. Je gagne gros dans mon commerce. L'impossibilité de tout faire par moi-même et la crainte de renoncer un fripon dans l'homme que je prendrais pour associé m'empêchent tous les jours d'entreprendre d'excellentes affaires*[...] *Pourquoi n'aurais-tu pas gagné, toi, ces six mille francs, ou du moins trois mille ? Car, si ce jour-là je t'avais eu avec moi, j'aurais mis l'enchère à cette coupe de bois, et tout le monde me l'eût bientôt laissée. Sois mon associé.* »①

Pourtant, Julien refuse tout de suite la proposition généreuse de son ami malgré le fait que cette idée ne lui déplaît pas à la première réflexion. Ce qui lui déplaît plus, c'est de faire des affaires avec les paysans. L'origine de ce sentiment semble provient de son attachement au pouvoir et à la noblesse.

Un autre exemple, c'est que Julien ne songe apparemment pas à l'augmentation de son salaire.②Au début, c'est le père qui discute avec M.

---

① *REN*, p. 95.

② Yves Ansel, Lola Kheyar Stibler, *Stendhal*, *Le Rouge et le Noir*, Neuilly-sur-Seine, Atlande, 2013, pp. 55-56.

de Rênal dont toute la vie est axée sur l'argent : « Je veux absolument prendre chez moi Sorel, le fils du scieur de planches, dit M. de Rênal ; il surveillera les enfants qui commencent à devenir trop diables pour nous [...] Je lui donnerai trois cents francs et la nourriture. »① Bien évidemment, le salaire de Julien est discuté et marchandé sou par sou. Trois cents francs, cela signifie quoi ? Afin d'en saisir une notion, il faut connaître une échelle de valeurs pour comparer avec les salariés de l'époque. Pour tout dire, le précepteur gagne moins qu'un ouvrier en salaire brut. Cependant, le père de Julien pense que c'est une bonne affaire. À ses yeux, son fils n'est qu'un lisard nul qui est incapable aux travaux durs de force. Ce travail de précepteur offrant un gain avec l'habitation et l'habillement lui paraît très satisfaisant. Par la crainte que Julien quitte la maison pour installer chez son ennemi M. Valenod qui fait une meilleure offre, le maire de Verrières augmente à contrecœur le salaire strictement chiffré : cinquante francs par mois. Face à cette nouvelle offre, Julien ne songe pas une seconde à tirer un avantage financier de la situation, mais pense tout de suite aux questions de l'honneur et du pouvoir comme il le fait si souvent :

> « *Julien eut envie de rire et resta stupéfait : toute sa colère avait disparu.*
>
> *Je ne méprisais pas assez l'animal, se dit-il. Voilà sans doute la plus grande excuse que puisse faire une âme aussi basse.*
>
> [..] *J'ai gagné une bataille, se dit-il aussitôt qu'il se vit dans les bois et loin du regard des hommes, j'ai donc gagné une bataille !* »②

① *REN*, p. 22.

② *Ibid.*, pp. 81-82.

Force est de constater que Julien n'appartient pas à ce monde où tout se vend et tout s'achète. Pour lui, faire fortune n'est pas le but de son action. L'amour n'est non plus sa motivation ultime, car l'amour est un moyen pour obtenir le pouvoir, mais pas une fin. Ainsi, c'est le désir du pouvoir qui lui donne la force motrice. Nombre de détails le prouvent de manière distincte : son admiration fervente pour Napoléon ; son plaisir à régner le cœur de Mme de Rênal et de Mathilde ; son aspiration à se montrer le meilleur élève du séminaire de Besançon. À ce propos, on pourrait trouver une attitude similaire du personnage Raskolnikov dans *Crime et châtiment* qui dit dans le roman : être Napoléon ou rien. Cette phrase pourrait être très bien la devise de Julien. C'est à travers son héros que Julien peut imaginer une autre vie et songer à faire quelque chose de glorieux dans sa vie. Rien qui surprenne le lecteur que Julien brûle de l'aventure et de conquérir le monde à son tour :

> « *Quelque épervier parti des grandes roches au-dessus de sa tête était aperçu par lui, de temps à autre, décrivant en silence ses cercles immenses. L'œil de Julien suivait machinalement l'oiseau de proie. Ses mouvements tranquilles et puissants le frappaient, il enviait cette force, il enviait cet isolement. C'était la destinée de Napoléon, serait-ce un jour la sienne ?* » ①

Stendhal dépeint parfaitement ici une image d'arriviste qui est rempli d'admiration pour Napoléon et veut grimper sur l'échelle sociale. Il

① *REN*, pp. 83-84.

ambitionne de devenir un être de distinction et de vaincre les murs invisibles de la société. Pour autant, l'image de soi de Julien n'en reste pas là et montre sa complexité à l'égard du pouvoir. Même s'il aspire foncièrement à obtenir le pouvoir, il garde sa bonté à travers les mille péripéties vers son but. Nous remarquons son indignation devant les vrais hypocrites. Par rapport à eux, Julien ne révèle que son incapacité profonde à utiliser l'art de l'hypocrisie. Nous constatons aussi son hésitation lorsqu'une opportunité de réussite se présente. En 1830, l'octroi d'un siège épiscopal à quelqu'un suppose le support du pape et de la congrégation. Un tel poste représente un pouvoir authentique et se présente comme une occasion dont Julien rêve depuis toujours. Néanmoins, quand l'évêque de Besançon, auprès duquel l'abbé Pirard l'a détaché, lui propose la voie d'une telle puissance, Julien ne réagit point contre toute attente. Malgré la promesse et des propos flatteurs qu'on lui fait, Julien ne fait pas le moindre geste pour mettre ce projet en application. Bien au contraire, il soutient publiquement l'abbé Pirard congédié par la congrégation. Car il veut rester fidèle à son seul ami et protecteur au séminaire de Besançon. De ce fait, Julien fait preuve d'une autre image de soi autre que celle d'arriviste sans scrupule à l'époque. En apparence, Julien choisit toujours l'hypocrisie comme moyen de réussite. Pour autant, cette arme ne correspond peu à ses capacités et à sa nature. En effet, ce personnage se veut calculateur froid, se révèle en revanche ingénue, loyale, et d'une sensibilité excessive.

À la fin du roman, Julien obtient presque le pouvoir qu'il désire tant par l'intermédiaire d'un beau mariage. Cependant, ce personnage connaît une chute mortelle dans le moment du plaisir en plein vol. Julien se retrouve dans la prison avant de mourir. Pourtant, la prison lui sert comme un coin tranquille pour se recueillir. Cette période lui permet de réviser son jugement pour de bon et ainsi de prendre conscience de son propre moi. Il se rend compte que le vrai pouvoir pour lui c'est d'être estimé et respecté par son entourage ainsi que par la société où d'entrée il est marginal et où il le reste toujours, quel que soit le milieu social ou l'endroit géographique qu'il traverse. À ce moment de recueillement, le masque de notre arriviste tombe. Le lecteur comprend maintenant que même lorsque la réussite couronne ses actions, ce sentiment d'infériorité ne le quitte jamais et le tourmente sans cesse. Cette obsession de l'origine basse est peut-être dans l'humiliation qu'il ressent souvent. Nous sommes tributaires de la manière dont l'auteur fait apparaître l'attitude de son personnage à l'égard du pouvoir dans la sphère publique pour connaître une image de soi jalonnée de faiblesse et de déception du personnage de Julien qui se sent toujours inférieur aux autres et devient ainsi excessivement sensible et irritable.

En ce qui concerne Gide, ses œuvres impliquent toujours des événements historiques et des points chauds sociaux différents qui pourraient être considérés comme des manifestations diverses de la réalité sociale. L'auteur reconnaît bien que : « l'art, en quittant le contact avec la réalité, avec la vie, devient vite artifice. »① Ainsi, son engagement sociopolitique est une forme de la manifestation plus proche de la réalité de l'existence et de l'histoire. Pour lui, la société est comme un lieu spécifique de la naissance de la pensée et des idées diverses :

« *Le temps et l'espace sont les tréteaux que, pour s'y jouer, les*

① André Gide, *Littérature engagée*, Paris, Gallimard, 1950, p. 88.

*innombrables vérités ont déployés à l'aide de nous cerveaux, et nous y jouons comme des marionnettes volontaires, convaincues, dévouées et voluptueuses.* »①

En tant qu'analyste passionné de son soi, Gide est aussi un observateur dévoué de son époque et un témoin perspicace de la société de son temps. Il affirme que ses œuvres sont nées avec sa propre vie, mais également avec celle de son entourage, de son cercle, de son époque ainsi que de sa société, et il se plaît à y jouer de multiples rôles. De son point de vue, l'homme n'est guère libre de penser à sa guise, car il est si étroitement lié à son temps, à son histoire, à son milieu et aux situations de son existence.

Selon Alain Goulet, les ouvrages romanesques de Gide attestent doublement pour la société et pour l'histoire. En d'autres termes, ses œuvres sont indissociables d'une représentation historienne en même temps que d'une mise en œuvre de la réalité sociale. D'une part, le roman fait partie d'une histoire et est créé sous un contexte social particulier ; d'autre part, le contenu du roman se réfère à des modes de vie et de pensée, à une perspective spécifique de la société et de l'histoire intégrant les diverses réactions psychologiques des individus face aux différents effets de la réalité sociale. Les caractéristiques ci-dessus font que les œuvres de Gide témoignent non seulement de l'histoire, mais reflètent également la relation complexe entre soi et la sphère publique.

Dans *Les Faux-monnayeurs*, le protagoniste Édouard établit le but pour son roman, c'est d'ouvrir à tous les aspects de la vie et de la réalité. Dans la

---

① André Gide, *Journal* 1889-1939, Paris, Gallimard, 1996, p. 379.

vraie vie, Gide constitue un condensé historique et social de deux premières décennies du XXe siècle. Il a introduit en appendice dans son *Journal des Faux-monnayeurs*, une première coupure de presse : le 16 septembre 1906, l'affaire d'un trafic de fausses monnaies d'or est relatée par la presse, puis le 5 juin 1909, le journal relate le suicide d'un lycéen de Clermont-Ferrand. Ces deux faits divers servent comme matières premières et points de départ du roman. Pour autant, ce ne sont pas les seules affaires qui attirent l'attention de Gide à l'époque. Il s'inspire également des éléments autobiographiques pour son roman. Par exemple, il garde toujours une amitié avec Marc de La Nux, celui-ci s'est suicidé en 1910. En outre, on trouve d'autres allusions à caractère historique dans le roman : Passavant et ses amis parodient le mouvement Dada qui est né au début de 1916 à Zurich ; Mme Sophroniska expose brièvement la théorie de la psychanalyse qui est connue en France après 1920.

Au fond, ce que Gide voulait nous montrer dans *Les Faux-monnayeurs*, c'est un phénomène social qui est particulièrement aigu à l'époque : les jeunes ont davantage de tendances à se marginaliser et à mener une existence de manière plus autonome. Dans *Les Faux-monnayeurs*, il y a deux catégories d'enfants : ceux qui sont dociles à l'égard de leurs parents et ceux qui se révoltent sans cesse. Les enfants trop conformistes sont promis à la mort, Boris en est un bon exemple, il tend de tout son être vers la partie des anges, pourtant c'est le démon qui règne dans la société.

En comparaison de cette observation, Vincent et Olivier représentent la catégorie qui brûle de se libérer du conformisme bourgeois. Vincent, naturellement bon, s'attache toujours aux valeurs de son origine. Même s'il veut se révolter contre les principes sociaux de la bourgeoisie, il reste trop soumis à l'égard du démon Lilian, et court enfin à la perdition. Quant à Olivier, en se révoltant, il ne peut s'empêcher de garder un grand attachement pour sa mère. Sa tentative de révolte et d'émancipation avec Robert tourne court. Il a failli mourir comme Boris et Vincent et vit désormais en marge des conventions bourgeoises.

Les autres enfants révoltés dans le roman dévoilent une liberté de mœurs et une audace inouïe. Sarah, par exemple, elle couche tous les jours avec Bernard et accepte que Passavant la prenne sur ses genoux. Cette révolte se plonge dans la débauche pourrait mener à tous les mauvais coups. C'est le cas de Georges et son complice Adamanti ainsi qu'une bande de lycéens semblables. À la fin, ils franchissent le seuil de la criminalité et commencent à écouler de la fausse monnaie en secret. Si l'on regarde de plus près, ces révoltés se compromettent avec les valeurs sociales : l'argent. C'est pour des raisons d'argent que les lycéens font le trafic, qu'Olivier se laisse entretenir par Robert, et qu'Armand accepte de devenir le secrétaire de Passavant.

Ainsi, dans *Les Faux-monnayeurs*, Gide attache une grande importance aux questions sociales dans la peau d'Édouard, qui écrit également un roman avec le même nom. Il traite avec la question de l'argent, de la marginalisation, et de la révolte. Dans le roman, un ensemble de jeunes personnages qui s'en distinguent dans la société pour des raisons diverses. Ils refusent la place qui leur y est faite. C'est autour d'eux que les conflits sociaux se nouent. De l'avis de Gide, ces jeunes constituent non seulement le ferment de l'évolution sociale et du progrès de l'histoire, mais aussi étalés sous diverses formes d'images de soi dans le processus de participation à la vie sociale.

Par ailleurs, Gide écrit aussi des œuvres autobiographiques pour s'attacher aux questions sociales. Prenons un exemple : Gide part pour le Centre Afrique et s'engage dans cette périlleuse aventure. Il écrit *Voyage au Conge* pour démontrer le malheur des populations colonisées. Avant le départ, il ne connaît pas très bien la situation monstrueuse qu'il va affronter. Pourtant, la protestation contre les abus du colonialisme était dans l'air à l'époque. L'expérience d'André Malraux en est un exemple. Des études faites à l'École des langues orientales lui donnent le goût de visiter l'Extrême-Orient. Ainsi, Malraux entreprend en 1923 une expédition au Cambodge. Il y cherche et découvre le temple Banteaï Srey dont il détache des bas-reliefs. Pour cela, Malraux est condamné en juillet 1924 à trois ans de prison. Grâce à la pétition des écrivains et des intellectuels dont Gide signe aussi, le procès est cassé et Malraux échappe aux prisons indochinoises. Néanmoins, il retourne à Saïgon en 1925 afin d'y fonder le mouvement de libération « Jeune Annam » et le journal *l'Indochine* où il dénonce les injustices coloniales.

C'est dans ce contexte que Gide part pour Congo. Le lecteur connaît son intention de voyage affichée aux premières pages de *Voyage au Conge*. Voici une description qui illustre son exaltation et attente avant le départ :

« *On ne bercera jamais assez les enfants, du temps de leur prime jeunesse. Et même je serais d'avis qu'on usât, pour les calmer, les endormir, d'appareils profondément bousculatoires. Pour moi, qui fus élevé selon des méthodes rationnelles, je ne connus jamais, de par ordre de ma mère, que des lits fixes ; grâce à quoi je suis aujourd'hui particulièrement sujet au mal de mer. Pourtant je tiens bon ;* [...] *Le souvenir de mes six dernières traversées (Marco, Corse, Tunisie) me rassure.* » ①

Arrivé au Congo, Gide apprend aussitôt le procès Sambry : un jeune administrateur inexpérimenté est renvoyé dans un poste reculé et condamné à une peine de prison pour maltraitance. À ce propos, Gide note dans *Voyage au Congo* :

> « *Et je ne doute pas qu'il n'y aurait beaucoup à apprendre sur le fonctionnement des rouages de l'administration en particulier* ; *mais pour le bien comprendre, il faudrait connaître déjà le pays. Ce qui pourtant commence à m'apparaître, c'est l'extraordinaire complication, l'enchevêtrement de tous les problèmes coloniaux. La question de chemin de fer de Brazzaville à Pointe-Noire serait particulièrement intéressante à étudier* ; *mai je n'en puis connaître que ce que l'on m'en raconte, et touts les récits que j'entends se contredisent ce qui amène à me méfier de tous et de chacun.* » ②

À travers cet extrait, Gide affirme que les administrateurs des colonies doivent être éduqués sur les missions qui les attendent. Cela fait, ces administrateurs comprendront mieux comment administrer les indigènes. En général, les Européens pensent que les Africains sont presque semblables aux bêtes sauvages. Il en résulte que les administrateurs européens arrivent sur le terrain africain avec l'idée que les indigènes ne sont pas capables de réfléchir, et ils les traitent naturellement en sous-hommes. Par le biais de ce

---

① *VC*, p. 8.

② *Ibid.*, pp. 26-27.

procès, Gide dénonce les méthodes employées par certains colonisateurs qui ont recours à la violence au lieu de chercher à comprendre la population coloniale et appelle les populations locales à être comprises comme des individus rationnels. De là reflète non seulement les caractéristiques de la personnalité de Gide en tant qu'auteur, mais montre également l'attention portée aux divers individus dans la sphère publique, y compris les moi dans différentes formes de civilisation au sens large.

En outre, Gide se lance dans de véritables enquêtes en vue de démasquer tous les malheurs de la population colonisée. Un jour, il rencontre un troupeau de femmes et d'enfants qui travaillent sous la pluie, sans autre outil que des paniers et leurs mains. Ils sont en train de reconstruire la route que ravage la forêt. Avec l'aide d'un interprète local, Gide et Marc essaient de parler avec les membres de ce troupeau en apprenant mieux leur condition de travail et de vie : ce troupeau d'enfants qu'on fait travailler sans les nourrir ni les payer. Marc prend des photos de ce cortège pour mieux présenter la situation. Pourtant, ce genre de témoignage ne manque pas dans le livre :

> « *Le ciel est très couvert, sans être bas. Depuis trois jours il pleut fréquemment ; pluie fine que le vent promène ; puis, par instants, averse épaisse. Et rien n'est plus triste que le lever d'un ce ces jours pluvieux. Le Largeau avance avec une lenteur désespérant ; nous devions coucher à Bétou ; par suite de la mauvaise qualité du bois de chauffage, nous n'y arriverons sans doute que demain vers midi. Les poses à bois, non surveillés, ne nous livrent qu'un bois pourri. L'insuffisance de personnel se fait partout sentir. Il faudrait plus de*

*sous-ordres. Il faudrait plus de main d' œuvre. Il faudrait plus de médecins. Il faudrait plus d'argent pour les payer. Et partout les médicaments manquent. Partout on se ressent d'une pénurie lamentable qui laisse triompher et s'étendre même les maladies dont on pourrait le plus aisément triompher. Le service de santé, si l'on réclame des remèdes, n'envoie le plus souvent, avec un immense retard, que de l'iode, du sulfate de soude, et de...l'acide borique* »①

Gide décrit au lecteur une image accablante de la misère humaine dans *Voyage au Congo*. Il remarque que la population noire se sacrifie tout entier pour le compte de la France : les Blancs prennent tout et ne donnent rien. Après la découverte du mauvais coup perpétré au pays colonial contre des hommes, Gide n'hésite pas à dénoncer tous ces malheurs dans son livre. Il est conduit à critiquer la cruauté de l'administration ainsi que le système de la colonisation et oppose même des faits plus cachés dont le régime de la colonisation est la cause directe. L'importance de ce livre gidien réside dans le fait qu'il influence en quelque sorte l'opinion publique et les autorités à l'époque.

Par ailleurs, l'intérêt politique de Gide porte aussi sur les affaires internationales. Nous avons l'occasion d'observer le changement de sa position politique dans les jugements portés contre l'URSS. Au début, Gide considère longtemps l'URSS comme un état nouveau, car l'URSS représente une société sans classes ni inégalité, une société qui est capable de rajeunir notre vieux monde. Il n'en est pas loin de penser que si l'URSS donne sa

---

① *VC*, p. 42.

leçon aux pays européens, tous les problèmes politiques et sociaux seront résolus.

Pour autant, un autre voyage marque l'étape décisive de son attitude envers l'URSS. En 1936, Gide accepte une invitation à l'État soviétique comme beaucoup d'autres intellectuels européens de l'époque. Tout au long de son voyage soviétique, Gide est félicité et flatté : on l'invite à voir une exposition sur sa vie et ses œuvres à l'Université de Moscou. Cependant, Gide observe avec lucidité le régime de Staline sur place, y compris sa position sévère de l'autorité à l'égard de l'homosexualité, position à laquelle il s'oppose complètement. À son retour en France, Gide change sa position politique vis-à-vis de l'URSS et écrit *Retour de l'URSS* pour partager son parcours mental.

Derrièrement, Gide accorde une haute attention à deux grandes guerres. Il serait utile de récapituler les pensées et les actions de Gide lors de la Première Guerre mondiale. Au début de cette guerre, Gide abandonne temporairement l'écriture et choisit de se consacrer à des causes humanitaires. En 1914, l'auteur donne l'aide aux réfugiés en provenance du nord de la France et de Belgique, en occupant le poste de vice-président du Foyer franco-belge pendant les seize premiers mois de la guerre. Lors de la Seconde Guerre mondiale, Gide participe aux activités diverses. En réalité, son premier acte contre la guerre est sa prise de position contre le fascisme. Après l'arrivée au pouvoir en Allemagne de Hitler et du Parti nazi, Gide proteste contre sa position politique dans *L'Humanité* :

*« L'Allemagne est en train de nous donner un effroyable exemple de l'oppression à laquelle est fatalement entraîné un pays qui cherche*

*son salut dans l'entêtement nationaliste. Il se saisit aussitôt de tout prétexte ou le provoque et tout moyen de domination, fût-il inique, lui devient bon. Une telle politique mène nécessairement à la guerre.* »①

De plus, il intervient activement dans l'incendie du Reichstage en 1933. Suite à cet incendie, le Parti nazi provoque l'arrestation consécutive de milliers de communistes, de socialistes et de juifs. Pourtant, les véritables auteurs de cet incendie sont des agents provocateurs nazis. Le procès a lieu à Leipzig. Gide exprime son soutien aux prévenus de Leipzig. L'année suivante, il accompagne Malraux pour faire pression le ministre de la Propagande au nom de Dimitrov et de ses co-inculpés. Après bien des efforts, Dimitrov est enfin relâché le 27 février 1934.

Bien que l'engagement sociopolitique soit de loin la partie la plus importante de la manifestation de Gide, son intervention et le lien avec la société et le pouvoir le mettent hors de pair dans le monde intellectuel. Dans ces récits de voyage, Gide est le propre et seul personnage sous sa plume et montre son image de soi engagée dans la sphère publique. Par le biais de ces récits, dont *Voyage au Congo* et *Retour de l'URSS*, l'autorité se renseigne sur le malheur des hommes en Afrique et en Europe, tandis que le lecteur découvre une image de soi lucide qui contribue à éclairer la France et l'Europe. Pour Gide, il révèle non seulement les conditions générales de vie du peuple colonial, mais montre aussi le destin de différents individus. Cela constitue une condition préalable au changement du statu quo de la société, et offre également la possibilité d'une compréhension sincère et d'un

---

① André Gide, *Littérature engagée*, Paris, Gallimard, 1950, p. 21.

traitement humain envers des différents individus dans la colonie. De toute évidence, Gide se fait polémiste et cherche un rôle à l'égard du pouvoir dans la sphère publique, mais plus largement dans l'humanisme.

En somme, le libertin démontre une sorte de dualisme envers le pouvoir dans la sphère publique. D'une part, il s'évertue à se détacher de toutes les entraves du pouvoir dans la société de norme ; d'autre part, il s'applique à manipuler et à imposer un pouvoir dans la relation sociale entre les individus. Ce dualisme dévoile un conflit interne et une tension dans sa personnalité, ce qui réside une forte tendance de la modernité. Quant à l'arriviste, du fait de sa naissance modeste, il se sent, depuis son enfance, humilié et réprimé par le pouvoir externe, c'est dans ce cas-là qu'il aspire à gagner toujours plus de pouvoir pour changer sa condition dans la sphère publique. Cette lutte permanente fait émerger un réveil fort de la conscience de soi : l'aspiration de changer sa condition d'existence en tant qu'individu. Il convient quand meme de nuancer, de ne pas oublier que ce fait révèle un trait manifeste de la modernité : la poursuite du droit et du pouvoir individuel. Enfin, l'immoraliste s'efforce de garder une relation harmonieuse avec le pouvoir dans la sphère publique tout en essayant de changer le monde par le défoncement de certains faits malheureux. Cette position à l'égard de la réalité sociale constitue, dans le fond, l'attitude saine et moderne d'un individu dans la société de nos jours.

Dans l'ensemble, libertin, arriviste et immoraliste expriment non seulement les images de soi unique sous forme de tension spirituelle, mais met également en évidence leur monde intérieur et leur comportement hors pair dans la société moderne sous différents aspects. Prenant comme formes les créations littéraires et les écrits autobiographiques, les trois figures font également que leur image de soi va au-delà de cadre rigide individuel, présentant ainsi une forme plus complexe et diversifiée. Une analyse concrète et approfondie des images de soi présentées par ces trois figures aidera sans aucun doute à saisir plus profondément la connotation plus large de la société moderne.

Pour tout dire, le monde spirituel formé par l'amour sentimental et la préoccupation religieuse ainsi que l'interaction diverse entre le soi et la réalité sociale externe dans la littérature française du XVIII$^{e}$ au XX$^{e}$ siècle participent à manifester la multiplicité ainsi que l'évolution des figures de l'image de soi. D'une part, l'individu ne peut vivre et conduire sa vie que dans la relation qu'il entretient avec la société ou avec le pouvoir extérieur ; d'autre part, l'espace mental est l'endroit où un désir ou un aveu refoulé se montre enfin. Nul doute que le système psychologique constitue un aspect essentiel dans le monde spirituel d'un individu. À partir de là, quelle tension psychologique cette forme de soi connaît-elle ? C'est sur quoi le prochain chapitre va se concentrer.

# Chapitre III Les orientations diverses psychologiques de ces trois figures

L'espace mental illustré par le biais de l'amour, de la religion ainsi que de l'interférence entre les individus et le pouvoir dans la sphère publique évoque que le soi dans les œuvres littéraires comprend non seulement des forces sociales externes, mais aussi des processus spirituels. Nous inférons de ces témoignages qu'il existe un système psychologique et une interaction entre la manifestation externe et le monde psychologique interne. Force est d'admettre que ce système et cette interaction se déroulent en permanence dans l'existence de soi. Ce n'est qu'en regardant de près ces deux aspects qu'une image particulière de soi peut être décelée. Le libertin vit en fait avec un lourd fardeau et sa fragilité s'exacerbe sans cesse lorsque son masque extravagant tombe ; l'arriviste dévoile son monde mental par des signes faciaux et corporels ainsi que des monologues intérieurs ; le changement psychologique de l'immoraliste est dû à son expérience distinctive et de sa dualité oscillant entre la poursuite de soi et les contraintes sociales. Par là, une analyse du système psychologique et de la pluralité de personnalité nous permet de saisir plus concrètement la multiplicité des images de soi dans la littérature française à différentes époques.

# 3.1 Le système conflictuel psychologique du libertin

## 3.1.1 La perversion libertine

Le système psychologique contient une nette dualité. Parlons tout d'abord son côté pervers. Il est hors de doute que tout libertin aime les plaisirs et les excès. Que faut-il entendre par plaisir ? Parmi tous les plaisirs de ce monde, ceux de la chair méritent une attention particulière. Il s'agit du plaisir des sens, d'une recherche excessive de la volupté. Le plaisir du libertin ne se borne pas à la sensualité ; néanmoins, il n'y a pas de libertinage sans elle. C'est en effet un culte du corps, une technique des sens qui ne vise pas la modération et la sagesse, mais la licence. Certains s'adonnent même à une sexualité débridée et s'affranchissent de toute contrainte tant sociale que morale. Pour eux, la jouissance passée est très vite oubliée et la quête est à renouveler. Chez le libertin, il organise souvent des orgies dépravées comme une scène de théâtre, lui est auteur, metteur en scène et acteur. En outre, le libertin est parfois animé de malveillance : il a le plaisir en faisant du mal. Il s'agit de la perversion libertine.

La figure de Sade sert de modèle à la perversion la plus achevée. Il est même entièrement pris dans une passion obsessionnelle : « Avoir » et « Prendre ». Le marquis est condamné et confiné pendant vingt-sept ans en prison et en hôpital psychiatrique pour des actes considérés comme des délits graves : viol, séquestration, menaces de mort, etc. Il oblige et ravage du haut de sa position sociale. Plus précisément, Sade adore imposer ses ordres aux victimes, car pour lui, exercer un soi-disant pouvoir sur les autres rallume le sens du plaisir.①

Pour autant, la plupart des libertins ne montrent pas son côté pervers d'une façon aussi extravagante. En général, ils sont des personnes agréables et de bonne compagnie. Le libertin possède souvent une affection ardente pour les vêtements et les accessoires recherchés. En plus, dans la plupart des cas, il apprécie la vie mondaine et aime fréquenter les grandes personnalités de ce monde. Sur ce point, le libertin ressemble, dans une certaine mesure, à un dandy :

> « *L'homme riche, oisif, et qui, même blasé, n'a pas d'autre occupation que de courir à la piste du bonheur ; l'homme élevé dans le luxe et accoutumé dès sa jeunesse à l'obéissance des autres hommes, celui enfin qui n'a pas d'autre profession que l'élégance, jouira toujours, dans tous les temps, d'une physionomie distincte, tout à fait à part.* [...] *Le dandysme, qui est une institution en dehors des lois, a des lois rigoureuses auxquelles sont strictement soumis tous ses sujets, quelles que soient d'ailleurs la fougue et l'indépendance de leur caractère.* » ②

Il importe de noter que l'art de la séduction est un moyen efficace pour arriver au but pervers du libertin. Des chercheurs essaient d'identifier les cent douze femmes que Casanova a séduites selon ses *Mémoires*. Ils ont confirmé que toutes ces femmes ont bel et bien existé. Alors, comment le libertin

---

① Alberto Eiguer, *Psychanalyse du libertin*, Paris, Dunod, 2010, pp. 81-84.

② Charles Baudelaire, *Œuvres complètes de Charles Baudelaire Tome III*, *L'art romantique*, Paris, Michel Lévy Frères, 1868, p. 91.

réussit-il dans ces exploits ?

En premier lieu, le libertin sait se servir d'un langage particulier marqué par la séduction. En général, le pervers utilise souvent une rhétorique par laquelle il dénie la beauté du monde, le sens de l'amitié et les attachements de la famille. Pourtant, quand il est dans l'acte de la séduction, le langage libertin se déroule librement, tantôt dans une langue allusive, qui est comme une gaze de Crébillon, tantôt dans une langue ordurière qui conduit à l'outrance de Sade. Parfois, un même auteur peut manier le style le plus soutenu dans ses œuvres officielles et risquer l'obscénité dans des textes circulant en secret. Dans *Les Liaisons dangereuses*, Madame de Merteuil prépare même son discours avant l'arrivée de son amant :

> « *Après ces préparatifs, pendant que Victoire s'occupe des autres détails, je lis un chapitre du Sopha, une Lettre d'Héloïse et des Contes de La Fontaine, pour recorder les différents tons que je voulais prendre.* » ①

Ce langage variant et estompé donne une aura mystérieuse et ainsi plus attirante au libertin. Ici, la parole est un moyen redoutable. Face à leurs victimes, le langage pervers est ampoulé et mielleux, agrémenté de périphrases délicates et d'une attitude servile.

En second lieu, le libertin pervers est un fin connaisseur de l'autre genre, de ses goûts, de ses habitudes et de ses valeurs. Par exemple, il sert parfois le décor d'ingrédient indispensable dans le triomphe libertin, parce

① *LD*, p. 53.

qu'en dépit de son état inanimé, le décor porte silencieusement une valeur symbolique et pourrait devenir parfois un adjuvant ou un catalyseur au profit des séducteurs. La maîtrise du décor reste donc un savoir-faire pratique et efficace qui est beaucoup apprécié et employé par le cercle des libertins. Le décor pourrait en fait se manifester sous une forme très variée. Les libertins sont sujets à choisir des endroits secrets et retirés comme décor : un recoin de l'appartement, un cabinet reculé, un boudoir discret ou une petite maison éloignée du monde. Dans la lettre dix des *Liaisons dangereuses*, Madame de Merteuil a raconté qu'elle a enlevé Belleroche pour le mener dans une petite maison de banlieue :

> « *je me décide à lui faire connaître ma petite maison dont il ne se doutait pas. J'appelle ma fidèle Victoire*[...] *Elle fait ensuite venir un fiacre à la porte de mon jardin, et nous voilà parties. Arrivée dans ce temple de l'amour, je choisis le déshabillé le plus galant. Celui-ci est délicieux ; il est de mon invention : il ne laisse rien vois, et pourtant fait tout deviner.* » ①

Inutile de dire que tout cela éveille le désir et flatte le goût de Belleroche, et le fait se sentir « comme un sultan au milieu de son sérail »②. En réalité, la décoration et l'aménagement du décor comptent pareillement. La réapparition excentrique des petits bibelots semble peut-être raconter des anecdotes licencieuses qui suscitent le désir, l'agencement des meubles pourrait faire allusion à un tête-à-tête intime. Ainsi de suite, les

① *LD*, pp. 52-53.
② *Ibid.*, p. 54.

lieux soigneusement aménagés par les libertins provoquent des effets et des suggestions qui ne tendent rien qu'à solliciter toutes les sensations et le désir de leurs victimes.

En tous cas, le libertin ne veut guère s'encombrer d'un lien. L'exemple de Mme de Merteuil dans *Les Liaisons dangereuses* nous permet de mieux comprendre le refus libertin d'un attachement prolongé et permanent. Le plaisir sensuel se retrouve avec un prochain amant. En un mot, l'amour et la sensualité sont toujours à découvrir. La constance et la fidélité font redouter le libertin. En outre, chez le libertin pervers, on ne voit jamais de regrets ou un quelconque sentiment de la culpabilité et de la honte. Ici, le système noir psychologique du libertin est mis en opération. À travers ce mécanisme, une image perverse et corrompue de la libertine se montre spontanément devant le lecteur et les perversions morales sont éparpillées dans l'agitation de la personnalité.

### 3.1.2 La langueur et le dégoût envers la vie chez le libertin

Pour autant, le côté pervers n'est la seule facette de l'état psychologique du libertin. Il sait parfois bien cacher son être intime. Même si la figure du libertin se réduit souvent à la seule image d'un débauché ou d'un pervers, le libertin n'est pas seulement cet aristocrate désœuvré et décadent qu'on a pris l'habitude d'imaginer. Car les libertins transgressifs sont au fond des êtres humains qui ont leurs points de faiblesse et qui peuvent être affligés par la langueur et le dégoût envers la vie. Ce contraste de sentiments traduit bien le dualisme des libertins dans leur état d'esprit et psychologique.

La langueur désigne une dégradation physique et mentale qui amoindrit considérablement les forces et l'activité d'une personne. De prime abord, la langueur ne devrait pas avoir de place au milieu des libertins. Cependant, c'est un état d'âme que nous trouvons souvent chez eux. Puisque la langueur n'est point l'ennemie de la sensualité, elle s'attache aux illusions de l'amour, et renonce à savourer les plaisirs délicats de l'âme et des sens. En outre, la vie luxueuse et oisive que mène le libertin provoque très fréquemment cet état d'âme.

Les médecins et les romanciers du XVIIe et XVIIIe siècle ont déployé des efforts afin de trouver les causes de ce sentiment délicat. Le tempérament, bien évidemment, est le premier élément qui y prédispose. Pourtant, bien d'autres facteurs comme l'âge, le sexe et le climat compliquent cette conclusion. Un âge se veut vulnérable : l'âge tendre. Car l'adolescent voit toujours désespérément les écarts entre le corps et l'âme, entre l'aspiration et la faisabilité, entre le petit moi et le grand monde. Ici, cette sensation de langueur ressemble beaucoup à celle de mélancolie. Diderot la décrit dans *Jacques le fataliste* : « Il vient un moment où presque toutes les jeunes filles et les jeunes garçons tombent dans la mélancolie ; ils sont tourmentés d'une inquiétude vague qui se promène sur tout et ne trouve rien qui la calme. Ils cherchent la solitude ; ils pleurent ; le silence des cloîtres les touche... Ils prennent pour la voix de Dieu qui les appelle à lui les premiers efforts d'un tempérament qui se développe. »① Contre toute attente, le climat peut aussi pousser à la langueur. Voltaire a rédigé une « lettre anglaise » qui n'a pas été reprise dans les *Lettres philosophiques*. Dans cette lettre, il décrit qu'au moment où il était arrivé au printemps, tout lui souriait. Mais quelques mois plus tard, on ne conversait plus avec lui, on

① Denis Diderot, *Jacques le fataliste*, Paris, Gallimard, 2008, p. 96.

s'est pendu par dizaines, la langueur noire s'est installée sur la ville. Ce phénomène nous invite à affirmer que tel est l'air, tels sont les habitants.①

Pas seulement bornée chez les adolescents, les femmes et les Anglais, la langueur semble affecter aussi gravement les libertins qui s'ennuient et commencent à avoir le dégoût envers la vie. Pour être plus précis, cela signifie en fait la perte du goût et la fadeur de la vie. Le sentiment du dégoût montre notre inaptitude à nous suffire à nous-mêmes, puisque les êtres humains ont tous besoin de se divertir, de découvrir ailleurs pour ne pas se confiner dans notre destin. L'être individuel se met en désaccord avec le monde et avec lui-même. Toute activité perd son sens et toute sensation perd sa saveur. Dans le livre III de *De la nature*, le philosophe latin nous démontre plus vivement ce sentiment : « Si les hommes pouvaient, aussi bien qu'ils ressentent au fond de leur esprit le poids qui les épuise, en connaître les causes et savoir d'où provient cette masse énorme, le mal qui tient leur cœur, ils ne vivraient pas comme on les voit très souvent vivre, ignorant ce qu'ils veulent et réclamant toujours un autre lieu, comme pour y déposer leur fardeau. Tel se précipite hors de sa vaste demeure, dégoûté d'être à la maison, et soudain rentre, ne se sentant pas mieux, nullement, au-dehors. Il court, il vole à sa villa, harcelant sa monture, comme s'il venait secourir les bâtiments en flammes. Le seuil à peine atteint, il se met à bâiller, tombe en un lourd sommeil pour tenter d'oublier, à moins qu'il ne se hâte d'aller revoir la ville. »② Nous voyons très bien ici que c'est le

① Michel Delon, *Le principe de délicatesse*, Paris, Albin Michel, 2011, pp. 107-113.

② Lucrèce, *De la nature*, *De rerum natura*, Traduction et présentation par José Kany-Turpin, Paris, Flammarion, 1997, pp. 240-241.

dégoût envers la vie qui ruine tout espoir de bonheur et qui décolore toute satisfaction en perspective, pour nous rendre enfin tristes et lugubres.

Dans *Les Liaisons dangereuses*, Valmont décrit sans cesse sa facette faible. Tout au long de sa tentative de séduction sur Mme de Tourvel, Valmont n'est plus vraiment maître de lui-même. Il doit lutter contre les sentiments et les réactions irrationnelles et instinctives qui le torturent en permanence. C'est la raison pour laquelle il est toujours dans une sorte d'affaiblissement : « C'est combien la solitude ajoute à l'ardeur du désir. Je n'ai plus qu'une idée ; j'y pense le jour, et y rêve la nuit, s'écrie-t-il. J'ai bien besoin d'avoir cette femme, pour me sauver du ridicule[...] »① On voit son trouble et son incapacité en face de la présidente. En outre, en tant qu'aristocrates dans la plupart des cas, les libertins ne manquent pas de temps ni de richesse, et ils se trouvent toujours dans un état de dégoût envers la vie à tel point qu'ils s'efforcent d'occuper au mieux son physique et sa mentalité pour remonter le moral : les libertins s'empressent à soigner leur mode vestimentaire et leur jargon amoureux et certains font la répétition de séduction en imaginant la scène possible tous les jours au lever du lit. Ils vantent leur élégance, leur richesse, leur connaissance et leur charme. Les personnages dans *Les Liaisons dangereuses* en sont de beaux exemples. Valmont et Mme de Merteuil sont toujours préoccupés par de nouveaux projets : « Revenez, mon cher vicomte, revenez... Partez sur-le-champ ; j'ai besoin de vous. Il m'est venu une excellente idée et je veux bien vous en confier l'exécution. »② D'ailleurs, les deux personnages entrent sans cesse en concurrence avec l'autre. En d'autres termes, un véritable conflit

① *LD*, p. 39.
② *Ibid.*, p. 33.

d'influence et une rivalité impitoyable se manifestent de manière apparente dans le roman. En réalité, la rivalité entre Valmont et Mme de Merteuil constitue le véritable sujet des *Liaisons dangereuses*. Tous ces complots et cette rivalité trouvent en quelque sorte leur origine dans le dégoût envers la vie.

Il serait donc tentant de dire que la langueur et le dégoût envers la vie font partie intégrante des expériences psychologiques internes de soi. Il n'y a que l'individu qui dispose des expériences psychologiques au fond du soi. En ce sens, le monde intérieur et l'image de soi d'un personnage sur le plan psychologique se dispersent dans la description sur la langueur et le dégoût envers la vie : ce qu'on sent dans le monde intérieur révèle bien ce qu'on est réellement au quotidien. Ainsi, le libertin porte en eux toutes les contradictions psychologiques : d'un côté libre et pervers, pour eux, le plaisir implique un épanchement de l'esprit, un accroissement de l'estime de soi et une poursuite du bonheur qui leur offrent une surabondance de vie ainsi qu'une gaieté inouïe ; de l'autre côté faible et solitaire, la langueur et le dégoût constituent des difficultés insurmontables à laquelles les libertins doivent se confronter. L'être individuel riche en conflits est tendu entre ces deux pôles et la réalité de l'individualité naît dans les troubles des activités psychologiques.

## 3.2 La représentation psychologique de l'arriviste

### 3.2.1 Le monde intérieur lu par les signes faciaux et corporels

L'état psychologique d'un individu pourrait se présenter sous plusieurs formes. Puisque les activités psychologiques sont, dans la plupart des cas, silencieuse. Nous nous trouvons parfois dans la nécessité de les découvrir par le biais des parties du corps et du visage. Les traits faciaux et corporels eux-mêmes sont non seulement importants dans leur matérialité, mais aussi dans le message qui transmet. En d'autres termes, ces faciaux et corporels se transforment ici en de petits signes qui constituent un système menu de sémiologie dont la fonction est d'annoncer plein d'informations concernant un individu. Dans cette perspective, tous ces signes ont une signification symbolique par laquelle le lecteur a accès au monde intérieur de ces trois figures.①

Face aux signes et expressions faciales d'un personnage, il faut surtout savoir la lire et l'interpréter proprement. Car ces éléments peuvent dire à sa manière personnalité, monde mental et ainsi image de soi d'un individu. Par exemple, on sait qu'un air triste est un aveu de faiblesse et que l'air d'ennui ne montre que rien du monde n'est digne de nous intéresser. Rousseau remarque déjà ce point dans l'*Émile* :

> « *On croit que la physionomie n'est qu'un simple développement de traits déjà marqués par la Nature. Pour moi je penserais qu'outre ce développement, lest traits du visage d'un homme viennent insensiblement à se former et prendre de la physionomie par l'impression fréquente et habituelle de certaines affections de l'âme. Ces affections se marquent sur le visage, rien n'est plus certain ; et quand elles tournent en habitudes, elles y doivent laisser des impressions durables. Voilà*

① Jérôme Laurent, « Lire la physionomie selon Stendhal », dans *Le Rouge et le Noir de Stendahl : lectures critiques*, Paris, Classiques Garnier, 2013, pp. 117-133.

comment je conçois que la physionomie annonce le caractère. » ①

À l'évidence, les yeux ou le regard sont lest traits et les expressions les plus importantes qui servent de véritable moteur pour annoncer une émotion. Car le regard pourrait traduire tous les mouvements psychiques et les plus belles nuances du cœur sont montrées par les yeux. La nature humaine révèle ses sentiments et ses pensées profondes dans les yeux. Les références aux regards et aux yeux sont fréquentes dans *Le Rouge et le Noir*. Une scène du bal à l'hôtel de Retz en est un bel exemple :

> « *Julein attendit un instant, le haut du corps légèrement penché, et avec un air orgueilleusement humble. Il semblait dire : Je suis payé pour vous répondre, et je vis de mon salaire. Il ne daignait pas lever l'œil sur Mathilde. Elle, avec ses beaux yeux ouverts extraordinairement et fixés sur lui, avait l'air de son esclave. Enfin, comme le silence continuait, il la regarda ainsi qu'un valet regarde son maître, afin de prendre des ordres.* » ②

De cette scène du regard, on remarque bien l'état psychique conflictuel chez Julien. Il se voit valet vis-à-vis de Mathilde, cependant, il veut toujours garder sa dignité individuelle. L'affirmation est de taille : d'une part, l'expressivité d'un regard montre souvent ce qu'on pense en soi-même. Le fait de « ne daignait pas lever l'œil » illustre que Julein se sent inférieur

---

① Jean-Jacques Rousseau, *Œuvres complètes IV*, Bibliothèque de la Pléiade, Paris, Gallimard, 1969, p. 516.

② *REN*, p. 353.

face au monde aristocratique et s'imagine comme plébéien de son auto-itendification. De l'autre part, même si Julien, un grand ambitieux, qui désire monter dans l'échelle sociale, il a au fond son amour-propre. Le caractère contradictoire et la multiplicité de personnalité de Julien sont là dès le début du bal, l'expression « orgueilleusement humble » guide l'ensemble du passage et explique bien la situation.

En réalité, la sémantique des yeux ne se borne pas aux regards. Il s'agit également des signes faciaux qui sont étroitement liés aux yeux : des sourcils, des paupières et des larmes. Nous vivons dans l'intimité des pensées et des aspirations de Julien avec les scènes de pleur qui se produisent tout au long du roman : il pleure devant presque tout le monde : l'abbé Pirard, Mme de Rênal, avec Korasoff, pendant le dîner chez Valenod, etc. Quand Julien et Mathilde s'avouent un amour réciproque, toute la scène s'imbibe dans les larmes :

> « *À ses mots, son orgueil, étonné de l'effroyable inconvenance de sa démarche, la suffoqua ; elle fondit en larmes, et bientôt parut à Julien hors d'état de respirer.* »①
>
> « *Il releva Mathilde, et sans mot dire la replaça sur le divan. Peu à peu les larmes la gagnèrent.* »②

On retrouve autant de larmes à la fin du roman :

> « *À ton épaule, s'écria Julien fondant en larmes. Il s'éloigna un*

① *REN*, p. 502.
② *Ibid.*, p. 504.

*peu, et couvrit sa main de baisers de flamme.* » ①

« *Dès qu'il fut sorti, Julien pleura beaucoup, et pleura de mourir. Peu à peu il se dit que, si Mme de Rênal eût été à Besançon, il lui eût avoué sa faiblesse...* » ②

« *Julien ne put retenir ses larmes. Quelle indigne faiblesse ! se dit-il avec rage.* » ③

Toutes ces larmes sont présentées par un personnage en mouvement ou dans le feu de l'action. De toute évidence, c'est dans ses mouvements que les activités psychologiques s'avèrent : Mathilde pleure sans cesse parce qu'elle est follement amoureuse de Julien ; Julien pleure parce que l'amour effréné qu'il a pour Mme de Rênal l'emporte et que sa peur face à la mort le remporte à la fin de sa vie. Ces états d'âme consistent à considérer que la matière première de la personnalité et l'image de soi sera les signes faciaux et corporels : Mathilde est orgueilleuse et passionnée, tandis que Julien manifeste son côté sentimental et faible de son caractère.

À ces parties mobiles du visage et du corps, s'ajoutent les parties stables, soit les cheveux ou la barbe, qui occupent aussi une place primordiale dans la sémantique corporelle. À l'époque, le port de la barbe illustre la virilité par excellence. Par exemple, les favoris noirs participent indéniablement à une certaine virilité. Étant encore trop jeune pour avoir de la barbe, Julien admire ce côté masculin chez les hommes :

① *REN*, p. 586.
② *Ibid.*, p. 591.
③ *Ibid.*, p. 593.

« *La haute stature de ces hommes, leurs épaules arrondies, leur démarche lourde, leurs énormes favoris, les longues redingotes qui les couvraient, tout attirait l'attention de Julien.* » ①

Cette admiration pour les traits masculins nous rappelle la haine de soi de Julien : « Oui, couvrir de ridicule cet être si odieux, que j'appelle moi, m'amusera. » ② À cause de son âge et de sa condition sociale, Julien est imberbe et se trouve obligé de prouver sa masculinité par d'autres moyens. Il a souvent recours à la violence pour attester sa virilité. Face à la rage de Mathilde, le mouvement d'instinct qui conduit Julien à prendre une vieille épée pour la tuer ; À Verrières, comme à Besançon ou à Paris, quels que soient ses adversaires, Julien répond à l'insulte par les coups avec le désir de meurtre. Ces petits détails de traits ont là pour démystifier le lecteur et donner à voir le monde intérieur de Julien, ce qui semble assigner une valeur en quelque sorte aux signes corporels, car la réalité même de son espace mental est investie de ces mouvements et de traits corporels.

### 3. 2. 2 Le monde psychique lu par le monologue intérieur

Hormis les traits faciaux et corporels, l'accès au monde psychique des personnages se fait également par le monologue intérieur. En fait, les monologues intérieurs dans *Le Rouge et le Noir* servent de contenu de l'écriture et de matériaux qui nous aident à mieux comprendre les personnages, car ils ne s'expriment parfois de manière sincère et franche que dans les monologues intérieurs. Le monologue intérieur qui apparaît à chaque

① *REN*, p. 200.
② *Ibid.*, p. 489.

page du roman est l'introduction de la perspective du « je » dans le récit. Au lieu d'éloigner le lecteur du monde que le protagoniste affronte, fait voir le lecteur dans le cœur même des personnages. Pour être plus précis, le narrateur nous met directement en présence des émotions, des réactions et des pensées d'un héros. Dorritt Cohn définit le monologue intérieur comme ceci : « Une technique narrative permettant d'exprimer les états de conscience d'un personnage par citation directe de ses pensées dans le contexte d'un récit. »① L'origine du monologue intérieur est dramatique et certains monologues renvoient au monologue théâtral. Si l'on regarde de plus près, les verbes entrant dans la catégorie du monologue intérieur varient très peu.② Dans les faits, l'appui sur le monologue intérieur est comme une mobilité qui accompagne l'action des figures littéraires et une passerelle associant la pensée et la parole.

Dans *Le Rouge et le Noir*, c'est Julien qui médite le plus, qui a le plus grand nombre de monologues intérieurs, car il est le plus souvent le foyer de la perspective de la chronique. Il tient non seulement le premier rôle du roman, mais il suscite aussi le plus de réactions diverses et de jugements contrastés chez un grand nombre de personnages. On sait tous que Julien est un personnage ambitieux de sorte que certaines de ses pensées sont bien celles d'un arriviste absolu. En maintes occasions, il se laisse épater par les gloires, la somptuosité et le raffinement : quand les habitants reçoivent le roi

① Dorritt Cohn, *La transparence intérieure*, Paris, Seuil, 1981, p. 30.

② Par exemple, selon Véronique Magri-Mourgues, ce sont surtout les verbes réflexifs comme « se demander », « se dire » (renforcé parfois en « se dire à lui-même »), « se parler », etc. En outre, des paroles dites « à mi-voix » ou « à voix basse » sont également des variantes qui se trouvent à l'intersection de la pensée et de la parole.

en visite à Verrières, « Julien était le plus heureux des hommes... Il était au comble de la joie. » ① Notre arriviste manifeste le même empressement au bal de M. de Retz et a de l'adoration irrationnelle pour le prince Korasoff. Mlle de La Mole, le compagnon le plus intime de Julien, perçoit aussi l'ambition chez son amoureux : « Compagne d'un homme tel que Julien...je serai sûre de jouer un rôle et un grand rôle, car l'homme que j'ai choisi a du caractère et une ambition sans bornes. » ② Certains monologues intérieurs de Julien confirment cette constatation : « Il eut sur-le-champ l'idée hardie de lui baiser la main. Bientôt il eut peur de son idée ; un instant après, il se dit : Il y aurait de la lâcheté à moi de ne pas exécuter une action qui peut m'être utile. » ③

Par ailleurs, certains monologues intérieurs du roman mettent bien en évidence le caractère hypocrite de Julien. Avant de se rendre chez les Rênal, « il jugea qu'il serait utile à son hypocrisie de faire une station à l'église. » ④ Lors de la fureur du marquis de La Mole à la découverte que Mathilde est enceinte, Julien trouve sa réponse tout en imitant son modèle, tartufe : « Je ne suis pas un ange. » En d'autres occasions, son hypocrisie se traduit d'une façon plus discrète : il y a parfois une contradiction entre la pensée et la parole dite. De là, l'hypocrisie est soulignée par le dédoublement affirmé entre la parole sociale extérieure et la parole réelle intérieure : « Ah ! se disait-il en écoutant le son des vaines paroles que prononçait sa bouche, comme il eût fait un bruit étranger ; si je pouvais couvrir de baisers ces joues

① *REN*, p. 112.
② *Ibid.*, p. 426.
③ *Ibid.*, p. 78.
④ *Ibid.*, p. 51.

si pâles, et que tu ne le sentisses pas ! »① En outre, la contradiction entre le monologue intérieur et la parole dite se manifeste par la dissonance signifiante entre le contenu des paroles et le ton par lequel elles sont prononcées : « Il trouvait les mots qu'eût employés un jeune séminariste fervent ; mais le ton dont il les prononçait, mais le feu mal caché qui éclatait dans ses yeux alarmaient M. Chélan. »②

À prime abord, Julien choisit l'hypocrisie comme moyen de réussite. Pour autant, cette arme correspond peu à ses capacités et à sa nature. En effet, ce personnage se veut calculateur froid, se révèle en revanche ingénue, étourdie, et d'une sensibilité excessive. Car être hypocrite, c'est de se retenir ou de se contrôler. Cependant, notre prétendu calculateur a vite les larmes aux yeux, les preuves n'en manquent pas : son émotion avec l'abbé Pirard ou avec le marquis de La Mole ; ses effusions lors du dîner chez Valenod : après qu'on fait faire silence au prisonnier qui chante :

> « *Ce mot fut trop fort pour Julien ; il avait les manières, mais non pas encore le cœur de son état. Malgré toute son hypocrisie si souvent exercée, il sentit une grosse larme couler le long de sa joue. Il essaya de la cacher avec le verre vert, mais il lui fut absolument impossible de faire honneur au Rhin.* »③

Finalement, il ne parvient pas à tromper personne, ni les séminaristes ni le simple Fouqué. Dans cette scène touchante, on y voit les limites de

---

① *REN*, p. 555.

② *Ibid.*, p. 98.

③ *Ibid.*, p. 173.

l'hypocrisie de Julien. Maurice Bardèche va jusqu'à dire :

> « *Julien Sorel est le contraire d'une âme hypocrite, au fond de lui-même, c'est une âme chevaleresque*[...] *Il se construit un système d'exigences autonome, il ne répond de lui qu'à lui-même : c'est un habitant d'autre morale.*① »

De surcroît, Julien ne sait pas suffisamment s'oublier pour jouer un rôle d'hypocrite. En dépit du fait qu'il connaît les tirades de son modèle tartuffe par cœur, mais placé dans une situation concrète, il joue son rôle avec hésitation et sans enthousiasme. Son hypocrisie lui est tellement insupportable qu'à chaque occasion, il doit se donner des excuses : « Hélas ! C'est ma seule arme ! À une autre époque, se disait-il, c'est par des actions parlantes en face de l'ennemi que j'aurais gagné mon pain. »② De ce petit monologue intérieur, on voit bien son dégoût envers l'hypocrisie et le déchirement dans son cœur.

En dehors de Julien, les personnages secondaires ont également recours à des monologues intérieurs. Les pensées de Mathilde couvrent parfois plusieurs pages. « L'empire d'une jeune fille nous plonge dans les réflexions de Mathilde qui continuent sans rupture au chapitre suivant » « Serait-ce un Danton ? » Dans ces deux chapitres, le lecteur voit naître l'amour de Mathilde pour Julien : « Une idée l'illumina tout à coup : J'ai le bonheur d'aimer, se dit-elle un jour, avec un transport de joie incroyable. J'aime, j'aime, c'est clair ! À mon âge, une fille jeune, belle, spirituelle, où peut-

---

① Maurice Bardèche, *Stendhal romancier*, Paris, La Table ronde, 1947, p. 195.
② *REN*, p. 521.

elle trouver des sensations, si ce n'est dans l'amour ? » ① En plus, dans des moments de crise, les personnages produisent beaucoup de monologues intérieurs. À la réception d'une lettre anonyme, M. de Rênal « examinait la lettre dans tous les sens : n'est-ce pas là une écriture de femme ? se disait-il. » ② Son trouble et sa fureur se trahissent à fond par le biais de son monologue.

Le monologue intérieur, étant le dialogue intériorisé, assure la passerelle entre le monde interne et l'univers externe que découvrent et étudient les personnages dans *Le Rouge et le Noir*. Le lecteur découvre les vraies images de soi des personnages à travers leur conscience individuelle reflétant le monde intime de différentes figures avec le monologue intérieur qui est comme une projection de soi sur le monde et un processus d'extraversion. Ainsi, la nature vigoureuse de la personnalité et des activités psychologiques se trouve aussitôt confirmée est dynamisée par les coups percutants du monologue intérieur.

## 3. 3 Le changement psychologique de l'immoraliste

### 3. 3. 1 Les causes psychologiques de leur immoralité

Il est de notoriété publique que Gide et ses personnages sont tous marqués par l'homosexualité, et ont même tendance à la pédophilie. À l'époque où l'auteur vit, l'homosexualité fait déjà l'objet d'une réprobation

① *REN*, p. 375.

② *Ibid.*, p. 154.

sociale aussi forte que générale, sans parler de la pédophilie qui constitue le signe même de l'immoralité. Arrêtons-nous un instant sur la multiplication des causes psychologiques de ce choix, dans le but de mieux découvrir la source d'origine qui nourrit la insubordination de l'immoraliste.

En premier lieu, il est nécessaire de passer à la peinture de la constiturion interne de la famille gidienne pour connaître la pertinence de cet effet d'annonce que des rapports familiaux pourraient éventuellement donner. Sur ce point, Dominique Fernandez constate :

> « *Dans tout le récit de l'enfance à Cambray, il manque la seule chose qu'un écrivain véritablement tourné vers la psychologie est profondeurs se fût gardé d'omettre : une analyse sérieuse des relations entre le jeune garçon et ses parents.* » ①

En général, à l'omniprésence de la mère dans la vie de l'homosexuel correspond l'absence du père. Autrement dit, les homosexuels sont très souvent des enfants sans pères. C'est bien le cas de Gide et de ses personnages : quand Gide a onze ans, son père s'éteint. Lorsqu'il est encore vivant, le professeur Paul Gide passe le plus clair de son temps enfermé dans son cabinet, pris par ses recherches ou la préparation de ses cours à la faculté. C'est dans ces circonstances exceptionnelles que Gide tient beaucoup au temps passé avec son père. Paul Gide, de temps en temps, fait venir son fils dans son bureau, et lui lit non de la littérature enfantine, mais des extraits de Molière, des passages de l'*Odyssée*, etc. En outre, Gide se

① Dominique Fernandez, *L'Arbre jusqu'aux racines*, Paris, Grasset, 1972, p. 309.

souvient toujours de ces rentrées avec son père à travers le jardin du Luxembourg au moment où la sonnette du gardien annonce la fermeture du parc. Au bout du compte, des moments partagés avec son père lui sont très chers :

> « *J'aimais sortir avec mon père ; et, comme il s'occupait de moi rarement, le peu que je faisais avec lui gardait un aspect insolite, grave et quelque peu mystérieux qui m'enchantait.* » ①

Pourtant, ces moments précieux sont trop rares. L'absence du rôle et l'image de père restent totales lors de l'adolescence de Gide. Les psychanalystes notent que c'est à cet âge-là où la libido se fixe sur un objet qui, par la suite, ne changera plus. Face à l'urgence et son désir sexuel, le jeune garçon éprouve une sensation curieuse où se mélangent en même temps le plaisir et la crainte, ce qui serait non revendiqué voire nié durant le développement de cet être individuel. C'est un point de vue qui ne laisse pas insensible Freud, puisqu'il explique, dans la foulée, que c'est durant l'adolescence que la distinction nette entre le caractère féminin et masculin se révèle. Le manque du rôle masculin conduit à la dépravation du jeune Gide, car il n'a personne du même sexe qui le guide sur ces points précis. De toute évidence, la distinction n'est pas totalement faite chez Gide. Étant une période capitale de la vie d'un individu qui détermine en quelque sorte son avenir, cela laisse des traces pour son penchant sexuel.

En second lieu, les liens avec l'univers féminin comptent aussi pour

---

① *SGM*, p. 17.

mieux étudier le monde psychique de l'immoraliste. Dans le cas de Gide, l'absence du père réduit à un ombre, il ne reste donc que l'amour exclusif de la mère possessive et névrosée. Après avoir éliminé l'image du père, Juliette Gide s'impose à son fils comme unique modèle d'identification. C'est la raison pour laquelle le fils commence inconsciemment à poursuivre le même objet que sa mère sur le plan sexuel : l'homme. À cet égard, ce genre de mère trop possessive est en partie responsable de l'inversion sexuelle de leur fils. Sous le contrôle absolu de sa mère, Gide en arrive à souhaiter la disparition de sa mère, car seule la disparition peut lui apporter la liberté. Au chevet de sa mère défunte, Gide pense :

> « *Cette liberté même après laquelle, du vivant de ma mère, je bramais, m'étourdissait comme le vent du large, me suffoquait, peut-être bien me faisait peur. Je sentais pareil au prisonnier brusquement élargi.* » ①

Par ailleurs, Gide garde un amour complexe vis-à-vis de sa cousine Madeleine. D'une part, il est indéniable que son sentiment pour Madeleine est sincère ; de l'autre part, il choisit la voie du mariage pour lutter contre son penchant sexuel. Il s'agit ici d'une tentative de normalisation, un positionnement corroboré par Alexis de Marguerite Yournenar qui décide d'épouser Monique. Alexis pense, au fond, que son homosexualité n'est que temporaire et qu'une aide extérieure pourrait lui faire du bien. Gide partage ce point de vue que le mariage peut anéantir sa différence et son vice.

① *SGM*, p. 368.

Pourtant, cette tentative est vouée à l'échec, car les femmes sont considérées ici seulement comme remèdes possibles. Désormais, Gide doit se rendre à l'évidence que son homosexualité joue un rôle déterminant au cours de sa vie. C'est une étape cruciale psychologique de sorte qu'il a enfin conscience d'être arrivé à un point de non-retour.

Finalement, Gide et ses personnages accordent une grande importance à l'ingénuité et à la virilité. Cette disposition psychique contribue aussi à leur penchant sexuel. Dans la jeunesse de Gide, il a été fortement tenté par le terme d'angélisme et est toujours attiré par les jeunes garçons qui restent très purs à ses yeux :

> « *surprends sans cesse dans les visages des enfants la morphologie des Arcadiens et dans leur comportement des attitudes mythologiques : les faunes et les bergers ; et même, il retrouvera, au moins dans celui qu'il a le plus aimé : Athman, les improvisations poétiques qui font écho aux concours lyriques des bergers dans Les Bucoliques.* » ①

Du reste, la virilité et la beauté mâle fascinent Gide et ses personnages qui ont le culte des traits masculins s'organise autour du corps de l'homme. Au début du XX$^{e}$ siècle où le corps était encore masqué, l'homosexualité a ceci de révolutionnaire qu'elle s'accompagne parfois d'une découverte de la réalité charnelle de l'être humain. Michel de *L'Immoraliste* a longtemps ignoré cette réalité, et c'est la maladie qui l'oblige à reconnaître son corps. Ainsi, le troisième chapitre du roman s'ouvre avec sa confession :

---

① Éric Marty, *André Gide, qui êtes-vous* ? Lyon, La Manufacture, 1987, p. 57.

« *Je vais parler longuement de mon corps. Je vous en parler tant, qu'il vous semblera tout d'abord que j'oublie la part de l'esprit. Ma négligence, en ce récit, est volontaire ; elle était réelle là-bas. Je n'avais pas de force assez pour entretenir double vie.* » ①

Parfois, des animaux et des objets peuvent se trouver en possession d'un pouvoir masculin. Le même Michel de *L'Immoraliste* n'est jamais autant attiré par Charles, un jeune fermier de son exploitation normande, que quand il le voit maîtriser un poulain :

« *Tout, dans son air et ses gestes, par sa jeunesse et par sa joie, donnait à ce travail le bel aspect fervent du plaisir. Brusquement et je ne sais comment, il enfourcha la bête ; elle avait ralenti son allure, puis s'était arrêtée ; il l'avait caressé un peu, puis soudain je le vis à cheval, sûr de lui, se maintenant à la crinière, riant, penché, prolongeant sa caresse.* » ②

Le désir naît du rapport étrange de force qui oppose le garçon à l'animal et qui termine par la victoire de l'homme sur l'animal. Cette victoire donne une virilité hors du commun au jeune garçon aux yeux de Michel, ce qui joue un certain rôle dans son choix pour le penchant sexuel.

Ces trois causes psychologiques mentionnées ci-dessus nous aide à mieux connaître la polyphonie implicite du monde intérieur de Gide et de ses personnages : famille, relation avec les femmes et certaines dispositions

① *LI*, p. 40.
② *Ibid.*, p. 93.

personnelles. Cependant, le statut social marginal de l'homosexuel n'a guère évolué depuis la fin du XIX$^{e}$ siècle. La plupart des homosexuels décident de dissimuler leur vrai penchant sexuel. Il est temps d'évoquer le changement psychologique de l'immoralste pour avoir le courage d'avouer la réalité.

### 3.3.2 Le dévoilement audacieux de l'immoraliste

Dans les œuvres de Gide, un des sujets récurrents est, sans aucun doute, l'aveu de son homosexualité qui répond à l'attente inhérente sur la connaissance de lui-même. En réalité, l'écriture de ce sujet pourrait être divisée en deux étapes. Au début, Gide l'aborde d'une manière discrète et avec beaucoup de réticence. C'est surtout le cas dans *Si le grain ne meurt.* Comme on le constate nettement, la censure pèse sur l'expression de l'homosexualité à l'époque. Malgré le climat social difficile, certains écrivains tentent tout de même de briser le tabou. Honoré de Balzac, par exemple, traite de l'homosexualité dans plusieurs de ses romans. Dans Illusions perdues de Balzac, le tendre sentiment que Vautrin porte pour le jeune Lucien de Rupenbré est irréfutablement homosexuel. En parlant de ce sujet, nous ne pouvons omettre d'évoquer les noms de deux grandes figures : Paul Verlaine et Arthur Rimbaud. Pour autant, ils ne sont pas les mêmes types d'homosexuels : pour Rimbaud, il est évident que l'homosexualité lui est d'abord apparue comme un mode de révolte. Sa liaison avec Verlaine ne dure que deux ans, ce qui explique le fait que les allusions à l'homosexualité sont peu fréquentes dans ses œuvres ; tandis que Verlaine semble avoir éprouvé une attirance pour les êtres de son propre sexe depuis l'enfance.

En dépit de ces exemples, certains écrivains n'osent toujours pas franchir le pas. Émile Zola, par exemple, après avoir reçu le manuscrit d'un homosexuel italien, il ne peut se décider à publier ce manuscrit et le confie à un psychiatre par crainte de compromettre sa réputation. Beaucoup plus inattendue est l'attitude des surréalistes envers l'homosexualité. Dans la mesure où ils plaident en faveur de la force subversive, la plupart d'entre eux sont hostiles à l'homosexualité, considérée comme forme de subversion. André Breton, leur chef de file prononce même : « J'accuse les pédérastes de proposer à la tolérance humaine un déficit mental et moral qui tend à s'ériger en système et à paralyser toutes les entreprises que je respecte. »① En somme, au-delà des craintes et des hostilités des écrivains, leur degré d'intérêt pour ce sujet reste très marginal dans la littérature jusqu'à l'aube du XX^e siècle. Face à la complexité du phénomène homosexuel, Gide entre cependant dans la deuxième étape : il publie *Corydon* en 1920 où il défend explicitement l'homosexualité. Dans la préface de *Corydon*, Gide affirme :

> « *Les considérations que j'exposais dans ce petit livre me paraissaient pourtant des plus importantes, et je tenais pour nécessaire de les présenter. Mais j'étais d'autre part très soucieux du bien public, et prêt à celer ma pensée dès que je croyais qu'elle put troubler le bon ordre. C'est bien aussi pourquoi, plutôt que par prudence personnelle, je serrai Corydon dans un tiroir et l'y étouffai si longtemps.* »②

Gide prévoit l'indignation et le scandale que *Corydon* va susciter. Alors, pourquoi écrit-il toujours cet essai ? De fait, le contexte dans lequel

① André Breton, « Enquête sur la sexualtité », *La Révolution surréaliste*, n. 12, 1929.

② André Gide, *Corydon*, Paris,Gallimard, 1991, préface.

Gide est amené à publier *Corydon* contient un ensemble de raisons. Primo, dans l'intention de lutter contre les opinions généralement admises, il essaie d'arracher ce groupe de personnes aux idées préconçues qui les accablent. Cette audace de lancer un défi aux pensées universellement reconnues est la preuve même de sa forte personnalité et conscience de soi. Dès la première page de *Corydon*, le lecteur voit comment l'interlocuteur de Corydon le préjuge : « La déplorable réputation que ses mœurs commençaient de lui valoir me retint de le fréquenter. »① Ces commentaires renvoient à la pesanteur des préjugés dans une société où dominent les normes de l'hétérosexualité.

Secundo, le procès d'Oscar Wilde exerce une grande influence sur Gide.② Oscar Wilde fait la rencontre de sa plus grande passion, Lord Alfred Dougals en 1892. Pourtant, le père de Lord Alfred Douglas, le Marquis de Queensberry l'accuse de sodomie. En 1895, Wilde est reconnu coupable d'outrage à la pudeur. C'est un événement qui fait la une des journaux de toute l'Éurope. Son extraordinaire retentissement dans l'Europe tout entière est dû à la célébrité de ces deux acteurs principaux. À première vue, les relations homosexuelles entre Wilde et Lord Alfred Douglas servent de prétexte à ce procès, il s'agit, dans le fond, d'une affaire à caractère social et politique. L'affirmation est de taille : ce procès n'est pas dû à un simple acte commis par un individu, mais plutôt dû à un mode de vie intolérable par la société anglaise. Cette histoire de Willde attire l'attention de Gide et il

① André Gide, *Corydon*, Paris,Gallimard, 1991, 15.

② Chahira Abdallah El Sokati, *André Gide au miroir de la critique* : "*Corydon*" *entre œuvre et manifeste*, thèse de doctorat sous la direction de François Dachet, Université de Paris-Est-Créteil, 2011, pp. 39-44.

ressent une forte culpabilité envers Wilde condamné pour ses penchants sexuels. Sa prise de position vis-à-vis des préjugés et son besoin de sortir du mensonge sont renforcés par ce procès. Par ailleurs, Gide fait toujours de Wilde son idole. En évoquant sa première rencontre avec Wilde, Gide est fasciné :

> « *C'est en* 91 *que je le rencontrai pour la première fois. Wilde avait alors ce que Thackeray appelle « le principal don des grands hommes »* : *le succès. Son geste, son regard triomphaient. Son succès était si certain qu'il semblait qu'il précédât Wilde et que lui n'eût qu'à s'avancer. Ser livres étonnaient, charmaient. Ses pièces allaient faire courir Londres. Il était riche ; il était grand ; il était beau ; gorgé de bonheurs et d'honneurs.* » ①

Avec les œuvres de Wilde, Gide apprend à franchir la barrière entre son désir et les normes. De plus, les nuits algériennes organisées par Wilde marquent la vie de Gide et laissent des traces dans ses ouvrages : Gide décrit longuement la soirée inoubliable où il accompagne Wilde dans un café arabe, il rencontre un adolescent et est charmé par la beauté de ce garçon. Wilde lui donne du courage de faire face à son désir. Gide utilise le terme comme « joie immense » en vue d'illustrer l'ampleur de son bonheur. À l'issue de cette première expérience, Gide écrit dans *Si le grain ne meurt* : « Cet effort de « normalisation » était resté sans lendemain, car il n'allait

① Cet hommage est paru au début dans *L'Ermitage* en juin 1902, puis repris dans *Essais critiques*, Gallimard, 1999, pp. 836-854.

*point dans mon sens : à présent je trouvais enfin ma normale* ! »① Wilde joue donc un rôle crucial dans l'émancipation et dans la reconnaissance de son orientation sexuelle ainsi que la prise de conscience de sa vraie nature. Il va de soi que sa rencontre avec Wilde lui permet de mieux accepter ses penchants sexuels et sa différence avec autrui. Si Gide exprime ouvertement et publiquement son homosexualité dans *Corydon*, c'est en quelque sorte dû à ce procès② et au refus de Wilde d'avouer la sienne dans la sphère publique.

Derrièrement, ce sont les lettres brûlées par Madeleine qui servent comme un des grands motifs dans la publication de *Corydon*. Il importe de noter que cet événement marque profondément la vie de Gide, car il détermine Gide à se lancer dans l'écriture de plusieurs œuvres : *Si le grain ne meurt*, *Corydon* et même *Les Faux-monnayeurs*. De ce fait, ce drame mérite d'être abordé à nouveau d'une manière plus précise. En 1917, Gide commence à entamer une liaison avec Marc Allégret. À l'époque, Gide avait 48 ans alors que Marc Allégret n'avait que 17 ans. C'est par une lettre adressée à Gide, mais ouverte par erreur que Madeleine apprend par hasard la liaison entre son mari et le jeune garçon. La prise de cette nouvelle la pousse à décider de brûler toutes les lettres qui Gide lui sont été adressées. Lorsque Gide apprend cette nouvelle, il écrit dans son *Journal* :

---

① *SGM*, p. 339.

② En 1895, Wilde est condamné à deux ans de travaux forcés. Il sort de prison deux ans plus tard, et s'exile en France. En 1900, il meurt à l'hôtel d'Alsace à l'âge de 46 ans dans l'abandon et la misère. À ce moment-là, Gide est à Biskra et il apprend cette nouvelle par les journaux. La mort de Wilde secoue la morale de Gide, ce qui le conduit à accélérer son aveu public.

« *Je souffre comme si elle avait tué notre enfant*[...] *Je me sens ruiné tout d'un coup. Je n'ai plus goût à rien. Je me serais tué sans effort. Si cette perte encore était due à quelque accident, l'invasion, l'incendie... Mais qu'elle ait fait cela...* »①

L'analyse de Pierre Masson fait ressortir que ce qui aurait amené Madeleine à brûler les lettres, c'est sans doute la honte de sentir associer à un acte qu'elle dédaigne sur le plan moral et l'envie de se venger de Gide, pour le faire souffrir comme elle souffrait, d'autant plus qu'elle les brûle après son départ avec Marc pour l'Angleterre. De toute façon, Gide pleure ce chef-d'œuvre perdu et est navré par ce geste de Madeliene. Il affirme que la meilleure partie de lui a été aussi brûlée avec ces lettres. Cet événement laisse de grandes empreintes chez Gide pour le reste de sa vie et le conduit à écrire *Corydon*. Pierre Masson précise à ce point :

« *Il en fait la conséquence presque fatale de son destin d'écrivain, celui qui le mène à Corydon, dont la préparation l'occupe alors, mais auquel il n'a nullement l'intention de renoncer.* »②

Tels sont les motifs principaux qui ont marqué la pensée de Gide et ont contribué à l'écriture et à la publication de *Corydon*. Le moment est désormais venu que notre analyse se situe dans le contenu exact et les

① André Gide, *Le Journal*, *tome* I , Paris,Gallimard, 1997, p. 1146.

② Pierre Masson, « Les lettres brûlées ou le chef-d'oeuvre inconnu d'André Gide », *BAAG*, n. 78-79, avril-juillet 1988, pp. 71-68.

ressources informatives que Gide aspire à transmettre à l'aide de cet essai.① Par l'intermédiair de quatre dialogues socratiques, Gide tente d'éclairer les sources de l'homosexualité et de la déculpabiliser. À l'époque, le public a beaucoup de préjugés sur ce penchant sexuel. En général, les gens considèrent l'homosexualité comme une erreur de la nature ou comme un vice d'origine aristocratique ou bourgeoise. Car on la voit tout particulièrement parmi les couches sociales élevées. Il s'agit d'un préjugé qui existait depuis l'Ancien Régime. Pour se dresser contre ces idées reçues, Gide s'appuie sur des exemples scientifiques, relate l'amour grec et se voue à un plaidoyer hardi de l'homosexualité. Afin d'exprimer ses idées et sa théorie, Gide engage son porte-parole Corydon à dialoguer avec le visiteur. Gide tient à décrire Corydon comme « un garçon plein de flamme, doux et fier à la fois, généreux, serviable, dont le regard déjà forçait l'estime. »② En plus, Gide assure la compétence de Corydon dans le domaine médical pour rendre ses paroles plus convaincantes : « Ses études de médecine avaient été des plus brillantes et ses premiers travaux remporté l'applaudissement des gens de métier. »③ Dès la première partie du premier dialogue, Gide invite le lecteur à composer un jugement équitable et à ne pas se laisser guider par les préjugés sur l'homosexualité. Il entend libérer la sexualité humaine de l'ordre social, religieux et moral. Les exemples que fait Gide sont basés sur l'instinct et la spontanéité. En outre, Gide voulait

① Chahira Abdallah El Sokati, *André Gide au miroir de la critique* : "*Corydon*" *entre œuvre et manifeste*, thèse de doctorat sous la direction de François Dachet, Université de Paris-Est-Créteil, 2011, pp. 55-58.

② André Gide, *Corydon*, *op. cit.*, p. 15.

③ *Ibid.*

également chanter les louanges de l'amour grec. Pour Gide, l'amour le plus pur et le plus civilisé demeure l'amour grec : les sentiments éprouvés entre deux hommes : le plus âgé se sert d'éducateur et cultive le plus jeune. Il essaie de prouver que cette forme d'amour n'a rien que de anormale. Au fond, il s'agit pour lui de donner une image positive et heureuse de l'homosexualité, de la faire sortir de l'ombre coupable dans laquelle l'enferment les lois sociales. D'une façon générale, *Corydon* est une méditation prolongée sur le plaisir sensuel. Selon Gide, l'homosexualité pourrait être considérée comme un art et une forme philosophique. *Corydon* est né d'un besoin de sincérité, de se justifier et de défendre la légitimité à l'égard de l'expression de soi pour tout le monde.

De prime abord, Gide crée son porte-parole qui s'engage dans un dialogue socratique avec le visiteur. En substance, Gide travaille à produire une image de soi à l'intérieur de son œuvre. *Corydon* répond à une nécessité intérieure chez Gide, c'est donc une quête de soi et de la vérité. En d'autres termes, Gide essaie de délivrer le moi le plus profond par l'intermédiaire de cet ouvrage. Il tente de se construire dans *Corydon* en laissant apparaître l'image qu'il choisit lui-même, et construit son être ainsi que son image de soi à travers sa propre écriture. En effet, Gide se connaît mieux tout en écrivant *Corydon*, c'est un mode de prise des états de conscience par retour sur soi-même. Pour Gide, l'essentiel, c'est d'être soi-même, d'être tout à fait sincère et de laisser tomber le masque. C'est ainsi que Gide se cache derrière le personnage de *Corydon* afin de se dévoiler complètement. Il ose dire la vérité dans *Corydon*, ose être différent des autres et ose montrer sa vraie image de soi. Il convient de ne pas oublier que Gide a non seulement le besoin d'agir selon sa vraie nature, mais aussi espère que tout homosexuel peut vivre son homosexualité sans crainte et sans dissimulation. Par surcroît, Gide prend la défense de l'homosexualité par la voix de son personnage à la première personne. C'est sans doute précisément par ce procédé que Gide essaie de montrer mieux son caractère, ses travers, ses qualités naturelles et sa vraie image de soi.

Dans l'ensemble, le système et les orientations internes de la psychologie font apparaître la complexité de personnalité. Malgré leur apparence fanfaronne et perverse, le libertin possède, comme les autres, sa pesanteur et son côté faible ; à travers les traits physiques et monologues intérieurs, une image de soi paradoxale et contradictoire de l'arriviste se profile devant nous : ambitieux, mais peureux, impitoyable, mais sensible, hypocrite, mais émotionnel ; les immoralistes trouvent enfin des causes profondes de son choix hors du commun, et commencent à accepter l'évolution graduelle de sa physiologie. Ainsi, l'évolution des images de soi se poursuit : le libertin préfère cacher ses faiblesses en se forçant à rire et en rivalisant sans cesse avec autrui ; l'arriviste commence à nous montrer, mais avec des réserves, leur univers intime par certaines manifestations externes ; l'immoraliste parvient à remanier le courage d'avouer sa vraie nature et position de manière ouverte. Face à ces multiples facettes de mentalité, nous nous trouvons dans la nécessité de questionner plus à fond : comment ces formes de personnalité génère-t-elle concrètement dans les œuvres littéraires ? Cette question porte sur la relation entre l'image de soi et la façon d'écrire, qui fait l'objet du chapitre suivant.

# Chapitre IV L'écriture de soi (1) : l'écriture de « je »

Le soi révélé par le biais du rapport entre le système psychologique et les formes de personnalité multiples se montre principalement comme image de soi au sein des œuvres littéraires dans cette étude. En tant que personnage dans les œuvres littéraires, ce soi ne peut être séparé des textes littéraires elles-mêmes : c'est à travers différentes formes d'écrire que le soi dans les œuvres se présente sous forme des images vivantes et animées. À cet égard, l'écriture de soi façonne l'image de soi dans les ouvrages littéraires. Généralement, ce travail prend les œuvres littéraires comme objets d'étude, il en découle que les façons dont ces œuvres sont créées à différentes époques constituent un aspect fondamental de l'examen de soi de façon que le soi présente une variété de formes sous procédés divers d'écrire.

Il va de soi que l'écriture intime est une façon littéraire idéale pour démontrer l'image de soi, puisque le « je » est employé et considéré comme norme de classification pour cette catégorie littéraire. Inutile de dire que la narration à la première personne nous permet de rencontrer dans l'intime de ces trois figures. Ici, nous nous proposons de mener une recherche sur quatre façons d'écrire : autobiographie, échange épistolaire, journal intime et fiction à la première personne. Dans l'ensemble, ces quatre façons d'écrire appartiennent à la littérature intime qui a pour enjeu d'explorer l'espace mental de soi. Pourtant, une petite nuance s'avère : les trois premières façons d'écrire se présentent comme différents styles ou catégories littéraires, tandis que la fiction à la première personne représente davantage une approche créative unique. De toute façon, ces quatre façons d'écrire font preuve de « je » dans tous ses états. Pour ce qui est de l'écriture, l'utilisation du « je » est la façon la plus directe et la plus personnelle pour s'exprimer, alors qu'en matière de littérature, la première personne met en valeur le processus de formation et les particularités de l'image de soi.

## 4.1 L'écriture autobiographique

Comme toute production littéraire, écriture autobiographique dépend étroitement de l'environnement politique, économique et social. Ce genre littéraire reste ainsi le fruit d'une lente évolution. Si l'on se réfère un peu à l'histoire, l'écrit autobiographique a deux origines. La première vient des chroniques qui racontent les faits et les anecdotes des personnages nobles du Moyen Âge. La seconde provient des livres de compte des bourgeois de la fin du Moyen Âge et du début de l'ère moderne. Pour être plus précis, avant la Renaissance, la religion chrétienne a longtemps insisté sur le fait que l'homme n'a aucune valeur en lui-même et n'a de sens qu'avec Dieu. Dans ce contexte, en ce qui concerne les écrits à la première personne, il n'y a que le récit de conversion. Pendant la Renaissance, on commence à reconnaître graduellement la valeur irréductible de l'être humain. L'introspection est désacralisée et stimule l'émergence de l'écriture autobiographique au sens moderne de ce terme. Au XVIII$^{e}$ siècle, l'écrit autobiographique se présente souvent sous la forme de l'apologie, car la métaphore du tribunal est très fréquente à cette époque. Les auteurs légitiment souvent ses actions qu'ils ont jadis commises. Dans le préambule des *Confessions*, Jean-Jacques Rousseau exprime de manière très claire sa volonté de démentir les rumeurs mensongères dont il est l'objet. De fait, dans *Les Confessions*, nombreux sont les passages qui font alterner les justifications et les mots du regret se manifestent comme de véritables plaidoyers. En cela, l'écriture autobiographique pourrait être considérée comme une réponse aux diverses calomnies et correspond à la volonté de rétablir la vérité. En réalité, on contribue généralement la naissance de l'autobiographie aux *Confessions* de Jean-Jacques Rousseau parce que cette œuvre fournit à la fois un contenu et un ton de ce nouveau genre littéraire qui est devenu rapidement une mode. Depuis deux ou trois décennies, cette histoire connaît une accélération inédite. C'est grâce à la valorisation croissante sans cesse de l'individu et de sa parole. Ce développement de l'individualisme s'ajoute à la volonté de dresser l'histoire de la personnalité. Depuis, l'écriture de soi envahit tous les secteurs de la vie sociale et culturelle. Ce petit rappel historique nous indique que faire des contes autobiographiques, c'est régler ses comptes avec un futur ou un passé, voire les deux.

Même si *Les Liaisons dangereuses* n'est pas, au primer abord, un roman autobiographique, on n'en finirait pas d'énumérer des traces autobiographiques dans ce roman dont la lettre 81 de Mme de Merteuil en est l'exemple le plus illustrant. Dans cette lettre, Mme de Merteuil se livre tout entière, abandonne momentanément ses masques, artifices et mensonges, raconte sa vie sous la forme d'une confession autobiographique.

Dès son enfance, elle découvre déjà des règles et des principes du monde. Avec sa curiosité toujours en éveil, Mme de Merteuil pratique l'observation et la réflexion. En outre, elle sait se dominer de sorte que la marquise devient peu à peu maîtresse de son activité et de son émotion. Quand elle est encore jeune fille, Mme de Merteuil ressent déjà le besoin de préserver sa liberté intérieure. Une telle éducation ne tarde pas à porter ses fruits :

> « *Je n'avais pas quinze ans, je possédais déjà des talents auxquels la plus grande partie de nos politiques doivent leur réputation, et je ne me trouvais encore qu'aux premiers éléments de la science que je voulais acquérir.* » ①

Avec du temps, elle devient une hypocrite absolue. Afin de « venger son sexe » elle a fait toute sorte de tactiques dont l'hypocrisie. Quand elle a vu Prévan passer à table, elle n'a pas tardé à avoir « les yeux baissés » et la respiration haletante pour faire semblant d'être une femme timide et soumise. Devant un tel faux-semblant, Prévan ne pouvait que tomber dans le piège. Devenue veuve, éprise d'indépendance et de liberté, elle refuse d'entrer au couvent ou vivre avec sa mère. Elle profite de cette situation pour améliorer son système :

> « *J'étudiai nos mœurs dans les romans, nos opinons dans les philosophies ; je cherchai même dans les moralistes les plus sévères ce*

① *LD*, p. 218.

*qu'ils exigeaient de nous, et je m'assurai ainsi de ce qu'on pouvait faire, de ce qu'on devait penser, et de ce qu'il fallait paraître. Une fois fixé sur ces trois objets, le dernier seul présentait quelques difficultés dans son exécution ; j'espérai les vaincre et j'en méditai les moyens.* » ①

Mme de Merteuil vit dès lors à sa guise et multiple les aventures jusqu'à ce qu'elle perde sa réputation. Elle ose révéler une part de son moi intime en se montrant en toute franchise pour que le lecteur la connaisse mieux à tous égards. Cet auto-portrait de la marquise donne à comprendre son expérience de vie et de l'évolution de sa pensée de manière plus poussée. La description autobiographique est ainsi devenue un unique moyen de révéler son âme et de présenter sa véritable image d'elle-même.

Dans *Le Rouge et le Noir*, afin de mieux créer son personnage, Stendhal emprunte à sa propre existence et à sa propre personne pour que le roman regorge de points communs entre l'auteur et Julien. Par exemple, Julien est traité de lisard par son père, qui lui arrache les *Mémoires de Sainte-Hélène* et les fait tomber dans l'eau. Cet incident nous rappelle celui de Henry Beyle qui se plonge dans la lecture de *Don Quichotte*, et est également grondé par son père. En outre, le romancier et son personnage partagent la préoccupation à l'égard de la société. Ils sentent tous les deux le dégoût inspiré par un milieu tout entier déterminé par des questions matérielles. En plus, Napoléon influence beaucoup la vie de Stendhal et Julien. On sait tous que la vie du romancier a été coupée en deux par la chute

① *LD*, p. 220.

de Napoléon. L'échec de Napoléon prive Stendhal de ses fonctions dans l'armée et entraîne ainsi un bouleversement profond de son existence. Quant à Julien, il éprouve toujours une grande admiration pour Napoléon. Son premier instituteur, le chirurgien-major transmet sa passion pour Napoléon Bonaparte à Julien. Les *Mémoires de Sainte-Hélène* est l'une des œuvres qui fascinent Julien et le marque tout au long de sa vie. Dans la vie de Napoléon, ce qui passionne plus Julien, c'est sa montée dans l'échelle sociale, en d'autres termes, sa réussite sociale. Julien rêve d'être un Moi et de traverser le chemin, en allant toujours de plus en plus haut comme Napoléon. Tous ces faits mettent en exergue les particularités de la personnalité qui se veulent les plus authtiques et dresser la part active qu'occupe l'écrit autobiographique dans le relèvement d'un passé de soi ainsi que la nouvelle invention de soi.

En ce qui concerne l'immoraliste, Gide s'écrit dans tous les sens possibles de cette expression, celle de l'écriture autobiographique. Il est facile à remarquer que Gide met beaucoup de lui-même dans les œuvres. Généralement, l'écriture de soi porte d'abord sur le moi : soit pour le valoriser positivement, soit pour citer ses fautes négativement. Pour autant, l'écriture de soi dans les ouvrages gidiens ne se réduit pas à l'introspection ou à l'enfermement du moi. Elle pourrait également se tourner vers les autres pour faire leur portrait. Parfois, l'écriture de soi peut même dépasser le cadre interpersonnel dans la mesure où elle s'intéresse aux rapports avec le monde. Pour Gide, parler de soi, c'est se construire et construire le monde pour atteindre la vérité. Pourtant, la vérité n'est pas la morale commune ou les idées reçues, mais une vérité construite par l'expérience de soi et de l'autrui.

Dans *Si le grain ne meurt*, Gide est le personnage sous sa propre plume. L'auteur utilise des matériaux empruntés à sa vie personnelle. Tous ces matériaux semblent tendus vers la construction et la production d'une image de soi du personnage, à savoir l'auteur lui-même dans ce cas précis. Dès le début, le lecteur connaît la vocation gidienne entre les lignes de ce roman. « C'est poète que je veux être ! C'est poète que je suis ! »① Depuis sa plus tendre enfance, l'écriture a toujours répondu chez Gide à un besoin et à une nécessité : il a besoin d'écrire pour avancer dans sa voie et pour exister dans le monde. Avant de devenir un écrivain, Gide est d'abord un lecteur infatigable. Il se nourrit de la Bible et des grands écrivains : Balzac, Flaubert, Goethe, Stendhal, Mallarmé, etc. Toute sa vie, il se sent guidé par ce pressentiment d'avoir été non seulement organisé pour être écrivain, mais également être élu et différent des autres :

« *Je ne suis pas pareil aux autres* ! *Je ne suis pas pareil aux autres* ! »②

Son homosexualité, par exemple, dont Gide le pense comme inné et naturel, elle joue aussi un certain rôle dans sa vocation. Cela jette une base solide pour ses futurs récits autobiographiques, car l'écriture autobiographique nécessite que les auteurs aient pleine conscience de leur singularité et sa vocation de l'humanité. Longtemps dans son enfance et sa jeunesse, il se sent en proie à un sentiment obscur de différence et un malaise qu'il s'attache à cultiver dans des œuvres afin de s'émanciper et de donner sens à ses actions :

① *SGM*, p. 212.
② *Ibid.*, p. 160.

> *« Ce n'est pas à l'instant où je commençais à découvrir, que je pouvais souhaiter me quitter, sur le point de découvrir en moi les tables de ma loi nouvelle. Car il ne me suffisait pas d'émanciper de la règle, je prétendais légitimer mon délire, donner raison à ma folie.* » ①

Néanmoins, Gide cache longtemps son homosexualité comme un secret. Car le thème de l'homosexualité a été longtemps couvert par un voile, à cause du tabou qui touche ce sujet. Il s'agit d'un sujet qui s'affronte à un double tabou : la sexualité et l'amour entre personnes du même sexe. Pour décrire cette situation, on a souvent recours au vers fameux de Lord Alfred Douglas : « l'amour qui n'ose pas dire son nom » ②. De ce fait, entre XIX^e siècle et XX^e siècle, l'homosexualité est fortement stigmatisée et ce sujet est considéré comme très honteux. Si Gide décide d'écrire un récit autobiographique, c'est avant tout pour mettre fin au mensonge et au secret. Autrement dit, il est hanté par le besoin de se mettre à nu. Cela concerne évidemment le premier enjeu pour son écriture autobiographique : l'aveu. La résolution qui guide *Si le grain ne meurt* est de mettre ses penchants sexuels au grand jour. C'est la raison pour laquelle cette œuvre est, sans aucun doute, le récit autobiographique le plus féroce sur l'enfance et sur l'image de soi qui ait été écrite alors. Ce récit produit en fait toute une mythologie personnelle destinée à exprimer sa propre nature, pour que le lecteur puisse retrouver la vraie image de soi du personnage auteur.

Cependant, pour un individu homosexuel, la décision d'écrire son récit

---

① *Ibid.*, p. 321.

② Lord Alfred Douglas, *Two Loves*, 1894. Le vers original est en anglais : « The love that dare not speak its name ».

autobiographique pose un double problème : non seulement il s'agit d'un sujet tabou, mais parler de l'homosexualité dans le récit autobiographique revient à faire une sorte de "coming out" public. C'est pour cette raison que ce thème a été longtemps couvert par un silence dans le genre autobiographique. Au XIX$^{e}$ siècle, des récits autobiographiques d'individus homosexuels sont uniquement publiés au sein des textes médicaux notamment dans le domaine psychiatrique. Bien évidemment, ces témoignages sont de nature non littéraire, mais ce sont des textes pour la première fois proche des écrits autobiographiques des gens homosexuels. Entre les années 1850, les spécialistes commencent à se concentrer de manière systématique sur l'homosexualité pour essayer de comprendre l'origine de ce phénomène. Le pionnier dans ce domaine est l'écrivain allemand Karl Heinrich Ulrichs. Il est considéré aujourd'hui comme précurseur du mouvement pour les droits des individus homosexuels. Pour combattre les préjugés de l'époque, Ulrichs recueille des témoignages des homosexuels et établit une pratique fondée sur l'interrogation des gens, ce qui devient ensuite un modèle pour la future rédaction des cas cliniques pour les médecins et psychiatres. Ces spécialistes repèrent les symptômes et les causes de cette "pathologie" par le biais de ces textes recueillis. On doit malgré tout considérer que le rapport entre médecins et homosexuels a de nature dialectique : d'une part, les spécialistes ont besoin de ces témoignages pour reposer leurs recherches sur des exemples concrets ; de l'autre part, les individus concernés, longtemps situés dans l'ombre, trouvent enfin une occasion et un endroit pour raconter librement leur expérience personnelle. Ces récits sont ensuite rassemblés et publiés dans les traités psychiatriques. En effet, c'est sous cette forme que les histoires des homosexuels rencontrent pour la première fois un public. Néanmoins, les textes s'adressent seulement au groupe restreint des spécialistes professionnels, et non au grand public, car la société considère encore ces penchants comme un vice, une tare ou même un véritable fléau social. Dans ce contexte social et culturel à l'époque, on peut facilement comprendre à quel point la publication de *Si le grain ne meurt* a pu être scandaleuse. En réalité, Gide est le premier écrivain qui ose publier une œuvre où il dévoile ouvertement son orientation sexuelle.①

Indéniablement, l'écriture autobiographique consiste à dévoiler publiquement la vie intime. En effet, ce dévoilement n'est pas pour Gide uniquement une question de l'intimité, mais aussi des implications sociales. Car il pense également à l'utilité sociale de son œuvre. Pour être plus précis, d'un côté, il répond à une nécessité intérieure en écrivant ce livre ; de l'autre côté, il estime que c'est son devoir de rendre un service à la société malgré les risques qu'il pourrait prendre. Son but est de réfuter les arguments reçus par le public sur l'homosexualité et de combattre les préjugés sociaux. Afin

---

① Auparavant, d'autres auteurs choisissent de garder leur histoire intime pour eux-même ou de publier leur récit sous un pseudonyme ou un nom d'emprunt. En effet, publier sous le vrai nom un texte de ce genre signifie non seulement le dévoilement de l'univers intime de l'auteur, mais également de celui des autres : amis, membres de famille, proches et autres gens entrant en relation avec l'auteur. Dans ce cas-là, la publication risque d'être une atteinte à la vie privée et peut compromettre le rapport avec une personne ou un groupe de gens, notamment quand les œuvre se heurtent à des sujets délicats. Par conséquent, la plupart des auteurs tendent à se protéger au moyen de multiples détours. Pourtant, en 1926, un homosexuel montre publiquement pour la première fois son vrai image de soi et revendique le droit de raconter et de publier son récit privé. Dans son œuvre, on voit qu'il ne se reconnaît point comme malade, bien au contraire, il perçoit ses penchants sexuels comme normalité absolue.

Enrico Guerini, *L'aveu homosexuel dans les œuvres autobiographiques d'André Gide et de Julien Green : confession et réticence*, Paris, L'Harmattan, 2018, pp. 24-34.

d'atteindre l'objectif, il est contraint de diffuser son histoire intime à un large public. De là, on peut aisément constater que les raisons qui poussent Gide à écrire son récit autobiographique sont multiples, tant d'ordre personnel que social.

Il importe de noter qu'entre le moment où Gide décide d'écrire son récit autobiographique et la publication de ce livre s'écoule presque trente ans. En 1894, Gide demande à sa mère un tableau chronologique de son existence. Depuis cette date, il songe à raconter sa vie un jour. Trois ans plus tard, ce projet se précise à nouveau. Gide commence à accumuler des dossiers en vue de la future rédaction. En effet, l'élaboration de cette œuvre est très longue : le livre est enfin imprimé en 1924. Cependant, avant la publication de ce volume, la résolution de Gide semble vaciller tout le temps. Au début, il est préoccupé par de potentielles conséquences de la publication de son récit. Ses hésitations viennent également des pressions exercées par ses amis qui le dissuadent de renoncer à ce projet par crainte d'un scandale. Gide souhaite aborder le sujet avec son ami Pierre Louÿs. Pourtant, ce dernier refuse fermement cette proposition et ne veut pas entendre la confession de Gide. Ce sera l'une des causes principales de leur rupture quelques années plus tard. En outre, Gide songe aussi au fait qu'il est tout de même un homme marié. La diffusion de ces textes risque de donner des conséquences éventuelles sur sa vie conjugale. Néanmoins, l'urgence de se raconter l'emporte. On voit dans ses échanges avec Roger Martin du Gard son besoin urgent de jeter le masque :

« *Je n'en peux plus d'attendre... Il me faut obéir à une nécessité intérieure, plus impérieuse que tout ! Comprenez-moi. J'ai besoin,*

*besoin, de dissiper enfin ce nuage de mensonges dans lequel je m'abrite depuis ma jeunesse, depuis mon enfance... J'y étouffe !* »①

En 1895, Gide rencontre Oscar Wilde en Algérie. Cela signifie une nouvelle étape vers son émancipation. Comme il l'indique dans *Si le grain ne meurt*, Wilde le conduit à assumer ses désirs homosexuels et à se libérer de ses préoccupations. En 1918, un autre événement inattendu marque un tournant. Sa femme, Madeleine brûle toutes les lettres qu'il lui a adressées, auxquelles il attache depuis toujours une grande valeur affective et artistique. Ce drame le jette dans le grand désespoir, mais en même temps, l'auteur se sent affranchi de son devoir de réserve envers sa femme. Il se résout enfin à publier son récit autobiographique et ose ainsi axer son œuvre sur l'histoire de l'homosexualité.

*Si le grain ne meurt* est l'œuvre où Gide avoue ouvertement tous ses secrets depuis son enfance. Par exemple, on voit l'admiration de Gide envers le corps. En effet, la conscience du corps commence avec la découverte émerveillée des sensations. Gide aborde plusieurs fois de manière implicite la question de ses premières expériences sexuelles avec de jeunes garçons en Afrique du Nord. L'auteur ne ménage pas ses forces à célébrer le corps, il souligne le caractère novateur de cette prise en compte du corps. Gide essaie de mettre l'extase physique au service d'une aspiration spirituelle, car il connaît par cœur que le corps conditionne le fonctionnement de l'esprit. Cependant, en célébrant le corps, Gide constate en même temps les limites de ce culte. Pour Gide, il semble que le corps ne se constitue qu'en

① Roger Martin du Gard, *Notes sur André Gide*, Paris, Gallimard, 1951, p. 45.

instrument de plaisir. Il croit même que le corps peut être éprouvé parfois comme une pesanteur qui conduit à un épuisement total et que l'on peut retrouver une autre forme de bonheur à côté de la satisfaction de ses désirs :

« *Bien qu'ayant déjà près de Mohammed, cinq fois atteint la volupté, je ravivai nombre de fois encore mon extase et, rentré dans ma chambre d'hôtel, en prolongeai jusqu'au matin les échos.* [...] *Si soûlé que je fusse et si épuisé, je n'eus de cesse et de répit que lorsque j'eus poussé l'épuisement plus loin encore. J'ai souvent éprouvé par la suite combien il m'était vain de chercher à me modérer, malgré que me le conseillât la raison, la prudence ; car chaque fois que je le tentai, il me fallut ensuite, et solitairement, travailler à cet épuisement total hors lequel je n'éprouvais aucun répit.* »①

Hormis sa célébration du corps et son orientation sexuelle, Gide avoue presque tout dans cette œuvre autobiographique : ses troubles nerveux, la source de sa culture, l'origine de son talent et même ses « mauvaises habitudes ». Gide reconnaît qu'il n'a pensé qu'à ça jusqu'à l'âge de 14 ans. On sait aussi que l'auteur a été exclu d'un établissement scolaire (l'École alsacienne) justement à cause de ses mauvaises habitudes. Son œuvre en témoigne tous ces faits. Voici la scène la plus fameuse à l'ouverture de *Si ne grain ne meurt* :

« *Je revois aussi une assez grande table, celle de la salle à*

① *SGM*, p. 310.

*manger sans doute, recouverte d'un tapis bas tombant ; au-dessous de quoi je me glissais avec le fils de la concierge un bambin de mon âge qui venait parfois me retrouver. " Qu'est-ce que vous fabriquez là-dessous ? " criait ma bonne. " Rien. Nous jouons. " Et l'on agitait bruyamment quelques jouets qu'on avait emportés pour la frime. En vérité, nous nous amusions autrement : l'un près de l'autre, mais non l'un avec l'autre pourtant, nous avions ce que j'ai su plus tard qu'on appelait " de mauvaises habitudes".* »①

Cette entrée en matière très audacieuse prépare le lecteur au contenu qui va suivre. En effet, l'aveu qui oriente le récit est étroitement lié à la construction de soi parce qu'elle permet à Gide de confirmer son identité. Il serait difficile de nier que l'aveu est fondatrice pour l'écriture autobiographique et peut remodeler la relation avec soi comme avec autrui. En avouant, on construit parfois un tout nouveau moi. Comme Michel Leiris l'affirme : « tout avouer pour partir sur de nouvelles bases »②.

Toutefois, l'homosexualité ou tout simplement la sexualité sont les sujets tabous qui demandent encore beaucoup de prudence et de précaution pour les faire entrer en littérature. Dans la plupart des œuvres autobiographiques, ces sujets font l'objet de l'autocensure. Pourtant, selon Philippe Lejeune, l'autobiographie s'engage à dire « ce qui ne se dit pas ».③ Ainsi, les autobiographes ne peuvent s'empêcher d'aborder les aspects les

---

① *SGM*, pp. 1-2.

② Michel Leiris, *L'âge d'homme*, Paris, Gallimard, 1999, p. 14.

③ Philippe Lejeune, *Signes de vie, le pacte autobiographique II*, Paris, Seuil, 2005, p. 202.

plus intimes et les plus secrets de leur vie. Toujours d'après Lejeune, il affirme « l'autobiographie doit tout dire, et en particulier ce dont on ne parle guère à autrui »① Il remarque qu'à partir des *Confessions* de Jean-Jacques Rousseau, la sexualité devient l'un des enjeux principaux de l'écriture autobiographique. À compter du XX$^{e}$ siècle, de nouvelles disciplines comme la psychanalyse et la sexologie commencent à émerger. De plus en plus de personnes considèrent désormais le sujet de la sexualité comme un des aspects fondamentaux pour comprendre le développement de la personnalité et pour fixer la vraie image de soi d'un certain individu. Cette partie de l'expérience personnelle devient ainsi un sujet incontournable dans l'écriture autobiographique. Néanmoins, si de nouvelles disciplines permettent au sujet de la sexualité d'arriver à un statut légitime, c'est seulement dans un cadre extrêmement restreint, surtout dans des domaines médicaux, juridiques et religieux. Durant une consultation clinique, les médecins ou psychiatres incitent leurs patients à raconter leur expérience sexuelle. Les patients trouvent enfin une bonne occasion de parler de ce sujet tabou. Cependant, Michel Foucault signale que ce processus de « médicalisation » a bien des limites. Selon lui, le discours sur la sexualité n'est pas tout à fait libéré, mais plutôt borné à un espace où ce sujet est socialement toléré.

Comme on l'a évoqué plus haut, à l'époque où Gide vit, le public n'est pas très indulgent à l'égard du sujet de la sexualité et des penchants sexuels de Gide. C'est la raison pour laquelle les extraits qui se heurtent au sujet de l'homosexualité ou la sexualité dans *Si le grain ne meurt* sont souvent

① Philippe Lejeune, *L'autobiographie en France*, Paris, Armand Colin, 2010, p. 78.

ponctués de silences et d'ambiguïtés. L'auteur enlève parfois quelque chose à ses aveux. Ce geste semble contredire l'engagement propre au pacte autobiographique qui est l'impératif de tout dire. Voici donc une tension profonde entre cet impératif de tout dire et la réticence que trouve le lecteur dans cette œuvre autobiographique. Les chercheurs essaient de résoudre ce paradoxe en s'appuyant sur de nombreuses œuvres, mais en vain, car ils trouvent une contradiction oppose catégoriquement le besoin de se dévoiler et la tentation destinée au silence sur certains sujets trop intimes. Dans ce cas-là, l'aveu est fait uniquement par le recours à plusieurs stratégies. Citons un exemple, selon Béatrice Didier, l'auteur ne peut jamais tout dire sur sa propre existence. Elle constate que les autobiographes sont forcés de faire le tri en face des tas de souvenirs, parce qu'il y en a trop. Ensuite, les auteurs sélectionnent ceux qu'ils ont envie de mettre dans leur œuvre et ceux qu'ils choisissent de propos délibéré de négliger. Pourtant, il faut ajouter que le silence sur certains détails a parfois d'autres causes : l'oubli ou les trous de la mémoire. Pour répondre à cette situation, les autobiographes omettent tout simplement ce qu'ils ont oublié ou essaient de combler les lacunes par la mémoire d'un tiers. Enfin, d'après Béatrice Didier, le silence est aussi causé par l'impossibilité d'évoquer certains événements ineffables. Elle arrive à la conclusion que chaque œuvre existe à partir des zones de silence ou une certaine quantité de vides. La réflexion de Didier se révèle très utile pour expliquer la tension dialectique entre le besoin de dévoiler et la crainte de se mettre à nu. À ce sujet, Lejeune pense que la tension perpétuelle entre le désir et la crainte se traduit par une sorte de réticence, qui apparaît dans presque chaque récit autobiographique :

*« Ce qui fait le prix de l'aveu, c'est la réticence : il faut que celle-ci soit mise en scène. Il y a toute une rhétorique de l'aveu, qui prend des aspects différents selon qu'il s'agit de Rousseau, de Gide, de Leiris, de Green ou d'autres.* » ①

Revenons à Gide, même s'il décrit de manière assez franche certaines scènes de vie et ses idées révolutionnaires dans *Si le grain ne meurt*. Il montre également son hésitation envers certains sujets. Il est nécessaire de préciser que Gide s'affronte à un triple tabou dans ce récit autobiographique : son homosexualité, l'attirance sexuelle pour les garçons et sa pratique habituelle de la masturbation. En plus, il mentionne aussi ses expériences avec des prostituées. Tous ces thèmes délicats exercent une grande influence sur la narration et la structure de ce texte. Force est de constater que dans cette œuvre, les sujets touchés à la sexualité sont abordés seulement de manière indirecte. Il est vrai qu'il avoue presque tout, mais jamais de manière explicite.

Pour traiter les thèmes évoqués ci-dessus, Gide a recours à des stratégies diverses. Pour être plus précis, ce sont des outils stylistiques, rhétoriques ou narratifs, très variés et complexes. Parlons tout d'abord la stratégie narrative. L'autobiographie de Gide est parsemée de nombreux procédés narratifs : l'interruption des idées, la narration détournée et l'insinuation. Ces procédés contribuent à rendre la confession de Gide particulièrement allusive et sinueuse.

Il n'est pas difficile de trouver que la narration et les idées s'arrêtent en

① Philippe Lejeune, *L'autobiographie en France*, Paris, Armand Colin, 2010, p. 78.

plein milieu du récit. Par exemple, l'auteur suspend subitement quand il est temps de décrire une scène sexuelle. En effet, c'est une façon d'éviter de propos délibéré des descriptions sexuelles crues entre personnes du même sexe. On en trouve un extrait : sa première aventure sexuelle lors de son premier voyage en Afrique du Nord avec un jeune arabe prénommé Ali :

> « *Mais, saisissant la main qu'il me tendait, je le fis rouler à terre. Son rire aussitôt reparut.* [...] *Le vêtement tomba ; il rejeta au loin sa veste, et se dressa nu comme un dieu. Un instant il tendit vers le ciel ses bras grêles, puis, en riant, se laissa tomber contre moi. Son corps était peut-être brûlant, mais parut à mes mains aussi rafraîchissant que l'ombre. Que le sable était beau ! Dans la splendeur adorable du soir, de quels rayons se vêtait ma joie ! ... Cependant il se faisait tard ; il fallait rejoindre Paul.* »①

Il va sans dire que la narration interrompt au commencement de l'acte sexuel. Autrement dit, dès qu'il y a un contact entre les corps, l'auteur arrête tout à coup la scène en cours. À la place des idées concrètes, il met les points de suspension pour laisser deviner le lecteur. C'est alors le lecteur qui accomplit la tâche de combler le vide. En d'autres termes, l'auteur propose au lecteur de manière indirecte de collaborer activement au déchiffrement du texte.

En outre, la narration détournée est constamment employée au sein de la narration gidienne. Par le biais de ces détours, l'auteur a l'intention de traiter

① Philippe Lejeune, *L'autobiographie en France*, Paris, Armand Colin, 2010, p. 280.

les sujets délicats de manière floue et estompée. Pour être plus précis, les détours provoquent les ambiguïtés narratives, et ces ambiguïtés servent à l'auteur pour abstraire la description d'un certain événement et pour distraire l'attention du lecteur. Voici un exemple illustratif pour montrer l'utilité de cette stratégie :

> « *Wilde sortit une clef de sa poche et m'introduisit dans un minuscule appartement de deux pièces, où quelques instants après, le guide ignoble vint nous rejoindre. Les deux adolescents le suivaient, chacun enveloppé d'un burnous qui lui cachait le visage. Le guide nous laissa. Wille me fit passer dans la chambre du fond avec le petit Mohammed et s'enferma avec le joueur de darbouka dans la première.* [...] *Après mon aventure de Sousse, j'étais retombé misérablement dans le vice.* [...] *délicieusement pourtant, un soir, en barque avec un jeune batelier du lac de Côme (peu avant de gagner la Brévine) tandis qu'enveloppait mon extase le clair de lune où l'enchantement brumeux du lac et les parfums humides des rives fondaient.* » ①

Ce passage est dans la seconde partie de *Si le grain ne meurt* qui fait allusion aux penchants sexuels de Gide. Cet extrait est intégralement marqué par plusieurs détours qui s'enchaînent. Ces détours aident à brouiller la narration d'une scène érotique éventuelle en Afrique du Nord entre Gide et un jeune arable prénommé Mohammed. Il n'en reste pas moins que l'auteur ne relate plus de manière concrète et nette la scène en temps réel quand

① *SGM*, p. 309.

l'auteur entre avec le jeune dans une chambre d'hôtel. Dans cette occasion cruciale, Gide commence à ouvrir une longue parenthèse qui sert ici de procédé détourné. Cela bouleverse même la chronologie du récit et entraîne l'anachronisme dans la narration.

Par ailleurs, le lecteur trouve beaucoup d'insinuations dans *Si le grain ne meurt*. Gide donne à voir bien de thèmes qui vont être étudiés plus tard dans un second temps. Dans la première partie de son récit autobiographique, l'auteur réfléchit sur l' éducation rigoureuse reçue durant son enfance, c'est en fait un sujet qui fait comprendre ses pensées sur la sexualité dans la seconde partie de l'œuvre. Gide prétend que cette éducation étriquée est la cause principale du conflit intérieur qui le tortue plus tard dans sa vie. Dans l'un des extraits où Gide aborde les limites de sa formation, il écrit :

> « *Tout ce qui s'éclaire à mes yeux aujourd'hui, j'étais mal éduqué pour le comprendre d'abord ; bien des anomalies, chez les Bavretel, ne me paraissaient étranges sans doute que parce que j'en discernais mal l'origine, et ne savais pas faire intervenir toujours et partout cette gêne que, par pudeur, la famille prenait tant de soin de cacher.* »①

Dans ce texte, l'auteur insinue que cette éducation provoque des conséquences et entre en lien avec une série d'événements. Le thème de l'éducation revient dans les pages suivantes. C'est surtout le cas d'un extrait où l'auteur parle de l'éducation des jeunes avec un ami. En effet, c'est à ce

① *SGM*, p. 198.

moment que la réflexion sur l'éducation forme un lien étroit avec le sujet de la sexualité. Plus précisément, dans ces extraits concernant l'éducation des jeunes, Gide fait quelques allusions à un sujet important : la méconnaissance de tout ce qui concerne le domaine sexuel lui conduit à prendre conscience de son orientation sexuelle assez tard et le maintient longtemps dans l'aberration. Dans la deuxième partie, l'auteur aborde davantage les limites de son éducation et le lien avec sa vie sexuelle. Ainsi, on pourrait en déduire que les insinuations dans la première partie servent à laisser entrevoir au lecteur l'existence d'un discours allusif et secret, et à lui donner des indices pour connaître ensuite la vraie image de soi de l'auteur.

Ces outils stylistiques, rhétoriques ou narratifs servent à donner une aura mystérieuse à la réalité effective que vit l'immoraliste. Il est aisément de constater que interruption des idées, narration détournée et insinuation ne sont qu'une partie émergée de l'ensemble des non-dits et des paroles voilées dans le récit autobiographique gidien de façon que Catharine Savage Brosman considère Gide souvent comme un auteur du clair-obscur①, à savoir un auteur tantôt dans l'ombre, tantôt sous la lumière. Même si le clair-obscur en littérature n'est pas vraiment un genre littéraire, Gide y a recours et le met en valeur. *Dans Si le grain ne meurt*, le jeu de l'ombre et

① Catharine Savage Brosman indiqu'au début, un clair-obscur est une gravure sur bois dont les traits sont ressortis par d'autres tons au moyen de planches supplémentaires. Ensuite, le mot sert à indiquer des peintures qui ont des effets de contraste dont Rembrandt est le plus grand représentant. À nos jours, selon *Le Petit Robert*, la signfication de ce mot est plus général : « Distribution des lumières et des ombres... Ensemble de lumières et d'ombres douces fondues » ou « Imitation de l'effet que produit la lumière, en éclairant les surfaces qu'elle frappe, et en laissant dans l'ombre celles qu'elle ne frappe pas. »

de la lumière est presque le principe d'écrire. Puisque au fond, le contraste entre la lumière et l'obscurité inscrit de manière profonde dans l'imaginaire humain et sert de façon efficace pour décrire l'image de soi du personnage-auteur.

Dans le récit autobiographique de Gide, il est bien entendu que les questions concernant masturbation, prostitution, rapports sexuels et homosexualité ne sont jamais traitées de manière directe. Pour aborder ces sujets délicats, Gide ajoute des nuances, des ombres et des demi-teintes. En d'autres termes, l'auteur s'appuie sur des tactiques variées. On reconnaît surtout l'émoi d'un lexique allusif. Par exemple, les mots « masturbation » ou « onanisme » n'apparaissent jamais dans *Si le grain ne meurt*, les références de cette pratique sont toujours évoquées de manière indirecte. Dans les premières occasions où l'auteur aborde ce sujet, il utilise les expressions comme « découvrir le plaisir », et les verbes comme « nous jouons ». Ces expressions et verbes font référence à l'univers du jeu et du plaisir, dont son mérite est relativement constructif. Cependant, les termes choisis pour dessiner cette pratique sont orientés tantôt vers un pôle positif, tantôt vers un pôle désavantageux. Les expressions comme « de mauvaises habitudes », « ruiner », « dissimuler le pénible » en témoignent nettement. D'ailleurs, cette pratique semble provoquer des effets physiques et psychologiques, on voit des termes comme « éblouissement », « exaspérer », « ce mal bizarre », « abominables retombements ». De même, les références au sujet de la sexualité sont également très allusives, autrement dit, jamais évoquées sous la lumière. Afin de traiter ce sujet, Gide tend à employer les termes qui touchent au champ lexical de la « chair ». Il va sans dire que ce mot a un lien étroit avec la sexualité. De plus, les mots « plaisir », «

éperdre de » apparaissent de manière très fréquente dans ce récit pour faire allusion au sujet de la sexualité. Pour ce qui est de l'homosexualité, le lecteur ne trouve point des termes comme « homosexualité », « pédérastie ». Pourtant, on trouve bien d'indices : au début de la seconde partie, l'auteur écrit : « revendication de ma chair ». Ici, « ma » insinue que ses penchants sexuels sont différents de ceux de la masse. Bien évidemment, comme on le constate, ce sont des allusions particulièrement discrètes. En outre, le sujet de l'homosexualité est abordé par le thème qui au premier abord n'a aucun lien avec le mot " l'homosexualité". Le thème de la prostitution en est un très bon exemple. De prime abord, la prostitution n'a pas de rapport avec l'homosexualité. Néanmoins, on voit bien quand Gide parle de ses premières expériences avec les prostitués, qui le laissent imperturbable. De ce fait, son désintérêt à l'égard de la prostitution le force à réfléchir sur son orientation sexuelle. Et c'est par là qu'il commence à se rendre compte qu' « avec une autre nature que la mienne, cette indirecte initiation eût présenté bien des dangers »①. Ici, l'expression « nature » évoque sans aucun doute l'homosexualité de l'auteur. Il fallait tout de même signaler que le thème de la prostitution est abordé par d'autres moyens. Par exemple, Gide décrit souvent son attitude de « répugnance » envers cette profession. Par ailleurs, Gide fait aussi allusion au sujet de la prostitution tout en évoquant les endroits parisiens qui sont connus au lecteur : « à l'entour du lycée Condorcet ; de la gare Saint-Lazare et dans le quartier dit : de l'Europe ; je laisse à penser le gibier que parfois nous levions ».② L'évocation de ces endroits fait comprendre tout de suite de quoi il s'agit

---

① *SGM*, p. 204.

② *Ibid.*

exactement. Il est nécessaire de rappeler que le thème de la prostitution sert ici des indices pour insinuer les penchants sexuels de l'auteur.

Le côté d'ombre de ce récit autobiographique se manifeste aussi sous un autre aspect : la tonalité de cette l'histoire est assez sombre. Depuis sa plus tendre enfance, il habitait un monde intérieur de ténèbres dont la source est en lui : « A cet âge innocent où l'on voudrait que toute l'âme ne soit que transparence, tendresse et pureté, je ne revois en moi qu'ombre, laideur, sournoiserie. »① En plus, le diable circule souvent dans son texte et joue un rôle important dans le récit, comme le montre ce petit extrait : « le diable me quittait ; j'étais tout cuisiné par l'ombre, et rien ne laissait pressentir par où pût me toucher un rayon »②.

À ces ombres qui envahissent ce roman autobiographique, il faut quand même ajouter quelques lueurs dans ce récit. Déjà dans l'extrait des canaris, Gide compare cette espèce oiseau comme « un morceau de soleil trouant l'ombre ». Un autre personnage lumineux dans ce récit est un petit Russe qui est dépeint en ange : « Il était de santé délicate, pâle extraordinairement, il avait les cheveux très blond, assez longs, les yeux très bleus ; sa voix était musicale, que rendait chantante un léger accent. Une sorte de poésie se dégageait de tout son être, qui venait, je crois, de ce qu'il se sentait faible et cherchait à se faire aimer. »③. Si la première partie de *Si le grain ne meurt* est plutôt dans l'ombre, tandis que la seconde partie du récit est assez claire, tout se passe comme Gide réoriente sa vie sous le soleil de l'Afrique du Nord. Durant le voyage en Afrique, quelques lueurs se

---

① *SGM*, p. 1.
② *Ibid.*, p. 128.
③ *Ibid.*, p. 83.

creusent à l'horizon dans la nuit tiède qui présage un changement radical : « Les murs blancs des maisons de Zaghouan qui, la veille au soir, répondaient en bleu au ciel rose, sur l'azur le plus tendre de l'aube prenaient des tons d'hortensia. »① C'est en effet la lumière douce qui promet la résurrection de Gide. Pendant ce temps-là, quand l'auteur regarde en arrière, il change totalement son point de vue sur sa vie :

> « *Jusqu'à présent j'avais accepté la morale du Christ, ou du moins certain puritanisme que l'on m'avait enseigné comme étant la morale du Christ. Pour m'efforcer de m'y soumettre, je n'avais obtenu qu'un profond désarroi de tout mon être. Je n'acceptais point de vivre sans règles, et les revendications de ma chair ne savaient se passer de l'assentiment de mon esprit* [...] *J'entrevis enfin que ce dualisme discordant pourrait peut-être bien se résoudre en une harmonie.* »②

Etant un écrivain du clair-obscur, il est à se demander si Gide est sincère quand il rédige son récit autobiographique, car la sincérité constitue aussi un enjeu pour l'écriture autobiographique gidienne. Pour lui, être sincère n'est pas une mission facile. Il écrit dans son *Journal* : « la chose la plus difficile, quand on a commencé d'écrire, c'est d'être sincère »,③ et ajoute à la fin de la première partie de *Si le grain ne meurt* son opinion sur ce point :

① *SGM*, p. 302.
② *Ibid.*, p. 285.
③ André Gide, *Journal* 1887-1925, Paris, Gallimard, 1996, p. 145.

« *Les Mémoires ne sont jamais qu'à demi sincères, si grand que soit le souci de vérité : tout est toujours plus compliqué qu'on ne le dit. Peut-être même approche-t-on de plus près la vérité dans le roman.* » ①

Gide est ainsi tourmenté par la tentation d'être libre et la tentative de dissimuler quelques secrets. Dans son ensemble, son récit autobiographique comprend beaucoup de non-dits et de paroles voilées. Cela compose une sorte de mythologie personnelle qui passe par la présence de références allusives et la suppression de certains détails. De toute évidence, cette forme de mythification fait une entorse à la vérité et la sincérité promises par l'auteur autobiographique. De ce fait, Rousseau reproche Montaigne d'être insincère en se peignant :

« *Les plus sincères sont vrais tout au plus dans ce qu'ils disent, mais ils mentent par leurs réticences, et ce qu'ils taisent change tellement ce qu'ils feignent d'avouer, qu'en ne disant qu'une partie de la vérité ils ne disent rien. Je mets Montaigne à la tête de ces faux sincères qui veulent tromper en disant vrai. Il se montre avec des défauts, mail il ne s'en donne que d'aimables ; il n'y a point d'homme qui n'en ait d'odieux. Montaigne se peint ressemblant, mais de profil.* » ②

De prime abord, Gide n'est pas un auteur sincère, car il se manifeste dans son œuvre sous la forme de multiples dissimulations, telles que les jeux

① *SGM*, p. 280.

② Jean-Jacques Rousseau, *Essai sur l'origine des langues : fac-similé du manuscrit de Neuchâtel*, Paris, Honoré Champion, 1997, p. 151.

avec interruption des idées, narration détournée, insinuation, etc. Autrement dit, il emploie tout ce qui permet de ne pas dire de manière directe, de laisser deviner le lecteur les sens des mots et des phrases. Néanmoins, dans une autre perspective, Gide respecte le pacte de l'autobiographie, puisqu'il essaie de se confesser dès le début dans *Si le grain ne meurt*. On ne peut négliger que la confession et l'aveu, le premier enjeu de l'écrit autobiographique, étant dans le même ordre se font écho de loi et que les deux enjeux de l'écrit autobiographique gidien sont intrinsèquement liés l'un à l'autre et s'affrontent dans la fabrique de ce genre littéraire. Au bout du compte, il faut tout de même reconnaître que l'acte de se confesser est un geste de sincérité en dépit du fait que c'est une sincérité ambiguë. En abordant la question de sincérité, il nous semble nécessaire de nous arrêter à nouveau sur cet acte de confession.

*Si le grain ne meurt* est divisé en deux parties, dont la première partie est comme le prélude à la confession. C'est-à-dire que Gide introduit une série de références allusives qui prédisposent à la confession. Dans le quatrième chapitre, le lecteur trouve un thème récurrent qu'il aborde plusieurs fois par la suite : c'est le conflit entre l'amour corporel envers les jeunes garçons et l'amour spirituel à l'égard de sa femme Madeleine. Dès la première occasion où il évoque ce sujet, Gide utilise des termes assez vagues et allusifs, mais le lecteur peut quand même trouver quelques indices qui aident à mieux comprendre. Dans l'épisode-clé de la rue de Lecat par exemple, l'auteur rencontre sa cousine Madeleine en larmes. La dernière vient de découvrir l'infidélité de sa mère. Gide considère cet épisode comme un tournant dans sa vie. Il affirme :

« *J'avais erré jusqu'à ce jour à l'aventure ; je découvrais soudain un nouvel orient à ma vie. En apparence il n'y eut rien de changé. Je vais reprendre comme devant le récit des menus événements qui m'occupèrent ; il n'y eut de changé que ceci : qu'ils ne m'occupaient plus tout entier. Je cachais au profond de mon cœur le secret de ma destinée. Eût-elle été moins contredite et traversée, je n'écrirais pas ces Mémoires.* » ①

On constate que cet épisode paraît insignifiant, mais ce n'est qu'une apparence. Gide insinue indirectement qu'il s'agit d'un événement crucial. En même temps, Gide affirme que c'est la raison pour laquelle il décide d'écrire ce récit. Cependant, cet épisode nous laisse une grande lacune : l'auteur n'explique pas de quelle façon cet épisode marque un tournant dans sa vie. On note que Gide se borne à donner des indices dont il attache l'importance, mais ne se dévoile pas encore devant le public. De ce fait, la confession n'est pas encore faite dans la première partie.

Dans la seconde partie de *Si le grain ne meurt*, Gide réalise enfin sa confession. Le dévoilement se fait à travers les récits et ses aventures avec des jeunes arabes en Afrique du Nord. Auparavant, Gide retarde longtemps l'évocation de son homosexualité dans son récit. C'est à partir du récit de voyage qu'il commence à glisser des indices. Cependant, comme on peut le voir, de nombreuses détours remettent sa confession. Gide le reconnaît lui-même dans le livre : « Pourquoi je raconte tout cela ? Oh ! Simplement pour retarder ce qui va suivre. » ② Son aventure avec Ali de Sousse (sa

① Jean-Jacques Rousseau, *Essai sur l'origine des langues : Fac-similé du manuscrit de Neuchâtel*, Paris, Honoré Champion, 1997, p. 151.

② *Ibid.*, p. 277.

première expérience sexuelle ) en illustre bien. Dans le moment où la confession approche, Gide ajoute, à ce moment-là, l'impératif moral de la sincérité : « il est plus mensonger de le taire qu'indécent de le raconter » ①. Le mot « indécent » laisse entrevoir qu'il va aborder un sujet débauché. En plus, la sincérité est reconnue ici plus importante que la décence. À la suite de cet écart du sujet, l'auteur retarde encore sa confession et introduit une autre parenthèse. Il s'arrête sur des considérations générales et affirme avoir oublié les raisons qui le conduisent jusqu'ici.

> « *J'attendis ! J'admire aujourd'hui ma constance... Mais était-ce bien la curiosité qui me retenait ? Je ne sais plus. Le motif secret de nos actes, et j'entends : des plus décisifs, nous échappe ; et non seulement dans le souvenir que nous en gardons, mais bien au moment même.* » ②

Au fond, Gide a l'intention de prendre ses distances avec l'épisode qu'il va bientôt écrire en évoquant tout cela. Il voulait donner cette impression que c'est une autre personne qui a accompli tous ces actes. Dans la suite du passage, l'auteur décrit de manière minutieuse les actes d'Ali qui est en train de se déshabiller. Par contre, la scène censée être érotique est très elliptique comme on vient d'évoquer plus haut. Les détails sont effacés par la série d'exclamations lyriques : « Que le sable était beau ! Dans la splendeur adorable du soir, de quels rayons se vêtait ma joie ! ... » ③ Pourtant, le

① Jean-Jacques Rousseau, *Essai sur l'origine des langues : Fac-similé du manuscrit de Neuchâtel*, Paris, Honoré Champion, 1997, p. 278.

② *Ibid.*, p. 279.

③ *Ibid.*, p. 280.

lecteur pourrait quand même deviner les penchants sexuels de l'auteur par le biais des circonlocutions comme « il se laissa tomber contre moi ». La confession est faite ainsi de manière indirecte.

Par ailleurs, la confession de l'orientation sexuelle de Gide passe également par l' échec d'une tentative sexuelle avec une femme. En réalité, l'expérience sexuelle avec les prostituées permet à l'auteur de confirmer sa préférence pour les personnes du même sexe. Sous cet aspect, Gide confesse son homosexualité. En outre, face à un jeune arabe prénommé Mohammed, Gide et son ami Paul Laurens réagissent de manière totalement différente. C'est en effet une occasion pour faire un aveu de son orientation, car il insinue par cette réaction différente ses penchants sexuels différents de son ami :

> « *Le petit Mohammed, éperdu de lyrisme et de joie, tempêtait sur son tambour de basque. Qu'il était beau !* [...] *Paul s'était penché vers moi ce soir-là (s'en souvient-il ?) et m'avait dit tout bas : Si tu crois qu'il ne m'excite pas plus que Mériem ? Il m'avait dit cela par boutade, sans songer à mal, lui qui n'était attiré que par les femmes ; mais était-ce à moi qu'il était besoin de le dire ?* » ①

Ici, le compagnon de voyage de l'auteur est comme une pierre de touche pour lui, c'est-à-dire il confirme son orientation sexuelle à travers le comportement de son ami. Après avoir confirmé que Paul est uniquement attiré par les femmes, et que son appréciation à l'égard de Mohammed n'est

① Jean-Jacques Rousseau, *Essai sur l'origine des langues : Fac-similé du manuscrit de Neuchâtel*, Paris, Honoré Champion, 1997, p. 285.

qu'une plaisanterie, Gide se rend tout de suite compte du fossé qui les sépare. Si l'on regarde de plus près, sa confession est en fait réalisée au moyen de la juxtaposition des pronoms personnels : « lui qui n'était attiré que par les femmes ; mais était-ce à moi qu'il était besoin de le dire ? » Le lecteur peut en déduire qu'à partir de ce moment, l'auteur ne peut plus refuser de reconnaître ses penchants sexuels. En même temps, on comprend mieux le rôle fondamental joué par cette petite parenthèse : elle permet d'introduire la figure de Mohammed, et accélère la confession de Gide.

Pour tout dire, en tant que deux enjeux de l'autobiographie gidienne, l'aveu et la sincérité sont étroitement liés l'une à l'autre, mais démontrent aussi une certaine tension. D'une part, l'aveu et la sincérité doivent être généralement commune, convergente et uniforme : la sincérité signifie que l'auteur autobiographique admet ce qu'il a fait sans délibérément dissimuler ou mentir ; d'autre part, l'aveu n'indique pas nécessairement la véracité de ce qui est admis. De fait, les trous de la mémoire, les omissons involontaires voire volontaires conduisent à l'impossibilité d'atteindre la vérité absolue. La complexité de l'écriture autobiographique réside dans le rapport et la tension même de ces deux enjeux.

En somme, dans *Si le grain ne meurt*, l'auteur est le personnage même dans ce récit autobiographique. Il emploie l'écriture autobiographique comme moyen pour démontrer sa véritable nature et son image de soi. Pour être plus précis, Gide a recours au genre autobiographique pour façonner un discours original au sein duquel le centre est la question sexuelle, dont le but est de dessiner l' individualisme et l'affirmation de son existence.

Cependant, l'auteur dissimule souvent ce sujet tabou entre les lignes. Comme on le montre plus haut, l'homosexualité n'est pas exclusivement un simple thème, car elle structure le récit dans tous les points. On se souvient que Gide utilise bien de mots allusifs et de narration détournée de sorte que l'aveu de ses penchants sexuels est souvent suspendu par l'interruption des idées : la libéralité de l'histoire est dérangée fréquemment par 'interruption des idées, narration détournée et insinuation. Il est aisément de signaler que l'ensemble de ces références forme un véritable réseau. Bien que son orientation sexuelle soit abordée de manière implicite, ce sujet est continuellement évoqué dans ce récit autobiographique. En effet, l'auteur a recours à toutes ces stratégies lorsqu'il raconte ses premières expériences avec des jeunes du même sexe. La plupart de ses épisodes sont décrits de manière évasive, c'est la raison pour laquelle la découverte de la vraie image de soi du personnage nécessite une collaboration constante du lecteur. Ce dernier accomplit cette mission par le biais de nombreux indices. Malgré le fait que c'est une œuvre ambiguë et opaque, elle crée chez le lecteur une impression de transparence et de communication directe avec l'auteur. En ce qui concerne l'expérience intime de l'auteur, il crée souvent des lacunes en évoquant ces scènes de vie. En ce moment, le lecteur est invité à combler ces vides introduits par l'auteur, car en tant qu'individu unique, l'auteur ne peut accomplir la tâche de connaître le moi complet, et ne peut que rechercher le « regard » de l'autre pour se percevoir, se montrer et se façonner. De cette façon, Gide attache une grande importance à ces épisodes du fait que l'individu a besoin de se connaître et de se construire avec le regard des autres.

L'écriture autobiographique, étant la façon la plus directe pour se décrire et se montrer, constitue une écriture particulière dans laquelle l'audace indicible de la confession est liée à la réticence de l'expression de manière inextricable. On ne peut s'empêcher de dire que cette écriture pleine de contrastes semble en réalité la façon la plus adaptée pour décrire son expérience personnelle et son image de soi. En comparaison de l'aveu complexe de l'immoraliste, les écrits autobiographiques du libertin et de l'arriviste paraissent brefs et peu approfondis, pourtant, cela consiste quand même un premier essai de dévoiler le plus vrai soi devant le lecteur. À travers l'écriture autobiographique de l'immoraliste, l'association entre l'auteur le narratuer et le protagoniste parvient à extraire l'essence même de soi et s'inscrit dans la mise à nu de la l'intégralité de l'image de soi.

## 4. 2 L'échange épistolaire

Étymologiquement, la composition du roman épistolaire révèle sa double origine : la lettre qui impose une structure communicationnelle et le roman qui appartient à un genre littéraire. La fusion de ces deux éléments crée une nouvelle existence indissociable. Le roman épistolaire est, somme toute, un récit écrit à la première personne dont les racines remontent à un passé lointain. La lettre repose sur une tradition savante. L'Antiquité romaine a laissé des exemples célèbres comme les lettres de Cicéron qui mêlent des débats politiques ou moraux dans les lettres. Les sophistes grecs nous ont aussi légué de nombreuses lettres romanesques qui montrent la vie des milieux des marins, des pêcheurs et des paysans. Au début du 1$^{er}$ siècle av. J. -C, le grand poète Ovide est généralement considéré comme le promoteur de ce genre littéraire. Ses *Héroïdes* ouvrent la voie sentimentale de l'expression amoureuse. L'auteur y décrit liaisons sans espoir, femmes délaissées, trahison et d'autres malheurs. Au XII$^{e}$ siècle, les lettres romancées d'Héloïse et d'Abélard constituent pendant longtemps une source inépuisable d'inspiration pour des écrivains. Pourtant, c'est à la Renaissance que l'art de lettre connaît son véritable essor. Les *Lettres portugaises* du vicomte de Guilleragues ont connu un grand succès. Ces cinq *Lettres portugaises*, parues en 1669, sont un chef-d'œuvre de la littérature classique. Elles racontent une histoire très simple : lors de la guerre contre l'Espagne, un officier français fait la connaissance d'une Portugaise qu'il séduit et abandonne par la suite. Dans ses cinq lettres, la jeune femme analyse minutieusement leur passion, ses sentiments et le désespoir. Par la rupture, l'abandon de l'officier oppose nettement un passé heureux et un présent dégradé, l'allégresse amoureuse et la tristesse, l'espoir et la désespérance. Pour la première fois, une série de lettres ayant une vraie continuité est publiée. Selon Laurent Versini, Laclos est beaucoup inspiré de ce roman :

> « *Cette inspiration est toujours présente dans les lettres de Cécile, de Danceny et de Mme de Tourvel, lettres des tourments de l'absence.* »①

En outre, il serait intéressant de remarquer qu'à la tradition des *Lettres portugaises*, se mêle celle des « Secrétaires » et « Formulaires ». Il s'agit des lettres modèles que proposent les règles rhétoriques et les codes de savoir-vivre. Bien que ces œuvres didactiques soient sans doute très fastidieuses pour nos lecteurs modernes, elles permettent aux gens peu cultivés de trouver une référence pour répondre à tous les événements et de

① Laurent Versini, *Le roman épistolaire*, Paris, Presses universitaires de France, 1998, p. 75.

former leur style d'écrire. Les deux « Secrétaires » les plus répandus sont ceux de Jean Puget de la Serre : *Le Secrétaire à la mode* parue en 1641 et *Le Secrétaire de la Cour, ou la manière d'écrire selon le temps* publié en 1646. À partir de ces modèles, le genre vole assez rapidement vers la forme d'échange épistolaire entre deux, ou plusieurs interlocuteurs. En 1721, les *Lettres persanes* de Montesquieu sont une véritable réussite. On cite aussi de nombreux romans du même genre à l'époque : *Lettres d'une Péruvienne*, *Clarisse Harlowe*, *la nouvelle Héloïse*, etc. Toutefois, on constate quand même des maladresses dans ces œuvres. Par exemple, dans *Clairisse Harlowe*, tout le début du roman est de pure narration. Ainsi les premières lettres ne sont qu'une suite de lettres de Clarisse à Miss Howe qui comprennent le récit d'événements écoulés. Or, le fait de raconter l'histoire du même personnage et d'envoyer les lettres au même correspondant rend ce roman plus comme une autobiographie déguisée que comme un véritable roman épistolaire.① Et même par la suite, quand d'autres correspondants interviennent, le roman conserve un aspect trop linéaire. Les mêmes constatations sont faites au sujet de la *nouvelle Héloïse*. Le lecteur remarque que la matière romanesque n'est pas étroitement liée à la forme épistolaire. Rousseau est à l'aise quand ses lettres sont sous l'état lyrique, mais il ne sait pas se servir de ces lettres comme facteurs dramatiques qui font avancer l'histoire. Remarquons la gaucherie avec laquelle Rousseau tente de rendre visible une progression ou un déroulement des intrigues en introduisant de courts billets dans une série de lettres longues. De ce fait, Rousseau fait les mêmes défauts que Richardson.

---

① Jean-Luc SEYLAZ, *Les liaisons dangereuses et la création romanesque chez Laclos*, Genève, Droz, 1998, p. 17.

Dans les œuvres de Crébillon fils et de Dorat, le lecteur trouve une application plus ingénieuse de l'écriture épistolaire. Dans *Les Malheurs de l'inconstance de Dorat*, l'accélération et la tension dramatique commencent à être étroitement liées avec des lettres qu'échangent Lady Sidley, comte de Mirbelle, Mme de Sircé, chevalier de Gérac, etc. Les lettres constituent ainsi les pivots de l'intrigue au lieu d'en être seulement les éléments narratifs.

Il faudra attendre *Les Liaisons dangereuses* pour que la forme épistolaire trouve son originalité. Le constat de Jean-Luc Seylaz souligne que le mérite le plus évident de ce roman épistolaire, c'est de donner une valeur dramatique à la composition des lettres. Autrement dit, Laclos fait des lettres l'étoffe même de l'intrigue. De ce fait, la progression dramatique est heureusement ménagée et assurée par ces lettres. Relevons d'abord que Laclos commence le roman par une lettre de Cécile à Sophie, très ingénue. Puis, par une lettre de Mme de Merteuil à Valmont qui propose une vengeance et une rouerie dont Cécile sera l'instrument et la victime. Ainsi, la progression dramatique démarre dès le début du roman. Ensuite, en moins de vingt pages, Laclos présente quasiment tous les personnages du livre : Cécile, Danceny, la présidente, Mme de Volanges, Mme de Rosemonde, et bien sûr, Vicomte de Valmont ainsi que Mme de Merteuil. Sur le plan de l'intrigue, la première partie voit progresser les deux intrigues, de Cécile avec Danceny et de Valmont avec Mme de Tourvel. La deuxième partie est en quelque sorte la partie la moins dramatique, car les progrès entre Valmont — Mme de Tourvel, et ceux de Danceny — Cécile semble assez lente. Toutefois, cette partie est animée par l'activité inlassable de Mme de Merteuil : c'est elle qui trahit Danceny et Cécile afin de précipiter le cours des événements, et c'est elle qui suggère à Mme de Volanges d'emmener

Cécile au château de Mme de Rosemonde. Dans la troisième partie, la progression dramatique reprend son essor. Valmont agit en même temps avec ses deux victimes Mme de Tourvel et Cécile : d'une part, Mme de Tourvel avoue pour la première fois qu'elle aime Valmont ; d'autre part, l'innocente Cécile se corrompt avec une rapidité effrayante. En plus, Danceny montre les premiers signes de son amour pour Mme de Merteuil. Dans la dernière partie, l'intensité dramatique atteint son comble : la passion de la présidente la conduit jusqu'à la mort ; la liaison entre Cécile et Valmont se termine ; l'aventure brève entre Mme de Merteuil et Danceny fait éclater la brouille entre Valmont et Mme de Merteuil. Le roman se termine dans une tragédie absolue : le duel Danceny -Valmont, la mort de Valmont et celle de Mme de Tourvel, le départ de Danceny pour Malte, l'entrée de Cécile au couvent, et enfin, la maladie, la défaite de Mme de Merteuil.

Par ailleurs, la création du couple Valmont -Merteuil aide aussi à progresser l'intrigue. Laclos sait situer ces deux héros que leur tempérament, leurs idées et leur passé poussent à agir et à exister à travers lettres qu'ils écrivent. Il faut noter que les rapports entre ces deux personnages sont très complexes. En apparence, ils sont complices des projets et de bons amis dans le roman. Pourtant, la complicité qui unit Mme de Merteuil et Valmont semble dès le début du roman comme risquée, leur amitié comme périlleuse. Il suffit pour le lecteur de lire les premières lettres qu'ils échangent. Elles sont écrites sur un ton de raillerie et de violence. En d'autres termes, leur complicité n'exclut pas susceptibilité, agressivité et défi. On trouve des ordres que Mme de Merteuil donne à Valmont, c'est une influence qu'elle veut sans doute exercer sur lui :

> « *Vous recevrez cette Lettre demain matin. J'exige que demain à sept heures du soir, vous soyez chez moi. Je ne recevrai personne qu'à huit, pas même le régnant Chevalier* [...] *À huit heures je vous rendrai votre liberté, et vous reviendrez à dix souper avec le bel objet ; car la mère de fille soupera chez moi. Adieu, il est midi passé : bientôt je ne m'occuperai plus de vous.* » ①

Pour autant, c'est un refus net que Valmont affronte sur le même ton :

> « *Vos ordres sont charmants ; votre façon de les donner est plus aimable encore ; vous feriez chérir le despotisme. Ce n'est pas la première fois, comme vous savez, que je regrette de ne plus être votre esclave ; et tout monstre que vous dites que je suis, je ne me rappelle jamais sans plaisir le temps où vous m'honoriez de noms plus doux.* » ②

Ces deux personnages sont les maîtres d'eux-mêmes, ils masquent leur agressivité sous la flatterie. Mais leurs premiers échanges épistolaires nourrissent leur conflit. Pour être plus précis, Mme de Merteuil demande au vicomte de Valmont de séduire Cécile. Valmont se vante de conquérir Mme de Tourvel. Il dénigre Cécile, l'autre dénigre Mme de Tourvel. Cette situation se poursuivra tout au long du roman. C'est la raison pour laquelle quand Valmont conquiert Mme de Tourvel avec succès, il attend vainement les félicitations de Mme de Merteuil.

En outre, le conflit entre ces deux personnages est sans doute dû à la

① *LD*, p. 35.
② *Ibid.*, p. 37.

jalousie. Rappelons que dès les premières lettres le lecteur ne peut s'empêcher de demander : Mme de Mertuil et Valmont vont renouer ? Nous trouvons le mot clé dans la lettre 169, de Danceny à Mme de Rosemonde, dans laquelle il fait allusion au « compte ouvert entre la Marquise de Merteuil et le vicomte de Valmont »①. Ce compte ouvert forme la préhistoire des *Liaisons dangereuses*②, ou les aventures des deux libertins avant qu'ils soient maîtres d'eux-mêmes et des autres. En réalité, étudier la relation et le lien entre Valmont et Mme de Merteuil constitue sans doute l'essentiel des *Liaisons dangereuses*. Cependant, faute de référence et de renseignements, il est assez difficile de comprendre la nature de l'association entre Valmont et Mme de Merteuil. En effet, ces deux personnages, toujours préoccupés par de nouveaux projets, n'évoquent quasiment pas leur passé et expliquent ainsi confusément les origines de leur relation. Pourtant, il reste quand même des indices qui insinuent leur liaison d'autrefois : « Adieu, comme autre fois... Oui, adieu, mon Ange ! Je t'envoie tous les baisers de l'amour ».③ Une semaine plus tard, c'est Mme de Merteuil qui évoque le passé : « Dans le temps où nous nous aimions, car je crois que c'était de l'amour, j'étais heureuse ; et vous, Vicomte ? ... »④ Néanmoins, quand le roman s'ouvre, ces deux protagonistes ne sont plus amants. Malgré cette condition défavorable, Valmont manifeste parfois sa volonté de renouer. Face à cette proposition, Mme de Merteuil y oppose fermement.

① *Ibid.*, p. 455.

② Michel Delon, *Choderlos de Laclos : Les liaisons dangereuses*, Paris, Presses universitaires de France, 1986, pp. 56-58.

③ *Ibid.*, p. 295.

④ *Ibid.*, p. 306.

Toutefois, elle ne ferme pas tout à fait la porte et pose des conditions : « Aussitôt que vous aurez eu votre belle dévote, que vous pourrez m'en fournir une preuve, venez et je suis à vous »①. De toute évidence, Mme de Merteuil a l'intention de mettre Valmont à l'épreuve, de stimuler son amour propre en s'offrant comme récompense et de le forcer à conquérir la présidente le plus vite possible. Tous ces détails excitent le plus vivement la curiosité du lecteur. Plus il connaît les héros, plus il est porté à se demander ce que pourrait bien être une liaison renouée entre ces deux personnages habiles et lucides. Pour autant, la scène d'amour entre Mme de Merteuil et Valmont n'est jamais apparue dans *Les Liaisons dangereuses*. Mais la jalousie amoureuse existe toujours et c'est un élément important de la tension dramatique, car c'est dans cette jalousie que s'inscrivent beaucoup d'intrigues et les épisodes en apparence secondaires. Dans la dernière partie, Valmont remporte la victoire tant attendue sur Mme de Tourvel. Cependant, cette victoire cède rapidement la première place au conflit entre Valmont et Mme de Merteuil. D'où vient ce conflit ? De la jalousie de la Marquise. Que Mme de Merteuil soit jalouse de Mme de Tourvel, cela est hors de doute, elle l'avoue elle-même dans la lettre 145. Elle sent que la présidente menace de lui ravir la première place qu'elle occupe dans le cœur de son ancien amant. Elle s'irrite d'être considérée comme une simple associée de plaisir par Valmont. C'est dans ce cas qu'elle songe alors à se venger et déclenche la guerre. D'un côté de Valmont, il a tout fait pour dissuader la Marquise de se nouer avec Prévan. Mais Mme de Merteuil aime jouer avec le feu et veut donner une leçon à Valmont. Elle profite de la jalousie de Valmont pour

① Michel Delon, *Choderlos de Laclos : Les liaisons dangereuses*, Paris, Presses universitaires de France, 1986, p. 69.

renforcer son influence sur lui.

Enfin, hormis la jalousie d'amour, il y a également la jalousie d'orgueil entre ces deux personnages : ces deux associés ne supportent pas de reconnaître la supériorité de l'autre. Et c'est la raison pour laquelle la guerre éclate entre eux et leur sort est clôturé tragiquement.

En ce qui concerne la structure de ce roman, on trouve beaucoup de symétries littéraires comme Jean-Luc Scylaz le constate. Tout d'abord, c'est celle de Cécile et de Mme de Tourvel. Dans la première partie, elles ont le même statut de défense : Mme de Tourvel demande au vicomte de s'éloigner, tandis que Cécile montre sa décision de rompre tout commerce avec Danceny. Pourtant, la présidente répond quand même aux lettres de Valmont, Cécile renoue très vite avec le chevalier. Dans la troisième partie, elles sont conquises toutes les deux par le vicomte : dans la lettre 90, Mme de Tourvel avoue pour la première fois qu'elle est sur le point de succomber ; tandis que le lecteur apprend comment Cécile est corrompue par Valmont dans la lettre 96. De toute évidence, c'est la défaite morale pour l'une et physique pour l'autre. Enfin, dans la dernière partie, nous trouvons la fausse-couche de Cécile et la mort de Mme de Tourvel : signe extrême de leur dégradation. Ici, on voit que ces deux séductions se développent en fonction d'un parallélisme frappant. Chez Cécile ainsi que chez Mme de Tourvel, le lecteur trouve le même refus d'écouter les conseils de la prudence et de la raison prodigués par Mme de Volanges et Sophie Carnay. Et elles ont en commun quelque chose d'essentiel : c'est d'être des victimes de Valmont. Pour la présidente, c'est la fatalité de la passion ; pour Cécile, c'est la fatalité de la sensualité. Même si ces deux personnages représentent deux visages tout à fait différents : celui d'une très jeune fille et celui d'une femme adulte ; celui d'une innocence naïve et celui d'une vertu avertie, elles succombent toutes les deux. Cela signifie que la vertu avertie ne résiste pas plus longuement que l'innocence naïve. De toute façon, les deux projets exposés dans les premières lettres : corrompre Cécile et conquérir Mme de Tourvel se développent de manière parallèle et se réalisent simultanément.

Nous pouvons relever aussi la symétrie dans la conduite de Cécile et Danceny. Dans la troisième partie, Cécile est devenue la maîtresse de Valmont, mais elle pense toujours au chevalier ; alors que Danceny est devenu l'amant de Mme de Merteuil sans cesser de penser à Cécile dans la dernière partie. On a l'impression que ces groupes qui se constituent, ces couples qui se font et se défont ressemblent au quadrille entre ces personnages. À ce propos, Jean-Luc Seylaz écrit :

> « *Le lecteur éprouve ainsi, devant les mouvements des personnages principaux du roman, un plaisir qui rappelle celui que donnent les évolutions de danseurs. Il y a le quadrille entre les deux couples Merteuil — Valmont, et Cécile — Danceny. Et il y a d'autres parts, le pas de deux de la Présidente et de Valmont : ils sont réunis au château de Mme de Rosemonde ; Valmont s'en va ; ils sont à nouveau réunis au château ; la Présidente s'enfuit ; Valmont la rejoint à Paris et devient enfin son amant.* » ①

De surcroît, le rythme des lettres dans *Les Liaisons dangereuses* joue également un rôle important. Toujours Selon Jean-Luc Seylaz, c'est grâce à

① Jean-Luc SEYLAZ, *Les liaisons dangereuses et la création romanesque chez Laclos*, Genève, Droz, 1998, p. 37.

ce rythme que Laclos pourrait écrire une conquête lente sans que le lecteur ne trouve qu'il y a des longueurs ou que le roman traîne. La succession rapide des lettres anime parfaitement le roman malgré le fait que les progrès des intrigues sont parfois lents. Si l'on regarde de plus près, on remarque que les quatre parties ont de longueur égale : chaque partie s'étend environ sur un mois. Et les dates au bas de chaque lettre donnent l'impression au lecteur que le roman se passe dans un temps réel. Ces dates font qu'il y a un rythme régulier dans ce roman, tandis que dans les romans comme *La Nouvelle Héloïse* se flotte dans une durée incertaine. La régularité se traduit aussi par la disposition des lettres. Sur les 175 lettres échangées, en tant qu'épistolier principal, le Vicomte de Valmont en écrit 51. Puis ce sont les trois femmes qui agissent autour de lui : Mme de Merteuil en rédige 28, Mme de Tourvel et Cécile, chacune, de 24. Ensuite, viennent par ordre Danceny, Mme de Volanges, Mme de Rosemonde. En revanche, il faut tenir compte des lettres reçues autant que des lettres rédigées. On remarque que certains personnages écoutent plus qu'ils parlent : Mme de Merteuil écrit 28 lettres, destinataires de 41 ; Mme de Rosemonde écrite 9 lettres, mais en reçoit 22. De plus, le roman est organisé en quatre parties selon une régularité frappante : la première partie compte 50 lettres, la seconde et la troisième en compte 37, la dernière en compte 51. Ce dénombrement confère la monopolisation au couple Valmont-Merteuil, mais l'auteur distribue aussi les lettres à d'autres personnages avec régularité. Une telle organisation dégage le parallélisme et le contraste en même temps. Laclos a su disposer les lettres pour faire ressortir l'esprit et l'image de soi de tous les personnages. Par exemple, le roman s'ouvre par une lettre de Cécile à Sophie Carnay, tout de suite suivie par une lettre de Mme de Merteuil à

Valmont. À travers ces deux lettres, le lecteur peut immédiatement saisir le contraste entre ces protagonistes : l'innocence puérile et le calcul froid de la vengeance. Ainsi, les deux thèmes fondamentaux du roman sont proposés au lecteur dès le début : innocence et perversité.

Enfin, on doit malgré tout considérer que *Les Liaisons dangereuses* disposent d'une variété des fonctions. C'est tout d'abord un roman informatif. Bien évidemment, la fonction la plus traditionnelle de la lettre, c'est celle d'informer. Dans la lettre 25, Valmont écrit à Mme de Merteuil : « Voici le bulletin d'hier », car le complice absent a besoin d'un rapport d'événements pour agir proprement. En outre, les lettres nous informent aussi la personnalité ou les images de soi des personnages. Par exemple, on découvre la duplicité de Mme de Merteuil par deux lettres. Sur un seul événement, elle donne deux réponses tout à fait différentes à Valmont et à Danceny :

> À Valmont : « *Ce n'est pas vous remettre à un temps éloigné, car je serai à Paris incessamment. Je ne peux pas vous dire positivement le jour ; mais vous ne doutez pas que, dès que je serai arrivée, vous n'en soyez le premier informé.* »①

La lettre suivante écrite à Danceny : « Enfin, je pars, mon jeune ami, et demain au soir, je serai de retour à Paris. Au milieu de tous les embarras qu'entraîne un déplacement, je ne recevrai personne. Cependant, si vous avez quelque confidence bien pressée à me faire, je veux bien vous excepter de la règle générale ; mais je n'excepterai que vous. »②

① *LD*, pp. 407-408.

② *Ibid.*, p. 408.

L'hypocrisie de Mme de Merteuil s'esquisse entre ces deux lettres. En réalité, l'hypocrisie est un caractère spécifique et en même temps un point commun chez les libertins. Il est nécessaire aux séducteurs de revêtir leur vicieux visage d'une apparence noble et vertueuse pour conquérir ou se tirer des embarras. Naturellement, ils ont recours à l'hypocrisie ou à la duplicité. Une sentence empruntée du latin résume joliment ce besoin et cette attitude libertine : « À l'intérieur comme il te plaît, à l'extérieur selon la coutume. ».①. Voilà pourquoi le Vicomte de Valmont a porté secours à une famille indigente au nez de Mme de Tourvel. C'est en fait une fausse scène de charité qui sert ostensiblement le stratagème de Valmont en vue d'entrer dans le cœur de Tourvel et de se racheter aux yeux de la société. Néanmoins, la conséquence est bien contraire : tout cet acte ne nous montre que plus nettement le véritable visage libertin de Valmont.

Au surplus, *Les Liaisons dangereuses* ont également une fonction d'analyse. Dans ce roman, le lecteur lit sans cesse des phrases comme « Qu'avez-vous donc voulu dire ? ». Cette question invite bien entendu une réponse et une analyse profonde. Le chef-d'œuvre de la lettre analytique est apparemment la lettre 81, dans laquelle Mme de Merteuil examine et analyse son parcours et sa conscience individuelle.

On parvient à la fonction la plus représentative dans le roman de Laclos, c'est la fonction de séduction. Dans les lettres de Richardson, par exemple, Lovelace raconte la séduction de Clarisse à son ami Belfrod, mais il ne séduit pas Clarisse par le biais des lettres. En revanche, les lettres de Laclos informent, mais aussi provoquent l'action de séduction par lettres. La

① Précepte latin : « *Intus ut libet, foris ut moris est.* »

lettre est donc chargée d'énergie, fait progresser l'intrigue et modifie les situations ainsi que les êtres.

Il importe aussi de constater que *Les Liaisons dangereuses* se sert de la focalisation interne multiple proposée par Genette. Le personnage du roman n'est pas seulement un narrateur intradiégétique, mais apparaît également dans l'œuvre comme un protagoniste. Dans la narration à la première personne, "je" n'est pas seulement le moi narratif, mais aussi le soi réel des personnages impliqués dans le récit. Ici, l'image de soi est présentée de manière plus riche et multidimensionnelle. De plus, Laclos cache au maximum ses propres pensées et voix, permettant aux personnages du roman de communiquer à cœur ouvert, d'exprimer leurs émotions et de montrer directement leur véritable espace spirituel.

De toute évidence, l'échange épistolaire est une action intime et tout à fait individuelle. En général, les lettres ne sont pas seulement un moyen important pour les gens de communiquer et de transmettre des informations, mais aussi un vecteur de leurs émotions et de leurs idées. À travers les échanges épistolaires, l'auteur de la missive transmet non seulement des signes textuels et formels, mais aussi un contenu spirituel et substantiel. En effet, l'échange épistolaire favorise l'intériorisation d'un individu, car quand on écrit une lettre, on exprime toujours ses sentiments et ses pensées les plus sincères par l'intermédiaire de cette façon intime d'écrire. Dans une certaine mesure, "les liaisons dangereuses" ne peuvent se montrer que par des lettres, car les personnages ne peuvent s'exprimer librement ou être soi que par cette façon sûre et intime. En tant que représentant classique des romans épistolaires, *Les liaisons dangereuses* a recours aux intrigues tortueuses, aux structures soigneusement disposées et aux précédés narratifs à la première personne, dans le but de transmettre l'esprit et les pensées de chaque personnage de plusieurs manières et de façonner ainsi une image de soi vivante.

Dans *Le Rouge et le Noir*, les échanges épistolaires ne foisonnent pas autant. Pourtant, il faut quand même remarquer que Mme de Rênal est l'auteur de plusieurs lettres cruciale qui font progresser l'intrigue : une fausse lettre pour tromper son mari, une lettre au marquis pour dénoncer Julien et enfin une lettre aux jurés du tribunal de Besançon afin de déculpabiliser Julien. Ces trois lettres font apparaître les méandres de sa pensée et son image de soi incarnée de manière différente selon la finalité de la lettre ainsi que les destinataires auxquels elle s'adresse.

Prenons sa dernière lettre comme exemple, cette lettre relève de son initiative de trouver le moyen de persuader les jurés sans se rendre physiquement au tribunal. La lettre commence par la première personne du singulier puis par la première personne du pluriel, cela signifie qu'elle parle au nom de toute sa famille pour élargir l'impact de son plaidoyer. Mme de Rênal essaie sans cesse de faire appel aux sentiments et à l'humanité des jurés, et leur fait même du chantage à la fin de la lettre :

> « *Si j'apprends, monsieur, que vous hésitez le moins du monde à soustraire à la barbarie des lois un être si peu coupable, je sortirai de mon lit où me retiennent uniquement les ordres de mon mari et j'irai me jeter à vos pieds.* » ①

De ses mots, Mme de Rênal relève non seulement sa décision ferme d'épargner Julien, mais également son émoi amoureux. Elle minimise sa

① *REN*, p. 570.

blessure et souffrance afin de minimiser la responsabilité de Julien. Elle lui décrit comme « pieux, sage, appliqué » et dit qu'il a une « parfaite connaissance de la Bible », dans l'intention de convaincre les jurés de bonnes qualités de Julien.

Par ailleurs, à travers ces trois lettres indiquées ci-dessus, on aperçoit le changement du monde intérieur de Mme de Rênal. Au début du récit, Mme de Rênal incarne l'épouse modèle. Elle paraissait une femme de trente ans, mais encore assez jolie. Telle est le premier portrait que fait le narrateur de la femme du maire. Très inexpérimentée sentimentalement, Mme de Rênal n'a aucune idée sur l'amour. Le temps qu'elle consacre à ses enfants lui évite de réaliser qu'elle s'ennuie auprès de son mari. Les hommes de Verrières sont sensibles à son charme. Dans son innocence, elle ne leur prête aucune attention et les considère comme des gens vulgaires uniquement préoccupés par de l'argent. L'arrivée de Julien lui change la vie. Cette mère de famille modèle va découvrir la vie et l'amour avec Julien. Dans ces premières paroles avec Julien, on voit un ton presque maternel : « Que voulez-vous ici, mon enfant ? »① Plus tard, peu à peu, « Elle trouvait l'air timide d'une jeune fille à ce fatal précepteur[...] Bientôt elle se mit à rire, avec toute la gaieté d'une jeune fille, elle se moquait d'elle-même, et ne pouvait se figurer tout son bonheur »②. Frappés par la beauté de l'un et de l'autre, Mme de Rênal et Julien vivent un instant de bonheur et d'admiration dont Stendhal fait dans *De l'amour*, le premier symptôme de la naissance de l'amour. En réalité, si Julien par orgueil et par haine, ne semble d'abord pas enclin à aimer Mme de Rênal, elle est déjà plus avancée dans son

① *REN*, p. 41.
② *Ibid.*, p. 42.

cheminement vers l'amour. L'affaire du mariage manqué entre Élisa et Julien l'amène enfin à se poser la question : « Aurais-je de l'amour pour Julien ? »① La réponse à cette découverte révèle en elle une indifférence morale et une absence de remords. La naïveté de l'héroïne peu à peu fera place à la folie et à la rouerie. En effet, Mme de Rênal apprend les bonnes manières à Julien, celui-ci lui enseigne l'art de la duplicité. Au fil des pages, le personnage de Mme de Rênal s'étoffe et acquiert une personnalité plus complexe. Des sentiments contradictoires l'animent : elle entre dans l'alternance de moments de bonheur et de souffrance.

Après le départ du jeune homme, Mme de Rênal se perd dans la religion et cherche à se repentir. En fait, le vrai rival de Julien dans le cœur de Mme de Rênal n'est pas M. de Rênal, mais Dieu. Lorsque Julien est près d'elle, Mme de Rênal fait le choix de préférer son amant contre son mari, contre les lois humaines et contre la colère d'un Dieu jaloux. Elle préfère même son amant à son enfant : « Alors ce ne serait pas un horrible péché de t'aimer mieux que ton fils »②. Pourtant, quand Julien part pour le séminaire de Besançon, Mme de Rênal torturée par la douleur de son absence, retombe sous la loi divine. Elle commence à avouer ses égarements auprès de l'abbé Chélan, et revient à ses devoirs de mère et d'épouse. Lors du bref retour de Julien à Verrières, Mme de Rênal replonge dans son amour-passion. Cependant, la nouvelle absence de Julien à Paris laisse de nouveau Mme de Rênal en proie à ses remords, à la peur du Dieu. Cette rechute lui dicte la lettre adressée au marquis de La Mole, la lettre commence par ces mots :

① *Ibid.*, p. 61.
② *REN*, p. 181.

> « *Ce que je dois à la cause sacrée de la religion et de la morale m'oblige, Monsieur, à la démarche pénible que je viens accomplir auprès de vous ; une règle, qui ne peut faillir, m'ordonne de nuire en ce moment à mon prochain, mais afin d'éviter un plus grand scandale. La douleur que j'éprouve doit être surmontée par le sentiment du devoir.* » ①

Au fond, cette lettre de dénonciation digne d'une femme amoureuse qui veut se venger de son amant absent et infidèle cause la perte de Julien et sa propre perte. Elle meurt enfin comme une vraie héroïne romantique.

De ces trois lettres, on retrace les événements passés dans la vie de Mme de Rênal. Elle passe de l'épouse soumise à la maîtresse prête à tout sacrifier pour son amoureux, y compris ses enfants, sa religion et même sa vie. Son image de soi change et évolue sans cesse avec ces lettres. Naïve, innocente, inexpérimentée, fidèle au début, et passionnée, désespérée, frénétique à la fin. Ces lettres écrites par Mme de Rênal forment une sorte de miroir qui reflète les pensées, les méandres de ses sentiments, et enfin la vraie image de soi de ce personnage. Cette image peut paraître perplexe et complexe : la lettre de dénonciation montre non seulement la haine et les remords de Mme de Rênal, mais également son amour le plus profond à l'égard de Julien.

Notre immoraliste attache aussi une importance considérable à l'approche épistolaire qui dépasse parfois le mode de communication en vue d'effectuer une fonction dans la narration. Nul doute que l'œuvre gidienne

---

① *REN*, p. 538.

n'entre pas dans la catégorie épistolaire, comme *Les Liaisons dangereuses* dont tout le roman est confié à l'échange épistolaire. Pourtant, l'œuvre de Gide emploie souvent le procédé épistolaire en utilisant la technique de correspondance dans la plupart de ses romans afin d'introduire dans chaque personnage une vibration et de démontrer ainsi les images de soi de ces personnages.①

Dans *Isabelle*, Gérard trouve une ancienne lettre d'amour adressée évidemment à l'amant d'Isabelle. Tout s'organise quasiment autour de la découverte de cette lettre : il s'agit du fil des événements ou de la vraie image de soi de cette femme mystérieuse. Pour être plus précis, cette lettre joue un rôle incontournable à propos de l'action du roman, car elle démystifie le secret sur Isabelle et ses rapports avec la famille. En plus, cette lettre contribue à entrevoir la liaison entre Isabelle et son amant. Si Isabelle vise son amant comme destinataire, nous nous demandons pourquoi elle n'a jamais essayé de vérifier si son amant a reçu la lettre ou pas. Cela marque une certaine ambiguïté de la personne à qui s'adresse Isabelle. De toute évidence, l'intrusion de Gérard est présentée comme un destinataire intrus, car la destintaire d'origine est l'amant chimérique d'Isabelle. Cela signifie qu'Isabelle s'adresse à des destinataires de différents degrés. Au premier degré, cette lettre est à l'intention de son amant, mais c'est le destinataire secondaire qui a la lettre. Tous ces détails montrent des rapports entrelacés entre les personnages. Ici, la lettre dispose d'un rôle déclencheur, car la lecture de la lettre conduit Gérard et le lecteur dans le passé, à la source

① Mahmod AHMED MAHMOD, *Le rapport à l'autre dans l' œuvre romanesque d'André Gide*, thèse de doctorat sous la direction de Michel P. SCHMITT, Université Lumière Lyon 2, 2013, pp. 229-327.

originelle qui occasionne tout le récit. C'est l'époque où Gérard n'est pas encore arrivé au château. Ainsi, en tant que destinataire secondaire dans ce cas précis, Gérard joue un rôle de révélateur qui découvre le passé et les secrets intimes d'Isabelle par l'intermédiaire de cette lettre et permet au lecteur de dévoiler l'intériorité et mieux connaître l'image de soi de ce personnage dans tous les compartiments de son être.

L'échange épistolaire porte une autre particularité dans *La Porte étroite*. Dans le dialogue épistolaire entre Alissa et Jérôme, l'univers intime réservé à ces deux personnages est saccagé par une troisième personne à cause de la maladresse de Jérôme, puisque ce dernier confie la lettre à un lecteur extérieur, son ami Abel, pour solliciter son assistance :

> « *Quelle défiante perspicacité l'avait donc mise en garde ? Avait-elle surpris naguère dans mes paroles quelque reflet des conseils de mon ami ? [...] Je me sentais bien distant de lui désormais ! Nous suivions deux voies divergentes ; et cette recommandation était bien superflue pour m'apprendre à porter seul le tourmentant fardeau de mon chagrin.* » ①

De ces mots, le constat est fait que Jérôme, en tant qu'épistolier, ne garde ni l'indépendance ni la circonspection. En réalité, avant leur échange épistolaire, la relation permet déjà l'intervention des autres. La sœur d'Alissa, Juliette, joue le rôle de la messagère dans cette relation :

---

① *PE*, p. 115.

*« Entre sa sœur et moi, Juliette se faisait messagère ; je lui racontais interminablement notre amour et elle ne semblait pas se lasser de m'entendre. Je luis disais ce que je n'osais dire à Alissa devant qui, par excès d'amour, je devenais craintif et contraint.* »①

Ce personnage de Jérôme n'a jamais réussi à s'adresser directement à Alissa. Il a toujours besoin d'un troisième personnage dans son contact avec Alissa, que ce soit l'échange épistolaire ou son dialogue ambivalent avec Juliette. Si le rapport entre ces deux personnages est toujours marqué par l'intervention des autres, c'est parce que Jérôme se présente, dès le début, comme un personnage timide, irrésolu, incapable d'assumer tout seul son amour et même sa vie. Ces particularités sont portées à la connaissance d'une image de soi unique du personnage de Jérôme et contribuent à une nouvelle appropriation de son moi.

Par ailleurs, la connaissance de soi ne repose pas sur une pratique qui consisite à confirmer toute annihilation des autres. Dans ce cas précis, l'image de soi de Jérôme ne peut être montrée que par l'intrusion d'un autre, son ami Abel. Cela est corroboré par le fait que le regard et la participation des autres sont indispensables à la construction de soi et que l'individu ne peut mener sa vie que dans les rapports qui'il conserve avec autrui. Un point de vue que semble partager Gide qui pense : « Ce que l'on appelle : se recueillir, m'est une contrainte impossible ; je ne comprends plus le mot : solitude ; être seul en moi, c'est n'être plus personne ; je suis peuplé. »②

Somme toute, l'importance du genre épistolaire dans le roman ne se

① *PE*, p. 39.

② André Gide, *Les Nourritures terrestres*, Paris, Gallimard, 1942, p. 171.

limite pas uniquement à la fonction narrative, qu'il s'agisse du libertin, de l'arriviste ou de l'immoraliste, ces trois figures ont souvent recours au procédé épistolaire pour démontrer les images de soi. Les libertins font preuve d'esprit brillant pour souligner la différence de tempérament et de sensibilité à travers les lettres : en apparence, les libertins se comportent conformément à son statut social, cependant, dans les sphères privées dont les lettres, ils se rivalisent et trament des complots contre les autres. Un dualisme de personnalité s'avère en ce sens ; le plan idéal de l'arriviste est déjoué justement par une lettre, pourtant cette lettre permet à l'arriviste de découvrir sa vraie ambition et son amour ultime. De là, le lecteur a ainsi accès au monde intérieur de cette figure et saisit son image de soi à des fins de cohérence ; enfin, dans le cas de l'immoraliste, les lettres jouent un rôle de révélateur et d'informateur destiné à dévoiler un personnage dans toute la vérité au milieu d'un roman. L'anaylse peut aussi penser que la connaissance de soi est en interaction permanante avec autrui.

## 4.3 Le journal intime

Que ce soient Laclos ou Stendhal, ils ne font pas couler d'encre au sujet du journal intime. Pour autant, ce procédé littéraire se présente à maintes reprises au sein de œuvres romanesques gidiennes qui lui attache une grande importance, et Gide est lui-même un diariste infatigable. Étant un ensemble de notes datées qui est souvent présenté comme une sorte de découverte intérieure où le diariste raconte ce qu'il voit et ressent tous les jours, le journal intime est ainsi une forme de l'écriture de soi et la personne qui tient un journal est l'objet initial de ses écrits. Pour lui, le journal intime est un lieu de refuge où il peut s'y confier et y démontrer spontanément sa vraie image de soi.

En effet, de 1896 à 1949, Gide est un diariste assidu. *Le Journal* de Gide recouvre soixante années de sa vie de l'auteur et se présente comme un cahier qui note tous ses quotidiens et les événements banals dans sa vie : bon nombre de cigarettes fumées, insomnie, maladie, rencontres diverses, lecture constante, etc. Cependant, les secrets sont passés sous le silence : nulle allusion à ses penchants sexuels ou à ses relations avec sa femme Madeleine. En fait, ces secrets se situent non dans *Le Journal*, mais dans les récits autobiographiques comme *Si le grain ne meurt*, *Et nunc manet in te*, etc.

Le journal intime est une étape importante vers la voie de l'introspection littéraire, puisqu'il s'affirme avant tout comme l'univers des sentiments et des expériences personnelles. C'est pour cette raison que l'intimité est présentée comme la caractéristique principale de ce genre littéraire. Jean Rousset partage cet avis en écrivant ceci : « Le journal se veut intime, strictement confidentiel ; il ne peut qu'opposer son refus à toute intrusion du dehors. »① Cet énoncé nous pousse à nous arrêter un instant sur la notion de l'intimité qui signifie n'appartenir qu'à moi, qu'au sujet qui parle. En fait, l'intimité dans *Le Journal* suggère le moi dans une sorte de banalité. À ce propos, Gide écrit : « une loi banale et applicable indifféremment à tout être, ce que nous nous flattions peut-être d'être seuls à connaître »②. Si l'on regarde de plus près, dans *Le Journal* de Gide, l'intimité se manifeste souvent sous la forme des faits quotidiens et insignifiants qui construisent,

① Jean Rousset, *Le lecteur intime*, Paris, José Corti, 1989, p. 143.

② André Gide, *Le journal tome* 2, Paris, Gallimard, 1997, pp. 610-611.

dans l'ensemble, une image de soi complète de Gide (soit le personnage principal du *Journal*) : ses habitudes, ses humeurs, sa maladie, ses bonheurs et ses déboires.

Inutile de dire que la cigarette est un objet crucial pour Gide. Il suffit de regarder certaines photos de Gide : une cigarette à la main ou près des lèvres pour comprendre la valeur particulière de cet objet pour l'auteur. Dans *Le Journal*, on lit bien d'extraits concernant la cigarette : « Retour à Paris, hier midi. Mieux sensible, encore que la gorge reste irritée. Je devrais ne plus fumer. Et, en écrivant ces mots, je rallume une cigarette. »① Le 21 juillet de cette même année : « Langueur. Torpeur. Je fume trop. »②; ou plus tôt, après une soirée passée ave Roger Martin du Gard, Gide écrit : « Peut-être l'abus du talc y est-il pour beaucoup, car hier soir, dînant chez M. du G. et passant avec lui la soirée, je me suis laissé aller de nouveau à trop fumer. »③ De ces extraits, Gide est aux prises avec lui-même et se situe dans un cadre entre la passion et la faiblesse. D'une part, c'est une personne qui se passionne pour fumer ; d'autre part, c'est un homme sans consistance : même si Gide sait bien que la cigarette est néfaste pour la santé (âcreté de la gorge, sentiment illusoire, etc. ), il ne peut résister à la tentation de refumer maintes et maintes fois. En outre, cet objet anodin semble rythmer à sa manière *Le Journal*④: la cigarette revient d'une façon irrégulière, mais à une cadence assez soutenue. Pour être plus précis, après avoir cru que

① André Gide, *Le journal tome* 2, Paris,Gallimard, 1997, p. 187.

② André Gide, *Le journal tome* 2, Paris,Gallimard, 1997, p. 216.

③ André Gide, *Le journal tome* 1, Paris, Gallimard, 1996, p. 1125.

④ Éric Marty, *L'écriture du jour : Le journal d'André Gide*, Paris, Éditions du Seuil, pp. 162-164.

l'auteur arrête de fumer, le lecteur voit tout d'un coup, vingt pages plus tard qu'il recommence à fumer. C'est comme un cercle qui fonctionne tout au long du *Journal*. De ce fait, une cohabitation existe quasiment entre la cigarette et le corps de Gide. Si l'on résume le mélange des réactions de Gide à l'égard de Gide, ce serait répulsion, répulsion mêlée de désir, volonté de cesser de fumer. Ici, la cigarette n'est pas considérée comme un objet anodin, mais la cigarette que Gide fume à sa propre manière, car dans *Le Journal*, la cigarette est une source de sensation, de caprice et d'aspiration. Autrement dit, la cigarette devient un objet propre à Gide, autour duquel se compose d'une image de sa personne.

L'insomnie est aussi un sujet récurrent dans *Le Journal*. Prenons un exemple :

> « *Après plusieurs nuits blanches, je me décide à user de ce nouveau soporifique que Denoël m'avait envoyé de Rabat, l'hypalène qui, du reste, n'a commencé à agir que très tard, après un long temps d'angoisse fort pénible. Privé de sommeil, je ne vaux plus rien. Les rouages de ma cervelle s'encrassent ; les ressorts de ma volonté se détendent.* » ①

Ici, l'insomnie représente des moments privilégiés de l'intimité qui implique une rupture avec le monde extérieur②. Pendant cette coupure avec le monde, Gide réalise une sorte de contemplation de soi-même. Il voit plus

① André Gide, *Le journal tome 2*, *op. cit.*, p. 981.

② Éric Marty, *L'écriture du jour : Le journal d'André Gide*, Paris, Éditions du Seuil, pp. 165-168.

clairement, à ces moments, ses angoisses, sa faiblesse et ses limites. Somme toute, l'insomnie est un sujet hors du corps et donc permet une proximité plus intime avec le corps et l'esprit de Gide. Par ailleurs, l'insomnie montre une autre caractéristique de Gide — son incohérence, car Gide décrit toutes les méthodes différentes dont il utilise pour combattre l'insomnie sans prendre en considération des résultats de ces méthodes :

> « *Insomnie. Je lutte de mon mieux ; me force à "faire de l'exercice" ; à marcher ; à prendre un tub froid au retour d'une "course hygiénique"... Rien n'y fait ; chaque nuit est un peu plus mauvaise que la précédente et me fait perdre un brin de plus du bel acquis de cet été. Je suis semblable au clown du cirque qui dépouille un à un tous ses gilets ; et j'admire du même coup la provision que j'avais faite.* »①

L'auteur avoue lui-même l'absurdité de ses gestes : « Je suis semblable au clown du cirque », et ainsi son image irrationnelle de soi. Si l'insomnie n'est pas encore une maladie, Gide décrit souvent sa vraie maladie dans *Le Journal*②. En réalité, selon Gide, à l'intérieur de l'intimité, il existe une hiérarchie, par exemple, le nombre de cigarettes fumées ou l'insomnie n'est pas aussi intime que la maladie ou les pratiques sexuelles. Dans *Le Journal*, le lecteur peut lire que Gide observe ses propres urines et son plaisir de la précision au sujet de la diarrhée coloniale : « Au lie depuis vendredi soir.

---

① André Gide, *Le journal tome* 1, *op. cit.*, p. 1146.

② Éric Marty, *L'écriture du jour : Le journal d'André Gide*, Paris, Éditions du Seuil, pp. 168-171.

Une sorte de diarrhée coloniale, c'est-à-dire sanglante. » ① De toute évidence, entre ces extrêmes de l'intimité, le corps est objet d'observation et d'analyses répétitives. En ce qui concerne la maladie, la description sur les démangeaisons qui accablent Gide en est un exemple illustrant :

> « *Les démangeaisons dont je souffre depuis des mois (ou, mais avec interruptions, depuis des ans) deviennent ces derniers temps intolérables, et, depuis quelques nuits, m'empêchent à peu près complètement de dormir.* » ②

D'après Gide, les démangeaisons sont une maladie peu "élégante", donc peu avouable de sorte que c'est une de ces maladies qui restent escamotées et camouflées. S'il faut définir la nature de cette maladie, ce serait sans doute une maladie à la fois intérieure et extérieure. On dit "intérieur", parce que cette maladie demeure secrète et mystérieuse ; tandis qu'"extérieur" signifie que c'est quand même la peau que l'on gratte. Dans ce contexte, décrire la maladie c'est non seulement peindre une intimité, mais également une tentative de trouver une formule pour bien définir une réalité complexe et ineffable en même temps. Ainsi, dans l'intégralité du *Journal*, on voit des descriptions détaillées sur le corps, la tentative d'en tirer des leçons, et des formules quasi médicales sur lui-même. Il va sans dire que derrière tout cela, l'auteur cherche à se soustraire au regard d'autrui et se trouve détaché des craintes et de la honte. En cela, il faut d'abord une contemplation de soi, puis une connaissance approfondie de soi, et enfin la capacité de réaliser la mise à nu de la vraie image de soi devant le lecteur.

---

① André Gide, *Le journal tome* 2, *op. cit.*, p. 159.
② André Gide, *Le journal tome* 2, *op. cit.*, p. 264.

Au-delà du contenu du *Journal*, il serait aussi intéressant de jeter un coup d'œil sur la façon gidienne d'écrire le journal. En réalité, Gide écrit *Le Journal* d'une manière assez libre, à point qu'on a l'impression qu'il écrit son journal à volonté au sens propre du mot. Pour comprendre cette façon d'écrire, il vaut mieux savoir son but d'écrire *Le Journal*. Contrairement à ce qu'on aurait pu croire, Gide n'écrit pas son journal pour publier. Dans ses débuts, *Le Journal* semble avoir un but tout à fait simple et clair : noter les choses pour que l'auteur puisse, dans le futur, garder un souvenir. À cc propos, Gide avoue dans *Les cahiers et les poésies d'André Walter* :

> « *J'ai peur d'oublier. J'aimerais qu'au-delà des temps, le souvenir de mon bonheur demeure.* [...] *Et sur ces papiers je veux accrocher, comme on garde des fleurs séchées dont le parfum effacé vous rappelle, je veux accrocher les souvenirs de ma jeunesse fuyante, afin que plus tard je me souvienne.* » ①

C'est la raison pour laquelle Gide écrit tous les détails quotidiens dans *Le Journal* afin de renouveler sans cesse ses souvenirs. Ce qui l'intéresse le plus, ce sont les choses menues et insignifiantes passées dans la vie. On lit ceci dans *Le Journal* : « Ce qui doit figurer ici, c'est précisément le trop menu pour n'avoir été retenu par le crible d'aucune œuvre. » ② Selon Anton Alblas, le fait que Gide attache une grande importance aux détails menus démontre son acceptation de la logique du fragment, car les détails ne peuvent être saisis que par de petits fragments. Même si certains critiques

---

① André Gide, *Les cahiers et les poésies d'André Walter*, Paris, Gallimard, 1986, p. 125.

② André Gide, *Le journal, tome* 2, *op. cit.*, p. 141.

refusent de qualifier journal d'œuvre littéraire justement en raison de sa nature fragmentaire, Gide affirme toujours que les bribes de mot possèdent également sa propre valeur. Il est vrai qu'on ne peut voir grand-chose par un seul fragment, mais le sens peut se dégager par une accumulation de fragments. De prime abord, au niveau du fragment, *Le Journal* semble incomplet et sans intérêt. Pourtant par l'accumulation de fragments, quelque chose de plus significatif peut apparaître à nos yeux. À ce propos, Gide écrit : « Même les feuillets conservés ne vaudront que complètement refondus, complètement *disparus* dans l'ensemble. »① Cet extrait signifie que l'accumulation ou l'ensemble des fragments forme un sens et révèle une vraie valeur.

Afin de saisir à temps les fragments, il fallait une façon libre pour que Gide puisse noter à tous les moments les détails de sa vie. En vue de réaliser ce projet d'écrire, Gide actualise même son outil matériel : il prend dorénavant des cahiers portables au lieu de grands cahiers encombrants. Ce changement facilite la pratique de son projet, et il peut écrire ainsi à son aise②. Il évoque ce changement matériel dans *Le Journal* :

> « *J'ai pris ce carnet tout petit, pour pouvoir le mettre en poche.*

---

① André Gide, *Le journal, tome* 1, *op. cit.*, p. 936.

② En réalité, c'est bien littéralement « partout » où Gide écrit son journal. Anton Alblas a fait le recensement : si l'on regarde de plus près du mercredi 10 mai au dimanche 4 juin, Gide écrit dans les lieux suivants : mercredi 10, dans le jardin du Luxembourg ; jeudi 11, couché au lit ; le jeudi 11 dans le même jour, dans un train ; mardi 16, sur un banc d'un musée ; mercredi 31, chez le notaire ; dimanche 4, à nouveau dans le train. Selon tous ces exemples, on voit clairement que Gide sort son cahier n'importe où et commence à écrire quelques lignes, au lieu de s'asseoir au bureau jusqu'à la fin de la journée, afin de bien ranger ses pensées et de composer des phrases bien écrites.

*J'aime l'avoir sur moi, m'occuper avec lui n'importe où, aussi subitement que je fais aujourd'hui en attendant mon tout chez le coiffeur.* » ①

Ainsi, on pourrait bien imaginer la condition et l'état bien libre lorsque Gide tient son journal dans le parc. En somme, le lieu d'une certaine banalité et la façon d'écrire « au hasard » montrent bien une façon propre à Gide de faire évoluer sa pratique du *Journal*. C'est, bien évidemment, aussi une façon particulière de révéler son image de soi. Pour être plus précis, Gide montre à son gré, sans prendre en considération du regard des autres, ses détails de la vie. Cela constitue ainsi une image de soi totalement authentique et naturelle, car le journal n'est pas achronique, il note selon des circonstances, les fragments de vie ordinaires. Son journal, évite, dans ce contexte, les problèmes qui menacent le récit autobiographique : la confusion et les faillies de la mémoire, puisque le journal contient en même temps ce qui vient d'être fait et ce qu'il reste à faire. Le journal crée ainsi un lien entre l'expression de soi et de temps. À cet égard, le diariste pourrait mettre en exergue l'essence et l'existence de l'être façonnées par cette façon d'écrire de manière efficace et fiable.

En dehors du *Journal* écrit par Gide, les personnages fictifs sous la plume de Gide tiennent également le journal. Dans le journal de ses personnages, force nous est de constater que le "je" dans le journal peut aussi parler des autres, autrement dit, le diariste peut s'adresser à autrui. Ainsi, le journal intime n'est pas toujours enfermé dans l'intimité du je. À

① André Gide, *Le journal tome* 2, *op. cit.*, p. 443.

nouveau, d'un point de vue épistémologique, il importe de noter que les individus ne peuvent se reconnaître par eux-mêmes, et ils ne peuvent se passer de la participation des autres. Ce n'est pas seulement dû au fait que le moi a besoin d'être reconnu par les autres dans les relations sociales, mais aussi à cause des limites de la vision d'un seul individu. Béatrice Didier aborde le même sujet dans son livre :

> « *Le journal qui pourrait sembler le refuge de l'individu et le lieu privilégié du secret est en fait, un genre fort ouvert à la présence d'autrui. L'autre est d'abord le sujet de beaucoup de pages. Car, si le diariste a tendance à s'analyser lui-même, très vite cette analyse devient celle de ses rapports avec autrui.* » ①

Comme on l'a évoqué plus haut, certains personnages de Gide tiennent un journal pour parler de soi et d'autrui.② À un certain degré, la technique du journal intime dans un roman peut être à la fois une expression de soi et une sorte d'appel à autrui. Par exemple, *La porte étroite* est composée de la narration à la première personne de Jérôme et du journal d'Alissa qui complètent l'un à l'autre : le journal d'Alissa sert à compléter ce qui manque dans la narration de Jérôme. Le journal d'Alissa ne se borne pas ainsi à décrire sa propre image de soi. Bien au contraire, Alissa s'intéresse beaucoup

---

① Béatrice Didier, *Le journal intime*, Paris, Presses universitaires de France, 2002, p. 24.

② Mahmod AHMED MAHMOD, *Le rapport à l'autre dans l' œuvre romanesque d'André Gide*, thèse de doctorat sous la direction de Michel P. SCHMITT, Université Lumière Lyon 2, 2013, pp. 241-249.

aux autres : Dieu et Jérôme sont les deux sujets auxquelles elle s'adresse le plus. Si l'on regarde de plus près, Alissa commence à écrire son journal lors de son premier voyage à Aigues-Vives où elle sent très seule :

> « *Avant-hier, départ du Havre ; hier, arrivée à Nîmes ; mon premier voyage ! N'ayant aucun souci du ménage ni de la cuisine, dans le léger désœuvrement qui s'ensuit, ce* 23 *mai* 188, *jour anniversaire de mes vingt-cinq ans, je commence un journal — sans grand amusement, un peu pour me tenir compagnie ; car pour la première fois de ma vie peut-être, je me sens seule — sur une terre différente, étrangère presque, et avec qui je n'ai pas encore lié connaissance.* » ①

De cet extrait du journal, on constate que le journal intime est souvent motivé par la grande solitude du diariste. En d'autres termes, quand le diariste souffre d'une grande solitude, il a recours au journal et essaie de trouver une issue dans son écriture. À ce propos, Alain Girard écrit : « Un journal intime ne peut exister que dans la solitude. Il exprime la solitude de son auteur. Solitude définitive, qui dure toute la vie, ou solitude momentanée. » ② En outre, dans son journal, Alissa fait une grande place à ses sensations. Pour Alissa, le journal sert de refuge dans lequel elle peut exprimer librement sa solitude et d'autres émotions. Elle recourt à son journal pour exprimer son inquiétude provoquée par l'absence de son être aimé

① *PE*, p. 153.

② Alain Girard, *Le jounal intime*, Paris, Presses universitaires de France, 1986, p. 485.

*Jérôme* : « *Je ne puis confier qu'à ce cahier mon inquiétude.* » ① Il en résulte que le journal se donne un appareil qui met l'individu sous le nez la nature propre des émotions en profusion et constitue une structure féconde pour la contemplation de soi. Par ailleurs, l'aveu dans le journal intime d'Alissa est parfois assimilé à un monologue adressé à l'autre absent :

> « *Jérôme ! Mon ami, toi que j'appelle encore mon frère, mais que j'aime infiniment plus qu'un frère... Combien de fois ai-je crié ton nom dans la hêtraie ! ... Sortant chaque soir, vers la tombée du jour, par la petite porte du potager, je descends l'avenue déjà sombre... Tu me réponds soudain, tu m'apparaîtrais là, derrière le talus pierreux qu'avait hâte de contourner ma joie. Même Robert, si distrait d'ordinaire et si indifférent à moi, l'a remarquée. Ses questions m'ont troublée et je n'ai su quoi lui répondre. Comment vais-je attendre à ce soir ? ...* » ②

De ce monologue, Alissa confie son secret pour démontrer le plus vrai de soi et s'adresse en même temps à un autre personnage Jérôme. Comme on vient d'évoquer plus haut, l'existence de soi ne peut nier toute cohabitation avec les autres. Selon Éric Marty, autrui n'est pas, dans le journal de tout genre, un élément négatif de soi, mais ils se lient étroitement l'un à l'autre. Le personnage pourrait ainsi fait ressortir l'image de soi par l'intermédiaire d'autrui. En tant qu'individu unique, Alissa ne peut accomplir la tâche de connaître le

① *PE*, p. 154.
② *PE*, p. 168.

moi complet, il ne peut que rechercher le « regard » de l'autre pour percevoir et façonner le reflet de sa personne. Cependant, il faut faire attention que l'image de soi devant autrui risque d'être un peu différente. Toute une analyse avante des chercheurs montre que dans la confrontation avec les autres, naît parfois une image qui échappe à l'intention du sujet. En d'autres termes, face à autrui, il y a toujours une différence entre l'intentionnalité de mon image de soi et celle que le destinataire fonde de moi-même, ce qui rend l'image de soi encore plus complexe et multidimensionnelle.

Tenir un journal n'est pas un simple fait littéraire qui se positionne entre le présent de l'événement et celui de l'écriture, mais un geste revêtant des implications de grande portée. En écrivant le journal intime, le diariste offre l'occasion d'un questionnement et d'une méditation dont l'enjeu est une meilleure connaissance de soi même de l'autre. Dans un sens plus large, le journalier saisit le temps ainsi que la réalité présente dans la quotidienneté et constate la vivalité du monde à travers cette pratique régulière. Le diariste énonce de là en son propre nom, des idées et des propositions qu'il juge fondamentales et cruciales dans le monde. La nature intimiste et universelle de ce genre littéraire va jusqu'à conférer la possibilité de garder des traces d'individuel et de mettre à jour les particularités frappantes de son être.

## 4.4 La fiction à la première personne

La fiction à la première personne est un procédé littéraire propre à l'immoraliste. Gide écrit souvent des œuvres dont le narrateur dit habituellement "je", en fait ce ne sont pas des œuvres autobiographiques, mais des fictions ou des récits à la première personne. Il est universellement reconnu que *L'immoraliste*, *La porte étroite*, *Isabelle* et *La symphonie pastorale entrent dans cette catégorie littéraire. Parfois, on considère même ces œuvres comme autofiction. Afin de mieux comprendre son lien avec l'image de soi, il vaut mieux comprendre la notion de la ficiton à la première personne.*

Dans un premier temps, qu'est-ce qu' exactement une fiction ? En effet, on pourrait rapidement décrire la fiction comme une création à laquelle rien ne correspond à la réalité. Autrement dit, la fiction recouvre l'ensemble de la littérature qui s'oppose aux textes dits véridiques. Mais quand le narrateur utilise "je", la fiction se transforme tout de suite en écrit intime. À ce moment-là, la frontière entre la fiction et la réalité commence à devenir floue. C'est comme les récits autobiographiques ne sont pas tout le temps réel, mais partiellement fictif, tendant parfois vers un mythe personnel. Car l'autobiographie ou le mémoire sont aussi des créations littéraires dont rien ne prouve qu'elles renvoient toujours à la réalité. De même, la fiction à la première personne contient forcément une partie réelle. On peut ainsi émettre l'hypothèse que l'emploi du je crée un espace transitionnel entre la fiction et la réalité où tout ce qui se passe est aussi imaginaire que réel.

Au début, ce sont les auteurs de romans fantastiques qui saisissent l'intérêt de la première personne. Tzvetan Todorov constate bien ce phénomène et pense que l'emploi du je dans les histoires fantastiques est efficace pour assurer « l'identification du lecteur au personnage, puisque comme on sait, le pronom "je" appartient à tous »①. C'est ainsi qu'Aurélia de Gérard de Nerval en est en bon exemple pour illustrer notre constat, car

① Tztetan Todorov, *Introduction à la littérature fantastique*, Paris, Seuil, 1976, p. 87.

c'est une histoire fantastique narrée à la première personne qui se plonge tantôt dans la réalité, tantôt dans le songe. Aurélia est une forme féminine qui perturbe le cœur et la raison du protagoniste sans nom dans le livre. Obsédé par la seule idée de la retrouver, le personnage tente de déchiffrer les moindres traces qu'il trouve : des dessins sur les murs, des bagues, ou bien des paroles qui retentissent dans ses rêves. Néanmoins, la quête est infinie et cette figure d'Aurélia reste toujours insaisissable. Comme le dit Georges Castex, *Aurélia* est une fiction d'une « aventure spirituelle qui se déroule sans cesse aux confins du rêve et de la vie. » ① La nouvelle commence même par ce propos : « Le rêve est une seconde vie. Je n'ai pu percer sans frémir ces portes d'ivoire ou de corne qui nous séparent du monde invisible. Les premiers instants du sommeil sont l'image de la mort ; un engourdissement nébuleux saisit notre pensée... » ② En effet, le lecteur passe sans transition du songe au réel tout au long du livre. D'une part, le protagoniste ne cesse de rêver et s'applique à chercher le sens de ses rêves ; d'autre part, le personnage n'est pas tout à fait sûr de l'authenticité de ses rêves : il croit par moments que ses rêves sont le fruit de sa folie, à partir de ces moments, il revient au réel : « Je compris, en me voyant parmi les aliénés, que tout n'avait été pour moi qu'illusions jusque-là. » ③ L'originalité d'*Aurélia* réside ainsi dans cette fusion du songe et de la réalité. Cet art fantastique arrive à placer le lecteur dans l'incapacité de choisir entre une interprétation surnaturelle et une explication raisonnable, tout en lui

① Georges Castex, *Le conte fantastique en France*, Paris, José Corti, 1951, p. 309.

② Gérard de Nerval, *Aurélia*, Paris, Gallimard, 2005, p. 1.

③ *Ibid.*, p. 52.

suggérant que les deux solutions sont possibles. En outre, Nerval donne un tout nouveau sens à la conception du rêve : pour lui, le songe nous fournit les clés de la vérité et de la réalité, puisqu'il nous relie aux êtres du passé et nous met en contact avec l'invisible. Même si cette fusion pourrait parfois engendrer la confusion entre le rêve et la réalité, elle constitue pourtant un moyen unique pour retrouver la réalité et, du point de vue technique, pour créer l'ambiguïté du fantastique. En ce sens, la narration à la première personne et l'histoire fantastique permettent au lecteur d'errer sans cesse dans la fiction et le réel.

Avec le développement de la psychanalyse, on révèle les rapports inconscients qui relient l'auteur et son œuvre. Ce réveil de l'inconscience introduit une nouvelle manière de décrire l'expérience et d'envisager le savoir et la vérité. De plus, la conviction s'impose peu à peu que rien ne soit tout à fait réel et que tout ne soit sans doute que fictionnel. La perception du je et du monde devient pour les romanciers une brève hallucination : des impressions apparues dans un demi-clair de conscience se rassemblent sans se relier et sans ordre. Dans ce contexte, les écrivains ont tendance d'imaginer des histoires et de faire agir des personnages qui ne sont que des illusions, mais ils ne renoncent pas à leur droit de raconter leur vie. Voici leur vœu paradoxal : présenter une œuvre qui est une réalité, mais s'avoue en même temps que c'est une invention. Au fond, il s'agit de créer un nouveau jeu de l'imaginaire et du réel. C'est dans ce contexte que l'autofiction voit le jour. Au sens littéral, l'autofiction est composée de "auto" et de "fiction". "Auto", du grec autos signifie « le même », « lui-même », « de lui-même ». "Fiction" est définie dans *Larousse* comme « mensonge » et « construction de l'imaginaire ». L'association de deux mots donne en littérature " autofiction ". En effet, la naissance de l'autofiction est facilement datable. En 1977, Serge Doubrovsky évoque pour la première fois ce terme dans son roman *Fils*. Au début, dans l'avant-texte de *Fils*, « Autofiction » est apparue sous la forme de « Auto-fiction » (inscrit avec un tiret). C'est probablement dans le but d'éviter la confusion théorique entre l'autobiographie et l'autofiction. En 1980, il présente ce terme comme un principe opératoire en littérature. Il donne ensuite une définition de l'autofiction :

> « *Autobiographie ? Non, c'est un privilège réservé aux importants de ce monde, au soir de leur vie et dans un beau style. Fiction d'événements et de faits strictement réels ; si l'on veut, autofiction d'avoir confié le langage d'une aventure à l'aventure du langage, hors sagesse et hors syntaxe du roman traditionnel ou nouveau. Rencontre, fils de mots, allitérations, assonances, dissonances, écriture d'avant ou d'après littérature, concrète, comme on dit en musique.* »①

Cette définition met l'accent sur les contradictions et les ambiguïtés de l'autofiction, ce qui confirme le fait que l'autofiction est un genre complexe, en même temps fictionnel et réel. En d'autres termes, ce type textuel se caractérise par l'union de fiction et de référentialité. En effet, les écrivains veulent toujours se dire et de se raconter, même quand il conte une histoire loin de sa propre expérience, mais ils ne veulent pas que cela se sache, car ils tiennent à protéger son univers intérieur et à maintenir une

① Serge Doubrovsky, *Autobiographiques : De Corneille à Sartre*, Paris, Presses universitaires de France, 1992, p. 68.

position haute par rapport au lecteur. Dans ce sens, la logique de l'autofiction est sans doute une ambiguïté narcissique qui procède du désir obscur de se créer une nature jusqu'ici inconnue : une nouvelle individualité. À ce titre, l'autofiction offre un moyen d'arriver à une connaissance plus juste de soi-même ou à une compréhension véritable de l'âme jusqu'à l'inconscience. Elle se révèle être une manière fascisante de découverte des différentes couches de soi. De ce fait, le romancier peut certainement mieux se connaître et parvient à décrire l'image de soi d'une manière plus profonde.

Revenons aux œuvres de Gide, même si l'autofiction est un terme assez récent, on serait tenté d'aller jusqu'à dire qu'il y a bien des traits de l'autofiction dans les œuvres gidiennes. À l'évidence, l'exemple le plus illustrant est *L'immoraliste*. En premier lieu, c'est un récit à la première personne. Ensuite, Gide établit un monde imaginaire et feint de raconter une histoire vraie, le lecteur est sommé de la prendre comme telle. L'auteur a recours à des procédés pour imposer l'impression que ce n'est pas une œuvre de pure fiction. Gide réussit à donner un cachet d'authenticité et de vraisemblance, car le récit se trouve confirmé par la présence de nombreux témoins. En autre, l'auteur est très assimilé au protagoniste Michel. Il est aisément pour le lecteur de trouver bien de points communs entre Gide et Michel. De sa première éducation puritaine, ses voyages en Afrique du Nord, sa tuberculose, à sa rencontre avec Osacar Wilde, sa découverte de Nietzsche, etc. Prenons un exemple précis : en 1893, Gide fait un voyage avec son ami Paul-Albert Laurens à Biskra. En réalité, l'hôtel où Michel et Marceline descendent est celui où séjournent Gide et som ami. Il reconnaît ce détail dans *Si le grain ne meurt* :

« *L'appartement enveloppé de terrasses, que j'ai peint dans L'immoraliste, et que l'hôtel de l'Oasis mit à notre disposition, était celui-là même qu'on avait préparé pour le cardinal Lavigerie, et où il s'apprêtait à descendre, lorsque la mort vint l'enlever à la mission des Pères blancs.* »①

D'autre part, il existe des détails évidemment fictifs par rapport à la vie de Gide. Par exemple, Marceline dans *L'immoraliste* est catholique, blonde, très jolie ; alors que Madeleine, la femme de Gide est protestante, brune et anodine. Michel est orphelin de mère : « J'avais quinze ans quand je perdis ma mère »②; tandis que Gide est orphelin de père à l'âge de onze ans. Hormis ces extraits totalement fictifs, il existe des détails entre réalité et fiction : Michel est comme Gide pédéraste pédophile, mais ce n'est pas exactement le même cas. Quand Michel se marie à l'âge de 24 ans, il ne sait pas encore sa préférence nette envers les jeunes garçons. Alors que Gide, à la différence de son personnage, lors de son mariage, il connaît depuis deux ans ses penchants sexuels. En outre, le personnage Ménalquec attire l'attention de certains chercheurs. Dans une des lettres écrites à Paul Valéry, Gide affirme : « Ménalque n'a jamais existé ». Et la critique considère souvent ce personnage comme un simple porte-parole d'idées audacieuses. Toutefois, les chercheurs trouvent des indices qui prouvent que ce personnage est inspiré d'une vraie personnalité : Oscar Wilde. Primo, dans *L'immoraliste* on lit ceci : « honteux, un absurde procès à scandale avait été pour les journaux une commode occasion de le salir »③. Il va sans dire que

① *SGM*, p. 242.
② *LI*, p. 19.
③ *SGM*, p. 242.

c'est une allusion frappante au procès de Wilde : en 1895, Wilde est condamné à deux de travaux forcés à cause de sa liaison immorale avec Lord Alfred Douglas. Secundo, les rapports de maître et de disciple dans *L'immoraliste* sont calqués sur ceux de Wilde et Gide. Car le jeune écrivain français éprouve une véritable admiration à l'égard de cet écrivain irlandais connu. Ses mœurs et sa façon de vivre jouent un rôle fondamental dans la vie de Gide. C'est la raison pour laquelle Gide rend un hommage public lors de la sortie de prison de Wilde. C'est comme Michel qui néglige la bonne société embrasse amicalement Ménalque devant tout le monde.

Bien que Gide cherche à brouiller certaines pistes en faisant des modifications, il est quand même aisé de noter que lors de l'écriture de *L'immoraliste*, Gide s'inspire largement de sa propre expérience. Ce procédé d'écrire crée une identité ambiguë qui n'est pas tout à fait celle de l'auteur, et n'est pas non plus celle de du protagoniste. Le procédé de l'autofiction sert, dans ce cas-là, à protéger l'auteur dont elle ne révèle qu'en partie la nature et les expériences. Du reste, brouiller de manière méthodique certaines pistes, c'est dans le but de laisser au lecteur la liberté de suivre les chemins tortueux de la réalité et des chimères et de découvrir ainsi la personnalité et l'image de soi de l'auteur et du personnage. Pourquoi l'auteur et le protagoniste partagent-ils une image de soi ? Comme on le suggère plus haut, même si Michel est un personnage sous la plume de Gide, il est en quelque sorte "Gide modifié" ou "une partie de Gide", car il existe trop de détails inspirés de la vie gidienne malgré des modifications et quelques extraits fictifs. Ainsi, l'image de soi de Gide et de Michel est inséparable de l'un à l'autre. C'est donc une image de soi ambiguë, puisque l'espace qui se construit autour de ce moi est fait de transitions et d'incertitude. En d'autres termes, cette image de soi se situant au point de jonction de l'authenticité et de du fantastique, constitue une image en mouvement. De plus, on voir aussi dans *L'immoraliste* une image de soi qui évolue. Au début du XXe siècle, avouer son homosexualité n'est pas une chose facile. Car admettre ses penchants sexuels c'est admettre en même temps son anomalie grave. En plus, ce geste risque la perte de l'estime de soi. C'est la raison pour laquelle l'acceptation totale de sa nature n'est qu'un processus graduel et difficile. Au début, Michel ignore ou évite de manière délibérée cette question. Ce n'est qu'à la fin du récit qu'il est sur le chemin qui le conduit à reconnaître sa vraie image de soi.

En général, l'autofiction est capable de décrire non seulement la banalité de la vie quotidienne, des sentiments humains, mais aussi de l'enfance, de la mort, de la sexualité, et de la maladie. En effet, la double identité, la mort et la maladie sont les sujets les plus abordés dans l'autofiction. Gide traite aussi ce thème dans *L'immoraliste*, voilà une preuve de plus que c'est une œuvre étroitement liée à l'autofiction. Dans le roman, Michel a le sentiment de renaître, une fois guéri de sa tuberculose. Ici, l'idée de la maladie est comme cause d'une remise en question de la vie. Le lecteur a l'impression que le protagoniste connaît un renouveau dans leur vie “grâce à” la maladie. Car sa nouvelle expérience est comme une forme de liberté dont la maladie le prive jusqu'ici. Dans *Si le grain ne meurt*, Gide écrit : « Je rapportais, à mon retour en France, un secret de ressuscité. »① Sans doute que la lecture des œuvres de Nietzsche l'aide à une pareille prise de conscience. Le philosophe allemand vit la même expérience que Gide. Après la guérison, il semble trouver le vrai sens de la vie :

---

① *SGM*, p. 112.

« *Après cette longue période de maladie, je redécouvris pour ainsi dire la vie, y compris moi-même, avec des yeux neufs, je savourai toutes les bonnes et même les petites choses comme d'autres auraient du mal à las savourer. Je fis de ma volonté de santé et de ma vie ma philosophie.* » ①

Néanmoins, cette prise de conscience a des effets néfastes pour Michel, car en se rétablissant physiquement, il oublie le monde et ne vit plus que pour lui-même. Pour être plus précis, il refuse de comprendre la situation des autres. Comme aveuglé par sa nouvelle santé, il emmène son épouse dans un voyage qui la conduit à la fin à la mort. Michel perd Marceline. Sa vie se transforme en échec total non par la maladie, mais par la mauvaise utilisation de sa rémission. Gide suggère ici que le regain de santé est en même temps l'occasion de jouir de la vie, mais aussi la cause qui conduit à sa propre perte. L'évocation des thèmes intimes et de ses expériences de suite sert à capter l'instantanéité de la réalité et la mouvance de la personnalité.

Par ailleurs, il nous semble nécessaire de jeter un coup d'œil sur la façon narrative② dans les fictions à la première personne pour voir de quelle manière l'auteur décrire l'image de soi. En plus, il semble que la fiction à la première personne est un jeu sur les voix et les perspectives narratives. Tout d'abord, il va sans dire que la fonction de la narration est assurée par un

---

① Friedrich Nietzsche, *Ecce homo : Comment on devient ce que l'on est*, Paris, Gallimard, 2013, p. 95.

② Mahmod AHMED MAHMOD, *Le rapport à l'autre dans l' œuvre romanesque d'André Gide*, thèse de doctorat sous la direction de Michel P. SCHMITT, Université Lumière Lyon 2, 2013, pp. 205-223.

narrateur. Nul doute que dans les fictions à la première personne, le narrateur est en même temps le personnage narré. Pour être plus précis, le choix d'une telle façon narrative implique un narrateur qui raconte à la première personne. Le lecteur peut voir souvent dans ce genre littéraire des phrases comme ceci : « J'écrirai donc très simplement mes souvenirs »①, « Je profiterai des loisirs que me vaut cette claustration forcée, pour revenir en arrière et raconter comment je fus amené à s'occuper de Gertrude »②. Ici, en tant que narrateur du récit, Jérôme dans *La Porte étroite* ou le pasteur dans *La Symphonie pastorale* est en même temps un des personnages dans le roman. Ces narrateurs-personnages participent à introduire l'histoire et le lecteur se laisse ainsi attiré par ce personnage central tout au long de l'histoire. Par exemple, *La Porte étroite* s'ouvre sur les mots d'introduction de Jérôme, ces propos éclaircissent la genèse et la nature de cette histoire :

> « *D'autres en auraient pu faire un livre ; mais l'histoire que je raconte ici, j'ai mis toute ma force à la livrer et ma vertu s'y est usée. J'écrirai donc très simplement mes souvenirs, et s'ils sont en lambeaux par endroits, je n'aurais recours à aucune invention pour les rapiécer ou les joindre ; l'effort que j'apporterais à leur apprêt gênerait le dernier plaisir que j'espère trouver à les dire.* »③

Nous constatons ici que le narrateur-personnage dans cet ouvrage a recours au verbe « raconter » afin de s'adresser directement au lecteur,

① *PE*, p. 5.
② *SP*, p. 11.
③ *PE*, p. 5.

d'implanter l'histoire et enfin de s'introduire lui-même dans l'histoire. De ce fait, le personnage-narrateur s'occupe d'attirer l'attention du lecteur tout en introduisant un début considéré comme un aperçu général de l'intrigue. En présentant les images initiales du roman, le personnage-narrateur se prépare et prépare également le lecteur à pénétrer dans l'histoire. Après l'ouverture, il semble que le lecteur doit imaginer l'intrigue et la suite des événements.

En outre, il faut aussi constater que le personnage-narrateur entretient toujours un rapport direct avec les autres personnages dans le roman. Dans de tels cas, il est naturel que le lecteur soit toujours impatient du dénouement du rapport entre les personnages : Jérôme et Alissa, Gérard et Isabelle, le pasteur et Gertrude. L'intrigue évolue ainsi sans cesse selon leur rapport en mouvement continu. Étant donné que tout le roman compte sur l'évolution de ce rapport, le rapport joue un rôle fondamental pour la structure du récit. Autrement dit, la narration des fictions à la première personne s'organise souvent autour de la mise en scène du rapport.

De plus, certains chercheurs notent aussi que le personnage-narrateur fournit toujours une date précise qui marque le début du récit. Ce geste permet au lecteur de posséder un point de départ et d'une référence chronologique. Pour être plus précis, cette date pourrait être des informations personnelles du protagoniste, ou celle d'autres personnages secondaires. Dans *La Porte étroite*, le personnage-narrateur évoque son âge dès les premières pages du roman : « Je n'avais pas douze ans lorsque je perdis mon père. » ① Cette date est cruciale puisque la mort de son père exerce une grande influence sur la structure familiale. De même, les journaux intimes

① *PE*, p. 5.

du pasteur sont marqués par les dates précises. Le journal commence par la date de sa première rencontre avec Gertrude, cette date est considérée comme le jour de la naissance de cette dernière : « Il y a deux ans et six mois, comme je remontais de La Chaux-de-Fonds, une fillette que je ne connaissais point vint me chercher en toute hâte pour m'emmener à sept kilomètres de là auprès d'une pauvre vieille qui se mourait »①. Dans les deux cas, l'auteur respecte la libéralité temporelle de l'histoire et donne des informations supplémentaires qui encadrent son récit. De ce fait, le lecteur pourrait établir une chronologie et une logique par ces dates mentionnées. Néanmoins, selon Mahmod Ahmed Mahmod, il est vrai que la narration à la première personne joue souvent un rôle informatif dans le récit, mais ces informations manquent parfois de confirmation de la part du narrateur. Longue est la liste des expressions comme « je ne sais pas », « j'imagine », « je crains », etc. Avec ces termes qui se révèlent interrogatifs et suggestifs, le lecteur n'est pas capable de se sentir rassurant envers des jugements et des analyses du personnage-narrateur. Dans certaines circonstances, le personnage-narrateur met en question ses connaissances ou même manque de lucidité dans sa narration. Une telle caractéristique se manifeste dans *Isabelle* :

« *Isabelle de Saint-Auréol ! Isabelle ! J'imaginais sa robe blanche fuir au détour de chaque allée ; à travers l'inconstant feuillage, chaque rayon rappelait son regard, son sourire mélancolique, et comme encore j'ignorais l'amour, je me figurais que j'aimais et, tout heureux d'être*

① *SP*, p. 12.

amoureux, m'écoutais avec complaisance. » ①

Il semble que, dans cet extrait, le personnage-narrateur se situe dans un lieu de croisement entre la réalité et le songe, ce qui met en doute ce qu'il raconte. ② Ici, la mémoire du personnage-narrateur est mêlée avec une sorte d'imagination. Ce fantasme temporaire pousse Gérard à créer une image irréelle d'Isabelle dans le roman. De cet exemple, le personnage-narrateur, au lieu de déceler ses connaissances et son savoir, tient à démontrer son ignorance et son incertitude. Même si l'emploi de la première personne dans la narration se manifeste souvent comme un signe de la véridicité, Gide tient à conduire son personnage-narrateur à admettre l'inexactitude de sa narration et l'incertitude de son attitude, ce qui donne lieu à une nature incertaine. C'est la raison pour laquelle l'auteur sollicite souvent la participation du lecteur afin de bien découvrir d'autres personnages et l'intrigue du récit. En effet, le personnage-narrateur ne cesse de faire semblant de ne pas tout savoir. Il donne parfois l'impression qu'il découvre les événements avec d'autres personnages. On peut en déduire ici qu'autrui joue un rôle important dans la fiction à la première personne. Le fait que le personnage-narrateur s'attache beaucoup à autrui provoque une conséquence : le personnage-narrateur est souvent moins vu que d'autres personnages. L'importance accordée à autrui nous conduit à croire que le personnage-narrateur essaie de se cacher derrière la scène. Cependant, il faut quand même souligner le fait

---

① André Gide, *Isabelle*, Paris, Gallimard, 1962, p. 101.

② Mahmod AHMED MAHMOD, *Le rapport à l'autre dans l' œuvre romanesque d'André Gide*, thèse de doctorat sous la direction de Michel P. SCHMITT, Université Lumière Lyon 2, 2013, pp. 224-228.

que cela ne signifie pas que le personnage-narrateur veut dissimuler sa propre image de soi, par contre, il se révèle par d'autres personnages. Le fait de ressortir d'autres personnages est comme une tentative pour se masquer et s'exprimer en même temps, car il est impossible de se dissimuler complètement pour le personnage-narrateur. Un tel procédé indirect contribue à aider le personnage-narrateur à faire ressortir son image de soi par le biais des autres. Pierre Masson et Jean Claude constatent déjà ce phénomène :

> « *S'installe au sein de l'écrivain, tenu de se constituer autre pour se connaître. Ce qui signifie que, pour Gide, toute occasion de rencontrer l'Autre et de le décrire est à cultiver comme occasion de s'écrire soi-même.* » ①

Au bout du compte, se trouvant au point de jonction du songe et de réalité, la fiction à la première personne permet à l'auteur de révéler ses expériences intimes tout en prenant du recul. La partie fictive du récit sert en quelque sorte à protéger l'auteur, ce qui le rend plus mystérieux. Cet effet parvient à motiver le lecteur par l'enjeu subtil de démystification de sorte qu'il a parfois hâte de participer à la découverte des images de soi d'une certaine figure. Pour tout dire, malgré le fait que l'auteur ne révèle qu'en partie leur personnalité et les faits personnels dans une fiction à la première personne qui désignerait la propension à la fictionnalisation de soi, le lecteur garde toujours le même enthousiasme de pénétrer jusqu'aux fibres et d'explorer les images de soi de ces personnages.

① Pierre Masson et Jean Claude, *André Gide et l'écriture de soi*, Lyon, Presses universitaires de Lyon, 2002, p. 8.

Au demeurant, écrit autobiographique, échange épistolaire et journal intime sont des genres ou styles littéraires divers, tandis que la fiction à la première personne constitue une approche créative. Chacun de ces procédés littéraires garde ses propres traits : l'autobiographie est sujette aux caprices du souvenir, mais aide également à faire apparaître les vraies pensées enfouies dans le fond de l'âme ; quant à l'échange épistolaire, il est fort possible que les deux correspondants se dévoilent et s'expriment de manière sincère dans une lettre où ils se font des confidences ; le journal intime correspond, dans l'immense majorité des cas, à l'envie d'écrire pour soi seul et de rester caché ou repli afin d'éviter l'attention d'autrui. Tout cela crée une condition nécessaire pour pénétrer dans l'univers privé des diaristes ; se situant aux frontières de la véracité et de la fiction, la fiction à la première personne constitue parfois un procédé de dire la vérité sur soi-même, car la réalité ne semble mieux se démasquer que sous le fard ou les métissages. Pour autant, ces quatre façons d'écrire pourraient être placées dans sa totalité sous le signe du principe de création intime avec l'utilisation du « je ». De toute évidence, une évolution nette se déroule dans la continuation : l'immoraliste du XX$^{e}$ siècle recourt aux façons d'écrire plus variées que le libertin du XVIII$^{e}$ siècle et l'arriviste du XIX$^{e}$ siècle pour afficher les images de soi. En plus de quatre volets énumérés plus haut, la littérature française du XVIII$^{e}$ au XX$^{e}$ siècle implique-t-elle d'autres façons d'écrire qui s'engagent à démontrer la pluralité des images de soi ? Cette question sera traitée plus en détail par la suite.

# Chapitre V L'écriture de soi (2) : d'autres catégories littéraires et procédés créatifs

En plus de l'écriture autobiographique, de la correspondance, des études sur le journal intime et sur la fiction à la première personne, il existe trois autres formes d'écrire dans des œuvres littéraires connexes du XVIII$^e$ au XX$^e$ siècle : roman d'apprentissage, création théâtrale et mise en abyme. Un examen plus attentif de ces écrits révèle toutefois un détail nuancé : les deux premières approches d'écrire révèlent nettement de différentes catégories littéraires, tandis que la mise en abyme en littérature s'illustre davantage comme un procédé créatif et artistique. Pourtant, ces façons d'écrire disposent d'une mission commune qui consiste à décrire les images distinctes de soi du libertin, de l'arriviste et de l'immoraliste à différents niveaux de leur propre manière.

## 5.1 Le roman d'apprentissage

Le développement personnel d'un individu est un processus de changement dynamique. Dans la réalité de l'existence, le moi ne peut éviter le problème de se former. Afin d'enregistrer et d'explorer le développement des êtres humains, les auteurs utilisent souvent le roman d'apprentissage comme thème de leurs ouvrages. Étant un être qui évolue sans cesse, l'individu, dans sa singularité psychologique et sociale, devient le centre de la réflexion du roman d'apprentissage. Ce procédé littéraire qu'utilisent souvent les écrivains se concentre sur le processus d'initiation et le monde spirituel du jeune protagoniste. Vu que l'évolution d'un individu est étroitement lié aux changements dans le monde intérieur, le roman d'apprentissage transcrit le déroulement de maturité progressive tout en reflétant la riche image de soi sous un autre aspect.

En réalité, la notion de " roman d'apprentissage" est relativement récente en France. Il retrouve sa source dans le roman picaresque et le Bildungsroman allemand. Pour le premier, l'étymologie du terme reste incertaine et plusieurs hypothèses ont été avancées à ce propos : "pícaro" vient du verbe "picar" qui signifie piquer et du nom *picardía* qui désigne la rouerie. En outre, ce mot nous fait aussi penser au nom "picard", qui signifie des habitants de Flandre jouissant d'une réputation négative de soldat violent et coquin. En résumé, toutes ces hypothèses accordent pour montrer une image précise de ce que sont les protagonistes des romans picaresques. Ce genre littéraire naît en Espagne en 1554, avec la publication de *La Vie de Lazare de Tormes*. Ce roman raconte les périples d'un jeune enfant confié à un aveugle, auquel il sert de guide. Au cours de ses voyages, Lazare rencontre beaucoup de maîtres et il apprend à leurs côtés toutes les roueries nécessaires pour se nourrir. À la fin du roman, Lazare s'installe à son propre compte et se marie. Le pauvre enfant simplet et bébête est devenu homme autonome qui peut s'assumer tout seul. Ici, l'idée de la formation d'un être se forme par les voyages et les voyages dont il sort grandi et aguerri. Le périple physique sert, en fait, de prétexte à un cheminement spirituel. Dans le cycle même de ces errances et de ces expériences, le jeune homme se rend compte pleinement de son propre destin. Ainsi, ce roman picaresque pose donc un certain nombre de jalons que nous retrouve dans le roman d'apprentissage français du 19e siècle : les jeunes personnages apprennent dans l'espace et le temps, grandissent, évoluent et enfin entreprend de faire le récit de sa vie. En d'autres termes, le roman picaresque démontre que l'inscription du moi dans le monde ne peut se réalise qu'à travers d'épreuves tant physiques que sociales.

Le Bildungsroman allemand est la deuxième source d'inspiration majeure pour le roman d'apprentissage français. Le terme est très connu même en dehors de l'espace allemand. *Bildung* provient du verbe *bilden* qui désigne « fomer ». Et le mot "Bildung" a trois significations : formation, éducation ainsi que culture. La culture ici, c'est une élévation de l'esprit. L'homme se cultive et se forme en pénétrant dans la réalité et en lisant les grandes œuvres littéraires et artistiques. Ainsi, la culture est un mouvement qui fait passer l'homme de la brutalité au raffinement. Le processus dynamique par lequel l'homme dépasse ses limites est l'éducation. Un *Bildungsroman* est donc un « roman de formation ». Le terme s'impose autour des années 1870. En fait, le mot est pourtant plus ancien, c'est Wihelm Dilthey qui propose qu'on en fasse usage. À l'époque, le roman picaresque espagnol est bien connu en Allemangne et inspire les fondateurs du *Bildungsroman*.

*Les Années d'apprentissage de Wilhelm Meister* de Goethe paraît en 1796. C'est un ouvrage fondateur du *Bildungsroman* et exerce sur l'histoire du genre une importance considérable. Ce roman est un réel succès en

Allemagne, puis en France, bien qu'il témoigne plutôt d'une mentalité germanique. En réalité, la série de *Wilhelm Meister* de Goethe apparaît en trois étapes successives : *La Vocation théâtrale de Wilhelm Meister*écrite entre 1777 et 1785, *Les Années d'apprentissage de Wilhelm Meister* (1795 à 1796), et *Les Années de voyage de Wilhelm Meister* (1821 à 1829). Si nous ne pouvons pas parler ici d'une trilogie, il paraît nécessaire d'analyser dans leur continuité chronologique de ces trois œuvres. *La Vocation théâtrale de Wilhelm Meister* nous présente Wilhelm, fils de bourgeois et attiré par le théâtre. L'amour du théâtre le pousse à rejoindre une troupe de comédiens. Cette expérience l'amène à découvrir des mondes sociaux multiples et à rencontrer des femmes différentes, dont sa bien-aimée Amazone. Pour autant, dans cette première ébauche, le théâtre est souvent, plus que Wilhelm, le sujet fondamental. *Les Années d'apprentissage de Wilhelm Meister* reprennent l'essentiel du tissu narratif de *La Vocation théâtrale de Wilhelm Meister.* Mais la figure de Wihelm s'étoffe largement. Il traverse sans cesse dans les milieux différents et retrouve Amazone qui devient son épouse. Ils ont un fils prénommé Félix, qu'on retrouve dans le troisième roman. *Les Années de voyage de Wilhelm Meister* font le récit d'un long voyage de formation où se dévoilent formes différentes d'éducation possibles pour les jeunes. Sur ces trois livres, le lecteur assiste à la transformation d'un jeune personnage devenant père de famille et un être autonome.

Pour la première fois avec Goethe, le terme d'apprentissage est présent aux côtés d'une forme littéraire. Cependant, il faut noter que « roman d'apprentissage » ne devient une catégorie littéraire que bien plus tard. Vers 1870, soit quatre-vingts ans après la parution des romans de Goethe, Wihelm Dilthey propose ceci :

« *Appeler romans d'éducation les romans qui constituent l'école du Wihelm Meister* [...]. *L'œuvre de Goethe montre une éducation humaine en différentes étapes, formes et époques* » ①

Dans la littérature française, l'ancêtre du roman d'apprentissage est *Le Conte du Graal*, écrit par Chrétien de Troyes. Ce conte met en scène un personnage qui ignore de tout au début. Il vit dans une nature déserte et ne connaît même pas son nom. Mais deux cents pages après, nous retrouvons un bon chevalier qui défend les opprimés. Apparemment, l'auteur montre ici le parcours évolutif du héros. En plus, le *Gargantua* de Rabelais a été aussi considéré comme roman d'apprentissage, dans la mesure où le géant, formé par de bons ou mauvais maîtres, fait l'expérience du monde et acquiert la sagesse à la fin du roman. Au XVII$^{e}$ siècle, *Les Aventures de Télémaque* de Fénelon constituent également un bon exemple du roman d'apprentissage. En réalité, c'est à partir du 18$^{e}$ siècle que se développe vraiment le roman d'apprentissage en France. *Gil Blas de Santillane* s'inscrit, bien entendu, dans cette catégorie. Ensuite *Les Égarements du cœur et de l'esprit* de Crébillon fils et *La Philosophie dans le boudoir* de Sade initient les héros au savoir-faire et savoir-vivre du libertinage. Au XIV$^{e}$ siècle, le roman d'apprentissage fleurit avec notamment *L'Éducation sentimentale*, *Le Père Goriot*, *Illusion perdue*, *Splendeurs et Misères des courtisanes*, *Le Rouge et le Noir*, etc.

Le picaresque et le *Bildungsroman* nourrissent en profondeur le roman d'apprentissage français. Même s'il n'existe pas de lois propres au roman

① Sous la direction de Béatrice Didier, *Dictionnaire universel des littératures*, Paris, Presses universitaires de France, 1994, p. 28.

d'apprentissage français, on peut tout de même relever des caractères communs des personnages dans ce genre de roman en France.①Primo, c'est généralement un tout jeune homme, jamais d'un être fait, mais en devenir. Du fait de sa jeunesse, c'est une personne qui a peu vécu, assez innocente, prête à s'émerveiller, mais également à souffrir quand la vie n'est pas conforme à ses attentes. Autrement dit, ce sont de jeunes gens adaptables qui sont prêts à toutes les compromissions ou à tous les renoncements. Secundo, ces jeunes personnages sont issus de la bourgeoisie ou d'une classe qui monte. En ce sens, ces jeunes que les romans mettent en scène n'ont qu'une idée dans la tête : accéder à une place plus élevée dans la société, quels que soient les moyens utilisés pour y parvenir. Frédéric Moreau, Rastignac, Bel Ami, tous cherchent à gravir la marche sociale qui les élève. De toute façon, il faut lutter et se battre afin de accéder à statut de noblesse ou de se détacher complètement de son milieu d'origine. Car parfois, au moment où commence le roman, le héros est un jeune encore influencé par les habitudes ou les valeurs de son milieu d'origine, mais il est déjà désireux de se séparer de sa classe. Ainsi, un sens de la lutte, un désir de vaincre, et des facultés d'adaptation constituent des traits de caractère et l'image de soi propre au héros du roman d'apprentissage. Enfin, il semble que quasiment tous ces jeunes gens sont des provinciaux qui se rendent ensuite à Paris pour devenir adultes. Par exemple, Frédéric Moreau habite Nogent-sur-Seine, Julien Sorel est né à Verrières, Georges Duroy monte à Paris pour tenter sa chance. La capitale de France joue ainsi un rôle d'initiatrice, la ville se révèle comme un lieu d'apprentissage par excellence, en raison de sa grandeur et sa

① Ouvrage collectif, *Le roman d'apprentissage en France au XIV$^{e}$ siècle*, Paris, Ellipses, 1995, pp. 8-12.

diversité. Nombreux sont des profiteurs et des expérimentateurs en tous genres pour servir de modèles aux jeunes gens venant de province. En outre, le fait que ces jeunes personnages se rendent à Paris afin d'accomplir leur destin montre un autre sujet récurrent dans le roman d'apprentissage : le thème de voyage. Il faut reconnaître que l'errance du personnage constitue un élément primordial de sa propre formation, car leur cheminement dans l'espace et le temps va du connu vers l'inconnu, cela exige bien d'épreuves qui sont nécessaires même indispensables durant son apprentissage.

Comme on le voit, le roman d'apprentissage embrasse l'individu dans son intégralité et entend retracer un itinéraire de vie complet : formation, ascension sociale et éveil de la conscience à la réalité. Les personnages du roman d'apprentissage tentent de construire et mieux bâtir un destin dans un processus d'évolution. Pour être plus précis, ce procédé littéraire met en scène un protagoniste dont la personnalité et l'image de soi se construisent au fur et à mesure de l'évolution du roman. Le lecteur peut ainsi suivre l'évolution de caractère, de sentiment, de mentalité de ces personnages et découvre leur image de soi dans toutes les étapes de la vie.

Lors de la parution des *Liaisons dangereuses*, la notion du roman d'apprentissage n'a pas encore vu le jour. Pour autant, on trouve des personnages qui partagent des points communs avec ceux du roman d'apprentissage. C'est notamment le cas de Cécile et de Danceny. Ils sont tous les deux naïfs et inexpérimentés au début du roman. Cécile entre au couvent à l'âge de onze ans et en sort à quinze ans. Déjà elle se prépare à épouser le comte de Gercourt, de plus de vingt ans son aîné. Bien évidemment, son éducation intellectuelle n'a pas été poussée très loin et elle connaît mieux la musique, la danse, la peinture que le savoir-vivre dans le monde mondain. Au couvent, la petite Volanges vit dans l'harmonie et la sérénité avec d'autres jeunes filles de même âge. Heureusement que Cécile s'aperçoit vite de son ingénuité. Pourtant, ses liens se sont distendus avec sa mère et la perplexité et la curiosité mêlent en elle dans un milieu dont elle ignore les habitudes et les convenances. Cécile tourne ainsi vers Mme de Merteuil pour solliciter son appui et devenir sa disciple. On constate qu'elle pose sans cesse question à son initiatrice :

> « *Est-ce un mal d'aimer quelqu'un ? demande-t-elle à Mme de Merteuil. Ou bien est-ce que ce n'est un mal que pour les demoiselles ? Car j'ai entendu maman elle-même dire que Mme D... aimait M... et elle n'en parlait pas comme d'une chose qui serait si mal ; et pourtant je suis sûre qu'elle se fâcherait contre moi, si elle se doutait seulement de mon amitié pour M. Danceny.* »①

En ces temps, la petite Volanges reste encore enfant, mais Mme de Merteuil remarque tout de suite son léger esprit. Elle note que « tout annonce en elle les sensations les plus vives »②. C'est la raison pour laquelle la marquise essaie de « travailler » sur ce point. Après la formation soigneuse de Mme de Merteuil, Cécile vit à fleur de peau et laisse le champ libre au plaisir et à la sensation. Elle devient en quelque sorte une petite libertine, la morale élémentaire qu'on lui avait inculquée auparavant ne lui permet pas de distinguer le bien du mal. De ce processus d'apprentissage, le lecteur voit que Cécile est toute innocente au commencement du roman,

---

① *LD*, p. 52.
② *Ibid.*, p. 77.

mais c'est un personnage très influençable et à une éducation négligée. Elle se laisse former par la libertine consommée, Mme de Merteuil, et devient une petite perverse à la fin du roman. Voici une image de soi complète de ce personnage qui évolue avec l'intrigue de ce roman.

On constate quasiment le même processus d'apprentissage chez le personnage de Danceny. Comme l'affirme l'évolution de son style d'écrire, l'image de soi de Danceny évolue au cours du roman. À travers la formation de Valmont, Danceny vainc sa timidité et refuse de se complaire dans un état étouffant. Baudelaire remarque ses transformations et écrit : « Fatigant d'abord par la niaiserie, devient intéressant. Homme d'honneur, poète et beau diseur ».① Toutefois, la formation n'a pas tout à fait été complétée, car en comparaison de Valmont et de Mme de Merteuil, Danceny est sincère dans ses sentiments pour Cécile et sans calcul dans ses relations avec Valmont et Mme de Merteuil. À la fin du roman, il n'est pas devenu un libertin comme les autres, mais plutôt un homme de caractère et d'honneur : il ranime le courage de rendre la justice et d'ébruiter les secrets scandaleux de Mme de Merteuil. C'est donc un personnage qui n'est formé qu'à moitié et garde son côté honnête et courageux propre à son image de soi originelle.

De toute évidence, *Le Rouge et le Noir* s'inscrit dans la lignée et le genre littéraire du roman d'apprentissage. En effet, le protagoniste évolue et progresse au contact des autres personnages tout au long du roman. Il découvre les bonnes manières à Verrières et complète son éducation à Besançon et à Paris. Sur le plan sentimental, il s'initie à la séduction avec Mme de Rênal et Mathilde. Enfin, la solitude de la cellule permet à Julien de remettre en question le sens de la vie.

---

① Charles Beaudelaire, *Œuvres complètes*, Paris, Gallimard, « Bibliothèque de la Pléiade », 1976, p. 643.

Du point de vue spatial, le processus de formation exigeant nul doute un vaste champ d'activités qui se déroulent sur plusieurs lieux, ce qui entraîne une mobilité constante du héros. À un moment donné dans sa vie, le héros est appelé à partir afin de répondre à des appels du cœur. Il quitte un espace devenu trop serré pour sa quête. Par exemple, quand Frédéric Moreau quitte Nogent, c'est pour faire des études supérieures à Paris, mais aussi trouver des occasions de réaliser son ambition à la capitale. Pour Julien, il quitte successivement sa famille, Verrières et Besançon, car ces lieux ne peuvent plus suffire pour combler la propension de la personnalité de Julien à actualiser ses ambitions. Enfin, son appel ultime trouve son écho dans l'espace emblématique de Paris où se rassemblent toutes les compétences et se joue le destin. Dès que le héros dépasse le seuil familial, il est en relation avec la société au sein de laquelle se tissent tous genres de relations dont celles avec les initiateurs ou initiatrices.

Avant de traiter ce sujet, il est nécessaire de connaître un peu la famille de Julien. Haï par toute sa famille, Julien n'a jamais reçu d'éducation de la part de son père ou de ses frères. Au commencement du roman, c'est à travers le regard du vieux Sorel que le lecteur connaît Julien :

> « *En approchant de son usine, le père Sorel appela Julien de sa vois de stentor ; personne ne répondit. Il ne vit que ses fils aînés, espèce de géants qui armées de lourdes haches, équarrissaient les troncs de sapin qu'ils allaient porter à la scie*[...] *Il l'aperçut cinq ou six pieds plus hauts, à cheval sur l'une des pièces de la toiture. Au lieu de surveiller attentivement l'action du mécanisme, Julien lisait.* » ①

① *REN*, p. 28.

De cet extrait, on observe que lorsque ses frères assument strictement leur destin de fis de charpentier, Julien ne participe point aux travaux manuels, mais abandonne sa place à côté de la scie pour prendre de la hauteur et lire les exploits de son grand homme. Dans cette scène de première vue, le rapport conflictuel entre le charpentier et son fils est mis en avant. Né dans un milieu où la force prime, Julien n'est pas apte aux travaux de force, il va de soi que le différend entre son père et ses frères est manifeste. Aucune affection entre le vieux Sorel et Julien et aucune présence féminine, cela explique la raison pour laquelle Julien se voit nécessaire de trouver ailleurs ses initiateurs et initiatrices.

L'initiateur ou l'initiatrice venant du latin *initiator*, est celui ou celle qui initie. Initier c'est introduire à la connaissance et admettre quelqu'un dans une société ou une compagnie ; ou encore, faire admettre. Cette fonction d'initiateur et de guide, quatre figures masculines successives viennent l'assumer dans la vie de Julien. Dès sa plus tendre enfance, il devient le Benjamin d'un vieux chirurgien major de l'armée de Bonaparte. Il lui enseigne le latin et l'histoire, et a la bonté de lui léguer tous ses livres et sa Légion d'honneur. L'héritage est avant tout symbolique et culturel. L'essentiel tient à cette Légion d'honneur, décoration créée par Napoléon qui récompense les prouesses militaires à l'époque. Cette décoration est pour Julien les souvenirs du chirurgien et s'incarne la campagne d'Italie où Napoléon est encore général. Cette éducation première définit le cadre initial dans lequel Julien est capable de comprendre la société qui l'entoure. Le second substitut initiateur est l'abbé Chélan. Il prend le relais en lui inculquant des notions de théologie. Avec l'abbé Chélan, Julien comprend tout de suite que la nouvelle société n'a rien à voir avec la précédente, que le nom de Napoléon est privé de puissance, et que la seule force agissante est l'Église. Décidé à devenir prêtre, Julien se fie à l'abbé Chélan pour l'aider à perfectionner ses connaissances et le propulser dans le milieu ecclésiastique. Quant à l'abbé Chélan, habitué aux méandres de l'âme humaine, il semble voir les défenses et l'hypocrisie de Julien. Pourtant, il veut s'aveugler parce que son amour pour Julien l'emporte chez lui sur la pensée rationnelle. On peut le remarquer lors de sa visite dans la prison, il se jette dans les bras de Julien et s'écrie : « Ah ! grand Dieu ! est-il possible, mon enfant... Monstre devrais-je dire. »① Pour lui, Julien reste son enfant, et ne peut à ses yeux passer pour un monstre. L'amour qui anime son troisième initiateur, l'abbé Pirard, n'est sans doute pas moins. Réciproquement, c'est à lui, à lui seul que Julien peut déclarer :

> « *L'abbé avait perdu son ton de voix cruel. À sa grande honte, Julien se sentit les larmes aux yeux ; il mourait d'envie de se jeter dans les bras de son ami : il ne put s'empêcher de lui dire, de l'air le plus mâle qu'il put affecter : J'ai été haï de mon père depuis le berceau ; c'était un de mes grands malheurs ; mais je ne me plaindrai plus du hasard, j'ai retrouvé un père en vous, monsieur.* »②

Pour autant, l'abbé Pirard n'a jamais montré ni douceur ni tendresse à l'égard de Julien. Chez Picard, l'intelligence froide arrive toujours à contrôler une émotion que seuls quelques signes décèlent sa vraie pensée. Au début, la façon rude dont il accueille Julien au séminaire de Besançon lui fait

① *REN*, p. 549.
② *Ibid.*, p. 291.

peur. Cependant, c'est grâce à l'abbé Pirard que Julien peut échapper à l'enfer du séminaire et voir s'ouvrir la porte des salons parisiens. Cela explique les appuis qu'il ne cesse d'apporter à Julien, obtenant son avancement au séminaire puis la place de secrétaire du marquis de La Mole. Il s'efforce de lui enseigner les règles de la vie à Paris et de le guider dans le monde aristocratique. Il est évident que la figure sévère de l'abbé Pirard est celle d'un véritable père spirituel pour Julien. Sous les auspices de cet amour paternel, Julien entre à l'hôtel du marquis de La Mole et commence sa voie vers le monde parisien aristocratique. Au début, les méconnaissances du secrétaire sont nombreuses : Julien ne sait ni s'habiller ni marcher proprement. Il ne connaît pas l'orthographe, la langue ou les usages des salons. Heureusement, Marquis de La Mole reprend le rôle d'initiateur. Il polit les manières grossières du provincial, essaie d'inculquer l'esprit léger de haute société à Julien. Quant à Julien, il lit presque tous les ouvrages susceptibles de réduire l'écart intellectuel qui le sépare des autres. Leurs efforts portent les fruits : Julien acquiert de la confiance et comprend l'art de vivre à Paris par le biais des leçons d'élégance qu'il prend aux côtés du marquis.

En plus de ces initiateurs masculins, Julien a aussi deux initiatrices. Il importe de constater que le roman d'apprentissage met toujours le héros en relation avec quantité de personnes dont leur rôle est de provoquer un événement duquel le héros peut dégager une leçon de vie, une expérience sociale, un élément éducatif dans la vie. Et c'est souvent la mission des initiatrices. Dans la plupart des romans d'apprentissage, les initiatrices sont en même temps amantes du héros, même lorsqu'elles ne le sont que de façon occasionnelle. Les caractéristiques communes à ces amantes sont leur spontanéité et la simplicité de leur cœur. Pourtant, elles expriment leur attachement et amour de façon très différente. Par exemple, Brigitte dans *La Confession d'un enfant du siècle* a vécu une expérience bouleversante lors de la jeunesse. C'est pourquoi elle cherche un équilibre ou plutôt une consolation avec Octave. C'est donc un amour désespéré et insupportable pour le héros. En revanche, Mme Arnoux dans l'*Éducation sentimentale* ou Amélie dans Renéapparaissent comme des amantes qui ont un grand impact sur les jeunes héros. L'une représente muse éternelle pour Frédéric Moreau, l'autre s'incarne idéal de la beauté morale et physique féminine pour René.

Dans *Le Rouge et le Noir*, Julien est avant tout un grand séducteur. Avant même de rencontrer Mme de Rênal, il apparaît déjà comme un être doté d'un pouvoir de séduction dont il semble n'a pas eu l'occasion de prouver. Quand Julien se présente pour la première fois au château, Mme de Rênal a une sensation indéfinissable qui ressemble fort à un coup de foudre. Bien évidemment, l'extrême beauté et charme de Julien en est responsable. C'est au fil de la conquête que Julien prend conscience de son pouvoir de séduction et en mesure d'en jouer peu après. Il fait Mme de Rênal son amante et initiatrice en même temps. Elle initie Julien aux vanités de la petite bourgeoisie et lui enseigne des manières de se tenir en société. Au total, Mme de Rênal est protectrice, enseignante, et conseillère pour Julien. Elle recueille Julien, lui imprime une éducation, des manières, une conduite, un savoir-faire et un savoir-vivre pour qu'il s'intègre mieux dans la société.

Quant à Mathilde de La Mole, la relation qui la lie avec Julien offre l'image de la confrontation de deux classes sociales, celle des principes et des personnalités, avant de pénétrer sur le terrain sentimental. Mathilde, orgueilleuse par la naissance, exige un amour épique et palpitant. De ce fait, elle devient possessive, exigeante et déraisonnée et cet amour engendre la douleur, la souffrance, la peur et les déchirements. Pour autant, lorsque Mathilde est convaincue de son amour après des épreuves multiples, elle est prête à renoncer à tout pour cet amour : sa noblesse, son droit à l'héritage, sa vie matérielle sécurisée, etc. Julien apprend en elle, bien entendu, un art plus consommé de séduction et des manières ainsi que comportements nécessaires dans le monde aristocratique. Il apprend à porter le masque pour mieux cacher son âme de feu et entraîne son esprit, le soumet à des exercices d'hypocrisie. Peu à peu, Julien surmonte ses bévues initiales, sait mettre à profit sa mémoire prodigieuse, son sens de l'observation ainsi que son talent pour l'imitation, et arrive à s'intégrer dans les salons parisiens en seulement quelques semaines. Toutefois, force est de noter que les apprentissages affectifs ne sont pas nécessairement cumulatifs, car les leçons reçues à Verrières se révèlent inadaptées à Paris. Mathilde de La Mole n'est pas du tout comme Mme de Rênal, et Julien doit oublier ou même "désapprendre" les souvenirs et connaissances de Verrières pour conquérir Mathilde. Parce que Mlle de La Mole est parisienne dans l'âme. Elle demande à Julien de retravailler son rôle d'amant. Sous cet aspect, la seconde éducation sentimentale du héros apparaît comme un tout autre apprentissage amoureux.

En outre, au cours de la formation auprès de ses amantes, le lecteur peut découvrir aussi certaines particularités chez Julien. Ces particularités forment, bien entendu, l'image de soi de ce héros. Tout d'abord, l'attirance de Julien pour une femme ne dépend pas de ce qu'elle est réellement, mais de ce qu'elle représente dans la société, ce qui démontre son insincérité et hypocrisie en face du sentiment. Par exemple, lors de sa première rencontre avec Mme de Rênal, Julien ne la trouve qu'une femme bien vêtue, tandis que Mme de Rênal observe son teint, ses cheveux, ses yeux noirs et a une réelle sensation indéfinissable. Pour être plus précis, Julien regarde moins la femme que la robe portée qui symbolise pour lui le statut social de son interlocutrice. Il n'aime pas davantage Mathilde de La Mole. Il essaie de la conquérir parce qu'elle est orgueilleuse, noble et lui est interdite. En d'autres termes, Mathilde n'est désirable pour Julien que parce que d'autres la désirent. Si Mathilde n'est pas regardée comme la reine d'un bal parisien, il est peu probable que Julien lui fasse attention :

> « *Puisqu'elle passe pour si remarquable aux yeux de ces poupées, elle vaut la peine que je l'étudie, pensa-t-il. Je comprendrai quelle est la perfection pour ces gens-là. Comme il la cherchait des yeux, Mathilde le regarda. Mon devoir m'appelle, se dit Julien ; mais il n'y avait plus d'humeur que dans son expression.* » ①

En effet, Mathilde, pas plus que Mme de Rênal, n'est l'objet d'une ambition pour Julien. Pour celles qui lui sont permises, comme la femme de chambre de Mme de Rênal Elisa, Julien n'a que mépris. Pour Julien, la femme n'est pas l'objet du désir sentimental, mais le moyen d'atteindre un statut social ou une image idéale de ce qu'il veut être. En ce sens, Julien se conforme au principe napoléonien : le petit Corse pauvre est devenu maître du monde. Il se venge de son extraction basse en conquérant les femmes qui lui étaient interdites auparavant. Ainsi, Julien croit passer du statut social

① *REN*, pp. 344-345.

méprisé à celui de vainqueur de la haute société par le biais des relations amoureuses. De ce fait, les autres relations féminines de Julien dans le roman fonctionnent également selon ce principe. Par exemple, Amanda Binet n'attire son attention que dans la mesure où elle lui fait penser à Mme de Rênal :

« *Julien, pensif, comparait cette beauté blonde et gaie à certains souvenirs qui l'agitaient souvent. L'idée de la passion dont il avait été l'objet lui ôta presque toute sa timidité.* »①

La maréchale de Fervaques semble évoquer la même comparaison :

« *La brillante maréchale de Fervaques entra en faisant des excuses sur l'heure tardive. Il était plus de minuit ; Elle alla prendre place auprès de la marquise. Julien fut profondément ému ; elle avait les yeux et le regard de Mme de Rênal.* »②

À l'évidence, ce n'est pas à une femme réelle que son attention s'adresse, mais à une image chargée d'une connotation sociale. Conquérir Mme de Rênal ou Mathilde, c'est mener le combat du pauvre qu'il imagine être. Servi par le charme qu'il produit régulièrement sur les femmes, Julien ne cesse de garder le sang-froid et d'utiliser les sentiments qu'il suscite à des fins non amoureuses.

Par ailleurs, on constate que l'éducation de Julien n'a pas été

① *REN*, p. 201.
② *REN*, p. 318.

complétée, car en dépit de tous les enseignements reçus au cours de ce roman d'apprentissage, Julien reste sensible, sombre et effrayant. Ce qui distingue Julien aux yeux de Mathilde, c'est justement cet attachement irréductible à une sauvagerie non modifiée par la civilisation. Pour Mathilde, la plus belle déclaration d'amour, ce ne sont pas de belles phrases, mais le geste sauvage, le mouvement d'instinct qui conduit Julien à prendre une vieille épée pour tuer. À Verrières, comme à Besançon ou à Paris, quels que soient ses adversaires, Julien répond à l'insulte par les coups avec le désir de meurtre. Cela démontre bien que Julien est effectivement un être qui refuse de se soumettre aux règles de la justice. Il est en guerre permanente avec toute la société. Cela ne peut pas changer, car l'enfance passée à la campagne a déjà encré dans son âme. D'une part, Julien est un enfant mal-aimé et battu, on lui a ouvert les hostilités dès son plus jeune âge. D'autre part, la vie à la campagne est dure. Agressions, rixes, coups de feu ne sont pas rares à la campagne. Surtout dans les basses classes, la violence est franche. Le vieux Sorel et ses fils aînés battent Julien jusqu'au sang, l'utilisation du fouet est très fréquente. Cette brutalité quotidienne qui a fait l'éducation première de Julien.

Une autre indice qui prouve son éducation inachevée, c'est son attitude envers le mépris ou l'humiliation. Jeune homme pauvre, Julien Sorel est de toute apparence de la race des humiliés. Les termes qu'il emploie pour se caractériser sont parlants : « plébéien », « fils de paysan », « fils de charpentier », « domestique », « ouvrier ». Hanté par l'idée des mépris, le héros puise dans l'humiliation la force pour atteindre à une vie noble et satisfaisante. Pourtant, il ne peut supporter le mépris à aucun prix. Il garde ce trait de caractère jusqu'à la fin du roman. Ce caractère conduit directement au crime qui change son sort. Les mots de la lettre écrite par Mme de Rênal chargés de mépris et d'humiliation. Cette lettre ravage l'honneur de Julien, comme celui-ci ne connaît d'autre loi que celle de la violence, il court à Verrières, prend un pistolet et tire. Rien de plus normal que ce geste criminel. Cet événement dans l'église de Verrières manifeste que malgré toute la formation reçue et tous les progrès faits par le héros dans ce roman d'apprentissage, le « fils de charpentier » reste en quelque sorte inchangé. La réaction instinctive de ce héros montre nettement sa grossièreté et de mauvais goûts, ce qui montre que la transformation n'est pas complète. Malgré la bienveillance et patience de ses initiateurs, Julien ne peut jamais acquérir la désinvolture et la légèreté du grand monde :

> « *Mademoiselle de La Mole le trouva grandi et pâli. Sa taille, sa tournure n'avaient plus rien du provincial ; il n'en était pas ainsi de sa conversation ; on y remarquait encore trop de sérieux, trop de positif* ».①

La raison de cette situation est due au fait que Julien n'a jamais oublié sa condition de subalterne et sa position de domestique à l'hôtel du marquis de La Mole ou plus largement dans la haute société. Au bout du compte, les manières, le langage ou le savoir-vivre que les initiateurs ou initiatrices se sont efforcés d'inculquer à son élève restent de surface. Le "dandy" ne peut jamais refouler et effacer le plébéien dans son âme, car le vrai aristocrate de souche prend à la légèreté la lettre vengeresse d'une ex-amante, mais Julien la prend au sérieux et même en meurt.

---

① *REN*, p. 387.

Si Julien se concentre d'abord sur leur statut social en interagissant avec les femmes, ce qui reflète principalement la libre poursuite pour l'amélioration de soi, sa réaction reste la même quand il fait face aux insultes des autres. Ce geste incarne sa libre personnalité de suivre son propre chemin et d'ignorer les circonstances extérieures. Les deux facettes montrent non seulement les formes complexes du changement de Julien mais relève également les aspects entrelacés et l'unicité de son développement personnel incarné dans ce processus.

En revenant à Verrières à la fin du roman, Julien laisse tomber le masque dans la geôle et voit clair dans son âme. Il revoit son parcours sous un nouvel aspect :

> « *Le moment de la mort ne l'arrêtait guère plus : J'y songerai après le jugement. La vie n'était point ennuyeuse pour lui, il considérait toutes choses sous un nouvel aspect. Il n'avait plus d'ambition. Il pensait rarement à Mlle de La Mole. Ses remords l'occupaient beaucoup et lui présentaient souvent l'image de Mme de Rênal, surtout pendant le silence des nuits*[...] »①

En voilà l'ultime apprentissage de Julien dans ce roman. Il comprend dans la geôle ce que c'est le vrai bonheur caché derrière son ambition auparavant. le « fils de charpentier » qui voulait tant faire fortune et sortir de Verrières se rend compte qu'il s'est trompé et qu'il a pris une mauvaise route : son ambition n'est pas d'épouser Mathilde qu'il n'aime pas pour ce

① *REN*, p. 547.

qu'elle, mais pour ce qu'elle représente aux yeux des autres, mais d'être auprès de Mme de Rênal :

> « *Deux ou trois mille livres de rente pour vivre tranquille dans un pays de montagnes comme Vergy... J'étais heureux alors... Je ne connaissais pas mon bonheur* ! »①

Julien démontre une image de soi plurielle en se développant : il y a à la fois des côtés hypocrites et utilitaristes, froids et impitoyables, mais aussi des côtés bienveillants et sensibles. Dans l'ensemble, la personnalité de Julien évolue constamment dans l'agitation et se balance entre la fougue, l'hypocrisie et la négativité qui consistent à former une unité contradictoire. Le roman d'apprentissage, en tant que genre d'écrire, fait ressortir de manière originale et motivante la variabilité de cette contradiction. Par ailleurs, le roman d'apprentissage dépeint l'ensemble du parcours de vie du protagoniste : naissance, éducation, première entrée dans la société, ascension et éveil de soi. Cela en fait également une forme de reproduction du soi complet et encourage l'introspection qui favorise l'attention portée à l'image de soi.

En outre, un individu se trouve dans l'impossibilité de stagner ou de se figer sous une certaine forme dans le processus de son existence. Cette caractéristique se reflète dans le roman d'apprentissage par les changements continus de l'image de soi du personnage au cours de l'évolution des étapes de la vie. De fait, dans tous les romans d'apprentissage, avec les différentes

① *REN*, p. 547.

situations des personnages, le protagoniste subira des changements d'esprit, d'émotion et de moralité. À travers des épreuves, au milieu des vicissitudes, le héros fait l'expérience de soi, de ses désirs et de ses limites. Le changement psychologique vécu par l'arriviste dans *Le Rouge et le Noir*, d'un esprit résolu à un retour à l'idéal de la vie ordinaire, fait également preuve de cette perspective.

Parmi les œuvres de Gide, certains romans possèdent également les principales caractéristiques du roman d'apprentissage. En réalité, Gide s'intéresse toujours à ce genre littéraire. Durant ses années de scolarité, on constate en effet que Gide lit entre autres un grand nombre des romans d'apprentissage, dont *Le Père Goriot*, *La Peau de chagrin*, *La Confession d'un enfant du siècle*, *La Chartreuse de Parme*, *Bel-ami*, etc. Il rêve même de réécrire un jour *L'Éducation Sentimentale* :

> « *L'Éducation Sentimentale est peut-être encore à faire. L'histoire d'un homme qui veut exciter artificiellement en lui toutes les sensations, ce serait mesquin et triste, mais rudement instructif* [...] *Oui, L'Éducation Sentimentale est encore à faire, je pourrai même y travailler d'ici peu*[...] »①

C'est vrai qu'il essaie d'écrire ensuite *Les Cahiers d'André Walter* et *Le Voyage d'Urien* comme deux pierres de touche. Mais il faut attendre *Les Faux-monnayeurs* où nombre des ses personnages retracent l'itinéraire d'adolescent et commencent à se confronter à la vie. Pour être plus précis,

---

① André Gide, *Le journal*, *tome* 1(1887-1925), Paris, Gallimard, 1996, pp. 62-63.

beaucoup de personnages dans ce roman sont des adolescents : benjamin de la famille Molinier, Georges est le plus jeune entre eux ; Ghéridanisol, Armand et Sarah sont des lycéens ; Bernard et Olivier ont 17 ou 18 ans qui ont déjà passé leur baccalauréat.

Au commencement du roman, ces jeunes gens sont comme des oiseaux rebelles que nul ne peut apprivoiser. Georges tombe dans la délinquance et se submerge dans le cynisme ; Bernard rêve d'être anarchiste ; Olivier se consacre à l'apparition de nouvelles esthétiques littéraires, tandis que Sarah prétend mener sa vie à volonté. De toute évidence, cette insubordination se nourrit d'espoir et de prétention. L'avenir leur semble prometteur : Georges voulait surprendre son milieu ; Olivier s'imagine comme personnage influent dans le milieu littéraire ; Bernard veut créer un nouveau monde. Pour autant, étant inexpérimentés, ces jeunes se plongent toujours dans la perplexité. Certains personnages s'affrontent au problème matériel : Bernard doit pourvoir aux besoins nécessaires et se demande sans cesse : comment vivre dans cet état ? Cependant, dans la plupart des cas, la confusion est sur le plan mental ou spirituel : que devient-on dans l'avenir ? C'est précisément l'enjeu de la lutte entre l'ange et Bernard. Afin de répondre à ces questions, il doit forcément traverser un temps de flottement où règnent le découragement, la défaite et la morosité. Plus précisément, l'amitié se rompt et leurs errements sentimentaux sont évidents. À titre d'exemple, Bernard aime Laura, mais se jette dans les bras de Sarah ; Vincent abandonne Laura pour Lady Griffith, Olivier est déçu par sa première expérience sexuelle. Sans nul doute, ces essais fructueux engendrent bien d'affliction et de remords. Vincent regrette d'avoir abandonné Laura ; en lisant la lettre que Bernard lui envoie à Saas-Fée, Olivier sent un mélange de fureur, de jalousie et de consternation. Ainsi, ce processus d'apprentissage entraîne d'importantes modifications sur ces jeunes personnages qui montrent les facettes variées des images de soi à différentes époques.

D'une manière générale, le roman d'apprentissage implique des conflits entre personnages apparentés et différents niveaux sociaux. Les personnages du roman sont toujours confrontés au problème de leur propre développement dans le cours de leur survie dans la société. Ce processus peut persister plus de dix ans, voire des décennies après l'adolescence et la jeunesse. En se débarassant de rêves et d'ambition, les jeunes sont rattrapés par la réalité et apprennent à connaître le monde et à se connaître. La catégorie du roman d'apprentissage décèle ainsi au lecteur l'itinéraire complet des personnages. Les images de soi des personnages, de l'adolescence à l'âge plus mûr, sont spontanément affinées et présentent un nombre d'informations tout à fait essentielles. Une telle perspective suppose de se pencher sur la question de retracer l'évolution et le cheminement des personnages tout au long du roman. Le lecteur pourrait ainsi découvrir et discerner la complexité ainsi que l'évolution de l'image de soi à travers ce procédé littéraire.

## 5. 2 La théâtralité et les pièces théâtrales

Même si *Les Liasions Dangereuses* est un roman épistolaire, le lecteur peut tout de même trouver des indices de théâtralité dans cette œuvre. Pierre Lachasse définit la théâtralité comme « la présence d'indices théâtraux dans un texte qui n'appartient justement pas au genre théâtral : récit, poème ou autobiographie »①. Avant d'entrer dans les détails, il est nécessaire de

① Pierre Lachasse, *Texte et théâtralité*, Nancy, Presses universitaires de Nancy, 2000, p. 44.

savoir la raison pour laquelle l'auteur recourt à la théâtralité dans ses romans. Selon Arnaud Rykner, il existe un rapport dialectique entre les œuvres littéraires et théâtrales : « Toute littérature, en un sens, est « théâtrale » puisque toute littérature digne de ce nom fait voir ce qui n'est pas devant nous, convoque l' « autre scène » de la parole. Et tout théâtre est « littéraire » puisque tout théâtre confronte des mots à des corps, à du réel qui les arrache au seul langage ».① Avant d'aborder ce sujet précis, il serait intéressant de constater le fait que Laclos aime beaucoup le théâtre. Il passe beaucoup de temps au théâtre, c'est une des distractions de garnison. À cette époque, la vie d'un officier comprend un semestre d'hiver libre. Laclos peut donc aller souvent à la Comédie-Française. Dans *Les Liasions dangereuses*, sur quatorze œuvres citées, dix sont des pièces de théâtre classiques : *Britannicus*, *Phèdre* etc. Ces œuvres théâtrales proposent à Laclos des modèles de séducteurs et de méchants depuis des personnages comme le Néron de *Britiannicus*.

La théâtralité dans *Les Liaisons dangereuses*se est traduite par le fait que le roman obéit en quelque sorte à la règle des trois unités théâtrales : lieu, temps, action. Parlons d'abord de l'unité de lieu. Laclos voudrait situer autant que possible les faits et gestes des personnages dans les mêmes lieux. Hormis quelques séquences secondaires qui ont lieu dans le château de la Comtesse de * * * ou dans la maison d'Émilie, le lecteur voit deux lieux principaux : Paris et le château de Mme de Rosemonde. En fait, le château devient très vite le lieu unique dans le roman par la ruse que la marquise de Merteuil met à y réunir presque tous les personnages.

---

① Arnaud Rykner, *Paroles perdues*, *faillite du langage et représentation*, Paris, José Corti, 2000, p. 79.

Du point de vue du temps, même si les intrigues ne se passent pas en un seul jour, le romancier opère déjà une contraction par rapport aux autres romans du même genre, dont la chronologie est en général beaucoup plus longue. Par exemple, *La Nouvelle Héloïse* s'étend sur une dizaine d'années. En revanche, Laclos utilise seulement cinq mois pour déployer toutes les intrigues. L'auteur a l'art de faire une exposition complète en cinq lettres et dix pages et de supprimer tous les détails accessoires selon sa propre règle du théâtre. Pour être plus précis, Laclos supprime les lettres inutiles à l'action, par exemple, les échanges épistolaires entre Mme de Merteuil et Gercourt. Au sujet du resserrement de l'action dans le temps, Laurent Versini écrit :

> « *Deux lettres de Cécile, deux lettres de la marquise et une de Valmont forment l'exposition* [...] ; *en vingt pages tous les personnages sont présentés* ; *le roman commence lorsque les conditions sont réunies pour que l'intrigue se noue, Cécile entre dans le monde, Valmont s'en est retiré.* » ①

Enfin, c'est l'unité d'action. En apparence, *Les Liaisons dangereuses* obéissent mal à l'unité d'action, car il y a plusieurs pistes d'intrigue dans ce roman : le mariage de Cécile et les obstacles qu'elle rencontre, la séduction de la présidente par vicomte de Valmont et la rivalité entre la marquise de Merteuil et le vicomte de Valmont. Pourtant, il est évident que ces trois entreprises sont fondées sur la même base et sont fondues dans un même art consommé du libertinage. En ce sens, ces trois actions sont les trois faces

① Laurent Versini, *Laclos et la tradition : Essai sur les sources et la technique des Liaisons dangreuses*, Paris, Revue et augmentée, 2012, p. 217.

d'une même action. En fin de compte, le thème que Laclos voudrait traiter ici est un drame. La marquise de Merteuil et Valmont distribue le malheur autour d'eux et corrompt la vertu. En outre, le contexte de ce drame est formé par une société de gens qui sont liés par la naissance, l'éducation, les liens de parenté et d'amitié : Mme de Merteuil est la cousine de Mme de Volanges, la dernière est l'amie intime de Mme de Tourvel. En plus, les trois actions évoquées plus haut sont étroitement liées l'une à l'autre : la marquise de Merteuil a besoin du vicomte de Valmont pour se venger de Gercourt sur Cécile. Valmont hésite au début, mais quand il apprend que c'est Mme de Volanges qui le dessert auprès de Mme de Tourvel et décide dès lors de se venger sur sa fille Cécile. De ce fait, l'unité d'action se traduit par l'action de vengeance qui se déploie par de nombreuses pistes dans ce roman. À la fin, tout s'achève, par deux morts et une catastrophe générale. Ici, le lecteur peut trouver tous les grands moments d'une tragédie.

En résumé, longue est la liste des indices de théâtralité dans *Les Liasions Dangereuses.* Aussi bien l'éditeur parle-t-il de "mettre en scène des personnages" dès l'avertissement. On voit le talent d'acteur de Valmont qui sait camoufler ses vraies émotions et celui de la marquise de Merteuil qui expose comment elle acquiert la capacité de jouer jusqu'aux sentiments les plus contrastes par des mouvements naturels dans certaines lettres. En effet, les éléments de la théâtralité aident souvent à montrer la forme externe de l'image de soi des personnages, car les personnages donnent son image extérieure par l'intermédiaire de son interprétation volontaire ou involontaire. Même si les personnages dans *Les Liaisons dangereuses* "jouent beaucoup" comme on l'a évoqué plus haut, on peut toujours découvrir leur vraie image de soi. En apparence, ces libertins sont vicieux, attrayants, pleins d'esprit, mais au fond, ils sont faibles, amoureux et solitaires. En réalité, la représentation externe reflète aussi le monde intérieur des figures. Par exemple, le fait que les libertins dissimulent leur émotion et jouent avec les sentiments démontre leur hypocrisie et le désir intarissable. Ici, le moi externe et le moi interne se combinent et on découvre ainsi une image de soi complète des personnages.

Par ailleurs, la théâtralité des *Liaisons dangereuses* se voit également par des langages contrastés des personnages principaux et se reflète également dans la structure polyphonique. La structure dite polyphonique fait référence au fait que les personnages du roman ont des caractéristiques de personnalité différentes en tant qu'individus indépendants. Lors de l'écriture des lettres, chaque personnage utilise des intonations et des méthodes différentes. En d'autres termes, ayant sa propre personnalité, chaque personnage emploie son propre langage. La voix des personnages diffère en fonction de leur caractère, des situations et des lecteurs destinés. Ces protagonistes sont comme des figures théâtrales sur la scène où ils parlent et jouent un rôle particulier.

Parlons d'abord du style de langage de Cécile. Il n'est pas difficile de constater que le langage de la petite Cécile est apparemment enfantin. Sur ce point, Mme de Merteuil l'indique sans pitié : « Voyez donc à soigner davantage votre style. Vous écrivez toujours comme un enfant. »① D'ailleurs, le ton et les mots qu'elle emploie sont souvent peu soutenus, le lecteur voit l'utilisation fréquente du mot « ça » et des interjections comme « quoi » et « ah ! » : « Quoi ! Sophie, tu blâmes d'avance ce que je vais

① *LD*, p. 225.

faire ! »①; « Ah ! si tu savais tout ce qu'il me mende ! »②, « ça me faisait de la peine... »③, etc. En plus, l'expression de la petite Volanges est peu soignée. Elle n'est pas capable de décrire ses sentiments par l'intermédiaire des termes exacts et précis. Encore une fois, elle emploie souvent des tournures vagues comme « cela » et « ça » pour désigner ses émotions : « mais je ne saurais te dire le plaisir que ça m'a fait. »④ Pour exprimer un émoi qui la touche vivement, elle ne dispose que du vocabulaire pauvre comme « plaisir », « dur », « triste », « fâché », etc. Et pour montrer un sentiment plus intense, Cécile n'utilise que des renforcements grammaticaux : l'adverbe « bien » et la conjonction « si »: « bien assez », « bien peur », « si forte ». Un autre personnage dans le roman ressemble beaucoup à Cécile sur certains points. Il est aussi jeune, sentimental, et ingénu, c'est Danceny. Au début, son vocabulaire est aussi pauvre que Cécile. Dans les billets qu'il adresse à Cécile, on ne trouve que les mots comme « amour », « bonheur » « heureux »⑤. Pourtant, il reçoit une éducation plus soignée que Cécile, Danceny dispose ainsi d'un registre plus soutenu et plus élaboré. Le lecteur voit bien ses changements et évolutions avec le temps. Le langage de ses lettres se raffine peu à peu et prend enfin dans ses derniers écrits, des tons plus sages et plus modérés. Laurent Versini souligne ce point dans son livre :

---

① *Ibid.*, p. 65.

② *Ibid.*, p. 62.

③ *Ibid.*, p. 46.

④ *Ibid.*, p. 67.

⑤ Dans la lettre 31 seulement, le lecteur remarque trois fois le mot « amour », trois fois le mot « bonheur », quatre fois le verbe « aimer », trois fois l'adjectif « heureux ».

« *Si Laclos s'est amusé à montrer combien l'écolier change, il n'en reste pas moins que ses progrès ne font que développer* [...] *toutes les modes, toutes les influences, son style, tous les styles, celui de Marivaux, celui de Jean-Jacques Rousseau, le style entrecoupé de Diderot même, ce qui est très rare dans Les Liaisons dangereuses.* »①

Quant au duo infernal Merteuil-Valmont, leur langage partage bien des points communs. Le vicomte de Valmont est le personnage qui écrit le plus dans ce roman : 51 lettres sur 175 lettres. Sa palette stylistique du langage est très variée tout comme celle de Mme de Merteuil. Valmont adapte le ton de ses lettres en fonction des destinataires avec une habilité totale. Avec Azolan, son chasseur, il sait parler en maître et passe de la froideur à la familiarité de manières assez fréquentes ; avec Cécile, il essaie de jouer sur la frivolité et l'insouciance ; avec le Père Anselme, Valmont adopte un style de langage adroit et il utilise des termes académiques. Cependant, quand il est avec Mme de Tourvel, Valmont paraît sous une forme déguisée. Il emploie un langage classique et soutenu avec un ton traditionnel et modéré. Ici, il a l'intention de choisir de véritables clichés pour convaincre Mme de Tourvel de son sentiment fidèle et désintéressé. C'est pourquoi il utilise souvent les mots comme « pitié », « félicitée », « inaltérable », « rigueur ». En ce qui concerne le langage de Mme de Merteuil, elle recherche plutôt la brièveté et la diversité. Elle peut utiliser le vocabulaire très familier et en même temps le langage soutenu des le monde mondain. En voici quelques exemples pour montrer la familiarité de sa langue : « En

① Laurent Versini, *Laclos et la tradition : Essai sur les sources et la technique des Liaisons dangreuses*, Paris, Revue et augmentée, 2012, p. 324.

*vérité, Vicomte, vous êtes insupportable.* »①; « Elle est vraiment aimable »②. On voit que le ton est plein de vivacité et de mouvement qui anime la plupart de ses lettres. En outre, les deux libertins emploient bien de métaphores et de comparaisons pour illustrer leurs lettres. On découvre avant tout des métaphores traditionnelles dans la correspondance de Valmont : « Vous connaissez mon Chasseur, trésor d'intrigue, et vrai valet de Comédie »③; « L'amour qui prépare ma couronne hésite lui-même entre le myrte et le laurier, ou plutôt, il les réunira pour honorer mon triomphe »④. Quant à Mme de Merteuil, l'esprit de celle-ci est animé par une imagination sans cesse et son langage s'enrichit de métaphores et de comparaisons inattendues : « il serait homme à ne pas approuver notre renouvellement de bail »⑤; « Je suis pour vous une Fée bienfaisante »⑥. D'autres comparaisons prennent leur origine de la maladie ou de la guerre : « Des maux de reins, de violentes coliques, des symptômes moins équivoques encore »⑦; « Une des choses qui me flatte le plus est une attaque vite et bien faite, où tout se succède avec ordre quoiqu'avec rapidité »⑧, etc.

Parmi cette bande de libertins, il y a un personnage qui se distingue des autres, c'est Mme de Tourvel. Le langage de cette figure pudique est celui des livres dévots et des guides d'édification. Dans son vocabulaire, l'amour

---

① *LD*, p. 139.
② *Ibid.*, p. 147.
③ *Ibid.*, p. 61.
④ *Ibid.*, p. 28.
⑤ *Ibid.*, p. 95.
⑥ *Ibid.*, p. 233.
⑦ *Ibid.*, p. 396.
⑧ *Ibid.*, p. 57.

devient un « poison dangereux » ou un « délire dangereux ». Pourtant, il apparaît que toute sa correspondance montre le conflit affligeant qui la torture. Au début, Mme de Tourvel n'épargne aucun effort pour résister à l'amour de Valmont sous le couvert du ton distant et de la politesse formelle. Néanmoins, elle n'a pas pu résister, et le ton de ses lettres change considérablement. La lettre 67 manifeste un changement radical, car certains paragraphes expriment un émoi, preuve que Mme de Tourvel n'exerce plus de contrôle sur soi et une passion sans issue supplante la raison. On peut lire des phrases qui trahissent un trouble profond : « En vous offrant mon amitié, Monsieur, je vous donne tout ce qui est à moi, tout ce dont je puis disposer. Que pouvez-vous désirer davantage ? Pour me livrer à ce sentiment si doux, si bien fait pour mon cœur, je n'attends que votre aveu. »①

Pour tout dire, Laclos incorpore un grand nombre d'éléments dramatiques dans ce roman. Par la structure de théâtre classique qui répond à un ensemble de règles inspirées du théâtre antique classique et celle de la polyphonie, les personnages du roman semblent être sur la scène et vont au-delà de l'acceptation passive des traits de personnalité qui leur sont donnés par l'auteur, montrant ainsi plus librement le cheminement mental de l'auto-transformation. D'une part, ce mode d'expression permet aux gens de pénétrer à l'intime des personnages de manière plus réaliste ; d'autre part, la représentation dramatique fait de soi non plus une simple personnalité abstraite, mais une manifestation concrète de son apparence. À partir de là, l'auteur met également en évidence les images de soi vraies et multidimensionnelles de différents personnages dans les œuvres littéraires.

① *LD*, p. 175.

En ce qui concerne *Le Rouge et le Noir*, ce roman stendhalien doit aussi un certain nombre de ses techniques au théâtre. Dominique Trouillet écrit à ce propos :

« *On a justement loué les dialogues de Stendhal : à les lire à haute voix, leur vertu théâtrale est évidente et admirable chez un homme qui a cru si passionnément à sa vocation théâtrale pour des résultats, il faut bien le dire, si dérisoires.* »①

Pourtant, Stendhal n'a jamais réussi à écrire une seule pièce durant sa vie. La psychologie de l'auteur est en bonne partie responsable de son impuissance à achever une pièce. Mais cela n'empêche qu'on trouve des éléments de théâtralité dans *Le Rouge et le Noir*.② Par exemple, le premier chapitre du *Rouge et le Noir* se concentrent tout entier sur la description de la petite ville de Verrières : les façades des immeubles, la position géographique, ses habitants, etc. Tous ces éléments constituent un aperçu global qui se sert un peu comme de décor théâtral. Et puis, le maire de cette ville surgit au regard du lecteur : « À son aspect, tous les chapeaux se lèvent rapidement. Ses cheveux sont grisonnants, et il est vêtu de gris. »③ L'ensemble des chapeaux qui se lèvent à l'apparition de M. de Rênal est un moyen qui appartient au registre théâtral, car cette scène interpelle une scène

---

① Dominique Trouiller, « Le monologue intérieur dans *Le Rouge et le Noir* », *Stendhal-Club*, N. 43, 1969, p. 257.

② Jean-Jacques Hamm, *Le Rouge et le Noir de Stendhal*, Paris, Gallimard, 1992, pp. 106-108.

③ *REN*, p. 12.

classique réservée au domaine théâtral : celle de l'arrivée du protagoniste. De plus, la théâtralité se montre également dans des chapitres dont les titres renvoient à des pièces : « le bien des pauvres », « un père et un fils », « Dialogue avec un maître » se ressemble à des comédies qui contiennent du suspens, de la tromperie et des émotions. Enfin, les moments de crise ont une certaine théâtralité. Par exemple, après sa condamnation à mort, il se sent semblable au Ladislas de la pièce de Rotrou :

> « Ce passage Venceslas de Rotrou lui revint tout à coup :
>
> Ladislas
>
> … Mon âme est toute prête.
>
> Le roi, *père de Ladislas*
>
> L'échafaud l'est aussi ; portez-y votre tête. »①

Face à la condamnation à mort, l'individu se rend compte pour la première fois que la vie ou l'existence du soi ne se répète pas et ne se remplace pas. À ce moment intense et unique de sa vie, Julien comprend le sens ultime et la valeur du soi : on ne vit que pour une seule fois. Pourtant, il ne peut plus choisir et il est prêt à accepter la mort. C'est un abandon du soi. Il pense à cet extrait de la pièce de Rotrou, ce qui manifeste une franche acceptation de la mort et le renoncement serein du soi. Un indice de la théâtralité qui se traduit à travers un sentiment ainsi qu'une ambiance de la tragédie qui sert à révéler la vraie image de soi dans la profondeur.

En tant qu'écrivain français important du XXe siècle, la littérature de

① *REN*, p. 580.

Gide implique le théâtre sous de multiples aspects : il a non seulement créé de nombreuses œuvres théâtrales, mais a également incorporé des éléments de théâtralité dans ses romans. À travers la théâtralité, Gide réalise une sorte de passerelle entre le théâtre et le récit.① Il est facile de marquer que le terme « comédie » ne cesse d'apparaître dans les œuvres gidiennes pour désigner certaines extraits romanesques. À titre d'exemple, dans *La Porte étroite*, la mère de Jérôme compare la crise de Lucile Bucolin à une comédie : « Veux-tu que je te dise, mon ami : tout cela, c'est de la comédie. »②

Au fond, nous pouvons constater que Gide n'abandonne pas vraiment le théâtre dans ses romans, puisque ses personnages fictionnels vivent leur vie comme dans une pièce de théâtre. L'emploi du terme « comédie » montre bien que cette scène romanesque est marquée par la théâtralité. Pourtant, le recours à la théâtralité ne se limite pas à l'emploi de mots théâtraux. Bien évidemment, l'écriture dialogique et gestuelle sont les deux éléments principaux dans la théâtralité. Pour Gide, la théâtralité est une façon de dessiner et mettre en avant l'image de soi ainsi qu'un moyen de définir le rapport avec autrui. Car la théâtralité permet non seulement de souligner ce qui est donné à voir, mais aussi ce qui est donné à dissimuler.

Parlons d'abord de l'écriture conversationnelle. Il est incontestable à dire que la conversation ou le dialogue est une particularité théâtrale. D'après Alain Viala : « le théâtre est avant tout art du dialogue »③. Dans ce cas-là,

---

① Mahmod AHMED MAHMOD, *Le rapport à l'autre dans l' œuvre romanesque d'André Gide*, thèse de doctorat sous la direction de Michel P. SCHMITT, Université Lumière Lyon 2, 2013, pp. 264-292.

② *PE*, p. 15.

③ Alain Viala, *Le théâtre en France : des origines à nos jours*, Paris, Presses universitaires de France, 1997, p. 35.

nous sommes devant la première forme de théâtralité dans la fiction gidienne. Comme on peut le constater, la conversation entre deux personnages est capable d'orienter le récit et conduit à explorer les personnages, puisque le contenu de leur conversation a souvent de valeur de renseignements qui sert à déterminer les circonstances générales et l'identité des personnages. Dans *La Symphonie pastorale*, une conversation entre le pasteur et une vieille femme en est un bon exemple :

> « — *Cette fille aveugle ; une nièce, à ce que dit la servante ; c'est à quoi la famille se réduit, paraît-il. Il faudra la mettre à l'hospice ; sinon, je ne sais pas ce qu'elle pourra devenir.* [...]
>
> — *Ne la réveillez pas, dis-je doucement*[...]
>
> — *Oh ! je ne pense pas qu'elle dorme ; mais c'est une idiote ; elle ne parle pas et ne comprend rien à ce qu'on dit. Depuis ce matin que je suis dans la pièce, elle n'a pour ainsi dire pas bougé.* [...]
>
> — *Quel âge a-t-elle ?*
>
> — *Une quinzaine d'années, je suppose !* [...] »①

C'est donc par cette conversation que l'auteur arrive à encadrer les personnages : on peut voir à partir de la citation ci-dessus que la protagoniste Gertrude apparaît devant nous sous la forme théâtrale pour la première fois. Toujours est-il que mettre en scène les personnages et donner un caractère théâtral à son roman est l'occasion pour Gide de fournir des informations sur les personnages. Ces informations sont la base pour décrire

---

① *SP*, p. 48.

l'image du personnage et pour faire apparaître ses personnalités inhérentes : à travers la conversation plus haut, les lecteurs peuvent avoir un aperçu de la personnalité introvertie et silencieuse de la "fille aveugle" dans ce roman, puisque la conversation a un grand avantage pour cerner la qualité et le caractère des protagonistes. Dans de tels cas, le lecteur est en mesure de rassembler toutes les indications dans les conversations diverses pour reconstituer la vraie image d'un certain personnage.

En outre, les conversations participent également à faire progresser l'action du roman. En réalité, l'acte de parler représente une partie importante de l'action de la pièce. Ce rapport de la conversation avec l'intrigue est une autre spécificité théâtrale. La conversation sert également à mieux comprendre les personnages dont leur comportement reste parfois mystérieux. En ce sens, Gide accorde une autre fonction au dialogue : c'est celle de dévoiler le passé et la vraie personnalité des personnages. Autrement dit, la conversation possède un rôle de révélateur. Il en est pas moins que la conversation aide à faire entendre la voix des personnages au lecteur. De là, le dialogue permet au lecteur d'être au sein de l'histoire et de l'univers romanesque en même temps avec les protagonistes. Le lecteur peut ainsi imaginer et déterminer les caractères des personnages d'après leurs propres dires. Par ailleurs, pour les personnages eux-mêmes, la conversation est aussi un moyen de se connaître : la conversation signifie avoir de multiples rapports avec les autres. Nous aurions parfois besoin de nous comprendre à travers autrui, et la conversation fournit, au moment voulu, un tel scénario. Par le biais des conversations franches, les lecteurs pénètrent dans le monde intérieur des personnages. Une fois entrés dans ces espaces intimistes, la véritable image de soi des personnages commence à être plus clairement présentée aux lecteurs.

Au surplus, dans les œuvres romanesques de Gide, on peut marquer bien de sous-entendus et de non-dits. Parce que Gide a bien conscience du danger que représente l'évocation des idées allant à l'encontre de la norme sociale. Dans un tel contexte, beaucoup de sujets sont un tabou et ne sont pas dicibles. Par exemple, l'homosexualité est un sujet délicat. Nous ne parlons pas ici de mensonges, mais des secrets qui supposent une dissimulation. Gide donne parfois le sentiment qu'il faut dissimuler pour avancer dans le monde. Certains personnages gidiens sont réduits au silence tandis qu'une autre partie des personnages fait le choix de la parole. Mais c'est une parole faite par sous-entendus. Dans *L'Immoraliste*, Michel sous-entend ses relations avec les enfants sans les vraiment dire. Il faut rappeler ici que sous-entendre n'est pas se taire ou mentir, mais une façon de dire la vérité en douceur. Si Gide prend le parti de cacher certaines vérités, il laisse au lecteur d'en connaître d'autres par le biais des dialogues, car le lecteur prend part à l'échange des propos entre les personnages. Les dires des personnages aident le lecteur à comprendre mieux la situation et parfois la vraie pensée des protagonistes. Cela sert, bien évidemment, à décrire l'image de soi des personnages. On voit ici un des grands avantages de la conversation, c'est d'épancher le cœur des interlocuteurs pour émerger, chacun de son côté, le monde spirituel intérieur. La personne qui parle montre son image de soi d'une façon directe et nette. L'autre qui écoute reçoit son interlocuteur comme un individu unique ayant sa propre pensée et son monde spirituel par sa parole.

Il est important de souligner à nouveau que les protagonistes eux-mêmes trouvent souvent un grand intérêt dans l'acte de parler, car une conversation avec autrui, c'est aussi une occasion de s'exprimer et de se montrer sa propre image. Notamment, ils ont le besoin de parler quand ils se trouvent en présence d'un autre personnage. En se confiant aux autres, les personnages se présentent tout seuls. Comme Jean Claude le note : « ce n'est plus le narrateur qui montre les personnages ; le personnage se présente lui-même ; ce qu'il dit et ce qu'il fait doiventsuffire à le caractériser. » ①

En plus de l'écriture conversationnelle, les éléments théâtraux sont également représentés par la gestuelle considérée comme un autre mode de communication entre les personnages. Il ne fait aucun doute que les gestes expressifs peuvent présenter des effets dramatiques riches. En ce qui concerne la création romanesque, la gestuelle peut donner une expérience visuelle fluide à l'espace statique du roman. Par l'intermédiaire des gestes, les personnages se montrent et s'expriment d'une façon plus vive. Ils remplacent la parole par des gestes qui présentent la même signification et donnent la même image de soi devant le lecteur. Dans *Isabelle*, la scène d'affrontement entre Isablle et sa mère est représentée non seulement par les mots, mais aussi par des gestes :

> « *Elle s'avança de nouveau, à pas rythmés, solennelle, portant loin devant elle étendue sa main chargée d'énormes bagues. Au milieu de la chambre elle s'arrêta, se tourna tout d'une pièce du côté de sa fille, le geste toujours tendu, et, avec une voix aiguë à percer les murailles :*
>
> *— Arrière de moi, fille ingrate ! Je ne me laisserai plus émouvoir*

① Jean Claude, *André Gide et le théâtre*, *Tome II*, Paris, Gallimard, 1992, p. 316.

*par vos larmes, et vos protestations ont perdu pour jamais le chemin de mon cœur.*

*Tout cela était débité, crié sur le même fausset sans nuances. Isabelle cependant s'était jetée aux pieds de sa mère, dont elle avait saisi la jupe, et la tirait*[...] »①

On voit ici qu'il est possible de comprendre l'attitude et le caractère des personnages via leur geste. Dans la scène citée ci-dessus, rien n'est plus révélateur que l'attitude opposée de la mère et de la fille. Certains gestes qui suivent les répliques s'occupent d'une valeur expressive qui complète les mots ou les remplace. Par une série de gestes, le lecteur comprend le refus de la mère pour pardonner à sa fille. De même, par leur propre geste, non seulement les gestes amènent à visualiser l'action des personnages, mais aussi à démontrer bien la personnalité et l'image de soi de ces deux personnages. Prenons un autre exemple, dans *Isabelle*, on comprend tout de suite l'hypocrisie de l'abbé Santal par cette description des gestes :

« *Leur petit-fils est mon élève. Dieu me permet de l'instruire depuis trois ans. Il avait dit ces mots en fermant les yeux et avec une componction modeste, comme s'il s'était agi d'un prince du sang.* »②

Gide met en relief toute l'animation du visage de l'abbé Santal pour faire entrevoir son caractère. Il est évident que l'abbé Santal tente de dissimuler ses vraies intentions derrière sa gestuelle et ses expressions

① André Gide, *Isabelle*, *op. cit.*, p. 145.
② *Ibid.*, p. 27.

faciales, mais en vain. Entre Gérard et l'abbé Santal, chacun d'eux observe l'autre dans une scène où la parole est suspendue, des scènes sont réduites à un simple échange de regards et de gestes, ce qui permet à un autre langage d'apparaître sur le coup : le langage corporel. Il va sans dire qu'en comparaison des mots, les gestes ou les expressions sont du langage corporel. Toujours est-il que le langage corporel, en tant que partie importante du système de langage généralisé, a les mêmes fonctions que la parole et l'écriture : le langage corporel réalise la communication entre les personnes et sert à afficher en même temps l'image de soi unique du locuteur de la langue.

Si la conversation et l'écriture gestuelle occupent une place primordiale dans l'univers théâtral, on trouve également un autre élément incontournable sur la scène, c'est l'éclairage. Pour Gide, le roman est pensé comme une scène de théâtre. C'est la raison pour laquelle il inscrit les jeux de lumière dans ses œuvres①. Si l'on regarde de plus près, il est facile de constater qu'il existe "de l'ombre" et "de la lumière" dans l'univers romanesque gidien. Les œuvres jouent avec le réel et l'imaginatif ainsi que l'ombre et la lumière. Nous pouvons supposer que le choix de l'ombre c'est dans le but de se protéger du regard des autres alors que le choix de la lumière c'est de s'assumer. Si l'engagement de l'auteur pour la cause homosexuelle est "sous la lumière" dans *Corydon*, l'évocation de la perversion est bien "dans l'ombre" dans *L'Immoraliste*. Dans sa vraie vie, la figure de Madeleine importe à Gide de créer ses œuvres. Pourtant, son épouse reste toujours dans l'ombre.

① Justine Legrand, *André Gide : de la perversion au genre sexuel*, Paris, Orizons, 2012, pp. 208-210.

Pour être plus précis, l'ombre représente pour Gide le lieu idéal du secret et de la dissimulation. Le héros de *L'Immoraliste* exploite la richesse de l'ombre : Michel attend souvent la nuit pour partager son aventure avec ses amis. Bien évidemment, la nuit signifie l'ombre. De la même manière, Michel joue sans cesse le jeu de l'ombre avec sa femme Marceline :

« *Puis, dans l'ombre une figure que je ne connaissais pas. Anxieusement, sans bruit, je m'approchai du lit. Marceline avait les yeux fermés ; elle était terriblement pâle que d'abord je la crus morte ; mais sans ouvrir les yeux, elle tourna vers moi sa tête. Dans un coin sombre de la pièce, la figure inconnue rangeait, cachait divers objets* [...] »①

L'ombre participe pleinement au jeu du secret et du déguisement. Il est vrai que l'ombre est plutôt le lieu autorisant l'infamie. L'infamie, c'est la porte par laquelle Gide fait entrer la perversion dans la norme. Ces zones d'ombre, Gide les choisit non seulement d'en faire le lieu du camouflage et du secret, mais aussi l'endroit où le vice va exercer son pouvoir sur l'être humain, car la dépravation est la figure centrale qui règne dans l'ombre.

Cependant, l'ombre est également un passage pour accéder à la lumière. Car si Michel raconte son aventure dans la nuit, à la fin du récit, le jour se lève et Michel se découvre de nouveau. Ici, l'obscurité n'est plus le lieu de la gravité, mais se transforme en lieu nécessaire pour que la vérité puisse se faire. Autrement dit, l'ombre devient ici le chemin de la révélation et de la

① *LI*, p. 126.

lumière. Chez Gide, jouer de l'ombre c'est vouloir aller vers la lumière. C'est, au fond, vouloir être reconnu et accepté par la société. En effet, dans chaque ombre se trouve l'espoir de lumière, et dans chaque lumière il y a une part d'ombre. Lafcadio en est un exemple : avec son acte gratuit, il agit dans l'ombre et met en lumière la partie diabolique qui existe en lui. Ainsi, l'ombre est la lumière se trouvent ensemble dans le chemin qui conduit le lecteur à découvrir les vrais visages et l'image de soi des personnages, et à travers eux à entendre le message de Gide. Il n'est pas difficile de noter que l'image de soi a un autre lien étroit avec le jeu de lumière. Quand un personnage est sous la lumière, cela signifie que l'image de soi est sous le regard du public et de la société. En revanche, lorsqu'un personnage est dans l'ombre, cela veut dire que son image de soi se détache du regard public et social. Selon la position différente, la façon d'existence de l'image de soi varie de manière permanente.

Si Gide utilise les éléments de théâtralité dans ses œuvres romanesques, c'est parce que cette forme d'écrire lui permet de mieux montrer le monde intérieur et l'image de soi de ses personnages. Les personnages eux-mêmes participent à la mise en scène constante des œuvres. En même temps, les mises en scène permettent à l'auteur de fournir une plus grande partie de liberté à ces personnages. Dès lors, l'important pour le héros, ce n'est pas seulement d'accomplir la tâche donnée par l'auteur. Parce que tout est scéniquement organisé pour les personnages afin de se raconter et de refléter au mieux leur image de soi. De cette manière, la théâtralité souligne la difficulté et la nécessité de décrire de manière juste et subtile l'image de soi dans des œuvres romanesques gidiennes et de les rencontrer dans leur intime.

En plus des éléments de théâtralité dans les œuvres romanesques gidiennes, l'auteur crée de vraies pièces de théâtre. Il est vrai que Gide est reconnu plus comme romancier que comme dramaturge, l'histoire du théâtre contemporain n'accorde qu'une place très mince à la production dramatique de Gide et nous sentons bien que les auteurs ne voient pas très bien dans quelle catégorie faire entrer les pièces de théâtre de Gide. Dans ce cas-là, l'aspect théâtral de Gide est souvent négligé. Néanomoins, l'histoire des rapports que Gide a pu entretenir avec le théâtre n'est pas si simple. Même si l'on estime que la production dramatique de Gide reste la partie mineure de ses œuvres, Paul Surer lui reconnaît cependant le mérite d'avoir été « le premier à deviner le parti qu'un dramaturge pouvait tirer des légendes bibliques ou des fictions antiques pour exprimer son éthique personnelle ou des préoccupations toutes modernes »①. En réalité, toutes ses œuvres théâtrales sont des œuvres mûries, réfléchies, dont le contenu interfère sans cesse avec ses autres œuvres. Pour cette raison, elles aident à comprendre l'ensemble de ses travaux littéraires et on aurait tort de les négliger.

Les idées de Gide sur le théâtre sont assez précises, mais elles se trouvent dispersées dans un certain nombre de jugements qu'il a formulés dans son *Jounal* et ses correspondances. Écrire des pièces de théâtre est chez Gide un très ancien projet puisque nous en trouvons mention dans son *Journal* le 12 mars 1889. Il rêve d'écrire une pièce « d'une ironie froide, implacable »②. C'est dans cette perspective qu'ont été écrites ses deux premières œuvres théâtrales : *Saül* et *Le Roi Candaule*.

Dans une perspective plus large, l'œuvre théâtrale de Gide ne se limite

① Paul Surer, *Cinquante ans de théâtre*, Paris,Cartonné, 1969, p. 244.

② Claude Mauriac, *Conversations avec André Gide*, Paris, Albin Michel, 1951, p. 51.

pas à ce qui précède : il a déjà publié un recueil d'œuvres intitulé *Théâtre complet vers* 1947. Cet ensemble d'œuvres se compose de seize pièces, dont toutes les pièces sont créées ou traduites par Gide. Si l'on regarde de plus près, il n'est pas difficile de constater que les œuvres théâtrales de Gide couvrent un large éventail de thèmes, tels que *Philoctète*, *Œdipe*, *Perséphone* qui portent tous le nom de personnages de la mythologie grecque et leur contenu est également tiré de mythes connexes. *Le Retour de l'Enfant Prodigue* est dérivé d'une histoire biblique, tandis que *Le Procès* est basé sur le roman du même nom de Kafka. Du point de vue des procédés créatifs et de la forme théâtrale, *Le Treizième Arbre* est profondément influencé par la psychanalyse de Freud, alors que *Les Caves du Vatican* est dérivé d'une pièce de sotie de longue date. Cependant, quelle que soit la diversité du sujet et l'évolution de la forme, Gide s'efforce toujours de dépeindre les caractéristiques de la personnalité des différents personnages de la pièce. En d'autres termes, son centre d'attention pointe toujours vers l'individu et le moi dans la pièce, et l'image de soi qui en ressort présente à la fois des formes diverses et une tension inhérente. À travers les riches images individuelles de ces personnages, l'affichage profond de soi et du monde spirituel se présente de manière naturelle. La singularité et la valeur intrinsèque des œuvres dramatiques de Gide s'y reflètent dans cette perspective.

Pourtant, Gide sait fort bien que le théâtre est un art complexe et qu'il est impossible de le réduire à la seule lecture des textes dramatiques. Du grand drame au petit traité, il y a dans les œuvres théâtrales gidiennes, une réelle diversité, une certaine originalité et un traitement personnel des formes dramatiques.

À suivre la carrière dramatique de Gide, nous voyons combien le théâtre l'a tenté. En réalité, cette opinion que Gide s'est faite du théâtre s'est construite par la fidélité à toute une tradition théâtrale①: des œuvres tragiques grecs au classicisme français en passant par Shakespeare. Dans toutes ces grandes œuvres dramatiques du passé, Gide recherche bien autre chose qu'une technique dramatique. Pour Gide, ces œuvres théâtrales sont l'objet de méditation, de considération éthique et esthétique. Pour lui, « ces multiples éléments auxquels l'œuvre dramatique pour être exécutée et avec succès fait appel : richesse des décors, éclat des costumes beauté des femmes, talent, célébrité des acteurs et aussi les préoccupations sociales, patriotiques, pornographiques, ou pseudo-artistiques de l'auteur »②.

Quand Gide songe à écrire Œdipe, il relit en quelques jours *Œdipe*, *Antigone*, *Les Sept devant Thèbes et Prométhée.* C'est l'occasion de réexprimer son admiration :

> « [...] *Antigone et Prométhéeavec l'admiration la plus vive. Il me paraît que rie n n'a été écrit de plus beau, dans aucune littérature* »③.

Shakespeare a été également pour Gide une de ses grandes admirations. Gide n'a cessé de le lire et le relire. Parmi toutes les œuvres dramatiques de Shakespeare, ce sont les drames historiques qui l'intéressent le plus et suscitent son enthousiasme. Dans une de ses lettres, il écrit ces commentaires

① Jean Claude, *André Gide et le théâtre*, *tome I*, Paris, Gallimard, 1992, pp. 263-276.

② André Gide, *Journal* 1889-1939, Paris, Gallimard, 1977, p. 1020.

③ *Ibid.*, p. 927.

afin de susciter l' enthousiasme de ses proches :

> « *Plongez-vous donc dans la suite des grands drames historiques, ainsi que j'ai fait durant trois mois de retraite à Saint-Louis du Sénégal. Il y a deux façons de les lire, et je ne sais laquelle est la meilleure. Pour moi, je suivais l'ordre du livre, l'ordre chronologique des événements, et j'allais de stupeur en stupeur, d'émerveillement en ravissement. Mais les Anglais fort intelligents m'ont conseillé, quand je les relirai, de les reprendre des leurs ordres de composition, de manière à goûter aussi les changements dans la manière et le style, l'évolution de la pensée de Shakespeare* »①.

Revenons à Gide, ses trois œuvres principales dramatiques sont *Saül*, *Le Roi Candaule* et *Œdipe*. On voit que chaque pièce porte le nom du protagoniste, c'est-à-dire que le personnage joue dans le drame le rôle principal. Pour être plus précis, c'est un univers théâtral où un personnage dramatique concentre sur lui toute l'attention et une bonne parité de l'intérêt, où tous les autres personnages s'organisent en fonction de lui et ne se comprennent que par rapport à lui. C'est une initiative de Gide. Car l'univers traditionnel de théâtre s'établit entre deux ou plusieurs personnages. Dans les pièces gidiennes, c'est principalement la figure centrale qui est au sein de l'action, qui influence la situation et la tension dramatique. Dès lors, le drame n'est plus « le fait collectif d'un petit groupe humain à l'intérieur

① Jean Lambert, *Gide familier*, Paris, Julliard, 1958, p. 84.

duquel se heurtent des forces architectoniquement structurées »①. Pour Gide, la figure centrale est le point de référence qui montre de riches connotations dramatiques. Il travaille à partir d'elle et de ce qu'elle doit représenter. Les personnages théâtraux prennent les caractéristiques individuelles du moi comme leur âme intérieure. Du point de vue de l'existence, le personnage central du drame est exprimé comme un individu concret, qui non seulement symbolise un moi unique, mais a également une variété de caractéristiques personnelles. En ce sens, le modèle dramatique centré sur les personnages d'une certaine pièce constitue également une manière unique de montrer l'image de soi.

Les trois grandes figures dramatiques créées par Gide : Saül, Roi Candaule et Œdipe ont bien leur propre caractère②. Ce sont des personnages complexes à qui leur auteur prête une grandeur tragique et une vie intérieure intense. Ils sont l'incarnation de conscience déchirée par des forces contraires. Nous nous souvenons de ce que Gide réclamait pour la rénovation du théâtre : « Qui dit drame, dit : caractère »③. C'est la raison pour laquelle chaque protagoniste de ses drames est un « personnage de caractère » qui cherche toujours le dépassement et l'accomplissement de soi. Il en découle que Gide considère le théâtre comme un moyen et une scène pour s'exprimer et témoigner de sa personnalité unique.

---

① Étienne Souriau, *Les deux cent mille situations dramatiques*, Paris, Flammarion, 1950, p. 56.

② Jean Claude, *André Gide et le théâtre, tome II*, Paris, Gallimard, 1992, pp. 13-43.

③ André Gide, *Nouveaux prétextes : réflexions sur quelques points de littérature et de morale*, Paris, Mercure de France, 2014, p. 151.

Prenons Œdipe comme exemple. Comme nous pouvons le constater, Œdipe représente dans le théâtre de Gide une figure complexe empruntée à l'Antiquité grecque qu'il recrée à nouveau. La découverte des tragiques grecs remonte à l'adolescence de Gide. La lecture de ces grandes pièces a exercé sur son esprit une influence décisive. Il est vrai qu'au travers de telles lectures, Gide recherche plutôt une réponse à ses propres questions et à ses inquiétudes. Ces lectures lui révèlent un univers différent de l'univers contraignant dans lequel il se sent enfermé. En réalité, le contenu des pièces antiques l'intéresse plus que la forme. Les tragédies grecques lui fournissent l'exemple de héros qui ont en eux une force irrépressible pour les conduire à un dépassement continuel d'eux-mêmes et pour les pousser à accomplir la vocation de grandeur. On voit ici qu'un aspect fondamental du théâtre de Gide est la manière dont il le nourrit de ses propres interrogations, de ses préoccupations, de ses réflexions et de ses pensées.

Au lieu d'imiter le mythe tel qu'il est, Gide le refait et le charge d'exprimer ses propres espoirs et doutes sous une nouvelle forme. La ligne générale de cette pièce est claire : il s'agit de manifester l'importance et la déroute de l'individualisme. Dans cette pièce en trois actes, Œdipe se montre complètement indifférent à l'oracle et à la voix céleste. Il s'efforce de se défaire du dogme et de la famille. Il ne veut rien savoir de son passé, et de cette ignorance il a fait sa force. Dans ce contexte, Œdipe se croit libre et n'admet aucune attache, ni le poids du passé, ni le joug de la famille et de la religion. Il se glorifie même de cette liberté :

« *Jailli de l'inconnu ; plus de passé, plus de modèle, rien sur quoi m'appuyer ; tout à créer, patrie, ancêtre... à inventer, à découvrir. Personne à qui ressembler, que moi-même.... O Gréon ! si soumis, si conforme à tout, comment comprendras-tu la beauté de cette exigence ? C'est un appel à la vaillance...* » ①

Même si la ligne est claire, il n'empêche que la conscience d'Œdipe devient le lieu d'une lutte où se débattent ses idées diverses. Lui qui se déclare avoir conquis, par ses propres moyens, la gloire et le bonheur. Nous y trouvons clairement une attitude narcissique. Œdipe est épris de sa propre âme et ce qu'il aime chez Dieu n'est que son image de soi embelli et le reflet de son âme ennoblie.

« *Œdipe : J'ai longtemps cru que j'étais guidé par un dieu.*

*Tirésias : Un dieu qui n'était autre que toi-même ; oui, que toi-même divinisé.* » ②

Cependant, le moment arrive où Œdipe se rend compte que son bonheur est construit sur un mensonge et sur l'ignorance. Dès lors, le soi se réveille et il veut savoir à tout prix le secret de sa naissance et de sa destinée. Une fois réveillé, Œdipe voit la nature factice de son bonheur parce que l'angle sous lequel il le considère a désormais changé. Ces moments de changement constituent des signes précurseurs de l'affaiblissement de son individualisme et de son humanisme excessif. Auparavant aveuglé par son orgueil, il reconnaît maintenant que ce bonheur qu'il croyait conquis n'a rien de solide et que ce bonheur finit par s'éteindre, de même que son projet

---

① André Gide, *Théâtre*, Paris, Gallimard, 1942, p. 272.

② *Ibid.*, p. 261.

d'émancipation et d'autonomie. C'est le moment d'une lutte avec lui-même, où il choisit à nouveau son propre destin. Autrement dit, c'est une occasion de dépasser sa condition humaine et de redécouvrir le soi. Le soi est, sans aucun doute, une véritable profession de foi. La pleine réalisation de soi, c'est pour se diriger vers l'avenir et vers la culmination de toutes les potentialités de l'homme qui sommeillent sous les conventions. C'est le seul but à atteindre et la seule valeur véritable de l'homme. En même temps, c'est le seul mot de passe devant les démons ou le sphinx qui veut dévorer les passants.

> « *Car, comprenez-moi bien, mes petits, que chacun de nous, adolescent, rencontre au début de sa course, un monstre qui dresse devant lui telle énigme qui nous puisse empêcher d'avancer... Persuadez-vous qu'à chacune des questions du sphinx la réponse est pareille ; oui, qu'il n'y a qu'une seule et même réponse à de si diverses questions ; et que cette réponse unique, c'est : l'Homme ; et que cet homme unique, pour un chacun de nous, c'est : Soi.* »①

À travers le triomphe sur les démons qui l'épouvantent, nous voyons ici la victoire de l'homme sur sa propre inquiétude et la lutte pour la liberté d'autrui. Œdipe a trouvé enfin le vrai bonheur. Pourtant, ce n'est pas la fin. Bien au contraire, c'est le nouveau départ d'Œdipe. Quand il quitte Thèbes pour l'inconnu, il n'a pas accompli sa mission. Ce nouveau départ de Thèbes, n'a plus la même valeur que sa première fuite de Corinthe. On peut

---

① André Gide, *Théâtre*, Paris, Gallimard, 1942, p. 283.

constater qu'Œdipe accepte de se sacrifier. Cependant, il veut que ce sacrifice reste un geste de révolte et de libération. Ici, la période d'émancipation débouche sur un nouveau stade d'engagement et de responsabilité sociale.

On peut voir clairement ici l'évolution de l'image de soi d'Œdipe. Au départ, il se montre plutôt arrogant, il croit qu'on peut trouver un bonheur fondé sur l'exaltation de l'individu. Puis, l'image arrogante se transforme petit à petit en image lucide et raisonnable. Pendant cette période, Œdipe se rend compte qu' « un grand destin m'attend, tapi dans les ombres du soir. [...] le temps de la quiétude est passé. Réveille-toi de ton bonheur »①. Pour être plus précis, il refuse un bonheur fait d'erreur et d'ignorance. À la fin, cette lucidité le conduit à se dépasser et à s'engager dans la société. C'est alors une image de soi qui sait désormais assumer le devoir et la responsabilité sociale.

Parlons maintenant des deux autres personnages principaux dans l'univers théâtral de Gide. Il s'agit de Saül et de Candaule. *Saül* est la première œuvre théâtrale de Gide publiée en 1896. Le titre de la pièce permet au public une identification rapide. D'après le récit biblique, c'est le premier roi d'Israël. Cependant, Dieu préfère David, le beau et jeune berger, et abandonne Saül. Au lieu de le tuer, Saül tombe amoureux de ce dernier. Il va sans dire que Saül est un personnage complexe qui a une âme tourmentée. Devant son fils, Saül affirme : « Ma valeur est dans ma complication »②. Avec ce héros, Gide dessine un caractère tiraillé en tous les sens par des forces contraires.

---

① André Gide, *Théâtre*, Paris, Gallimard, 1942, p. 289.
② André Gide, *Théâtre*, Paris, Gallimard, 1942, p. 105.

En outre, Saül est un roi qui accueille tous ses désirs et se laisse dominer par ses désirs. Tout au long du drame, nous constatons bien que le protagoniste est entièrement ouvert aux plaisirs des sens. Dès la première scène, le roi est investi par des démons, des péchés et des passions. Ces passions finissent par l'asservir et le vaincre. Il est attiré par tous les vices. Cette attirance se cristallise surtout dans l'attrait que David exerce sur lui : le Daoud, par lequel Saül est d'emblée séduit et qui le rend comme possédé. Dèsqu'il rencontre David, Saül est sous le charme de sa beauté et s' éprend de lui. Dès lors, il fait tout pour lui plaire et tâche de se rendre plus aimable à ses yeux. Quand l'Ombre de Samuel avertit le roi de stratagèmes, c'est à David qu'il est fait allusion. Néanmoins, Saül ignore toutes ces menaces. Pour lui, David représente un objet du désir amoureux tandis qu'il est en réalité futur roi du royaume d'Israël qui doit déposséder Saül de son trône. Au fond, le personnage est graduellement rongé de l'intérieur par David jusqu'à la dissolution de la personnalité et même jusqu'à la décomposition de soi.

En apparence, Saül est un despote. Il fait assassiner tous les sorciers du royaume à l'exception de la sorcière d'Endor pour qu'il soit la seule personne à savoir l'avenir et à le changer. Toutefois, c'est, par essence, un tyran faible qui se dérobe à ses responsabilités. Quand il sent que le pouvoir s'enfuit, il veut à ce moment-là affirmer sa toute-puissance, ce qui fait justement preuve de sa lâcheté et sa faiblesse. Enfermé en lui-même, son propre destin compte plus que le sort du peuple qu'il gouverne et il laisse souvent les autres décider à sa place.

« *La reine : Jadis, je sais, c'était un roi plein de sagesse et de courage ; mais à présent sa volonté s'est excédée ; elle a besoin qu'on la dirige et c'est moi qui souvent choisis ses décisions. — Ainsi, l'idée d'avoir un chanteur près de lui, — c'est la mienne ; il l'accepte : et tant mieux puisque ce sera vous, ce chanteur. Mais comprenez aussi, David, que le roi, fatigué de mauvaises pensées, a besoin que je le surveille sans cesse.* »①

Gide démontre dans cette pièce un être aliéné, prisonnier de ses désirs, de ses sensations et de ses sentiments, qui est pris au piège de ses contradictions et de sa folie. Ces émotions sont trop intenses, dont il n'a plus le contrôle. Sa déchéance prouve que l'individualisme et la liberté humaine ont bien leurs limites. C'est une image de soi malade, mais humaine, vicieuse, mais faible, égoïste, mais lâche en même temps.

Quant au roi Candaule, c'est une pièce en trois actes publiée entre 1889 et 1901. Pour Gide, les deux sujets principaux de ce drame sont le bonheur et la générosité. Le roi Candaule dévoile publiquement la beauté de Nyssia puisqu'il ne veut pas bénéficier tout seul d'un bien précieux. Il confie même à Gygès sa femme pour une nuit de passion. Selon Gide, le roi Candaule manque de la pudeur dans cet excès de générosité. Il n'est pas difficile à remarquer que dans cette pièce le bonheur est étroitement lié à la générosité. Car la générosité du roi Candaule se montre dans sa volonté de partager son bonheur avec autrui. En d'autres termes, étant généreux, le roi Candaule trouve la confirmation de son propre bonheur. Toutefois, cette générosité excessive se dirige vers la perdition du roi Candaule. Il meurt de la main de

① André Gide, *Théâtre*, Paris, Gallimard, 1942, p. 55.

Gygès, sur l'ordre de Nyssia. Une image de soi tragique qui est en quête de son bonheur en manifestant « sa donnante nature » par la générosité dangereuse se présente ainsi devant le lecteur.

Les trois grandes figures théâtrales créées par Gide sont l'incarnation de conscience déchirée, tourmentée par des forces contraires. Même si les drames gidiens se concentrent souvent sur une seule figure, les personnages secondaires jouent aussi un rôle important dans l'univers dramatique de Gide①. Car les personnages qui entourent le protagoniste aident à nourrir le conflit et faire ressortir l'image littéraire des figures principales. Ces personnages secondaires pourraient être des antithèses des protagonistes qui incarnent des voix contradictoires ou assument une fonction révélatrice. En somme, même s'ils n'ont pas de réelle autonomie, leur comportement ou leur dire est lié directement à l'évolution des personnages principaux.

Nul doute que les deux personnages les plus affirmés sont David dans *Saül* et Gygès dans *Le Roi Candaule*. Ils jouent auprès des figures principales des rôles à peu près semblables. Il est facile à marquer que David est un personnage idéalisé qui suscite une émotion à la fois sensuelle et esthétique. Il est presque le contraire de Saül, car David agit par son rayonnement tandis que Saül est entouré de puissance nocturne et maléfique. David a la jeunesse, la beauté, la force et le courage. Tout doit l'opposer au vieux roi déchu, non seulement les traits physiques, mais aussi les traits moraux. De même, Gygès se manifeste comme l'antithèse du Roi Candaule. Comme on peut bien le constater, le Roi Candaule est l'homme de la culture : « Candaule

① Jean Claude, *André Gide et le théâtre*, *Tome II*, Paris, Gallimard, 1992, pp. 45-91.

est au sommet de la culture : culture sensuelle, intellectuelle et morale. »① Alors que Gygès est l'homme de l'instinct. Il y a quelque chose de sauvage et d'impulsif dans son comportement, comme en prouve la mort brutale de son infidèle femme Trydo. En plus, Gygès est pauvre, modeste et sobre. L'essentiel, c'est qu'il se contente de très peu des biens.

Ces traits de contraste aussi bien dans *Saül* que dans *Le Roi Candaule* créent un véritable conflit dramatique. En comparant avec les personnages secondaires, ces traits servent également à faire ressortir les caractères et les images de soi des protagonistes. Grâce à ces personnages secondaires, le côté nocturne de Saül et la générosité du Roi Candaule s'affirment de manière plus fulgurante.

En outre, David et Gygès possèdent une autre valeur auprès de Saül et du Roi Candaule, c'est celle d'ouvrir les esprits des protagonistes. Plus précisément, l'apparition de David met les sens de Saül en désordre, ce qui le contraint à ouvrir son cœur pour dévoiler une partie confidentielle de lui qu'il ignorait à ce moment-là. Autrement dit, c'est David qui décèle son penchant sensuel à Saül. Gygès, de sa part, force le Roi Candaule à se méfier de sa fortune et son bonheur. En partageant sa fortune avec les misérables, le Roi Candaule prend trop de risques jusqu'à sa perte. On peut marquer ici que les personnages secondaires aident les figures principales à se révéler et se reconnaître mieux. Pour être plus précis, David accentue le déséquilibre déjà installé chez Saül. Gygès détruit la cohérence fragile du Roi Candaule. Ce sont les personnages qui contraignent les protagonistes à prendre conscience de ce qu'ils sont et de ce qui est dissimilé en eux. De

① Henri Ghéon, *Nos directions*, Paris, Biblio Bazaar, 2009, p. 74.

toute évidence, dépeindre indirectement les personnes intéressées à travers les personnages environnants constitue une manière subtile de décrire l'image de soi du protagoniste.

En plus des œuvres théâtrales classiques, Gide crée également des ouvrages sous une forme théâtrale inédite dont *Les Caves du Vatican.* Gide l'a classé comme « sotie ». Au Moyen Âge, la sotie, en tant que drame populaire, était une variante de la farce. Il a hérité d'une partie du théâtre religieux et a perpétué les caractéristiques de la satire et la forme de la farce. Étant descendant de la comédie, la sotie suscite le ridicule des personnages laids et drôles à travers des techniques exagérées et des lignes pleines d'esprit. Dans les faits, *Les Caves du Vatican* est un mélange de styles : Gide transplante un certain art de la sotie dans la création romanesque. Plus précisément, *Les Caves du Vatican* contient non seulement les techniques narratives du roman, mais aussi les caractéristiques artistiques théâtrales et les formes d'expression de la sotie. Les traits du carnaval et les procédés artistiques satiriques du roman illustrent toutes cette observation. La création de *Les Caves du Vatican* a été inspirée par un reportage social dont l'histoire est assez absurde. Il s'agit de la collusion entre certains évêques et francs-maçons pour emprisonner le pape, alors la population a commencé une série de tromperies au nom de la sauvegarde du pape. Le protagoniste Lafcadio précipite dans le vide un vieillard assis en face de lui dans un train dans ce conflit motivé par "l'acte gratuit". Cet acte gratuit représente une sorte de liberté proche de la nature qui est en dehors de tout motif : « sans motif » signifie naturel, non seulement au-delà des intentions et des responsabilités de toute valeur, mais aussi libre de toute norme sociale. À travers son propre comportement inexplicable et déraisonnable, Lafcadio démontre non seulement le lien entre la liberté et la nature, mais se fait également un individu libre et unique qui se situe en deçà et au-delà de du contrôle de la société.

Comme Jean Claude le constate, l'univers théâtral de Gide est comme une composition musicale : « On a pu parler de composition musicale, une orchestration de voix autour d'un thème. [...] Plutôt qu'autour d'un thème, nous serions tentés de dire : autour d'une figure centrale, autour du devenir de cette figure centrale. Dans cette orchestration, une voix domine, comme domine dans certaines compositions musicales tel ou tel instrument pour lequel elle a été écrite. Les autres voix viennent se greffer sur la voix principale, se subordonnent à elle, la soutiennent, la commentent, s'y opposent parfois ou en modulent les harmoniques. »① On peut en déduire que les figures principales sont le « corps central » et « noyau scénique »② dans les drames gidiens. Cependant, Gide est apte à esquisser pour chaque personnage dramatique, aussi bien les protagonistes que les personnages secondaires, une individualité et une image de soi bien claire et distincte.

## 5. 3 La mise en abyme

En comparaison de Laclos et de Stendhal, une des originalités des œuvres gidiennes réside dans ce qu'on appelle la « mise en abyme ». C'est une façon d'écrire tout à fait nouvelle que Lacos et Stendhal n'ont jamais utilisée. De ce fait, c'est nettement une évolution dans l'écriture de soi qui

① Jean Claude, *André Gide et le théâtre ,Tome II*, Paris, Gallimard,1992, p. 91.

② Étienne Souriau, *Les deux cent mille situations dramatiques*, Paris, Flammarion, 1950, p. 29.

mérite d'être traitée dans notre recherche. Selon le *Dictionnaire de l'Académie française*, nous pouvons également écrire « mise en abîme ». La mise en abyme est un procédé littéraire et artistique, qui a lieu lorsqu'une œuvre est citée, emboîtée, à l'intérieur d'une autre œuvre de même nature. Autrement dit, la mise en abyme désigne une structure particulière, interne et savante, d'une œuvre artistique. Cette belle expression de mise en abyme relève de la mode poétique de la littérature médiévale. Elle est empruntée à la langue du blason. « L'abîme est le centre de l'écu lorsqu'il porte une ou plusieurs pièces qui ne chargent aucune des autres » dit Littré, qui tient évidemment ces informations d'un ouvrage de science héraldique. Pour mieux connaître les rapports entre la mise en abyme et l'image de soi, il vaut mieux remonter un peu aux sources de ce procédé artistique.

À la fin du XX$^{e}$ siècle, pour Gide, cette expression semble avoir perdu sa signification féodale, et ne garde qu'une signification imaginaire et poétique. En réalité, c'est Gide qui utilise la mise en abyme dans le sens sémiologique. Fasciné par la complexité de cette expression, il écrit à l'âge de vingt-quatre ans dans son *Journal* ces notes :

> « *J'aime assez qu'en une œuvre d'art on retrouve ainsi transposé, à l'échelle des personnages, le sujet même de cette œuvre par comparaison avec ce procédé du blason qui consiste, dans le premier, à mettre le second en abyme.* » ①

Pourtant, la mise en abyme n'est ni une invention de Gide ni une

① André Gide, *Le journal*, *tome* 1, *op. cit.*, p. 171.

spécialité propre au genre littéraire. En fait, la mise en abyme est un procédé littéraire emprunté à la peinture.① Beaucoup de peintres la pratiquent de longue date. Par exemple, dans *Les Époux Arnolfini*② de Jan van Eyck, on voit au premier plan, les deux protagonistes. Si on regarde de plus près, on voit un miroir convexe central qui rayonne entre les mains unies du couple, le reflet dans le miroir introduit non seulement une vision qui fait voir le couple de dos, mais aussi une vision vers ce qui est invisible depuis le point de vue du spectateur : entre le couple des Arnolfini, il y a deux autres silhouettes se découpent dans l'encadrement de la porte ainsi que l'espace entier du plancher au plafond, la fenêtre invisible, etc. Il faut souligner le souci du détail dont fait preuve Jan van Eyck, en peignant les deux personnages en bleu et en rouge, le peintre offre ainsi la possibilité de les distinguer. Reste cependant à connaître l'identité de ces deux personnages. Les hypothèses sont diverses : on parle de l'épouse de Jan van Eyck, de son frère Hubert van Eyck, des témoins du mariage, ou d'un parent des époux. Pourtant, on n'a pas une réponse définie de cette question. Si nous ne pouvons confirmer l'identité de ces personnages, on peut en

① Selon Didier Sevreu, la mise en abyme est employée dans bien de domaines : les dramaturges ont également recours à la mise en abyme. Hamlet de Shakespeare en est un exemple illustrant : une troupe de comédiens est en train de jouer une pièce dans laquelle un duc assassine le roi, ce qui rappelle le meurtre réel du père d'Hamlet. Étant lui-même roi, le père d'Hamlet est assassiné par son frère Claudius. C'est donc un « théâtre dans le théâtre ». De même au cinéma, on voit des « film dans le film », comme La Nuit américaine de François Truffaut ou La Rose pourpre du caire de Woody Allen. Ainsi, au début du XX$^{e}$ siècle, ce procédé artistique est loin d'être nouveau. Mais c'est Gide qui le popularise et introduit pour la première fois l'expression « mise en abyme » en littérature.

② Voir Annexe 1.

revanche montrer le lien entre la scène et l'espace du spectateur. Dans cette peinture, Jan van Eyck met la scène dans la chambre des époux Arnolfini, ce qui nous offre déjà la possibilité d'accéder à l'espace privé de ces deux protagonistes : le mari se met à côté de la fenêtre tandis que la dame se met à côté du lit, ce qui signifie la répartition des tâches dans cette famille, l'homme exerce un métier, la femme s'occupe plutôt du foyer. Le chien, qui se trouve en bas de la peinture, est une annonciation de fidélité entre ce couple. En effet, par le reflet du miroir, le peintre établit un univers en dehors du tableau afin de montrer le prolongement de la scène et l'espace du peintre. Ainsi, le miroir convexe permet de fixer une vision plus large et plus profonde d'un autre spectacle. En résumé, l'abyme du miroir offre deux images au spectateur : celle représentée par le tableau lui-même, et celle reflétée par le miroir. L'image est donc celle d'une œuvre qui se reproduit à plus petite échelle, en elle-même.

De même, dans *Le Prêteur et sa femme* de Quentin Metsys①, on voit le même procédé artistique. Le miroir convexe est posé au bord du bureau au tout premier plan. Il montre une vision latérale par la fenêtre qui constitue une ouverture hors du local professionnel : paysage sur le ciel entouré du mur extérieur de la maison, d'un arbre, et d'un clocher d'église. Hormis ce paysage, le miroir révèle aussi, à l'angle caché de la table, un troisième personnage mystérieux à coiffure rouge qui est en train de lire sur le bord de la fenêtre. Le miroir convexe introduit à nouveau un autre regard et un autre perspectifs. Dans *Le Journal*, Gide cite lui-même l'exemple des *Ménines* du peintre espagnol Vélasquez②:

① Voir Annexe 2.
② Voir Annexe 3.

« *Ainsi, dans tels tableaux de Memling ou de Quentin Metsys, un petit miroir convexe et sombre reflète, à son tour, l'intérieur de la pièce où se joue la scène peinte. Ainsi, dans le tableau des Ménines de Vélasquez (mais un peu différemment).* » ①

Toujours avec le miroir convexe, le peintre, qui est en train de peindre la famille du roi Philippe IV, s'y représente lui-même avec le pinceau et la palette en mains dans le tableau. D'une certaine manière, ce tableau propose la perspective inverse de celle des époux Arnolfini, puisque le peintre s'y représente dans le tableau vu à l'envers à gauche du tableau. En réalité, le miroir dans la toile est complété par un autre miroir, celui que forment les regards des autres personnages : la fille du roi, la gouvernante, la servante, le chien, un couple de courtisans, etc. Il serait intéressant de constater le rôle particulier de la fille de roi (petite fille à la robe blanche). Dans le tableau, elle semble être une spectatrice qui observe, et en même temps, le modèle. En plus, on peut affirmer aussi qu'elle est le thème de la composition, même de la peinture. Dans ce cas-là, elle est à la fois la regardante et la regardée, ce qui crée un effet de suspension du temps et du sens. Michel Foucault fait un long commentaire sur ce tableau dans le premier chapitre de *Les mots et les choses* :

« *Au fond de la pièce, ignoré de tous, le miroir inattendu fait luire les figures que regarde le peintre* [...] ; *mais aussi bien les figures qui regardent le peintre* [...]. *Ces deux figures sont aussi*

① André Gide, *Le journal*, *tome* 1, *op. cit.*, p. 171.

*inaccessibles l'une que l'autre, mais de façon différente : la première par un effet de composition qui est propre au tableau ; la seconde par la loi qui préside à l'existence même de tout tableau en général.* »①

Il est hors de doute que *Les Faux-monnayeurs* de Gide est très complexe dans son écriture et nous pouvons remarquer qu'il y a une forte mise en abyme. L'illustration la plus spectaculaire est la présence des *Faux-Monnayeurs* dans *Les Faux-monnayeurs*. Pour être plus précis, en tant que romancier, Gide crée dans *Les Faux-monnayeurs* un personnage prénommé Édouard dont la profession est aussi romancier. Dans cette œuvre, Édouard est en train d'écrire son prochain roman qui s'intitule justement *Les Faux-monnayeurs*. Ainsi, il y a deux *Faux-Monnayeurs* : le premier est un roman qui existe dans la réalité, celui que Gide écrit et publie en 1925 ; alors que l'autre est un « un roman dans le roman », ce qui explique nettement le principe de mise en abyme. En fait, celui qu'écrit Édouard et n'est jamais être publié. En effet, cette mise en abyme est d'autant plus frappante qu'Édouard partage des opinions semblables sur le genre romanesque avec Gide. Il n'y a aucun doute que le personnage d'Édouard est le point de départ et l'occasion de la mise en scène d'idées concernant le roman. Cependant, Gide semble qualifier les œuvres d'Édouard de simples livres et non de romans, et Edouaurd lui-même ne parle de roman que pour montrer ce qu'il cherche à faire. Lorsqu'il se rend chez Perrin, c'est pour voir « le service de presse pour la réédition de son vieux livre. »② Quant à Olivier, quand il parle de son oncle Édouard, il évoque qu'il a lu tous ces « livres

① Michel Foucault, *Les mots et les choses*, Paris, Gallimard, 1966, pp. 19-25.
② *LF*, p. 235.

». Il en est de même pour un autre écrivain dans le roman : Passavant. Son œuvre *La Barre fixe* est qualifiée de simple livre par Édouard comme par l'auteur lui-même. Il faut remarquer que Gide considère *Les Faux-monnayeurs* comme son tout premier roman. C'est la raison pour laquelle il évoque si peu le mot « roman ». Autrement dit, avant d'entreprendre *Les Faux-monnayeurs*, ni Gide ni Édouard n'est romancier. Édouard constitue donc un objet que Gide peut expérimenter à partir de lui.

En effet, ce personnage d'Édouard permet à Gide de rassembler des informations sur le genre romanesque. Les idées d'Édouard s'inscrit bien dans les débats sur le roman qui agitent dans le milieu littéraire française à la fin du XIX^e^ siècle et au début du XX^e^ siècle. La discussion de Saas-Fée est l'occasion de présenter les termes de ces débats : refus du réalisme, analyse psychologique dans le roman, sortie du roman de l'ornière naturaliste, etc. Comme on le sait, Gide lui-même pense que l'art ne doit pas imiter la nature, bien au contraire, c'est la nature qui doit imiter l'art. Ainsi, il rejette tous les éléments de réalisme dans *Les Faux-monnayeurs*. En premier lieu, il décrit de manière floue sur des informations spatio-temporelles. Le roman commence un mercredi de mai et se termine probablement en novembre de la même année. Cela veut dire que l'histoire dure environ 6 mois. Certains indices permettent de dater l'histoire, mais seulement de façon imprécise. En outre, les lieux mentionnés dans le roman sont également très peu décrits comme le temps. Ils se bornent à des rues ou des sites touristiques du centre de Paris : jardin du Luxembourg, rue Notre-Dame-des-Champs, rue de Babylone, Quartier latin, Sorbonne, etc. Hors de France, les lieux évoqués se réduisent à des noms de pays. Douviers enseigne au Royaume-Uni ; Sarah en vient et puis y repart. Lilian Griffith est elle-même américaine. Pourtant, ces notations restent très vagues, l'auteur les décrit sans plus de renseignement. En second lieu, les décors et les personnages dans le roman sont également brièvement décrits. Par exemple, l'apparence physique des personnages reste tout à fait étrangère au lecteur. On sait seulement qu'Édouard est « charmant » ; Passavant est aussi « charmant » ; Vincent est « grand, beau, svelte ». On voit ici un minimum de description. Mais qu'en est-il des autres personnages dans le roman ? En dernier lieu, si on regarde de plus près, on trouve que Gide essaie de styliser la réalité au lieu de la nier complètement. Pour Gide, le réel ne se borne pas à la forme physique des choses. C'est ainsi qu'il introduit un ange, dont la présence n'étonne pas Bernard. Ici, le réel interrompt par irruption du surréel et trouve sa transcendance dans un surnaturel qui l'embrasse.

Par ailleurs, dans la première partie des *Faux-Monnayeurs*, Édouard insiste sur l'importance de l'imagination du lecteur que l'auteur doit laisser libre. À ce propos, Édouard écrit :

> « *Il se dit que les romanciers, par la description trop exacte de leurs personnages, gênent plutôt l'imagination qu'ils ne la servent et qu'ils devraient laisser chaque lecteur se représenter chacun de ceux-ci comme il lui plaît. Il songe au roman qu'il prépare, qui ne doit ressembler à rien de ce qu'il a écrit jusqu'alors.* » ①

Un peu plus loin dans le même chapitre, il affirme :

① Michel Foucault, *Les mots et les choses*, Paris, Gallimard, 1966, p. 227.

*« Nécessaire d'abréger beaucoup cet épisode. La précision ne doit pas être obtenue par le détail du récit, mais bien dans l'imagination du lecteur, par deux ou trois traits, exactement à la bonne place. »*①

Ces idées littéraires correspondent bien à celles de Gide. En fait, l'idéal de Gide est d'écrire un « roman pur ». Dans les romans réalistes, les auteurs détaillent, précisent tous les détails, et ainsi amoindrissent le rôle et l'imagination du lecteur, car c'est l'auteur qui impose une image ou une interprétation au lecteur. En revanche, dans un roman pur, avec les détails peu décrits, l'auteur laisse imaginer le lecteur à son gré. En outre, le roman pur cherche souvent les motivations profondes des personnages. Plus précisément, pour expliquer une action, il faut toujours remonter loin dans le passé, dans l'évolution intérieure des individus. À ce propos, le cas de Vincent est illustrant. Naturellement un homme d'une grande bonté, il perd au jeu d'argent et il finit par n'en éprouver aucun regret. De ce fait, Gide analyse les différents stades de son évolution intérieure, et de quelle façon Vincent atteignent à ce stade mental. En réalité, la réflexion sur le roman pur nourrit une interrogation sur ce que Baudelaire désigne comme la morale des arts. Pour Gide, écrire, c'est de respecter les règles esthétiques et une morale spécifique. Dans *Le Traité du Narcisse*, il écrit sur ce point : « Les règles de la morale et de l'esthétique sont les mêmes. »②

Ainsi, Gide fait parcourir à Édouard un chemin qu'il parcourt lui-même. Gide lui rapporte ses réflexions sur l'écriture et le genre romanesque. De toute évidence, la trajectoire d'Édouard dans *Les Faux-monnayeurs*

① Michel Foucault, *Les mots et les choses*, Paris, Gallimard, 1966,p. 237.
② André Gide, *Le Traité du Narcisse*, Paris,Gallimard, 1978, p. 174.

témoigne de ce que la dynamique et l'image de soi du personnage ne sont pas nécessairement liées à la présence d'une succession d'actions. Comme on peut le voir, le cas d'Édouard porte sur un enchaînement de situations qui a un fort lien avec le sujet du genre romanesque. Même si ce n'est pas un roman écrit à la première personne, Gide met quand même une partie du soi dans le personnage d'Édouard par le biais du procédé de la mise en abyme : ils écrivent le même livre, partagent les mêmes idées sur l'écriture romanesque. Dans ce cas-là, d'une part, Édouard montre sa propre personnalité et l'image de soi comme individu indépendant. D'autre part, Gide s'intègre en quelque sorte dans le personnage d'Édouard et montre ses idées et son image de soi par l'intermédiaire d'Édouard. Par exemple, Édouard est un homosexuel comme Gide. Dans le roman, Édouard est amoureux de son neveu Olivier pour qui il éprouve un véritable coup de foudre :

> « *J'ai raconté ma rencontre avec Grorges si longuement que j'ai dû m'arrêter au moment où Olivier entrait en scène. Je n'ai commencé ce récit que pour parler de lui, et je n'ai su parler que de Georges. Mais au moment de parler d'Olivier, je comprends que le désir de différer ce moment était cause de ma lenteur. Dès mon premier regard, ou plus exactement dès son premier regard, j'ai senti que ce regard s'emparait de moi et que je ne disposais plus de ma vie.* » ①

Ses scrupules, sa crainte et sa pudeur créent entre ces deux personnages

① *LF*, p. 89.

bien de malentendus. L'aveu de son amour n'est pas si simple, Édouard le retarde autant qu'il le peut. En fait, cet aveu est en quelque sorte une parole allusive : Édouard pose sa main sur l'épaule d'Olivier lors d'un banquet. Tous ces gestes et la façon d'exprimer correspondent bien à ceux de Gide. Voilà une preuve de plus que Gide met un peu de soi au sein du personnage d'Édouard pour montrer de façon détournée sa propre image de soi. Autrement dit, on voit en Édouard une projection de Gide. Cependant, il existe des différences entre les deux : Édouard ne publie ni même finit son œuvre. Laura doute qu'il n'écrive jamais son livre. Pour Édouard, la genèse de roman l'intéresse plus que le roman lui-même. De ce fait, il en résulte que Gide et Édouard partagent des points communs dans *Les Faux-monnayeurs* tout en éclaircissant en même temps les zones d'ombre de leur propre image de soi.

Par ailleurs, il n'en reste pas moins que certaines images littéraires dans le roman viennent de la vie réelle. En fait, Gide prend deux faits divers comme point de départ de son projet romanesque : une affaire de fausse monnaie et un suicide. Pour être plus précis, ce sont des emprunts que Gide nous montre en annexe du *Journal des Faux-Monnayeurs*. Il s'agit d'une affaire de fausse monnaie qui date de 1906, et d'un suicide d'un lycéen à Clermont-Ferrand en 1909. Il faut sans doute ajouter l'affaire du naufrage de La Bourgogne que Lady Griffith raconte dans le roman, et qui est un fait authentique déjà évoqué dans d'autres livres. Ces événements font naître en lui une réflexion ou un écho. Concernant le trafic de fausse monnaie, Gide recueille de nombreuses coupures qui nourrissent la préparation de son roman. Quant au suicide du jeune Nény, ce n'est pas un simple fait divers, mais un événement qui suscite un débat parlementaire : Député Maurice

Barrès présente Nény comme une victime du système universitaire devant la Chambre, et il fait le procès de l'idéologie radicale. Cette affaire abordée dans *Les Faux-monnayeurs* est l'occasion d'une réflexion sur les valeurs sociales et morales, et aussi un moyen pour l'auteur d'affirmer l'originalité de sa position.

Si l'affaire de fausse monnaie est le fil conducteur du roman, le suicide du jeune Nény est le prototype de la mort de Boris dans le roman. Selon l'intrigue des *Faux-Monnayeurs*, le suicide de Boris est le résultat d'une mise en scène créée par Ghéridansiol. Il ne peut pas souffrir Boris : « Sa voix musicale, sa grâce, son air de fille, tout en lui l'irrite, l'exaspère. »① On voit ici deux images de soi opposées : Boris a l'apparence féminine et très faible alors que Ghéridansiol est fort et audacieux. En effet, c'est justement de Ghéridansiol que Boris se distingue plus : Boris est de « nature trop délicate » et éprouve de la gêne quand il est avec d'autres élèves alors que Ghéridansiol a un « sacré culot ». Pourtant, la cause de la mort de Boris n'est pas unique. Plusieurs personnages et plusieurs circonstances aident à rendre cette mort possible : le dégoût de Ghéridansiol, l'angoisse de Boris lui-même, le fait qu'Édouard le met dans cette pension précise, l'indifférence de Bernard, le malaise et l'incapacité de La Pérouse devant son petit-fils, le fait que La Pérouse garde ses pistolets à la pension Vedel, etc. En d'autres termes, Boris est victime de son entourage, à commencer par sa mère qui découvre sa pratique de la masturbation :

« *Sa mère l'a grondé, supplié, sermonné, j'imagine. La mort du*

① *LF*, p. 195.

*père est survenue. Boris s'est persuadé que ses pratiques secrètes, qu'on lui peignait comme si coupables, avaient reçu leur châtiment* [...] *il s'est cru criminel, damné. Il a pris peur.* »①

Se croyant criminel, Boris se réfugie dans l'opposé, c'est-à-dire dans une sorte de pureté maladive. Il aurait dû apprendre à se connaître, et essaie de maîtriser son propre destin. Car ce refuge dans l'opposé est en même temps un déni de son être qui aide à le conduire jusqu'à la mort. En réalité, la mort de Boris exerce également une influence sur certains personnages. Par exemple, le suicide de Boris infléchit le cours de la vie de Georges : il retourne repenti auprès de sa mère. Par contre, sa mort n'affecte point Bernard qui partage la même chambre avec Boris. Elle n'a pas non plus d'effet sur Édouard, qui refuse de changer sa façon de penser à cause de ce fait. Ainsi, c'est un événement qui, dans l'espace fictif, fait se rencontrer les images de soi de plusieurs personnages : les caractères opposés de Boris et de Ghéridansiol avant le suicide, et les réactions respectives de différents personnages après le suicide. Cet événement permet d'élargir la perspective et de représenter non seulement le déploiement des caractères et des images de soi des personnages, mais aussi de montrer le retentissement d'un tel déploiement sur autrui. Dans une certaine mesure, autrui participe à la construction et l'émergence de soi. Dans ce cas précis, la faiblesse de Boris souligne la force de Ghéridansiol ; l'indifférence de Bernard fait ressortir le grand remords de Georges. Ici, tous ces personnages manifestent de manière distincte leur caractère et leur image de soi. En outre, cet événement nous

① *LF*, p. 203.

indique que certaines images de soi dans le roman sont inspirées de la vie réelle. Ce sont donc des images de soi mêlées du réel et du fictif, qui jouent à la fois un rôle littéraire et social. Selon Alain Goulet, Boris est un bouc émissaire propre à restaurer un certain ordre social. Il affirme dans son livre : « la société se décharge de sa culpabilité sur des criminels et des victimes, car elle a besoin du crime et du châtiment pour se structurer. » ① En ce sens, l'expérience de Boris permet de meiux objectiver la réalité sociale et de réaliser une lecture tant sociale qu'éthique de soi.

Étant donné que les personnages foisonnent dans *Les Faux-monnayeurs*, l'image de soi d'un même personnage varie sans cesse sous le regard des différents personnages. Pour être plus précis, ce changement de l'image de soi est lié à cette situation : en fonction de chaque locuteur, le personnage joue un rôle différent. L'exemple le plus illustrant dans le roman est celui de Laura. Nous apprenons ses malheurs par morceaux successifs, racontés par des personnages aux points de vue différents. Le lecteur découvre pour la première fois le personnage de Laura par la bouche d'Olivier. D'après Olivier, Laura est simplement une voix féminine qui supplie Vincent qui l'abandonne :

> «[...] *Vincent causait avec une femme. Ou plutôt c'était elle qui parlait.*
>
> — [...] "*Vous n'avez plus le droit de m'abandonner à présent. Que voulez-vous que je devienne ? Où voulez-vous que j'aille ? Dites-moi quelque chose. Oh ! parlez-moi.* "*Et elle l'appelait de nouveau par*

① Alain Goulet, *Fiction et vie sociale dans l'œuvre d'André Gide*, Paris, Minard, 1986, Paris, p. 495.

*son nom et répétait : "Mon amant, mon amant" d'une voix de plus en plus triste et de plus en plus basse.* » ①

Ensuite, Laura apparaît dans la conscience de son amant, Vincent, qui dit son remords d'avoir joué et perdu une somme d'argent destiné à l'accouchement de Laura. Et puis, c'est Lady Griffith qui raconte à Passavant le récit de l'aventure adultère entre Laura et Vincent à Pau. Ensuite, on voit la lettre de Laura écrite à Édouard pour lui relater le soir où Vincent l'abandonne. Enfin, c'est le journal d'Édouard qui raconte les événements passés à l'automne de l'année précédente, notamment les sentiments et le mariage de Laura avec Douviers :

« *Admirable propension au dévouement, chez la femme. L'homme qu'elle aime n'est, le plus souvent, pour elle, qu'une sorte de patère à quoi suspendre son amour. Avec quelle sincère facilité Laura opère la substitution ! Je comprends qu'elle épouse Douviers ; j'ai été un des premiers à le lui conseiller. Mais j'étais en droit d'espérer un peu de chagrin. Le mariage a lieu dans trois jours.* » ②

Si l'on lit seulement ces extraits concernant Laura, on peut se demander quelle est la vraie image de soi de Laura. Selon les extraits ci-dessus, elle pourrait être la victime tragique que devine Bernard ; la complice d'une liaison dangereuse avec Vincent ; une femme débauchée de la bouche de Lady Griffith ou une femme dévouée selon Édouard, qui après dix ans d'un

① *LF*, p. 38.
② *Ibid.*, p. 99.

amour platonique, sent se défaire de son amour en lui. De ce fait, l'image de soi de Laura est totalement complexe. Elle peut appeler le même jour Édouard son amour et Vincent son amant ; au jour de son mariage avec Douviers, elle manifeste à nouveau sa persistance de l'amour pour Édouard ; face à Bernard, cet adolescent qui l'adore à genoux, Laura révèle sa fidélité à l'égard de son mari Douviers. On constate ici que chaque personnage projette sur Laura une image de soi qui lui convient. De toute évidence, Édouard, étant le maître à ce jeu, éprouve tantôt une réciprocité sentimentale avec Lautra, tantôt une indifférence envers elle :

> « *Par un étrange croisement d'influences amoureuses, nos deux êtres, réciproquement, se déformaient. Involontairement, inconsciemment, chacun des êtres qui s'aiment se façonner à cette idole qu'il contemple dans le cœur de l'autre...* »①

Parfois, cette réciprocité sentimentale disparaît. Édouard pense que l'image de soi de Laura devant lui est seulement une illusion et considère le sentiment et l'image de soi de Laure d'une manière négative : « J'admirais son goût, sa curiosité, sa culture et je ne savais pas que ce n'était que par amour pour moi qu'elle s'intéressait si passionnément à tout ce dont elle me voyait m'éprendre. »② Deux dimensions de perspective s'affrontent ici dans la fabrique de la mise en abyme. Le changement constant des états d'âme d' Édouard vise à constituer la nature variante du protagoniste, impliquant un accès possible non imputable à tous.

---

① *Ibid.*, p. 77.
② *Ibid.*, p. 78.

Enfin, il importe de jeter un coup d'œil sur les formes narratives de ce roman. De toute évidence, *Les Faux-monnayeurs* se caractérisent par sa diversité de formes narratives, comme si Gide veut les expérimenter ou tester dans ce roman de mise en abyme. En effet, dans le récit principal, l'auteur introduit un récit délégué, qui est « un récit dans le récit ». Dans le récit principal du roman, Édouard joue apparemment le rôle du narrateur principal, mais il est moins vu que les autres personnages. Autrement dit, le lecteur ne connaît de ce protagoniste que quelques indices sur son apparence et son allure, tandis que les autres personnages sont mieux connus du lecteur, soit par la narration d'Édouard, soit par l'observation d'Édouard. C'est comme si le narrateur principal dans le roman gidien doit toujours rester dissimulé. En fait, laisser l'image de soi du narrateur principal dans l'ombre correspond au besoin de Gide, il exprime ses idées sur ce point dans *Le Journal des Faux-Monnayeurs* :

> « *Ne pas amener trop au premier plan ou du moins pas trop vite, les personnages les plus importants, mais les reculer, au contraire, les faire attendre. Ne pas les décrire, mais faire en sorte de forcer le lecteur à les imaginer comme il sied.* » ①

Pour être plus précis, Édouard, qui est l'un des protagonistes dans le roman, est intégré comme un personnage-narrateur. Cependant, ce personnage-narrateur n'est pas omnipotent. Parfois, il est incapable de se placer dans la conscience des autres personnages. À ce moment, le

① André Gide, *Journal des faux-monnayeurs*, Paris, Gallimard, 1995, p. 63.

personnage-narrateur invite le lecteur à imaginer lui-même les motivations. De même, le personnage-narrateur ne cesse de faire mine de ne pas tout savoir tout au long du roman. De ce fait, on comprend la nécessité d'avoir un personnage-lecteur au sein du roman. Par exemple, Bernard lit le journal d'Édouard afin d'accomplir son enquête. En réalité, sa recherche pour découvrir les secrets des autres ne l'intéresse pas seulement, mais aussi les autres personnages, le lecteur ou le narrateur lui-même. Quand il se renseigne sur le personnage d'Édouard, il affirme : « La valise nous renseignera peut-être »①. Ce « nous » insinue que la lecture du journal s'adresse à plusieurs personnes en même temps. Ici, le narrateur s'introduit dans la vie d'un autre personnage à travers ce personnage-lecteur. Cette double démarche est réalisée par l'intermédiaire de la lecture du journal faite par Bernard. Cette forme narrative sert à montrer plusieurs images de soi en même temps : celle du narrateur, celle du personnage-lecteur, et celle du personnage dévoilé par le personnage-lecteur. Chaque image de soi a sa propre caractéristique : la première est ambiguë, la deuxième allusive, et la troisième très claire.

Toutefois, le narrateur intervient de manière directe à d'autres moments dans le récit principal. Par là, il déclare nettement qu'il est le maître absolu dans la narration. Par exemple, dans le chapitre neuf de la première partie de *Les Faux-monnayeurs*, on lit ceci :

« *Nous n'aurions à déplorer rien de ce qui arriva par la suite, si seulement la joie qu'Édouard et Olivier eurent à se retrouver eût été*

① *LF*, p. 87.

*plus démonstrative ; mais une singulière incapacité de jauger son crédit dans le cœur et l'esprit d'autrui leur était commune et les paralysait tous deux.* » ①

D'une part, l'intervention directe du narrateur rappelle au lecteur qu'il est en train de lire une fiction et non une vraie histoire. D'autre part, cette intervention produit parfois une illusion romanesque chez le lecteur : quand Gide intervient pour juger des comportements et des pensées de ses personnages, on a l'impression qu'il est complètement autonome par rapport à eux. Pourtant, en montrant directement les opinions et les jugements sur certains personnages, le lecteur est ainsi capable de saisir une image de soi générale de ces personnages. Mais ces opinions risquent d'être parfois subjectives, les images de soi ne sont donc pas tout à fait bien fondées.

Dans le récit délégué, le journal d'Édouard et l'échange épistolaire sont les deux formes narratives les plus évidentes. En effet, le journal d'Édouard dans *Les Faux-monnayeurs* garde tous les caractéristiques d'un journal normal. Dans l'ouverture du journal, le lecteur tombe dans une indication de date en tête du texte. Cette forme montre l'écriture quotidienne du diariste qui raconte toujours à la première personne. Il décrit les événements, ses impressions et ses sentiments dans le texte. Si l'on regarde de plus près, l'espace de l'intimité structure le début de son journal. Il met l'accent sur sa vie sentimentale avec Laura. Laura dont le nom apparaît dans la première ligne du journal. De prime abord, cette ouverture du journal fait croire que cette femme va occuper tout le journal et le journal va garder cette tonalité

① *LF*, p. 81.

intimiste par la suite. Cependant, le style du journal n'évolue pas de cette manière. Car les personnages évoqués dans le journal ne sont jamais limités à Laura. Le journal, étant une entreprise de l'intériorité, offre, au contraire, la possiblité de retracer un monde intérieur complet du diariste. Dans l'intimité de son texte, le lecteur découvre son passé, ses sentiments, ses jugements sur autrui et ses secrets qui forment, dans l'intégralité, les polarités diverses du diariste.

En outre, le journal d'Édouard fonctionne aussi comme un « récit dans le récit », soit une forme de mise en abyme. Par exemple, tout ce qui est dit du professeur de piano n'est connu qu'à travers le journal d'Édouard. L'image de soi de La Pérouse ne figure donc que dans le journal d'Édouard par l'intermédiaire de sa description, ses mots et leur dialogue. Le diariste pourrait décrire solitude, déchirement et malheurs de La Pérouseé et faire ressortir ainsi de manière indirecte l'image de soi de ce personnage :

> « *De grands sanglots entrecoupaient ses phrases. Il se souleva de sa chaise et se jeta, tomba presque, entre mes bras. J'aurais fait je ne sais quoi pour apporter un soulagement à sa détresse ; mais que pouvais-je ? Je me levai, car je sentais son corps maigre glisser contre moi et je crus qu'il allait tomber à genoux. Je le soutins, le pressai, le berçai comme un enfant.* » ①

D'ailleurs, dans le récit délégué de ce roman, les personnages s'écrivent à maintes reprises. En effet, le grand nombre des lettres échangées représente

① *LF*, p. 125.

comme un réseau de relation où tout d'entremêle. En outre, les lettres de Laura, de Lady Griffith et d'Alexandre font avancer les intrigues tout en apportant de destinataires secondaires. À titre d'exemple, la lettre de Laura écrite à Édouard est lue par Bernard, l'indiscrétion de Bernard lui permet de prendre connaissance de l'existence de Laura, ce qui permet de faire rebondir l'intrigue. Cette technique permet à l'auteur de varier les points de vue ainsi que les images de soi de ces personnages, puisque chacun réagit de façon très différente quand on lit ces lettres. De toute manière, ces échanges épistolaires sont une nouvelle forme narrative de récit dans le récit, dans la mesure où ils mettent un nouveau narrateur dans le roman : l'expéditeur de la lettre. Dans de telles conditions, les personnages s'entremêle l'un à l'autre et se montrent de manière complexe, dans le désir de répondre à une problématique qui lui est inhérente.

Dernièrement, que ce soit dans le récit principal ou dans le récit délégué, on n'en finirait pas d'énumérer des monologues intérieurs dans *Les Faux-monnayeurs*. Dans un monologue intérieur, les pensées d'un personnage sont présentées au style direct, à la première personne. Pour être plus précis, le personnage ne se parle qu'à lui-même et que pour lui-même mentalement ou concrètement, ce qui est très différent de la lettre, car il exclut par principe l'existence d'un destinataire. En effet, le monologue intérieur n'a pas pour but de raconter un événement ou de décrire un personnage, mais d'exprimer les vraies pensées dans la conscience du personnage.

Dans la première partie des *Faux-Monnayeurs*, on compte trois monologues intérieurs. Le roman s'ouvre sur les pensées de Bernard qui viennent d'apprendre sa bâtardise :

*« Faisons crédit à son bon goût. Libre à moi d'imaginer que c'est un prince. La belle avance si j'apprends que je suis le fils d'un croquant ! Ne pas savoir qui est son père, c'est ça qui guérit de la peur de lui ressembler. Toute recherche oblige. Ne retenons de ceci que la délivrance. N'approfondissons pas. Aussi bien j'en ai mon suffisant pour aujourd'hui. »* ①

On ne saurait jamais pourquoi Bernard s'intéresse soudain à la boîte comprenant des lettres compromettantes pour sa mère. L'essentiel n'est pas les conditions ou les circonstances qui entourent cette découverte, mais les émotions et les réactions bouleversantes que cet événement engendre en lui. Le monologue intérieur correspond ainsi au moment où certains personnages prennent conscience de ses sentiments et de ses pensées : c'est le moment de sincérité et d'intimité totale. Dans cet état d'âme, ce personnage prend en considération l'analyse d'un parcous de vie et s'exprime de manière tout à fait libre. Selon la dispersion des incidents et accidents, un grand effort d'introspection est envisagé à travers ses réactions et le choc émotif, ce qui permet une mise en lumière d'une image de soi dans toute la vérité de la nature.

Somme toute, que ce soient des typologies distinctes (le roman d'apprentissage et la création théâtrale) ou un mode d'approche créatif et unique (la mise en abyme), ils existent des dénominateurs communs à la caractérisation des images de soi : chacun appelle une description pluridimensionnelle et multiforme de ces trois figures. Le soi ayant des états

---

① *LF*, pp. 13-14.

d'âme fugaces est impossible de rester dans un état de stagnation, il évolue sans cesse au cours de son existence. Le roman d'apprentissage consiste à rationaliser le schéma durant le développement de soi, et réussit à illustrer l'espace mental et l'image de soi des figures à différentes époques ; par le biais du dialogue, les gestes et l'effet d'éclairage, les personnages au sein d'une pièce théâtrale ou d'un roman semblent être sur la scène. Ils n'acceptent plus passivement les traits de personnalité qui leur sont conférés par les auteurs, mais se voient libres de s'exprimer et de présenter une image de soi plus réelle et vivante ; Gide, à travers le procédé de la mise en abyme, caractérise de son mieux l'image de soi de l'immoraliste. Par l'intermédiaire de sa structure subtile et des intrigues superposées, une description des images de soi est investie dans la création elle-même. Ici, ces trois figures procèdent à nouveau à une évolution du point de vue littéraire : l'immoraliste du XX$^{e}$ siècle sait s'exprimer et étaler son image de soi à travers des façons plus complexes d'écrire en créant des pièces théâtrales et en employant la mise en abyme.

# Conclusion

Les cinq chapitres ci-dessus examinent l'image de soi et son évolution dans la littérature française du XVIII$^{e}$ siècle au XX$^{e}$ siècle à travers le contexte historique où apparaît conscience de soi, monde spirituel et intérieur de soi, interrelation entre soi et la réalité sociale externe, interaction entre la manifestation externe de l'individu et le monde psychologique interne ainsi que diverses façons d'écrire. Les différents contextes historiques mettent en exergue les véritables racines sociales de l'évolution de l'éveil de soi. Le monde spirituel et intérieur de soi ainsi que l'interrelation entre le soi et la réalité sociale externe forment le monde intérieur unique et riche de soi. À cela s'ajoutent les images concrètes de personnalité dévoilées par le comportement et le savoir-vivre de chaque figure. La manifestation externe individuelle et le monde psychologique interne interagissent les uns avec les autres. La complexité et la tension interne de personnalité se dégagent par le biais de cette interaction des individus et de la société. Cela démontre non seulement que le soi dispose d'un caractère social en tant qu'individu dans la connexion de la société, mais aussi que le soi vit souvent des tensions psychologiques et des conflits internes vis-à-vis de la réalité sociale. Enfin, les caractéristiques individuelles et les diverses formes de soi dans les œuvres littéraires sont concrètement présentées au niveau créatif par l'intermédiaire des façons diverses d'écrire de soi.

L'évolution d'image de soi dans la littérature française du XVIII^e siècle au XX^e siècle garde un lien historique avec la modernité. Force nous est d'admettre que le caractère essentiel de la modernité est celui de l'homme. À cet égard, la modernité se reflète également dans l'existence humaine. Apparition, transformation ainsi que mise en évidence du concept et de l'image de soi reflètent la connotation historique et spécifique de la modernité à un certain degré. Liberté individuelle, individualité et droits individuels relèvent non seulement les dimensions différentes de la modernité, mais constituent également le contenu divers de la conscience de soi au cours de cette période. D'une part, l'apparition historique et l'évolution de la modernité s'accompagnent d'une rébellion contre le Moyen Âge et la religion, et relèvent une certaine légitimité historique ; d'autre part, ses propres problèmes sont progressivement présentés avec le temps : le renforcement excessif de la liberté individuelle, de l'individualité et des droits individuels contient souvent des tensions entre l'individu et le groupe, entre soi et la société. Pour tout dire, l'évolution de l'image de soi du XVIII^e siècle au XX^e siècle traduit, en quelque sorte, des changements historiques.

Le libertin du XVIII^e siècle, en tant qu'individu sortant peu du Moyen Âge pour entrer dans les temps modernes, incarne l'éveil de soi et l'appel unique à la liberté personnelle dans l'évolution de la société moderne par le biais des comportements qui s'écartent des normes traditionnelles. Derrière ce phénomène, nous pourrions apercevoir des traces d'une nouvelle période des Lumières. L'arriviste du XIX^e siècle lutte et grimpe sans cesse vers une échelle supérieure sociale en prenant appui sur le développement croissant d'un individualisme. Cela met en valeur l'expression entière et libre de la personnalité ainsi que le désir pour les droits individuels. De là, nous observons les implications péjoratives de la modernité. L'immoraliste du XX^e siècle fait face à un contexte historique plus complexe : l'expansion excessive de la liberté individuelle et des droits individuels déclenche une tension entre les individus et la société. Dans cette perspective, poursuivre les droits individuels et l'individualité tout en recherchant des compromis entre des individus et la société de différentes manières afin d'apaiser la tension susmentionnée est devenu un problème inévitable. À n'en pas douter, l'image de soi de l'immoraliste incarne les traits spécifiques de cette époque. Une réflexion est engagée sur ces traits et sur la modernité au sens plus large.

Du libertin du XVIII^e siècle à l'immoraliste du XX^e siècle en passant par l'arriviste du XIX^e siècle, les multiples facettes et la complexité de l'image de soi sont enracinées dans la tension historique de la modernité elle-même. Il est bien connu que le post-modernisme, par opposition à la modernité, a progressivement gagné du terrain depuis le milieu du XX^e siècle. Ce courant de pensée se voit dans la connotation négative de la modernité qui surestime rationalité, liberté ainsi que droits individuels, et fait apparaître ainsi une posture de rébellion contre la modernité. Bien que le post-modernisme ait remarqué les problèmes de la modernité, il a également ses propres limites historiques. Dans les ouvrages du surréalisme et le Nouveau Roman, les activités littéraires caractérisées par l'inconscience et du néant semblent sombrer dans la dissolution de soi. À cet égard, malgré le fait que le libertin du XVIII^e siècle, l'arriviste du XIX^e siècle et l'immoraliste du XX^e siècle ont chacun ses limites historiques, ces trois figures gardent tout de même leur valeur historique et présentent un intérêt considérable.

# Bibliographie

## I. Corpus

### Corpus principal


1. GIDE, André. *Les faux-monnayeurs*. Paris : Gallimard, 2008.

2. GIDE, André. *L'immoraliste*. Paris : Gallimard, 2017.

3. GIDE, André. *Si le grain ne meurt*. Paris : Gallimard, 2017.

4. LACLOS. *Les liaisons dangereuses*. Paris : Gallimard, 2018.

5. STENDHAL. *Le Rouge et le Noir*. Paris : Hatier, 2004.


### Corpus concerné


1. BASTIDE. *La petite maison*. Paris : Le Promeneur, 1993.

2. BEAUDELAIRE, Charles. *Œuvres complètes de Charles Baudelaire, Tome III : l'art romantique*. Paris : Michel Lévy Frères, 1868.

3. BEAUDELAIRE, Charles. *Œuvres complètes*. Paris : Gallimard, « Bibliothèquede la Pléiade », 1976.

4. CHATEAUBRIAND. *Essai sur les révolutions : génie du christianisme*. Paris : Gallimard, 1978.

5. CREBILLON. *Les égarements du cœur et de l'esprit*. Paris : Gallimard, 1977.

6. CREBILLON. *Le Sopha*. Paris : Flammarion, 1997.

7. D'AUCOUR, Godard. *Thémidore ou Mon histoire et celle de ma maîtresse*. Paris : Éditions de La Table Ronde, 2012.

8. DIDEROT, Denis. *Jacques le fataliste. Paris* : Librairie générale française, 2000 : 239.

9. FLAUBERT, Gustave. *Éducation sentimentale*. Paris : Livre de poche, 2002.

10. GIDE, André. *Isabelle*. Paris : Gallimard, 1962.

11. GIDE, André. *La symphonie pastorale*. Paris : Gallimard, 1993.

12. GIDE, André. *Théâtre*. Paris : Gallimard, 1942.

13. GIDE, André. *Corydon*. Paris : Gallimard, 1991.

14. GIDE, André. *La porte étroite*. Paris : Mercure de France, 2018.

15. GIDE, André. *Journal 1887-1925*. Paris : Gallimard, 1996.

16. GIDE, André. *Journal 1889-1939*. Paris : Gallimard, 1977.

17. GIDE, André. *Le journal : tomes* 1 *et* 2. Paris : Gallimard, 1996-1997.

18. GIDE, André. *Nouveaux prétextes*. Paris : Mercure de France, 1911.

19. GIDE, André. *Voyage au Congo*. Paris : Gallimard, 1929.

20. GIDE, André. *Les nourritures terrestres*. Paris : Gallimard, 2012.

21. GIDE, André. *Le retour de l'enfant prodigue précédé de cinq autres traités*. Paris : Gallimard, 1912.

22. GIDE, André. *Nouveaux prétextes : réflexions sur quelques points de littérature et de morale*. Paris : Mercure de France, 2014.

23. GIDE, André. *Oscar Wilde*, *In Memoriam*. Paris : Mercure de

France, 1989.

24. GIDE, André. *Les cahiers et les poésies d'André Walter*. Paris : Gallimard, 1986.

25. GIDE, André. *Journal des faux-monnayeurs*. Paris : Gallimard, 1995.

26. GIDE, André. *Le traité du Narcisse*. Paris : Gallimard, 1978.

27. GIDE, André. *Les caves du Vatican*. Paris : Gallimard, 2003.

28. GIDE, André. *Littérature engagée*. Paris : Gallimard, 1950.

29. LA MORLIÈRE. Angola, histoire indienne, Norbert Crochet présente, publié par lulu. com, 2009.

30. LUCRÈCE. *De la nature*, *De rerum natura*. José Kany-Turpin, trad. Paris : Flammarion, 1997.

31. MARIVAUX. *Le paysan parvenu*. Paris : Flammarion, 2010.

32. MAUPASSANT. *Bel-ami*. Paris : Llivre de poche, 1999.

33. MOLIERE. *Œuvres complètes et annexes*. Paris : Arvensa éditions, 2014.

34. NERVAL. *Aurélia*. Paris : Gallimard, 2005.

35. ROUSSEAU, Jean-Jacques. *Œuvres complètes IV : Bibliothèque de la Pléiade*. Paris : Gallimard, 1969.

36. ROUSSEAU, Jean-Jacques. *Julie ou la Nouvelle Héloïse*. Paris : Livre de poche, 2002.

37. SADE. *La philosophie dans le boudoir*. Paris : Gallimard, 1976.

38. SADE. *Histoire de Juliette*. Paris : Gallimard,1999.

39. STENDHAL. *La vie de Henry Brulard*. Paris : Gallimard, 1973.

40. STENDHAL. *Promenade dans Rome*. Paris : Gallimard, 1997.

41. VOLTAIRE. *Candide et autres contes*. Paris : Gallimard, 1992.

## II. Ouvrages sur le libertinage général

1. ABRAMOVICI, Jean-Christophe. *Le livre interdit : de Théophile de Viau à Sade*. Lausanne : Payot, 1996.

2. ADAM, Antoine. *Les libertins au XVII^e siècle*. Paris : Buchet-Chastel, 1964.

3. ALEXANDRIAN, Sarane. *Histoire de la littérature érotique*. Paris : Seghers, 1989.

4. ARAGON, Louis. *Le libertinage*. Paris : Gallimard, 1977.

5. AUERBACH, Erich. *Le culte des passions. Essais sur le XVII^e siècle français*. Paris : Macula, 1998.

6. BATAILLE, Georges. *L'érotisme*, *dans œuvres complètes*. Paris : Gallimard, 1987.

7. BECHTEL, Guy. *La chair, le diable et le confesseur*. Paris : Plon, 1994.

8. BLANC, Olivier. *Le libertin M. Plaisir et liberté au temps des Lumières*. Paris : Perrin, 1987.

9. BOLOGNE, Jean-Claude. *Histoire de la pudeur*. Paris : Hachette, Coll « Pluriel », 1986.

10. CRYLE, Peter. *Geometry in the boudoir. Configurations of french erotic narrative*. Ithaca : Cornell University Press, 1994.

11. DELON, Michel. *Le principe de délicatesse : libertinage et mélancolie au XVIII^e siècle*. Paris : Albin Michel, 2011.

12. DELON, Michel. *Choderlos de Laclos : Les liansons dangereuses*. Paris : Presses universitaires de France, 1986.

13. EIGUER, Albert. *Psychanalyse du Libertin*. Paris : Dunod, 2010.

14. FLEM, Lydia. *Casanova ou l'exercice du bonheur*. Paris : Seuil, 1995.

15. FOUCAULT, Didier. *Histoire du libertinage : des goliards au marquis de Sade*. Paris : Perrin, 2007.

16. JEANNERET, Michel. *Eros rebelle*. Paris : Seuil, 2003.

17. KRISTEVA, Julia. *Histoire d'amour*. Paris : Denoël, 1983.

18. LOUDE, Michel. *Littérature érotique et libertine au XVII^e^ siècle*. Paris : Fayard, 1985.

19. MAINNIL, Jean. *Les règles du plaisir. Théorie de la différence dans le discours obscène, romanesque et médical de l'Ancien Régime*. Paris : Kimé, 1996.

20. MARCUSE, Herbert. *Éros et civilisation. Contribution à Freud*. Paris : Éditions de Minuit, 1963.

21. MICHEL, Ludovic. *La mort du libertin*. Paris : Larousse, 1993.

22. NAGY, Peter. *Libertinage et révolution*. Paris : Gallimard, 1975.

23. PIA, Pascal. *Les livres de l'Enfer. Bibliographie critique des ouvrages éroiques dans leurs différences éditions du XVI^e^ siècle à nos jours*. Paris : Éditions Coulet et Faure, 1978.

24. POISSON, Georges Poisson. *Choderlos de Laclos ou l'Obstination*. Paris : Grasset & Fasquelle, 2005.

25. PREVOT, Jacques. *Libertins du XVII^e^ siècle*. Paris : Gallimard, « Bibliothèque de la Pléiade » ,1998.

26. QUIGNARD, Pascal. *Le sexe et L'effroi*. Paris : Gallimard, 1994.

27. REICHLER, Claude. *L'âge libertin*. Paris : Éditions de Minuit, 1987.

28. SAINT-AMAND, Pierre. *Séduction ou la passion des Lumières*.

Paris : Ophrys, 1979.

29. SEYLAZ, Jean-Luc Seylaz. *Les liaisons dangereuses et la création romanesque chez Laclos*. Genève : Droz, 1998.

30. THOMAS, Chantal. *Casanova : un voyage libertin*. Paris : Denoël, 1985.

31. VAILLAND, Roger. *Laclos par lui-même*. Paris : Seuil, 1953.

32. VAN CRUGTEN-ANDRE, Valérie. *Le roman du libertinage*, 1782-1815 : *redécouverte et réhanilitation*. Paris : Honoré Champion, 1997.

33. VERSINI, Laurent. *Le roman le plus intelligent : Les liansions dangereuses de Laclos*. Paris : Honoré Champion, 1998.

34. VERSINI, Laurent. *Laclos et la tradition : Essai sur les sources et la technique des Liaisons dangreuses*. Paris : Revue et augmentée, 2012.

35. WALD LASOWSKI, Patrick. *Le grand dérèglement*. Paris : Gallimard, 2008.

36. WALD LASOWSKI, Patrick. *L'amour au temps des libertins*. Paris : First, 2011.

37. 李元. 唯美主义的浪荡子——奥斯卡·王尔德研究[M]. 北京 : 外语教学与研究出版社, 2008.

38. 彭小妍. 浪荡子美学与跨文化现代性[M]. 杭州 : 浙江大学出版社, 2017.

# III. Ouvrages, articles, thèse de doctorat sur *Le Rouge et le Noir* et le style de Stendhal

## Ouvrages

1. ANSEL, Yves, Lola Kheyar Stibler. *Stendal*, *Le Rouge et le Noir*.

Neuilly-sur-Seine : Atlande, 2013.

2. ANSEL, Yves. *Pour un autre Stendhal*. Paris : Classiques Garnier, 2012.

3. ANSEL, Yves. *Stendhal, le temps et l'histoire*. Toulouse : Presses universitaires du Mirail, 2000.

4. BARDECHE, Maurice. *Stendhal romancier*. Paris : La Table ronde, 1947.

5. BERTHIER, Philippe. *Stendhal*. Paris : Éditions de Fallois, 2010.

6. BERTHIER, Philippe. *Stendhal et Chateaubriand : essai sur les ambiguïtés d'une antipathie*. Genève : Droz, 1987.

7. BERTHIER, Philippe & BORDAS, Éric. *Stendhal et le style*. Paris : Presses Sorbonne Nouvelle, 2005.

8. BLIN, Georges. *Stendhal et le problèmes de la personnalité*. Paris, José Corti, 1958.

9. BLIN, Georges. *Stendhal et les problèmes du roman*. Paris : José Corti, 1954.

10. CASTEX, P. -G. *Le Rouge et le Noir de Stendhal*. Paris : Sedes, 1970.

11. CLAUDE, Jean. *André Gide et le théâtre tome* 1 & 2. Paris : Gallimard, 1994.

12. CROUZET, Michel. *Le Rouge et le Noir : essai sur le romanesque stendhalien suivi de deux essais*. Paris : Revue et augmentée, 2012.

13. CROUZET, Michel. *Regards de Stendhal sur le monde moderne*. Paris : Kimé, 2010.

14. CROUZET, Michel. *Stendhal et le langage*. Paris : Gallimard, 1981.

15. CROUZET, Michel. *Stendhal, Mémoire de la critique*. Paris : Gallimard, 1996.

16. CROUZET, Michel. *La poétique de Stendhal : forme et société, le sublime*. Paris : Flammarion, 1983.

17. CROUZET, Michel. *Stendhal en tout genre. Essais sur la poétique du Moi*. Paris : Honoré Champion, 2004.

18. CROUZET, Michel. *La vie de Henry Brulard ou l'Enfance de la révolte*. Paris : José Corti, 1982.

19. DESALMAND, Paul. *Cher Stendhal. Un pari sur la gloire*. Paris : Bérénice, 2005.

20. DI MAIO, Mariella. *Frontières du romanesque : Stendhal, Balzac*. Paris : Classiques Garnier, 2012.

21. DUTOURD, Jean. *L' âme sensible*. Paris : Gallimard, 1959.

22. HAMM, Jean-Jacques. *Le texte stendhalien : achèvement et inachèvement*. Québec : Naaman, 1986.

23. HAMM, Jean-Jacques. *Le Rouge et le Noir de Stendal*. Paris : Gallimard, 1992.

24. HAMM, Jean-Jacques. *Approches de Stendhal*. Paris : Classiques Garnier, 2018.

25. LAURENT, Jacques. *Stendhal comme Stendhal*. Paris : Grasset, 2014.

26. LAURENT, Jérôme. *Lire la physionomic selon Stendhal. Le Rouge et le Noir* de Stendhal : lectures critiques. Paris : Classiques Garnier, 2013.

27. LEONI, Margherita. *La peinture àl'œuvre*. Paris : L'Harmattan, 1996.

28. LEVOWITZ-TREU, Micheline. *L'amour et la mort chez Stendhal*.

*Métamorposes d'un apprentissage affectif*. Aran : Éditions du Grand-Chêne, 1978.

29. MARTINEAU, Henri. *Le calendrier de Stendhal*. Paris : Le Divan, 1950.

30. MESTROT, Julie. *Le Rouge et le Noir de Stendhal — La scène du bal : commentaire de texte*. Paris : Le Petit Litteraire, 2014.

31. PREVOST, JEAN. *La Créationchez Stendhal : Essai sur le métier d'écrire et la psychologie de l'écrivain*. Paris : Gallimard, 1996.

32. QUESNEL, Alain. *Premières leçons sur Le Rouge et le Noir : un roman d'apprentissage*. Paris : Presses universitaires de France, 1966.

33. RUDE, Fernand. *Stendhal et la pensée socile de son temps*. Paris : Plon, 1967.

34. SANGSUE, Daniel. *Stendhal et le comique*. Grenoble : ELLUG, 1999.

35. THOREL, Sylvie. *Le Rouge et le Noir : Roman de* 1830, *impossible en* 1830. Rouen : Publications de l'Université de Rouen et du Havre, 2013.

36. WEBER, Jean-Paul. *Stendhal, les structures thématiques de l'œuvre et du destin*. Paris : SEDES, 1969.

37. 夏多多．司汤达小说研究[M]. 北京：世界图书出版公司, 2013.

38. 许钧.《红与黑》汉译研究[M]. 南京：译林出版社, 2011.

## Articles et thèses de doctorat

1. ANSEL, Yves Ansel. « Le Stendhal de Michel Crouzet ». *L'Année stendhalienne*, n. 12, 2013.

2. GARNIER, Lucy. « Séparer l'inséparable : frontières génétiques entre Théâtre et Journal ». *L'Année stendhalienne*, n. 10, 2011.

3. HAMM, Jean-Jacques. « *Le Rouge et le Noir* d'un lecteur d'épigraphes ». *Stendhal Club*, n. 77, 1977.

4. JANSSE, Lucien. « Stendhal et l'économie politique ». *Stendhal Club*, n. 28, 1965.

5. RANNAUD, Gérald. « Stendhal : la chasse du bonheur ». *Magazine littéraire*, n. 389, 2000.

6. TROUILLER, Dominique. « Le monologue intérieur dans *Le Rouge et le Noir* ». *Stendhal-Club*, n. 43, 1969.

## IV. Ouvrages, articles, thèses de doctorat sur André Gide et ses œuvres

### Ouvrages

1. AUSSEIL, Sarah. *Madeleine Gide*. Paris : Robert Laffont, 1993.

2. BILLARD, Pierre. *André Gide et Marc Allégret : Le roman secret*. Paris : Plon, 2006.

3. DELAY, Jean. *La jeunesse d'André Gide : tome I*. Paris : Gallimard, 1992.

4. DESCHODT, Éric. *Gide le contemporain capital*. Paris : Perrin, 1991.

5. FERNANDEZ, Ramon. *Gide ou le courage de s'engager*. Paris : Klincsieck, 1985.

6. GOULET, Alain. *Fiction et vie sociale dans l'œuvre d'André Gide*.

Paris : Minard, 1986.

7. GOULET, Alain. *André GIDE : Écrire pour vivre*. Paris : José Corti, 2002.

8. GUERINI, Enrico. *L'aveu homosexuel dans les œuvres autobiographiques d'André Gide et de Julien Green : confession et réticence*. Paris : L'Harmattan, 2018.

9. SACHS, Marice. *André Gide*. Paris : Denoël, 1937.

10. HERBART, Pierre *À la recherche d'André Gide*. Paris : Galliamrd, 1932.

11. LAFILLE, Pierre. *André GIDE romancier*. Paris : Hachette, 1954.

12. LAMBERT, Jean. *Gide familier*. Paris : Julliard, 1958.

13. LEGRAND, Justine. *André Gide : de la perversion au genre sexuel*. Paris, Orizons.

14. LEJEUNE, Philippe. *Exercices d'ambiguïté : lectures de Si le grain ne meurt d'André Gide*. Paris : Lettres modernes, 1974.

15. LEYS, Simon. *Protée et autres essais*. Paris : Gallimard, 2001.

16. MAILLET, Henri. *La symphonie pastorale d' André Gide*. Paris : HACHETTE, 1975.

17. MARTIN, Claude. *André GIDE ou la vocation du bonheur*. Paris : Fayard, 1998.

18. MARTIN, Claude. *André Gide par lui-même*. Paris : Seuil, 1970.

19. MARTIN, Claude. *La maturité d'André Gide : de Palude à L'Immoraliste* (1895-1902). Paris : Klincksieck, 1977.

20. MARTIN DU GARD, Roger. *Journal II* : 1919-1936. Paris : Gallimard, 1993.

21. MARTIN DU GARD, Roger. *Notes sur André Gide* (1913-1951).

Paris : Gallimard, 1951.

22. MARTY, Éric. *L'écriture du jour, le Journal d'André Gide*. Paris : Seuil, 1985.

23. MARTY, Éric. *André Gide, qui êtes-vous* ? Lyon : La Manufacture, 1987.

24. MASSON, Pierre. *André Gide : voyage et écriture*. Lyon : Presses universitaires de Lyon, 1983.

25. MASSON, Pierre. *Lire faux-monnayeurs*. Lyon : Presses universitaires de Lyon, 1990.

26. MAURER, Rudolf. *André Gide et l'URSS*. Jean Touzot, 1983.

27. MAURIAC, Claude. *Conversations avec André Gide*. Paris : Albin Michel, 1951.

28. MOUTOTE, Daniel. *André Gide : esthétique de la création littéraire*. Paris : Honoré Champion, 1993.

29. MOUTOTE, Daniel. *André Gide : l'engagement* (1926-1939). Paris : SEDES, 1991.

30. MOUTOTE, Daniel. *André Gide : esthétique de la création littéraire*. Paris : Honoré Champion, 1993.

31. MOUTOTE, Daniel. *Le journal de Gide et les problèmes du moi* (1889-1925). Genève : Slatkine Reprints, 1998.

32. PIERRE-QUINT, Léon. *André Gide, sa vie, son œuvre*. Paris : Stock, 1932.

33. SCOTT, Malcolm. *Mauriac et Gide : la recherche du moi*. L'Esprit du temps, 2004.

34. WITTMANN, Jean-Michel. *Gide politique*. Paris : Classiques Garnier, 2011.

35. WITTMANN, Jean-Michel. *Si le garin ne meurt d'André Gide*. Paris : Gallimard, 2005.

36. WITTMANN, Jean-Michel. *Symboliste et déserteur. Les œuvres fin de siècle d'André Gide. Paris : Honoré Champion*, 1997.

37. WITTMANN, Jean-Michel & MASSON, Pierre. *Le roman somme d'André Gide*. Paris : Presses universitaires de France, 2012.

38. 埃里克·德肖. 纪德评传[M]. 罗湉, 译. 广州: 花城出版社, 2004.

39. 艾伦·谢里登. 安德烈·纪德: 一个现实生活中的伟大人物[M]. 刘乃银, 译. 北京: 群众出版社, 2003.

40. 克洛德·马丹. 纪德[M]. 李建森, 译. 上海: 三联书店, 2002.

41. 盛澄华. 纪德研究[M]. 上海: 上海森林出版社, 1948.

42. 朱静, 景雨春. 纪德研究[M]. 上海: 上海外语教育出版社, 2005.

43. 张若名. 纪德的态度[M]. 周家树, 译. 上海: 三联书店, 1997.

## Articles et thèses de doctorat

1. ABDALLAH EL SOKATI, Chahira. *André Gide au miroir de la critique : "Corydon" entre œuvre et manifeste*, thèse de doctorat sous la direction de François Dachet, Université de Paris-Est-Créteil, 2011.

2. AHMED MAHMOD, Mahmod. *Le rapport à l'autre dans l' œuvre Romanesque d'André Gide*, thèse de doctorat sous la direction de Michel P. SCHMITT, Université Lumière Lyon 2, 2013.

3. GANTREL, Martine. « Proust et Gide, Le "je" narrateur et ses effets perlocutoires ». *BAAG*, 152, juillet 2006.

4. GOULET, Alain. « Mystifier pour démystifier : le narrateur des

*Faux-monnayeurs* ». *Littératures*, n. 23. Toulouse : Presses universitaires du Mirail, automne 1990.

5. GOULET, Alain. « La nouvelle autobiographie selon Gide ». *Studi francesi*, mai-août 2002.

6. LIGIER, Christine. « Ce petie trait qui peint tout l'homme. Essai d'interprétation du chapitre IX de *Si le grain ne meurt* ». *BAAG*, avril-juillet 1999.

7. MASSON, Pierre, Jean Claude. André Gide et l'écriture de soi. Lyon : Presses universitaires de Lyon, 2002.

8. MASSON, Pierre. « Pour une relecture de l'Oscar Wilde d'André Gide ». *Littératures*,19, 1988.

9. MASSON, Pierre. « Les lettres brûlées ou le chef-d'oeuvre inconnu d'André Gide ». *BAAG*, n. 78-79, avril-juillet,1988.

10. WITTMANN, Jean-Michel. « Responsabilité de l'écrivain et légitimité de l'écriture dans l'Immoraliste ». *Les Lettres romanes*, tome LI, n. 1-2,1997.

## V. Littérature et connaissance générale

1. ARIES, Philippe & DUBY, Georges. *Histoire de la vie privée*. Paris : Seuil, 1999.

2. AVICE, Jean-Paul & PICHOIS, Claude. *Passion Baudelaire : l'ivresse des images*. Paris : Textuel, 2003.

3. BATAILLE, Georges. *La littérature et le mal*. Paris : Gallimard, 2004.

4. BACHELARD, Gaston. *La poétique de l'espace*. Paris : Presses

universitaires de France, 1984.

5. BLANCHOT, Maurice. *L'espace littéraire*. Paris : Gallimard, 2009.

6. BOILEAU, Nicolas. *Les satires, épitres, art poétique*. Paris : Gallimard, 1985.

7. BOILLEAU, Anne-Marie. *Liaison et liaisons dans les lettres de Diderot à Sophie Volland*. Paris : Champion, 1999.

8. BONNEFOY, Yves. *L'improbable*. Paris : Mercure de France, 1959.

9. BOSSUET, Jacques-Bénigne, Renard Silly. *Élévations sur les Mystères, Médiations, et autres textes*. Paris : Bouquins, 2017.

10. BRETON, André. « Enquête sur la sexualtité ». *La Révolution surréaliste*, n. 12, 1929.

11. BURCKHARDT, Jacob. *La civilisation de la Renaissance en Italie*. Paris : Nouveau Monde, 2017.

12. CASTEX, Georges. *Le conte fantastique en France*. Paris : José Corti, 1951.

13. COHN, Dorritt. *La transparence intérieure*. Paris : Seuil, 1981.

14. COULET, Henri. *Le roman jusqu'à la révolution*. Paris : Garnier-Flammarion, 1967.

15. CUSSET, Catherine. *Les romanciers du plaisir*. Paris : Honoré Champion, 1997.

16. DARNTON, Robert. *Édition et sédition. L'univers de la littérature clandestine au XVIIe siècle*. Paris : Gallimard, 1991.

17. DELON, Michel. *L'invention du boudoir*. Toulouse : Zulma, 1999.

18. DEMORIS, René. *Le roman à la première personne. Du*

*classicisme aux Lumières*. Paris : Armand Colin, 1975.

19. DIDIER, Béatrice. *Le Journal intime*. Paris : Presses Universitares de France, 2002.

20. DIDIER, Béatrice. *Dictionnaire universel des littératures*. Paris : Presses universitaires de France, 1994.

21. DOUBROVSKY, Serge. *Autobiographiques. De Corneille à Sartre*. Paris : PUF,1988.

22. FERNANDEZ, Dominique. *L'Arbre jusqu'aux racines*. Paris : Grasset, 1972.

23. FLANDRIN, Jean-Louis. *Le sexe et l'occident*, *Evolution des attitudes et des comportements*. Paris : Éditions le Seuil, 1981.

24. FOUCAULT, Michel. *Les mots et les choses*. Paris : Gallimard, 1966.

25. GASPARINI, Philippe. *Est-il je*, *roman autobiographique et autofiction*. Paris : Seuil, 2004.

26. GHEON, Henri. *Nos directions*. Paris : Biblio Bazaar, 2009 : 74.

27. GIRARD, Alain. *Le journal intime*. Paris : Presses universitaires de France, 1986.

28. ISSACHAROFF, Michael. *Le spectacle du discours*. Paris : José Corti, 1985.

29. JOUHAUD, Christian. *Les pouvoirs de la littérature. Histoire d'un paradoxe*. Paris : Gallimard, 2000.

30. LACHASSE, Pierre, *Texte et théâtralité*. Nancy : Presses universitaires de Nancy, 2000.

31. LÉAUTAUD, Paul. *Journal littéraire*. Paris : Mercure de France, 1962.

32. LEIRIS, Michel. *L'âge d'homme*. Paris : Gallimard, 1999.

33. LEJEUNE, Philippe. *Je est un autre. L'autobiograpie, de la littérature aux médias*. Paris : Seuil, 1980.

34. LEJEUNE, Philippe. *L'autobiographie en France*. Paris : Armand Colin, 2010.

35. LEJEUNE, Philippe. *Signes de vie, le pacte autobiographique II*. Paris : Seuil, 2005.

36. PAVEL, Thomas. *Univers de la fiction*. Paris : Seuil, 1988.

37. ROGER, Jacques. *Les sciences de la vie dans la pensée française du XVIII^e^ siècle*. Paris : Armand Colin, 1963.

38. ROUSSEAU, Jean-Jacques. *Essai sur l'origine des langues : fac-similé du manuscrit de Neuchâtel*. Paris : Honoré Champion, 1997.

39. ROUSSET, Jean. *Narcisse romancier : essai sur la première personne dans le roman*. Paris : José Corti, 1973.

40. ROUSSET, Jean. *Le lecteur intime : de Balzac au journal*. Paris : José Corti, 1986.

41. ROUSSET, Jean. *Forme et signification*. Paris : José Corti, 1989.

42. SERGE, Berstein, Milza Pierre. *Histoire du XIX^e^ siècle*. Paris : Hatier, 1996.

43. SELLIER, Philippe. *Le mythe du héros*. Paris : Bordas, 1985.

44. SOURIAU, Étienne. *Les deux cent mille situations dramatiques*. Paris : Flammarion, 1950.

45. SURER, Paul. *Cinquante ans de théâtre*. Paris : Cartonné, 1969 : 244.

46. THIBAUDET, Albert. *Réflexions sur la littérature*. Paris : Gallimard, 2007.

47. TODOROV, Tzvetan. *Littérature et signification*. Paris : Larousse, 1967.

48. TODOROV, Tzvetan. *Introduction à la littérature fantastique*. Paris : Seuil, 1976.

49. TULARD, Jean. *Napoléon ou le mythe du sauveur*. Paris : Libraire Arthème Fayard, 1977.

50. VALEYNES, René Valeynes. *Baudelaire et les femmes*. Paris : Nilsson, 1992.

51. VERSINI, Versini. *Le roman épistolaire*. Paris : Presses universitaires de France,1979.

52. VIALA, Alain. *Le théâtre en France : des origines à nos jours*. Paris : Presses universitaires de France, 1997.

53. VIDLER, Anthony. *L'espace des Lumières. Architecture et philosophie de Ledoux à Fourier*. Paris : Picard, 1995.

54. ZERAFFA, Michel. *Roman et société*. Paris : Presses universitaires de France, 1971.

55. 戴维·弗里斯比. 现代性的碎片[M]. 卢晖临,周怡,李林艳,译. 北京: 商务印书馆, 2003.

56. 凡勃伦. 有闲阶级论[M]. 蔡受百,译. 北京: 商务印书馆, 1964.

57. 弗洛伊德. 爱情心理学[M]. 林克民,译. 北京: 作家出版社, 1986.

58. 弗洛伊德. 精神分析引论[M]. 高觉敷,译. 北京: 商务印书馆, 2005.

59. 凯特·米利特. 性政治[M]. 宋文伟,译. 南京: 江苏人民出版社, 2000.

60. 雷纳·维勒克. 近代文学批评史: 第四卷[M]. 杨自伍,译. 上海：上海译文出版社，1997.

61. 李银河. 同性恋亚文化[M]. 北京：中国友谊出版公司，2002.

62. 梁宗岱. 诗与真[M]. 北京：中央编译出版社，2006.

63. 莫洛亚. 从普鲁斯特到萨特[M]. 袁树仁,译. 桂林：漓江出版社，1987.

64. 米歇尔·福柯. 性经验史[M]. 佘碧平,译. 上海：上海人民出版社，2003.

65. 特雷·伊格尔顿. 历史中的政治、哲学、爱欲[M]. 马海良,译. 北京：中国社会科学出版社，1999.

66. 杨大春. 语言、身体、他者——当代法国哲学三大主题[M]. 上海：三联书店，2007.

67. 雅各布·布克哈特. 意大利文艺复兴时期的文化[M]. 何新,译. 北京：商务印书馆，1981.

# Annexe 1 *Les Époux Arnolfini*

Jan van Eyck, *Les Époux Arnolfini*, 1434

Huile sur bois (82,2 cm× 60 cm)

# Annexe 2 *Le Prêteur et sa femme*

Quentin Metsys, *Le Prêteur et sa femme*, 1514

Huile sur panneau(71 cm× 68 cm)

# Annexe 3 *Les Ménines*

Diego Vélasquez, *Les Ménines*, 1656-1657

Huile sur toile (318 cm× 276 cm)

# Remerciements

La réalisation de ce livre a été possible grâce au concours de plusieurs personnes à qui je voudrais témoigner toute ma reconnaissance.

Je voudrais tout d'abord adresser toute ma gratitude à la directrice de ma thèse, Mme YUAN Xiaoyi, pour sa patience, sa disponibilité, sa correction soignée et surtout ses judicieux conseils qui ont contribué à mes réflexions et à donner le point de départ pour mon sujet.

Je tiens aussi à remercier tous les professeurs du département de français qui m'ont fourni les outils nécessaires à la réussite de mes études de doctorat. Je désire spécialement remercier Mme WANG Jing et Mme JIN Jufang pour leurs riches expériences d'enseignement qui m'ont amené à explorer en profondeur ma thèse et leurs encouragements qui m'étaient et seront toujours très chers. Je suis également reconnaissante à Mme CHEN Huier, Mme Hu Huili, Mme ZHU Weiming, Mme XU Lan de m'avoir initiée à la langue et à la culture française que j'aime tant.

Mes remerciements vont également à M. DING Shuzhe, M. ZHOU Yunxuan et M. WANG Subin qui ont accordé une autorisation à mon projet doctoral et mis en place un horaire mobile de travail pour moi. Sinon, je n'aurais pas pu mener de double front ma vie professionnelle et mes recherches.

Je voudrais exprimer ma reconnaissance envers tous les amis qui m'ont apporté leur support moral et intellectuel tout au long de la rédaction. Surtout un grand merci à CHEN Sheng et YE Chao qui m'ont apporté de Paris des documents précieux, à CAO Jing et HE Suosi pour leurs conseils en informatique.

Enfin, merci du fond du cœur à mes parents qui sont toujours là pour moi. Ma famille, je t'aime.